U0437384

2023年散文随笔选粹

读人

吴佳骏 ◎ 主编

（丛书主编：王朝军）

2023·北岳

中国文学主题年选

《名作欣赏》杂志鼎力推荐

权威遴选　深度点评

山西出版传媒集团

北岳文艺出版社·太原

图书在版编目（CIP）数据

2023年散文随笔选粹:读人/吴佳骏主编.—太原:北岳文艺出版社,2024.7
(2023·北岳·中国文学主题年选/王朝军主编)
ISBN 978-7-5378-6871-6

Ⅰ.①2… Ⅱ.①吴… Ⅲ.①散文集—中国—当代 Ⅳ.①I267

中国国家版本馆CIP数据核字(2024)第106281号

2023年散文随笔选粹·读人
吴佳骏　主编

//

出品人	出版发行	山西出版传媒集团·北岳文艺出版社
郭文礼	地　　址	山西省太原市并州南路57号
	邮　　编	030012
策　划	电　　话	0351-5628696（发行部）
王朝军		0351-5628688（总编室）
责任编辑	传　　真	0351-5628680
赵　婷	经 销 商	新华书店
	印刷装订	山西人民印刷有限责任公司
书籍设计	开　　本	787mm×1092mm　1/16
张永文	字　　数	348千字
	印　　张	22
印装监制	版　　次	2024年7月第1版
郭　勇	印　　次	2024年7月山西第1次印刷
	书　　号	ISBN 978-7-5378-6871-6
	定　　价	68.00元

本书版权为本社独家所有，未经本社同意不得转载、摘编或复制

人格魅力与文学风骨

/吴佳骏

今年我将选本的主题定为"读人"。

读人读什么？一言以蔽之，读人格，读人心，读人情，读人性，读风骨。

归根结底，文学是写人的，旨在关注人的个体存在、尊严、困境、心灵和精神状态。背离这个基本立场，文学只能走向歧路。时下的诸多文学作品，之所以远离读者大众，其中一个重要原因，即是在这些作品中，看不到人的在场，缺乏鲜活的生命体验和人生经验，作者经由文本所呈现的，是与这个繁复的时代脱节的生活场域。在他们的笔下，人是被抽离掉了的，跟社会环境没有密切关联。即使在某些小说或散文中，偶尔见到几个形象塑造得比较生动的人物，读过之后，感觉仍是不真实的，无血无肉，流于"符号化"，显得虚假。更有甚者，完全凭借题材或炫技招徕看客，博人眼球，这更是令人唏嘘喟叹。

越是处在一个众声喧哗和庸俗文化甚嚣尘上的时代，写作者越是需要坚守自己的底线，不能被金钱和利益裹挟了去，成为秋风中的落叶，或寒风中的雪花。一个成熟的作家，理应与那种迎合大众的写作保持距离，不能倾向于一种"玩"的心态。要时刻警惕自己心灵的麻木、理想的堕落和精神的颓废。无论面对多么恶劣和糟糕的生存环境，也要坚信善良和正义的力量，在彷徨和挣扎之中，保持清醒的头脑和稳定的价值观，恪守道德原则和良知承担，握紧手中的笔，执着地去赞美那些美好的事物。即使所有的读者都误解或逃离了自己，也绝不降低对文学的敬畏之心。唯其如此，我们的文学才有出路和希望，作家们才有可能写出深具"救赎"和"净化"力量的优秀作品。

我这样说，无非是想强调作家的主体人格，什么样的人写什么样的文字。一个优秀的写作者，首先应该是一个优秀的人——正所谓"文如其人"，这是一个颠扑不破的真理。尤其写散文，这个文体要求作家必须诚实，不能情感作假和灵魂作伪。散文的"非虚构"性，不允许写作者生编硬造。即便作者在细节处理上，利用了"拼贴"或"嫁接"技术，但所写的基本事实还必须得是真实发生过的。我曾经读到过一篇散文，作者在文中明明写到自己的爷爷已经去世了。后来在一次文学活动中，我恰好见到了写这篇文章的作者。我们在闲聊中，他居然说自己的爷爷还活着，这真是让我无语。倘若写散文的人都这样去写散文，姑且不说是对读者的欺骗，更是对自我的不尊重。而且，一旦在文章中胡编乱造，势必会使散文走向破体，滑入非驴非马的尴尬之境。目前流行的许多散文，就存在这种虚假倾向。为写而写，矫揉造作，一点看不出作者的真诚之心。像这样的文章，不管作者写得多么新颖、别致；多么独特、异质，也都只是空有一副皮囊而已。有位前辈作家，在评鉴一位后生的散文时说："你很会表达，但实在没什么可表达的。"我记不起这位前辈作家的姓名了，但他说的这句话，却一直回响在我的脑海。

福克纳曾在接受诺贝尔文学奖的演说中强调，作家必须忠实于心灵深处的真实情感：爱情、荣誉、同情、自豪、怜悯之心和牺牲精神。他此话说的仍是作家的"人格"。一个人格不清澈的人，一个浑身充满市侩气的人，一个内心扭曲的人，一个灵魂肮脏的人，是无论如何写不出妙品逸文的。

我们不能指望一个心中既无大爱，也无大慈悲的人，能够写出悲悯众生的光亮之文；我们也不能期望一个小资情调和利欲熏心的人，能够写出关怀弱小，或有精神指向的宏阔之文。

纵观古今中外的文学史，凡是那些堪称经典的作品，中国的如司马迁的《史记》、鲁迅的《呐喊》《彷徨》和《野草》、巴金的《随想录》、路遥的《人生》和《平凡的世界》等；外国的如托尔斯泰的《战争与和平》、陀思妥耶夫斯基的《罪与罚》和《卡拉马佐夫兄弟》、索尔仁尼琴的《古拉格群岛》、赫尔岑的《往事与随想》等，都曾影响过千千万万的读者，成为常销书。

  这些作品之所以有深入人心的力量，盖在于创作它们的作家是有人格魅力和光芒的人。他们绝非为艺术而艺术，就写作而写作，而是充满了强大的"救赎"情怀和伦理精神，充满了怜悯、同情和博爱之心，从而彰显出一种伟大而高贵的品质。阅读这些书籍，读者不但可以从中获得丰富的人生经验和智慧，而且还能完善自我的人格成长和提升自我的道德境界，并找到活着的尊严。

  这样的作品是不朽的，写出这样作品的作家同样是不朽的。

  大凡优秀的作家，他们终其一生，不过都在做着同一件事情——关心人类的前途和命运，并最终安顿和抚慰人的灵魂，他们真正是社会的良知和正义的化身。

  本卷所遴选的文章，都是为纪念或缅怀有人格魅力之人而作的。在这众多被书写的对象中，既有已逝的文学前辈，如李国文、黄永玉、周涛、程树榛、徐怀中等；也有令人尊敬的文化界名流，如白雪、侯孝贤、何多苓等；更有来人世间走过一遭的普通人物，如乔乔、史浩盛、彭生、菊英、老瞒等。

  我在细读并给每篇文章写"评鉴与感悟"时，多次泪湿眼眶。他们每个人都如一盏灯，带给人温暖和力量。这种温暖和力量，有来自艺术操守方面的，有来自精神境界方面的，有来自灵魂圣洁方面的，有来自品行修养方面的，有来自生活磨砺方面的，有来自毅力抗争方面的……总之，他们所流露和透射出来的"个体人生"，形成了一片璀璨的星空，照耀和牵引着无数的后来人。

  写出这些文章的数十位作者，当是另一批有人格光照的人。因为只有惺惺相惜，且精神和心灵同频之人，才会去怀念、赞扬和追忆自己的同类。

2023年12月24日平安夜

目 录

纪念

3 祖慰、火鸟及落羽杉　　　/ 李建军

11 忘形适趣吴兴文　　　/ 林凯

14 想起周涛　　　/ 裘山山

19 我心目中的文坛大树
　　　——李国文老师周年祭　　　/ 韩小蕙

24 亲爱的乔乔　　　/ 彭程

风范

39 无论星光还是烛光　　　/ 筱敏

47 我文学上的第一位恩师　　　/ 陈建功

53 九十沧桑乐黛云　　　/ 温儒敏

57 看黄永玉　　　/ 钟叔河

61　念德公　　　　　/ 阎晶明

事迹

67　我的母亲庹璧先　　　　/ 刘石
73　爱的尽头是星辰大海
　　　——怀念我的父亲程树榛和母亲郭晓岚　　/ 程蕙眉
80　杂忆李泽厚　　　/ 陈来
88　亲爱的小丁老师　　　/ 郜元宝
93　为了告别的聚会
　　　——胡学文印象记　　　/ 刘建东

感召

101　侯孝贤：隐入山林　　　/ 梅雪风
110　何多苓：天生是个道家　　　/ 洁尘
120　空弦神韵　着笔牵风
　　　——怀念徐怀中先生　　　/ 胡念邦
132　孟老师　　　/ 程远

情怀

143　林斤澜与汪曾祺　　　/ 孙郁
148　十有四而志于学　　　/ 冯象

151 他的苦于赞美之诗
　　——李修文印象记　　/ 张执浩

159 白雪的幸福　　/ 侯健飞

力量

169 万玛才旦：朴素的善意与自知　　/ 周亦鸣

177 刘恒：我心里还藏着许多较劲的东西　　/ 张英

194 我的两位导师李辉凡和吴元迈　　/ 刘文飞

心灵

205 我的邻居金波先生　　/ 钱理群

209 幸与诗人同乡　　/ 颜炼军

213 母亲的酒事　　/ 谢有顺

217 时间是小说中的河流　　/ 何立伟

222 母亲　　/ 任芙康

229 看花朋友　　/ 文珍

持守

239 我与钱谷融先生交往点滴　　/ 王安诺

245 流传百代千龄后　定识人间有此人
　　——忆许明龙先生　　/ 王曦

252 大先生：壮心填海，赤胆忧天
　　——深情缅怀恩师陆贵山先生　　／李舫
272 激扬与苍凉
　　——漫忆冯润璋先生　　／冯日乾

悲悯

281 天才隐形　　／李皖
293 念故人史浩盛（外两章）　　／玄武
300 想念之河　　／习习
318 旧人　　／魏振强
329 最后的晚餐：悼王芗远　　／大头鸭鸭
334 忆老瞒
　　——有关神池县段茓咀村的一些往事　　／李高山

纪 念

祖慰、火鸟及落羽杉

/李建军

今年四月,朋友海蒂发信息来,说武汉有个采风活动,想邀我一起参加。

哦,武汉!我当然想去看看,看看她浴火重生的模样。三年暌隔,劫后重来,也许会有别样的感受和发现吧?

来到一个地方,就难免会想起这个地方熟悉的人和有趣的事。

在武汉的几天时间里,我总是想起祖慰先生,想起我们相聚的情景。然而,我却再也见不到他了。就在去年的3月3日,祖慰先生以八十五岁的遐龄,离开了人间。

我知道祖慰先生,在20世纪80年代——那时,他是一个极活跃的著名作家;但与他见面,却是很晚的事情。2014年7月的某一天,李文子女士发微信给我,说祖慰先生来北京了,并说他在大型文化杂志《领导者》上,读了我的一篇长长的诗歌评论,很想见个面,一起聊聊天。7月26日中午,我终于见到了祖慰先生。他比实际年龄看上去要年轻很多,虽年逾七旬,但谈锋甚健,了无倦容,像五十多岁的中年人一样精力弥满。

祖慰先生是一个豁达而乐观的人。他了解自己的气质和性格,认为自己是"多血质和胆汁质混合型的"(祖慰:《扬弃与"А"》,广西人民出版社,1986年,第298页)。他热情而坚韧,的确是一个兼具多血质和胆汁质的混合气质的人。

他的人生并不平顺，甚至可以说，充满了坎坷和不幸。他出生在中华民族苦难深重、血泪交流的1937年。死亡的阴影笼罩着这个出生只有八十四天的婴儿。为了免遭敌人的毒手，哭声震天的他，差点儿在苏州河上被抛弃掉。四岁那年，父亲被汉奸枪杀了。从此，他便跟着母亲，东躲西藏，四处漂泊。很年轻的时候，他又因为文学创作而受尽磨难——他被戴上种种"帽子"，被发配到咸宁农村接受审查和劳动改造，被分配到当阳长坂坡的一个工厂当工人。然而，无论是中岁以前的种种坎坷和磨难，还是将近二十年的域外萍漂，都不曾改变他见棱见角的性格，也不曾污损他干干净净的人格。他历尽劫波，却依然故我，一如既往。他还是那么热情，那么爱说，那么爱笑。

祖慰先生镇定地接受自己所承受的磨难和痛苦。他超越了自己所遭遇的不幸和挫折。他总是回忆起襁褓中的自己在苏州河上的哭声："是的，像交响乐开头要呈现出全曲的主题一样，他在苏州河上的哭声，定下了他人生的基调。几十年来，他总想喊出、唱出、写出自己的声音，不大考虑这声音会惹出什么麻烦。他的欢乐和苦闷，无不源于此。"（祖慰：《扬弃与"Ａ"》，广西人民出版社，1986年，第302页）在祖慰先生看来，他自己的基本性格和人生态度，在苏州河逃难时，就已定型了。自此后，无论父亲的横死，还是自己的横祸，都没有使他成为缪塞式的感伤主义者，也不曾使他成为卢梭式的自我中心主义者。

祖慰先生是一个早慧的人。十五岁那年，他就写出了十几万字的论文《人有天才吗？》。他博览群书，好学深思，懂文学和艺术，也懂建筑和设计。他写了很多风格独特的小说和报告文学作品，曾四次获得全国优秀报告文学奖。但是，在他身上，你看不到一丝一毫的傲慢和自负，看不到一丝一毫的嚣张和跋扈。他与人交谈，态度真诚而热情，脸上满是专注的神情和温暖的笑意，显示出对他人由衷的尊敬。他的气质是高雅的。他的谈吐和举止，显示出少见的风度和教养。与他比起来，那些颐指气使的"执牛耳者"和卑躬屈膝的"操牛尾者"，简直就像土鸡瓦犬一样狼犺和猥琐。

当然，祖慰先生也绝不是那种平庸而无个性的人。相反，他是一个特立独行的人，一个具有思想家气质的作家。他不喜欢人云亦云，也不愿意屈从权威。他总是在思考，总是在提出问题。他按照自己的方式，思考自己感兴趣的事情，并按照自己的认知和风格，来表达自己的疑问和思考。

祖慰先生的小说创作和报告文学有一个共同的特点，那就是在显示着自觉的启蒙意识、巨大的改革热情和积极的科学精神。在他的作品里，你可以感受到典型的"八十年代精神"和"八十年代气质"。对未来的信心，探索生活的热情，强烈的责任感，赋予他的创作以鲜明的时代色彩。像那个时代的许多作家一样，他想给读者提供一个"全新的人生世界"（祖慰：《扬弃与"A"》，广西人民出版社，1986年，第10页）。

幽默感和探索性，是他的小说写作的两个特点。他是一个有趣的人，讨厌一切做作和无趣的东西。他倾向于用有趣的方式来塑造人物和讲述故事。读他的小说，你会感受到一种个性化的东西，会感受到一股压抑不住的激情和自信，会感受到他思想上的活跃和情感上的喜悦。他的小说作品的基本主题，就是探索一种更好的生活方式，建构一种更加健全的人格。具体地说，就是摆脱那种僵硬的、无趣的生活，进入一种更有趣的生活状态和更健康的心理状态；就像他的短篇小说《老画家的情态》所说的那样，人们应该摆脱心理上的"负"状态和"零"状态，进入健康的"正"状态。

在报告文学写作中，他将关注的目光投向教育界，投向科学界，投向改革的前沿和特区深圳。他写了至少两篇报告文学，来描写深圳的"经纬"和"T细胞"；写了至少四篇报告文学，来讲述三位改革型的大学校长的故事。在《晶核》和《扬弃与"A"》两篇作品中，他细致地讲述了武汉大学校长刘道玉的教育改革和人生历程；在题为《朱九思引力》的报告文学中，他将当时的华中工学院院长朱九思当作主人公，赞扬他在科学研究上"全力竞争、当仁不让"的进取精神；在《现代活力的"诊断"》中，他将焦点集中在另一个"特殊人物"——上海医科大学副校长朱世能身上，从多个角度，通过多声部对话的方式，塑造了一个"谈不清爽"的人物，一个"点子多、实心干"的改革者形象。城市形象的现代化塑造和农村的经济改革，也是他的报告文学写作所关注的问题。

祖慰先生既外在地观察和叙述他者的生活，也内在地观察和分析自己的创作。在《智慧的密码》一书的自序中，祖慰先生将自己对象化，在人物与作者的"我报告了他，他报告了我"的共生关系中，分析了"我"的深层心理结构。"我"试图拓宽报告文学的边界，为报告文学争取更大的表现空间，而报告文学所描写的"他"，则应该是"载着未来方向的真人真事"（祖慰：《智慧的密码》，四川人民出版社，1985年，第9页），应该是一个体现"时代本质全息的'他'"（祖慰：《智慧的密码》，四川人民出版社，1985年，第14页）。那么，报告文学中的"我"到底应该是什么样子的呢？祖慰并不认为报告文学作家是一个完全客观的记录者。在他看来，报告文学作家在写人物的同时，也表现自己，表现自己的审美意识和人生价值观，并视之为"报告文学的灵魂"（祖慰：《智慧的密码》，四川人民出版社，1985年，第16页）。这是一个很深刻的观点。无论多么客观的文学写作，都是作者自己的写作，都必然要显示作家自己的趣味、人格、思想和价值观。祖慰先生又从感知方式和文学气质等方面，分析了作为报告文学作家的祖慰——他是一个"用哲学思辨式的感知方式"写作的作家，而他的文学气质则见之于"语言风格"和"叙述方式"两方面。他说自己无论写小说还是写报告文学，都使用"三元（哲理性、幽默感、知识性）杂交的语言"（祖慰：《智慧的密码》，四川人民出版社，1985年，第18页）；他甚至详细地分析了自己的几种叙述方式。

在文学创作方面，他有很多很怪，也很有趣的思想。他认为传统的现实主义文学，已经发展到极限了，无法再超越了。他从生命科学得到启示，领悟到"文学生命要出新，必须要像动植物要出新品种那样杂交"；他将自己的形式很怪的小说，命名为"骡子文学"（祖慰：《婚配概率——祖慰的怪味小说》，长江文艺出版社，1985年，第8—9页）。他甚至将数学图、物理图、交通路标和幽默画插入自己的小说作品。

他的这些文学观念，是有新意的，但也是偏颇的。他似乎中了进化论和科学主义的蛊。他按照这种想法写出来的小说，虽然与众不同，但也曲高和寡。进入他的小说世界，你会发现，作者是一个思维活跃、刻意创新的人；你还会发现，这些小说有一些共同的特点——作者形象大于人物形象，理性内容大于感性内容，"可写性"大于可读性，特殊品质大于普遍品质。这样的小说，离作者和批评家比较近，但离普通读者却有点远，所以，就很难成为被普遍接受和赞赏的作品。如果你想验证我的判断，不妨拿他的短篇小说《抽象"人"》做个个案解剖。

是的，祖慰先生的现实主义文学观念，是大可商榷的。受20世纪80年代的"去现实主义"思潮影响，受某些蔑弃传统、自我作古的"现代主义"观念的蛊惑，他对现实主义的态度是消极的，对文学创新的理解则是简单的。现实主义文学，就像大地上的道路一样，谁都可以在上面行走，谁都可以沿着这条道路到达自己的目的地。哪有别人昨天走过的路，自己今天就不能再走的道理？哪有别人跑步走过的道路，自己就不能散步走过的道理？后代作家要把接受固有经验的"影响"，当作一件自然而必要的事情。一个作家要想成熟起来，要想创造出真正有价值的作品，就不能否定和排斥前人的伟大经验。因为，一切积极意义上的创作，都是一种合作性的"共创"，是后辈作家与前辈作家一起完成的创作，是赋予旧的方法以新的表现力的创作。完全否定旧文学传统和固有的经验的所谓探索和创新，不过是文学认知和文学创作上悲观的放弃主义和取消主义罢了。

好在，祖慰先生是一个有着成熟的自反批评意识和自反批评能力的作家。他喜欢观察和分析自己，常常把自己当作批评的对象。这样做是对的。每一个人，尤其是作家，应该经常性地进行自反批评。因为，一个不懂自反批评的人，是不可能成长和进步的；因为，一个不能清醒地认识自己的作家，也不可能深刻地认识他人和生活。

祖慰先生后期的创作，主要是思想化的写作。在我看来，祖慰先生最有价值和生命力的著作，也许不是他的味道怪怪的小说，也不是他的得了四次大奖的报告文学，而是他的充满问题意识和思辨智慧的思想著作，是他的充满"大哉问"的《黑眼睛对着蓝眼睛》和《天问》。这两部思想著作所讨论的主题，几乎全都是大问题——是世界性和人类性的大问题，是现代文明如何融合与发展的大问题，是涉及"人的千古困顿"的大问题。

《天问》是艺术之问，是哲学之问，是文明之问，最终要"叩问四万年人类文明裂变史"；《黑眼睛对着蓝眼睛》记录了作者"巴黎十七年的逸思遄飞"，谈论的是人文的复活与人类的自我拯救，是如何确立人类共同的"价值基准"，是如何克服人类的"跨文化误读的双盲悲剧"，是如何禁绝对人的生命尊严的蔑视和践踏。他终于发现了"人文价值"解码的"奥秘"："人文价值最核心的价值，天经地义是人与人之间的爱。爱是群体有效合作与和谐共存的根基。……因此，在人文之爱没有真正扩展到整个人类之前，根本就不会有人文的'历史进步论'之论，只会是西西弗斯的上升与坠落。"（祖慰：《黑眼睛对着蓝眼睛》，第280—283页）这思想，多么朴素又多么深刻！这答案，多么简单又多么重要！

在这两部思想著作中，祖慰先生讨论问题的方式，既是哲学性的，也是诗性的；既充满了思想的力量，又充满了修辞的力量。一旦打开这两部书，你会感受到一股巨大的吸引力——一股思想与美感合力形成的吸引力。充满智慧的深刻思想，充满美感的流丽表达，使你油然想起杜甫的两句诗："庾信文章老更成，凌云健笔意纵横。"在这两部厚重而妙趣横生的作品里，思想家祖慰和作家祖慰终于和谐地融为一体。他不需要借助"怪味"来显示自己的个性和风格，也不需要在叙事和议论之间大费周章。

祖慰先生是一个充满理性精神的作家。他爱这个充满未知性的世界，总是表现出强烈的求知欲望和探索激情。任何东西都不能使他放弃自己的理想，放弃对光明和美好事物的向往，就像他谈到自己的性格和理想主义热情时所说的那样："贫、病、乱，这个不幸的童年生活中的三元素，应该把他的性格塑造得沉郁、自卑和对明天什么也不想。可是，他偏偏有个想入非非的精神世界，就像安徒生童话中的卖火柴的姑娘一样，即使在冻馁而死那一刻，还有着一个自己神往的光明而温暖的精神世界。"（祖慰：《扬弃与"Ａ"》，广西人民出版社，1986年，第304页）虽然吃了很多苦头，但他仍然是理性的乐观主义者，仍然是乐观的理想主义者。

进入消费主义时代，文学越来越被理解为一种满足人的外在需要的文化现象。它以快乐为动力，也以满足快乐需求为目的。于是，文学便越来越成为一种轻飘飘的、无足轻重的东西。然而，祖慰先生却反乎是。他认同和接受"诗可以怨"和"文穷而后工"的古老观念。他说："文学史是一部殉道者的历史，苦役人的实录。"（《扬弃与"Ａ"》，广西人民出版社，1986年，第311页）他的这句话里，隐含着这样的认知：文学是不幸者的盟友，是苦难的结晶；不曾体验过苦难的折磨，不曾品尝过失败的滋味，就很难成为一个真正的作家。

俄罗斯流传着一个关于火鸟的故事。孤女玛鲁什卡温柔娴静，刺绣功夫无与伦比，闻名遐迩。她的手艺和名声，让邪恶黑巫师"不朽卡舍伊"心生恨意。她让玛鲁什卡变成一只火鸟，而她自己则变成一只巨大的黑猎鹰。她用自己的利爪攫住了玛鲁什卡。为了给人们留下最后的记忆，玛鲁什卡决定抖落掉自己美丽耀眼的羽毛："虽然火鸟在黑猎鹰的利爪下死去了，她的羽毛却留在世间，落在大地上。它们可不是普通的羽毛，而是富有魔力的羽毛，只有那些爱美并试图为他人创造美的人才能欣赏到其光彩。"祖慰的内心世界，也有着玛鲁什卡的愿望和激情。虽然备尝艰辛，虽然历尽苦难，但他内心的光焰，依然灼灼如初。他要用自己的作品，用自己的精神之火和思想之光，照亮这个世界和人们的心灵。

　　武汉的采风活动安排，张弛有度，很有章法。在市区和厂区里的快节奏的参观之后，就会带大家到江边、绿地和樱桃园放松一下。

　　这天下午，大巴车缓缓地停在了两边都是油菜地的公路上。我一下车，就被公路两边挺拔而优美的大树吸引住了。我拍了照片，进入"形色识花"小程序搜求它的名字。看到"落羽杉"三个字，我简直要惊呆了——多传神啊，这名字！多优美啊，这名字！那个想出这三个字的植物学家，简直就是诗人呀！

　　落羽杉的样子美极了。它的枝叶，仿佛一根根美丽的绿色羽毛——不，它比羽毛更美丽，更像一件艺术品。它的身形，像银杏一样挺拔，却比银杏还要颀秀。它也不像银杏那样枝叶繁多，那样给人一种太过密匝的感觉。至于喧闹的白杨树、臃肿的悬铃木、邋遢的女贞树，更无须与它相并比。它的一切都显得恰到好处——树干亭亭玉立，枝叶排列有致，色泽温润嫩绿。它端端正正地向上伸展，高耸碧霄，简直要摩天拿云了。

　　哦，落羽杉，你这长江边临风的玉树！

　　哦，落羽杉，你这树林中清峻的君子！

　　看见落羽杉，我仿佛看见了祖慰先生。它简直就是祖慰先生的人格和风神的物化形态。然而，我却再也见不到祖慰先生了。

　　愿你在另一个世界，一切安好——落羽杉一样风神秀雅的祖慰先生！

选自《文学自由谈》2023年第5期

评鉴与感悟

李建军先生素以犀利,充满正义感和人道主义力量的评论文章为人称赞,不想,其随笔也写得洞烛幽微,摇曳生香。在该文中,他不仅准确地描摹和刻画出了逝者的精神风骨和文学立场,还以富有诗意的笔调创造了文本的审美价值,如此怀人之文,不是人人都能写得出来的。

忘形适趣吴兴文

/林凯

6月19日中午，友人给我发来一条微信，告知吴兴文兄在台湾病逝，真是惊天噩耗，内心阵阵隐痛，兴文年龄不是很大，刚六十六岁，令人痛惜。

天有不测风云。就在消息传来的同时，天却又如有测风云一样，屋外的天空突然越来越暗，随之而来的是狂风大作、暴雨袭来。难道这怪天气，恰恰在这个时候来临，是对兴文兄的哭诉，表达老天的悲哀！我此时站在阳台上，感到孤零零的寂寞，看着狂风下的雨点打在窗外的凉水河上，溅起淡淡的水雾，朦朦胧胧好像看到了儒雅的兴文。

这几年，由于疫情的原因，朋友间的往来渐少，都躲进自家的屋里修行去了。记得大概是2020年夏天，兴文约我和萧振鸣去后海烤肉季就餐，结果他老兄自己定的时间自己却忘记，提前一天去了，他看我俩迟迟不来，才恍然意识到时间错了。等到告诉我时，已经晚上八点，我家离后海较远，赶过去也要一个多小时，很遗憾，那次的就餐就这样没能相聚。

我现在记忆力减退，想不起是在什么场合结识兴文的，大概是在鲁博组织的活动中。兴文给我最突出的印象是说话举止儒雅，夏天总爱穿带条纹的浅色衬衫，这就更衬托出他的雅气。可能是看书太多的原因，他一只眼睛总爱一眨一眨，好像要流眼泪，面部好像有一点不自觉的抽动，不知是不是痉挛。他的形象和举止颇似罗大佑，所以我每看到罗大佑唱歌，就会想到兴文。兴文喜欢与人娓娓交谈，但是他的话有一半我听着特别费劲，有的甚至根本没有听懂，但也不住地向他一边笑一边点头，表示我明白了，其实有一半我不明白。

兴文在出版界大名鼎鼎。2015年5月31日在北京德胜门外大街字里行间书店，兴文在那里举办"民国热与再启蒙"新书发布会，老出版家沈昌文先生介绍兴文，说他是第一个来大陆从事两岸出版工作的出版人，是两岸出版交流的第一使者。可见兴文在出版界的地位和分量。在中国出版事业的改革开放中，兴文贡献了自己的力量，发了一分光，给我们当时封闭的文化带来了活力和朝气。有一阵子，国内掀起"唐勋热"，兴文跟我说，唐勋的书就是他介绍到大陆出版的。

他喜欢藏书票，大家都说他是中国藏书票收藏第一人，据他自己说有一万多张，直到今天也没有人跟他争这个地位，大概也是争不过吧。他写过多本关于藏书票的书，如《图说藏书票：从杜勒到马蒂斯》《我的藏书票之旅》《我的藏书票之爱》等，可以说兴文不仅是收藏藏书票的第一人，也是解读藏书票的权威。

兴文兄对图书设计和藏书有许多想法，我曾经去过他住的地方，屋子的书有些是在地上堆放着。他对西方的美术史很了解，一直想出版这方面的书，可后来迟迟没有看到他在这方面有什么动静。在读书的理解和认识的格调上兴文眼界很高，他向我推荐台湾著名美术史大家李霖灿的书，他先是把李霖灿的书送给我，因为他知道我喜欢美术，李霖灿过去跟吴湖帆学习过，做学问很精微，但当时大陆很少有人知道他。兴文很推崇他，后来他又把送我的书要回去几本，说是他跟浙江大学出版社准备编辑李霖灿的书出版。近些年大陆陆续出版了李霖灿的著作，不知这后面的推手是不是兴文。

兴文非常可爱，不仅仅有修养，有时就像小孩儿一样，天真、执着。我邀请兴文一起去河南信阳采风，住在乡下郝塘村，晚上那里没有路灯，一片漆黑，只有我们就餐的小屋格外明亮，五六个朋友的欢声笑语打破了山村的宁静。朋友拿来五粮液，兴文不喝，他看到当地农民有自做的酒，就认准要喝这酒。那个晚上他喝得尽兴，脸红脖子粗，再加上他说起话来，两只手喜欢在空中舞动、比画，增添了饭桌上的活跃感。那个晚上他给大家留下了美好的印象，人人都喜欢他。

他爱喝茶，他有个很好的台湾朋友叫刘育奇，是做茶方面的专家。他介绍刘育奇时说："他爸爸做茶在台湾是鬼见愁，现在港台做茶的大师，都是他爸爸的徒弟。"他这一番介绍，我们一下子就知道了刘育奇的定位。我有时约兴文喝茶，他兜里总是揣着刘育奇送他的好茶，拿一个破塑料袋装着，而且还要亲自泡，唯恐别人泡得不到位。他泡茶坐杯时间长，跟他说话一样，不急不缓，慢条斯理，茶泡得较浓，厚重感、香气，在他的这杯茶里都得到体现。可以说，兴文把自己的涵养和格调以及对茶的理解，都泡在了茶汤里，韵味余长。

有人说兴文是"书房里的自恋狂"，爱书到极点。2013年我在《书摘》杂志给兴文开了个专栏，专门谈读书，他给自己的栏目起了个名字，叫《抑而有度》，很受读者欢迎。

兴文有时说起他台湾的家，也很富有诗意。他说他住的小镇不大，但一应俱全，医院、养老院、食品、菜店都有，你一辈子可以不出小镇，没有任何生活的麻烦。但是，他说他喜欢到北京来，这里的世界大，干事过瘾。

我看兴文在微信中留言的地方写着："行立坐卧，忘形适趣。冷淡家风，林泉清致。道义之交，如斯而已。"这些话概括得好，乃君子之言。

兴文回到了他台湾的家，再也回不来了。

别了，兴文兄！

选自《随笔》2023年第6期

评鉴与感悟

吴兴文为台湾出版人、"中国藏书票收藏第一人"。作者抽取逝者生前的几件小事，简笔勾勒，不渲染，不拔高，却自在温情之中凸显出逝者的精神面貌和人格风骨，缅怀之情，感人肺腑。

想起周涛

/裘山山

周涛曾写过一篇短文，《想起刘静》。是他得知刘静（《父母爱情》作者）去世后写的，赞刘静的才华，叹刘静的早逝。刘静也是我非常要好的朋友，他们两个都是我喜欢和欣赏的人，因为他们有个共同特点，好玩儿。用现在流行的话说，有一颗"有趣的灵魂"。我就借周涛的题，写一篇怀念他的文章。

这些日子，看到很多怀念周涛的文字，大多是说他才华横溢、洒脱豪放、激情澎湃、桀骜不驯等。这些我都认同，他就是一个遗世独立的大才子。但我想起周涛，更多的是想起他的笑声，他的各种趣事和各种好玩儿。

我是20世纪90年代初认识周涛的。1991年，我们一起参加解放军文艺出版社组织的笔会，去云南。一路上他谈笑风生，吹牛调侃，令众人开怀。记得他在车上大声宣称：新疆有三宝，汗血马，马奶子葡萄和周涛。奇怪，要是别人吹牛我会烦的，但周涛的"自吹"只让我觉得好玩儿。除了他有吹牛的资本外，还有个原因是他从来不装。

那时候我刚好在《昆仑》杂志发了一篇随笔——《父母大人》，同期也有他的散文，我是头题，他是二题。所以他一见到我就说，你个小丫头，竟敢排在我前面。我连忙说，是编辑排的。他做出不和我计较的样子说，写得还不错，那就排前面吧。年底，我的《父母大人》得了当年的昆仑文学奖。估计他看到又会说，这丫头，竟然还得奖。

周涛是个风流倜傥、激情洋溢的帅哥，热爱美女是出了名的，他也不掩饰，值得一说的是，口碑却不俗。那次在云南，有一天我们走到一家大理石市场，墙上大理石相框里挂着老板娘的照片，我觉得老板娘挺好看的，周涛上前打量一番，然后摇头晃脑地说，此女子老矣！一转身，老板娘就站在他身后。周涛瞬间脸红，把我给乐坏了，原来他也有害羞的时候。再转到另一家，墙上的相框里是冰心的照片，他也上前打量一番。我开玩笑说，怎么，想买回去吗？他立即说，我家墙上除了我娘，谁也不会挂。说出此话时，他眼圈竟然红了。这两个场景，脸红和眼圈儿红，让我一下觉得他是个性情中人。

熟悉以后我得知，我们俩都属狗，相差一轮。但我从没叫过他大哥，喊名字喊得很自然。偶尔喊周老师也带了几分调侃。他有次认真地跟我说，你长得很像我母亲。不是说你老，就是长得像，我母亲年轻时就你这样。他翻出照片给我看，是他母亲晚年的。我没看出所以然，毕竟年龄相差太大了。但他拿出母亲照片那一刻，我被深深感动了。

后来他的耳朵不好了，我给他打电话，我说我是山山，他反复问，哪位？你是哪位？我便大声说，我就是长得像你妈妈那个！他马上说，是山山啊。可见，这句话，就是说长得像他母亲这句话，他只对我说过，可能真的很像呢。

我们去云南那一行，有原沈阳军区原创作室主任王中才，我们都叫他中才大哥，中才大哥一手好字，常给人留墨宝。周涛羡慕嫉妒恨，当场表示这没什么大不了的，他要是练练，也能写一手好字。据说，他练了一段时间后，字果然有了几分姿色。他去沈阳，就带了几幅给中才大哥看，中才大哥宽厚地予以肯定和鼓励。告别时周涛不满地说：说了这半天，你怎么不向我求一幅墨宝呢？我得知后乐不可支。在我们刊物二十周年时，我就请他为我们刊物题词，求了一幅墨宝。这幅墨宝我现在还收藏着。

我们时常在一起开会，部队的创作会。他是新疆军区创作室主任，我是成都的。有一回开会他很无聊，就在纸上涂鸦，顺手写了几句：无言独上西楼，月如钩。寂寞梧桐，深院锁清秋。写完丢在一边。我也无聊，拿过来接着写：剪不断，理还乱，是离愁。别是一般滋味在心头。他拿过去，很鄙夷地在我们俩写的字之间划了一条横线，然后上批"书法"，下批"写字而已"。气死我了。

很多时候周涛都像个小孩儿，毫无城府。好像是哪届作代会，我们坐在大堂的茶吧里聊天，他抬起手腕给我显摆：我这个表不错吧？我敷衍说，不错不错。我完全不懂手表，对品牌也没兴趣。他看我漫不经心，就说我这个可是新的，不便宜呢，然后报出了价格。我还是没在意，哦了一声。他实在忍不住了问，你的表多少钱？我只好说了价格，应该是比他那个贵。他叫了起来：你的居然比我的贵！那神情，就像孩子比玩具比输了。较真的样子太好玩儿了。

大概是2003年，周涛和朱苏进、乔良三个老友一起到成都来玩儿。我自然赶去看他们。他一见我就说，你们发现没，这山山年轻时就是个丑小鸭，没想到上年纪了反而耐看了。大家都笑他乱说，纷纷安慰我年轻时就好看，现在也不老。我却觉得周涛说得非常准确。

我陪他们去爬青城山，他那时已经发胖，爬山不行了，挂个拐杖。爬几十级台阶他就站下来大喘气，然后说，此地甚好，坐下来喝会儿茶吧。大家依着他，坐下来喝了会儿茶，接着爬。刚上了十几级台阶，他又站下来说，此地甚好，坐下来喝会儿茶吧。就这样，我们一路"此地甚好"，喝了好几回茶才爬到山顶。打那以后，"此地甚好"成了我每次爬山都要想到的段子。

所以我说，想起周涛，总会想起他的笑声，想起高兴的事儿。

我们最后一次见面，也是开会，大概是个作品讨论会。他在会上发言，谈到军队女作家，特意表扬了马晓丽、项小米和我。我很少听他那么正经地谈文学，就认真聆听。聚餐时他端着酒杯走过来跟我说，山山，知道我为什么把你排在第三吗？你这个人，从来不主动给我敬个酒。然后哈哈大笑，又没正形了。我也大笑，我说，现在敬你是不是晚了？

其实我知道，那个排名是他心目中真实的想法，他只是为了安慰我才和我打趣。他是一个永远保持自己独到见解和品味的人。但他或许不知道，我也是个自己写自己的，不在意别人评价的人。我们两个属狗的，都不装。

后来他退休了，开会不能见到他了，再后来我也退休了，我们完全没有了交集。他连作代会也不参加了。两年前，一位编辑托我联系他，我才意识到我都没有他微信，连忙通过朋友加上，再把他介绍给编辑。

有了微信后，我常看他的朋友圈，他总是随手拍几张院子里的瓜果蔬菜，或者是朋友相聚的照片，日子过得很快乐，很满足。他的小院总有客人来，一点儿也不寂寞，让我跟着高兴。我总是给他点赞，或许有一种弥补不能见面的潜意识。

上个月，我和几个女友去新疆旅游，不是自驾，是报了旅游团，行程被安排得很满。周涛看到我发的照片也点赞了——估计心里会想，这个山山居然不来看我。我其实很想去看他，应该有十几年没见了吧。我就想，如果最后一天返回乌鲁木齐时间早，我就去看他。可是那天路上不顺，我们到达乌鲁木齐已经是晚上九点多了。第二天就要去机场，没时间了。我就给他发了一个信息，大意是说，行程安排紧张无法来看他，以后有机会专程去看他。当时脑子里有个念头，他这么健康硬朗，以后一定还会有机会见面的。

事后感觉蹊跷的是，我从来都叫他名字的，那天却喊了一声周涛大哥。也许长久不见面，已经有些生分了？我很庆幸在最后叫了他一声大哥。他很快回复了我，说看到我们向北去了，估计是没时间，"祝你此行快乐，后会有期"。

十天后他就走了，很突然。后会无期了。再会，就要在另一个世界了。今年我总在写怀念文章，我的母亲也离开了人世，还有几位非常要好的朋友先后走了。在悲伤的同时我忽然觉得，死亡没那么可怕了，因为在那个世界，已经有了那么多我的亲人、我的朋友。可敬的人，可爱的人，有趣的人，好玩儿的人。他们让那个世界温暖明亮。

周涛走到那儿，一定朗声说了句：此地甚好，喝会儿茶吧。

选自《文汇报》2023 年 11 月 22 日

评鉴与感悟

散文家周涛去世，整个散文界为之垂泪。作者裘山山写文怀念，不只是在表达个人对周涛先生的缅怀，也是在替文学界表达对周涛先生的敬意。文章叙写日常，情真意切；追忆往事，历历在目。斯人已去，音容宛在。

我心目中的文坛大树
——李国文老师周年祭

/韩小蕙

今天是个悲伤的日子，去年11月24日凌晨，国文老师遽然离开了我们。他老人家走得太急了，连个招呼也没打，不知他是急着去天堂创办《小说选刊》，还是赶着去写《天堂里的春天》？就在此前四天的11月20日傍晚，我还和国文老师通了电话。老人家声若洪钟，情绪极好，用他惯有的幽默问我："最近有什么乐子吗？"聊了差不多半小时，他一直乐呵呵的，中间只有一句话令人有点心酸："小蕙，我的腿不行了，走不了路了。"我赶紧安慰他，说他思维如此敏捷，依然是"打遍天下无敌手"，他听了哈哈大笑，笑声中充满着乐观。

其实，何须我这个"丫头"（国文老师喜欢这样称呼我等几位"小友"）晚辈安慰他？睿智的国文老师虽然看似很不"聪明"，因此前半生的苦难是着着实实地受了，差点儿就死在贵州的大山里，后半生尽管著作等身，可谓新时期文学的扛鼎作家之一，也不高调不喧哗只悉心埋头写作，但世事洞明的他什么看不透？什么浮云还能诱惑得了他？什么鬼魅还能骗得过他？什么艰难困苦的关隘还能挡得住他？……

高天苍苍，大地茫茫，国文老师是有大境界之人——他写作，是因为有一支文学火炬在他胸中熊熊燃烧，乃至于在贵州劳改期间，他还冒着惹下大祸的危险，偷偷蹲在茅草摇曳的牛棚里写作。奇葩的是，他居然执拗地借了别人的姓名、身份去投稿，奇葩的是，就这样竟然发表了数篇小说。国文老师对文学的神圣感可浓缩成四个字：高山仰止。有一次话赶话，他随口跟我说起某位作家："他哪能算得上作家呀，顶多是能写几篇文章。"我很惊讶，原来国文老师心目中的"作家"竟然是这么高端的存在，当时说得我都惭愧了，暗忖要时时诫勉自己，千万别忘记了文学在高处，在喜马拉雅，在珠穆朗玛，在头顶的青天之上。

殊不知，文学之路有多艰难！珠穆朗玛不是每个人都能攀上去的，上青天更是难得连李白都要喊"噫吁嚱"。尝见有青年作家说他们写得很容易，大概是他们比李白还李白。而据我所知，国文老师为创作下的功夫，非常人可比。本来他的起点就高，有着中国当代作家中少有的文学专业背景，他是早年毕业于南京国立戏剧专科学校编剧系的高才生。劳改时无书可读，他便将手边唯一的一本《红楼梦》倒背如流。1973年回到北京，"问题"一时无结论，"赋闲"在家、正值不惑之年的国文老师便天天跟着妻子刘阿姨去上班——其实是去刘阿姨工作的铁道部某图书馆苦读。人生中经历的种种困厄，一点儿也没有浇灭他胸中的文学之火，反而是火上浇油，越烧越旺，后来索性变成石头缝儿里的种子，拼命地汲取大地上所有的营养，暗中积蓄着力量。就这样，三个年头鏖战过去了，国文老师在通读《二十四史》等国粹经典后，迎来了对他的平反昭雪。于是，他又一次出发，如蛟龙出水，赛凤凰涅槃，久蓄在他胸中的熊熊烈火喷薄而出，《车到分水岭》《空谷幽兰》《月食》《危楼记事》《没意思的故事》《花园街五号》……一部接一部佳作和大作相继发表，新时期文坛上巍然站起了李国文！在获得一连串文学奖项之后，顺理成章地，长篇小说《冬天里的春天》折桂首届茅盾文学奖。

文学之火熊熊冲天，国文老师成了"获奖专业户"，真正是拿奖拿到手软，刘阿姨都发愁了，那么多奖杯、奖牌没地方摆了啊。然而谁也没想到，此时国文老师竟放下小说创作，专攻起随笔，并迎来了他平生的第三次苦读——以1992年的散文《卖书记》为滥觞，他谢绝一切应酬，每天窝在只有六平方米的、蚂蚁窝般的电脑房里工作，11点早餐后开始写文章，至16点午餐，然后进入读书状态，22点晚餐后再读，时常读到凌晨两三点……从此，他的随笔创作如大河奔流，《中国人的教训》《中国文人的非正常死亡》《李国文说唐》《李国文说〈三国演义〉》《李国文楼外说红楼》……每篇文章都体现出渊博的学养、深刻的识见和卓然独绝的风骨，让无数追随者击节叹服，一时出现了看的都跟不上他写的奇迹，也造就了洛阳纸贵的"李国文随笔现象"。

自1982年我入职光明日报社，国文老师就渐渐成为本报副刊的支柱作家，每当缺头条了，我第一个求助的就是国文老师，他老人家每次都义不容辞地担起"救火队长"的责任。数十年的交往，让我越来越尊敬和爱戴这位师长。国文老师仿佛五月的槐树，挂满一嘟噜一嘟噜的小花，不喧不哗地把甜甜的馨香浸润到每一位路人的心上。

我曾说国文老师是"五好作家"，即"学识好、见识好、心态好、用功好、夫人好"，而最让我受到强烈震撼的，还是他高贵的心灵。他虽然写文章老辣犀利，对人间丑恶毫不客气地大力挞伐，但对人慈心善语，真诚相待。他对年轻人尤其好，永远以平等的目光相视，他说这是因为自己青年时期受过不公正待遇，深知那种痛苦对年轻人的伤害之深。即使对有严重毛病的人，国文老师也是首先看其优点，平心静气地予以理解和宽容。他曾极为诚恳地对我说："小蕙，这世上就没有完人啊，咱们自己不也是满身毛病？"他是这么教导我的，他自己也是这么做的，仁爱、宽容、温暖，真正从内心深处给人向上的力量，所以国文老师的人缘特别好，怀念他的人太多了。

今年8月24日，是国文老师九十三岁诞辰日，人民文学出版社为他举办了"李国文先生追思会"，梁晓声、周大新、桂晓风、聂震宁、贺绍俊、李敬泽、臧永清等作家、出版人和有关领导，每个人都谈到他们与国文老师的"特殊"关系：梁晓声、李敬泽念念在兹的，是国文老师在他们成长路上给予的种种教诲和点拨；桂晓风、聂震宁饱含深情，讲起国文老师对他们全家，包括老伴、儿女、孙儿女三代人的关爱；周大新未言语先哽咽，说起国文老师对他妻子调北京的事始终耿耿在心。我呢，讲起国文老师有一次对我的批评。当我对这不满对那抱怨，嫌社会进步太慢，嫌人性太丑陋之时，国文老师突然猛"击"了我一掌："小蕙，在我看来，现在已经相当不错了，比起过去，社会已经有了很大的进步哇！"这一声"棒喝"，让我完全没有想到，我就像遭到了电击，愣在那里，好久动弹不得；但随之而来的是巨大的惊喜，因为这提醒是多么宝贵，一下子让我眼前变得开阔了，我似乎跳到了云层之上，欣赏到西岭的千秋雪，追上了东吴的万里船——最重要的是，让我想起了久已忘怀的文学初心……

例子还有很多很多。比如国文老师的睿智坦诚。那是1999年《当代》杂志举办的颁奖会上，当轮到他发表获奖感言时，他说，在今天的文学大餐上，获奖的中青年作家是油焖大虾、清蒸鳜鱼等高档菜，而他自己不过是凑数的小菜——凉拌花生米。又比如国文老师的"秋收冬藏"。七十岁以后他命令自己退出"闹市"，回避镜头，以一杯清茶为伴，闭门读书，信笔涂鸦，这种状态一直持续了二十年，于是，中国当代文学史上增添了数十部李国文著作。还比如国文老师的豁达乐观。有一天我随口说了一句："哪天您高兴，咱们去吃大餐。"谁知国文老师接口就说："我哪天都高兴啊……"哈，多么可爱的老爷子，真正是阅尽人间春色而不失本色，活成了老神仙，谁人不爱戴，能不作为铁粉追随之？

坎坷而不失文学初心，困顿而不坠青云之志。居京都之高则溺其写作，处贵州之远则沉醉书卷。陷污泥中摸爬滚打而不染纤尘，在荣誉高光中被万众追捧而持节自律。宅心仁厚将内心的阳光洒向能够给予的所有人，宇量深广包容提携后来者"胸中元自有丘壑"。君子风范，不虚伪、不虚妄、不粉饰、不假装、不阴暗、不弄权、不嫉妒、不霸道、不挡道、不害人、不使绊儿；无欲则刚，牢牢守住了"死生穷达，不易其操""高风亮节，博爱众生"的底线——国文老师，我心目中的文坛大树！

一年生死两茫茫，不思量，自难忘。国文老师，这三百六十五天里，您在天堂都好吧？

永远缅怀您。

选自《光明日报》2023年11月24日

评鉴与感悟

散文家韩小蕙女士怀念李国文先生的至情之作，诸多往事，勾勒出一个有风骨的文学家的"精神肖像"。细节处见操守，温润处见力量。好文章皆是从心灵深处流淌而出的清泉，读之，如饮佳酿，寸断柔肠。

亲爱的乔乔

/彭程

回家

乔乔，亲爱的女儿，我们要回家了。

再过十天，就是你的二十九岁生日了，但苍天不仁，没有让你等到这一天。两天前，你告别了人世，也永远离开了我们。在北京八宝山殡仪馆的告别室，我们看着装着你的遗体的棺柩被拉走，送入火化间，那里不允许家人进入。在那里，炽烈的火焰将吞噬你，把你的躯体从这个世间彻底消除。

两个小时后，我们来到骨灰领取处，从一个窗口里取出装着你的骨殖的袋子。袋子上还留着几分温热。你将近一米七高的个头，五十多公斤的体重，如今被浓缩成了几段乳白色的骨头。我们小心翼翼，将袋子放入事先精心挑选出的骨灰盒中。

你姨妈家的表哥走在前面，捧着你的遗像，那是你二十岁时，在法国戛纳海滩上拍的一张照片，你身着红色连衣裙，戴着黑色太阳镜，笑容欢快，长发飘扬。我走在后面，抱着被黄色绸布裹着的骨灰盒，殡仪馆的工作人员举起一把黑伞，走在我身旁，遮挡住投射下来的阳光，一直送到停车场上我们的车旁。

女儿，我们要回家了。

我坐在副驾驶位置上，抱着你的骨灰盒，搁放在并拢着的双腿上。我仿佛感受着一缕温热的气息，透过木质骨灰盒，传递到掌心里，传递到双腿上，一直传递到我的心中。这是最后一次了，今后我将再无法这样近距离地贴近你，感知你的气息。

车窗外，是寻常至极的景色，展开在一个寻常至极的日子里。车辆川流不息，行人步态匆匆，一切看上去都与平时没有丝毫差异。但对我们来说，却是完全不同。这一天，是一条横亘在我们生活中的分界线，是一道划破了我们灵魂的深深刀痕，从此以后，我们的生命将截然不同。

几个小时前，在遗体送往八宝山殡仪馆之前，在海军总医院内科楼告别室里，你的亲人们，还有你最要好的几位同学朋友，来向你作最后的告别。现场反复播放着迈克尔·杰克逊演唱的《你不孤独》，英文是"You Are Not Alone"，一首你生前非常喜欢的歌曲。歌声与亲友们的哭泣声交织在一起，令人肝肠寸断。当那段熟悉的旋律奏响时，你的灵魂该是被托举起来，朝向一个安宁的地方飘去吧？

女儿，你终于回到家了。

在人世间行走了二十几年后，你停下了脚步，把自己藏进一个小小的木匣子中，回到了家，回到了你自己的屋子里。这个枣红色的骨灰盒，摆放在靠墙而立的颜色相近的钢琴台面上。小时候，有好几年的时间，好多个日子，你一连几个小时地坐在这架钢琴前弹奏，琴声流水一样地到处流淌。但从此以后，再也不会有一只手，掀开厚重的键盘盖板，在黑白琴键上敲击出或忧伤或欢悦的旋律。它将长久地暗哑，一如你逝去的生命。

骨灰盒两旁，摆放着几张你不同时期的照片，有的还被放大，镶嵌在镜框里。它们无声地诉说着你生命中的一段段时光——

你坐在黄色的皮沙发上，身体前倾，长长的羊毛围巾裹着脑袋，像一个维吾尔族小姑娘，咧嘴顽皮地笑着，露出两排洁白细碎的牙齿。那是在百万庄我们当时住的房子里，那时你还没有上幼儿园。

你穿着蓝底碎花的连衣裙，站在河北老家县城里爷爷家的平房小院里，我抱着你，身后是奶奶腌制咸菜的粗瓷大缸，头上是一棵枝叶茂盛的石榴树。

你很文静地站在海滩上，帆布短裙，白色的袜子，背景是一大片海水和远处岛屿的淡淡的影子，那是上小学的时候，有一年暑假，你跟着妈妈去舟山群岛旅游。

你在美国宾夕法尼亚州伯克曼学校高中毕业典礼上，正从校长手里接过毕业证，笑得那样灿烂。这是个庄重的时刻，一袭白色曳地长裙是你的毕业礼服，把你的个头衬托得更加高挑颀长。

你和妈妈站在海南岛五指山上的一棵大树下，大树树根处又长出了一棵小树，仿佛孩子依偎在母亲身旁，树干上挂着一个写着"母子亲情"的牌子。你微笑着，头向妈妈一方微微侧着，一条胳膊搭在她的肩上。这一张照片时间最近，拍摄于2019年元旦后的几天。

....

每一张照片都会牵引出一段回忆。它们今后还会不断更换，既然有那么多照片留下了你的影像。在今后漫长的日子里，它们将成为我和你妈妈灵魂的食粮。它们会刺痛我们，它们也将抚慰我们。

这间屋子，你前后一共住了十八个年头。最初四年中，它是你每天的寝室；后来出国留学，十多年间，只有每年寒暑假期回来时才会住上几个月；大学毕业后的几年，回来的日子就更少了。它越来越像是一个驿站，一处旅舍。

但从现在开始，你每天就都住在这里了。

春夏秋冬，寒来暑往，你将拥有这十几平方米房间中的每一寸空间，拥有三百六十五天里的每一分每一秒。你将再一次熟悉周边的一切，房间里的摆设，窗户外的风景，模糊嘈杂的声音总也不能完全阻挡住，吹进来的风会随着季节变换而携带着不同的气味。

在你生前的很多个年头，我们聚少离多，今后，我们再也不分开了。每一天，我们都在你身边走动、说话，你能够随时地感知到。每一天，我们都会来到你的这间屋子里，看一眼照片上的你，拂去骨灰盒表面的尘土，抻平垫在它下面的丝绒盖布。每隔几天，我们会在你照片前的碟子里放上几个新鲜水果，再点燃三炷檀香。烟雾袅袅，香气浓郁，我们想象，这些气息能够通达你的灵魂所在之处，把我们的惦念和祝愿传递给你。

不放心你独自躺在几十公里外的墓园里，荒郊野外，怎么比得上自己家里温暖舒适。别说什么"入土为安"，墓穴一封闭，便是沉入了漫漫长夜，黑暗无边，漆黑如墨。墓穴石板上方那一块小小的墓碑，夏天烈日暴晒，冬天寒风侵袭，想起来就心痛。身边都是素不相识的人们，虽然彼此间挨得很近，但不能减轻你的孤寂。不如就在父母的身旁，让我们看护陪伴着你，一如此前的岁月。

女儿，这是你永远的家。你就踏实地住在这里，陪伴我们，直到将来某一天，那一双拉走了你的手，开始伸向我们。

长夜无眠

乔乔，亲爱的女儿，如今你辞别人世已经几个月，我的情绪也稍稍平复了一些，能够对你患病期间自己的内心状况，做一番回顾梳理了。

没有人愿意反复咀嚼苦难。我们之所以如此，并非因为具有什么受虐情结，而只是由于凭借这个行为，可以获得一种与你在一起、不曾分离的感觉。

收到基因检测报告好几天后，我的脑海中依然一阵阵地恍惚，不愿相信这个结果，更难以接受。总觉得这不真实，肯定是什么地方出了差错。怎么能够想象，你会得了这样致命的病，事先却毫无征兆，就仿佛一池微微荡漾的清水，瞬间凝结成了一块巨大的冰坨？

在不久的将来，天地间再也没有你？一个原本健康快乐的生命，很快就要堕入死亡的深渊？这样的反常悖逆，既不合常理更不符人情，其中的理由和逻辑是什么？每想到这一点，就有一种强烈的、难以忍受也难以辨析清楚的复杂感受，让人悲哀、愤怒而无奈。尤其是弥漫其间的那种荒诞感，比愤怒更强烈，而恐惧只是最初几天的感受。

有好几次，我开车行驶在家与医院间的路上时，忽然就泪水涌出，模糊了视线。我许多年里不曾流过泪了，曾经怀疑是不是泪腺分泌有问题，但此时明白了，那只是因为过去一直岁月安好，尚不曾遇到伤心欲绝之事。

这是问题的实质，是伤心的核心：你自己认为，我们认为，所有认识你的人都认为，你的真正的生活即将开始。过去所有的努力，都是在为迎接这一天做准备，是一种铺垫和过渡。仿佛走过了很长的路，前面出现了一道门，隐约闪亮，似乎允诺着那边有着无限的美好，但走近时，却发现门后面是令人眩晕的万丈断崖。

既往所有痛苦的经历，在这次劫难面前，都变得轻微如飘絮鸿毛，短暂如电光石火，程度上完全不可比拟。语言难以描述那种具体的感受，我只能说，其间的巨大区别，仿佛是一列山脉的阴影和一朵云彩的投影。

　　那些天，我白天疲惫不堪，但晚上却又难以入睡。过去我一向睡眠很好，躺下后十分钟内就能睡着，偶尔受什么事情影响睡不好，最多也不过一两个晚上的事情。但从你的事情发生后，有长达三四个月的时间，出现了严重的睡眠障碍。特别是在你住院手术和放疗的那些日子，我独自一人在家，每个黑夜都成了难挨的煎熬。

　　我在两个卧室里的床上，在书房里的沙发上，在客厅里的长榻上，不停地变换地方，或平躺或侧卧，辗转反侧，但依然睡意全无，感觉每一种姿势都别扭较劲，每一个部位都僵硬难受。气急败坏中，我甚至不由自主地做出一些怪异癫狂的动作，伸出拳头击向虚空，一把将摆在床头柜上的书推到地上。

　　好不容易睡着了，忽然就又想到这件事情，仿佛突兀地插入了一个东西，立刻心跳加速。梦境中，仿佛听到一个声音在努力确认，这是否是真的，是不是一个梦？但很快就意识到这是千真万确的，立刻就有一种悲哀的情绪涌上来，人也随即醒了过来。这样的情形，有时一晚上要出现几次。

　　那段时间，每天夜里也就睡两三个小时，还曾经连续三个夜晚没有合眼。家人亲戚都为我担忧，劝我看医生。我内心虽然不以为然，但也担心发展下去会影响到照护你，还是去挂了号。我向接诊的女医生如实地讲了情况，她很肯定地说：你这就是心源性抑郁。她给我开了好几种镇静安神抗抑郁的药物，但服用后效果仍然不佳。我验证了药物在我身上不起作用，正如喝茶从来不影响我的睡眠一样。我一天到晚口不离茶，有时到晚上十点多钟还新沏一道茶喝，但仍然能快速入睡。可见如今的难眠，归根到底还是情绪的作用。

　　即便能够入睡，每天早晨五点钟前都会醒来，但又不知道应该做什么，一片茫然。我经常走出小区，沿着一条固定的线路行走，脑海里的想法飘忽断续，仿佛一朵乱云，手掌机械地拂过身旁半人高的冬青树丛，偶尔会揪下一把叶子揉碎，指缝间沾上了黏糊糊的汁液。

　　那些天，几乎每天都要买一些新鲜的水果送到医院，请护工下楼来取走带进病房。我每次走进水果店里，总要停顿一下，将飘忽散乱的思绪拉回来，把目光投到眼前摆放着的各种水果上，努力回忆，才能想起来你妈妈告诉我要买哪几样。这个过程很像电影里的慢镜头。

心情极度糟糕，也没有人监视督促，便索性彻底放纵自己。房间里好多天不打扫，原本光亮可鉴的木制家具上，落了一层厚厚的浮土。吃饭也都是胡乱对付，泡一袋方便面配一包榨菜，煮半袋速冻水饺，将冷冻的花卷包子放进微波炉里转几下，把几棵小油菜扔到锅里煮熟，便是一顿饭。不长时间中，体重下降了十几斤。连家里的猫也跟着倒霉了，本来早晚各一顿饭，也减成了全天一次，三只猫都瘦了不少，尤其母猫妞妞，原本肥胖得夸张，让人看了照片都忍不住发笑，也很快变成了正常体型。

正值盛夏，动辄一身汗湿，但我在情绪最崩溃的日子里，有时晚上不洗澡就直接上床了，虽然浑身黏糊糊的不舒服，但陷入深深的惰性中，就是懒得动。几个月后，因为后背处红肿发炎，疼痛难忍，去医院检查，医生诊断是皮脂腺囊肿，问我是不是平时不注意卫生，导致汗毛孔堵塞，让我十分羞愧。只能做了外科小手术排除脓肿，为了预防感染还输了几天液。

数十年来，阅读一直是我乐此不疲的事情，是精神愉悦最主要的来源。但有几个月的时间，这一习惯完全变样了，根本不想去翻书，即便勉强打开，也无法集中注意力。目光盯着书页，但却要过上一会儿，才能将思绪拉回来落在文字上，再过上片刻，才能明白它说的是什么，整个反应迟滞了一两分钟。

回想起那些经历，实在难以忍受，不堪回首。种种滋味，都是我此前想象不到的，也因此断定过去读过的某些描写痛苦的段落，只是作者的臆测而已，并非亲身体验，因为它们表达出的都是泛泛的东西，而真实的痛苦具有差异性，是个体化的。它更让我认识到，不要用轻率的口气谈论苦难，尤其是别人遭逢的苦难。如果无法做到共情，至少也应该沉默，而不要以居高临下的口吻，责怪当事人何以迟迟难以走出。没有性质和程度相同相似的经历，任何乐观豪迈的表态，都显得轻易和廉价，都不值得信赖。

我也知道陷溺在这些负性情绪中的坏处，不止一次地告诫自己，不应该这样，它于事无补，同时又在白白浪费时间。但没有办法。仿佛被一只有力的手掌死死按住，我无法挣脱，只好听之任之。

如今，面对这些文字，我如同面对一面镜子，看到了自己当时张皇失措的模样。文字描绘只是替代，只是实体的影子，仿佛照片之于真人，是打了折扣的感受。这样展现自己的脆弱无能，不是光彩的事情，但这是事实。这一场遭遇，让我原形毕露，离自己一直向往的处事不惊、镇定自若的境界，实在是太远了，让我倍感愧疚。

但倘若重新来过，我恐怕仍然只能是这个样子。

"妈妈，你答应过不哭"

最初了解这个病的凶险时，震惊痛苦之外，我最担心的是你得知真相后的反应。

我设想过种种可能的情形。

你肯定会痛苦悲伤，情绪崩溃，会抱怨自己为什么会遭遇这样的厄运，在你的同伴们享受健康快乐的时候，你却要忍受致命疾病的折磨。生命正在最好的年华，梦想正在绽放花朵，为什么一切就要结束。这种情况下，你哭泣喊叫，发脾气，歇斯底里，都是完全可能的，谁也都能理解。

随着时间流淌，如果病情进一步加重，没有治愈希望，你又会怎样？按照医生的说法，肯定会是这样的结果。我的脑海里闪现出了一个可怕的场景。从位于这座楼房第二十层高处的卧室推开窗户，下面就是小区的一条青石甬道，没有任何遮挡。如果决意放弃自己的生命，纵身一跳，便是最为便捷有效的解脱方式。我对高空坠落始终有一种担忧，你小时候住的那间屋子窗子比较低，有一次看见你踩着小凳子探头朝下面看，半个身子压在窗台上，把我吓得够呛，赶紧在外面装了安全护栏。

但是，所有这一切担忧的事情，都没有发生。

你手术后不久，左半身基本瘫痪，让我不再担心你有能力做出极端行为。但从得病到离世，长达一年多的时间，你从来没有当着我们面哭过一次，抱怨过一句，一次也没有。你不曾向我们，不曾向医生，也不曾向任何人打听过你的病情，能不能治好，仿佛忍受痛苦的，是别人而不是你，你只是一个局外人。这一点让我大感意外，甚至现在回想起来时，仍然困惑不解。说给别人听，更是引起一片感慨，纷纷赞叹你内心坚强。

我们了解到别的患者很多不是这样。微信群里，不少病人的家属，都在诉说他们患病的亲人,如何被疾病折磨得痛苦不堪,如何情绪失控、哭泣甚至咒骂。他们叹息,但没有人抱怨责备。他们知道,病人这样对他们发泄,只是因为他们是亲人,他们有义务和责任承受这些。

相比之下,你大不一样。

如果仅仅开始时是这样,并不奇怪,应该是你不了解病的凶险程度。你正在生命活力最为充沛的年龄,对这个阶段的人来说,重病和死亡还只是一个遥远模糊的影子,一种更多属于别人的遭遇,一种虽然存在但通常体现为观念形态的事物。

因为疾病发展快,住院时你的眼睛就几乎看不清东西了,这样也就没办法看手机,查询病情。但这也只应该是推迟了你知晓的时间而已。医生护士们怜悯的目光、家人忧虑的表情,特别是手术之后,众多难受的症状、频繁复杂的检查,面对这一切,再愚钝的人,也会考虑它们意味着什么了,何况你一向敏感。尤其是当开始做肝功、生化、心电图检查,头部放疗区定位,进行放疗前的各种准备时,更是明白无误地告诉了你疾病的性质。

其实在放疗之前,你的好友在探望你时,已经自作主张地告诉了你真实病情。她说你内心强大,让你知晓真相,更有助于激发求生意志,对治疗有利。我们再反对也没有用了。

得知病情后,你外表看上去颇为镇定,没有明显的恐惧惊慌,更不曾哭闹抱怨,仿佛印证了同学朋友们对你的看法。但我们还试图给出另外一种解释:你虽然得知自己得上了可怕的疾病,但还没有将它和最严重的后果直接挂钩。你一向健康的身体,让你迄今为止对疾病的恐怖还不曾有真切体验,对恢复健康有信心。而且,亲戚中也有得了癌症多年,一直恢复得不错的,可能也多少淡化了这个词语的凶恶色彩。"我能接受这个结果。"这是在放疗开始前,我们告诉你这个病的真相时,你说过的一句话。但你真的明白这句话的意思吗?

放疗长达一个半月,这个过程中,我每天推你去治疗,深切感受了你的镇定。只是在刚刚开始时,你问过我一句:"我这病还有救吗?"我心中难受,但尽量做出轻松的表情说当然有救,但因为病情比较重,治疗时间要长一些。后来你再没有问过我,也没有问过妈妈。你应该是相信了?还是已经决心承担任何后果?

妈妈陪同你住院，前后共计四个多月，一百多天。每一天，她都近距离地看着你被病魔折磨的痛苦样子：手术后头部和上身缠着很多管子，动一下就要牵动伤口，疼痛难忍，坐起和翻身时十分吃力；药物反应让你呕吐不已，脸上直冒虚汗；为了化验脑脊液，前后做过多次腰椎穿刺，每次穿刺后都要平躺五六个小时，再难受也不能动弹……妈妈每次问你感觉如何，你总是回答没事，但你脸上痛苦的表情却是无法遮掩的。妈妈好几次控制不住眼泪，倒是你来安慰她："妈妈你又哭了，你答应过不哭的。"

只要不是特别难以忍受，你总是尽量地多跟妈妈聊天，说话中还保持了一丝幽默感。妈妈告诉我，有一次你们的对话是这样的——

妈妈说："好闺女"；你回答："是"。妈妈说："乖闺女"；你回答："是"。妈妈说："漂亮闺女"；你回答："一般"。妈妈说："你是唯一的女儿"；你说："你是唯一的妈妈"。

我还想到了一个场景。你放疗结束出院回家不久，健康状况还不错，为了活跃气氛，妈妈逗你为我们几个人的表现评分，你给她和护工阿姨的都是高分，给我的是一个及格线以上的分数。你脸上挂着笑意，说："老爸你只要别老是愁眉苦脸的，下次也能得高分。"

在家里，还要继续服用几个疗程的化疗药。为了掌握你服药后的反应，以便确定用药量是否增减，药品是否调整，我们有时会问你，是不是难受。大多数时候你都说"不难受"，或者是"还行"，有时候则用摇头来回答，这比说话要省力气。尤其是在第二次开颅手术后不久，气管切开，你不但无法发声，摇头也困难，就变成了眼神交流，用眨眼或闭眼分别表示不同的感受。

其实我们很清楚，这样问十分愚蠢，怎么可能不难受？药物严重损伤肠胃功能，你食欲很差，每次吃东西时都紧蹙眉头。护工阿姨经常将饭菜又原封不动地端回厨房，说你头痛、恶心，喂不进去。你说不难受，只是为了不让我们担忧。

后来又是几次进出医院。护工阿姨陪同你住院期间，我们无法去探视，阿姨为了拍视频给我们看，每次都让你"笑一个"，"露八颗牙"。这样不顾及你的感受，未免有些残忍，但你仍然是很听话地配合，努力做出笑容。

但有一天，你的目光明白无误地透露了你的心情。

那是在第二次开颅手术及气管切开手术后，距第一次手术已经五个多月了。在重症监护室救治了几天，又回到神经外科病房调整数天，各项指标逐渐稳定了下来，医院再一次催促我们办手续出院。病房是给手术病人住的，你已经做过两次开颅手术了，不可能再做，也没有别的治疗措施了，也就再没有理由继续住下去。此前说话还比较委婉的大夫，这次说得很直接：回家休养，或者去郊区找一家临终关怀性质的医院，尽量让她过得舒适些，少些痛苦。

但这样的医院并不好找，回家的话，出现什么情况我们也无法处置。我们又陷入了新的焦虑。万幸的是，经过一位医生朋友热心帮忙联系，离家不远的海军总医院的神经外科答应接收，便转到了该科的病房。

但这种结果，你一定是没有想到。

头一天，护工阿姨发来一段视频，晃动的画面中，她告诉你说我们明天就要回家了，你的脸上溢出一丝笑意。但你并没有能够回到自己的房间。经过几个小时的忙乱折腾，办理出院手续后，一辆救护车把你拉到十几公里外，迎接你的仍然是一所医院。这里走廊比上一个地方更宽，病房更大，设施也更新，但墙壁一样雪白清冷，到处弥漫着药水的气味。

在护士的指挥下，我们把你抬下轮椅，抬到了一张病床上，将各种物品摆放整齐，归置到位。妈妈走到门口，给护士详细交代如何照顾你，我站在病床前，弯下腰看着你，脸上使劲挤出一缕微笑。

我牢牢地记住了你此时的目光。

你直直地盯着我，眼睛一眨不眨。目光清澈、犀利而尖锐，仿佛被清水洗过的刀子，闪着寒冽的光亮。这是你不曾有过的神情，搜遍脑海，也找不出一点儿这样的记忆。这是意识高度清醒下才会有的目光，里面有留恋、绝望、哀伤等太多的内容，让我心中一阵颤抖，一阵冰冷，仿佛一坨冰块从喉咙咽下，穿过肚肠直落到小腹部。

此时无声胜有声。我想到了这句话。

护士又在催促离开。走出病房时，转身和你告别，你不看我们，扭头望向窗户的方向，叫你也不应。我从你的目光里读出了一种愤恨，你一定是在痛恨降临在你身上的命运。

第二天，听护工阿姨讲，我走后，你哭了十几分钟。到了夜里你又哭了，被子蒙着头。此前她从来没有见到过你流一滴泪。我心如刀绞。是怎样的痛苦绝望，才能让你这样爆发出来。我想到昨天你的目光，该是由于气管切开，你无法对多日不见的我们说话，带给你的心理打击是巨大的。但更有可能，是你认为这次出院后会回家的，没有料到只是换了一间病房。这更让你清醒地认识到病情的严重，看到死神的头颅就在不远处晃动。

这是你第一次明确地宣泄自己的痛苦，也还是在深夜里，我们不在你身边时。回想到一些场景和细节，我越来越相信，我们此前为是否要告诉你实情而犹豫不定，其实是多余的。你内心早就清楚，只是不说。你很默契地配合着我们，彼此都心照不宣。

尽管如此，我还是相信，一直到最后，你也没有完全失去希望。妈妈对我说过好几次她的感觉：你认为我们能救你。从小到大，你所有的愿望，最后都是能够实现，虽然有时可能会费些周折。这一年多来，我们千方百计的努力，你都看在眼里，加上求生本能的驱使，你一定也相信会成功，就像此前所有问题最终都能够解决一样。

在那一次深夜暗自哭泣后，过了几天，你看上去又表现得很平静。你十分礼貌地对待值班的小护士们，全力配合她们的要求，每一次都微笑着说谢谢。那时你气管的刀口已经开始慢慢愈合，能够说一些简单的话。护士们也都喜欢你，空闲时总爱到病房里来看你，打听你在国外读书和生活的情况。有人还问起学英语时遇到的问题，你总是很友好地解答，还说等将来病好了以后，可以义务教她们学外语。

从海军总医院出院回家后，过完春节，正月初五那天，你精神很好，对妈妈说想写字。从住院到现在，大半年里你都没有写过一个字了。妈妈和护工阿姨一起，把你扶到轮椅上坐下，在你面前架起小桌子，拿了一支笔和一张纸给你。你左手掌连同手腕压在纸上，右手捏着铅笔，微微抖动着，费力地写了一会儿。我凑过去看，在这张大十六开的复印纸上，你一共写下了十来行字，字迹歪歪扭扭，但仔细看还是能够辨认出来。

"今天破五，我想要练字。""妈妈，我很好，你放心吧！""爸爸你好！告诉你一个秘密：你真帅。""叔叔，谢谢你的看望和水果。""考拉你好，姑姑爱你！""回家的感觉真好！我爱北京。""想吃番茄菜花。""我的愿望是康复，加油！！！""爸爸妈妈和我是一家人，我会尽快康复！！！"

你在强烈地表达自己的感情和愿望。你写到了叔叔，写到了表哥的女儿的小名，因为几天前过春节时，叔叔和表哥表嫂分别来看过你，你都还记得，这表明你的神智十分清醒。整个生病期间，有人来探望时，你不管多难受，都会强打精神，努力露出笑容，说一声谢谢。这次你用了三个感叹号，来表达对生命的渴望。当时我们都很激动，妈妈甚至瞬间涌出了眼泪，急忙扭过脸去，不想让你看到。你去世几个月后，有一天我在收拾东西时，再一次看到这一页纸，不禁潸然泪下。

随着病情的发展，你的视力又开始下降了。但当妈妈问起时，你仍然说能够看见她。有一次妈妈问你，她穿的衣服是什么颜色的，你支支吾吾，妈妈不忍说穿，随便说了一种别的颜色，你马上回答说对。你的小心思我们都清楚，其实你是怕我们伤心，不肯承认你已经看不清东西了。

还有一件事，更能够印证妈妈的想法。那是第二次住进海军总医院的后期，你的生命正在快速走向终点，但没有人能够意识到这点。那天医生来查房时，对护工阿姨说准备好过两天出院，你听到了，费力地说："大夫我不回家，我还要康复。"你还对护工阿姨说："阿姨谢谢你，等我病好了，我要照顾你，照顾爸爸妈妈。"

我也清楚地记着你最后一次的核磁检查。

我们几个人用棉褥子兜着你，抬到检查床上放下，再将棉褥从你身下抽掉。你只穿着单薄的衬衣衬裤，背部紧贴着冰凉的台面。来自身体内外的不适感，让你全身不停地抖动，控制台电脑荧屏上的影像模糊晃动，操作人员几次停下手，说无法进行下去了。我埋头凑近你，头部几乎也要伸进机器的圆腔中，语调急切地恳求你努力控制住自己。

你无法说话，费力地抬起尚能活动的右手，拇指和食指围成一个圆圈，表示你都明白，你会努力配合。检查终于正常进行了。那一刻我不禁在想，你的治疗要是也这样多好，虽然费尽气力，但最后总算成功。

然而上天没有给你机会。

有过许多次，望着你疲惫萎靡的神态，我设身处地想象你十几个月来的感受。从最初满怀希望的乐观，到意识到病情的严重凶险；从坚持不懈的抗争，到病魔更猖狂的肆虐；从一次次的点燃希望，到一回回的破灭梦想……与这个过程相同步的，是躯体日渐沉重，精神日益倦怠，清醒越来越少，昏睡越来越长。

　　这样的痛苦，就在我们眼前摊开、展现，逐日地累积，且结束完全无望。仿佛穿过一条长长的黑暗隧道，看不见光亮在何处。我曾经有过一个想法：如果你的命运中注定了无法躲避劫难，而且结果完全不可更改，那么与其这样每日被病魔肆意蹂躏，辗转于无望的深渊之上，真不如当初某个时候遭遇一次突发的事故，譬如一场空难、一次车祸，让生命猝然了结。免去了经年历月的折磨，惊骇恐惧都只是瞬间的事情。

　　这样的想法只是一闪念，但过后却让我羞愧自责。

　　不该这样想。绝不能放弃，直到最后。

选自《美文》2023年第7期

评鉴与感悟

血泪之文，悲痛至极。人在面对这样的病痛之时，内心的痛楚、挣扎、忧伤和绝望可想而知。有道是，好散文都不是写出来的，而是活出来的。在如此遭遇面前，再漂亮的文字都是苍白的。

风范

无论星光还是烛光

/筱敏

我孤陋寡闻，非常迟的时候才读到陈善壎老师的文章。2018年，张鸿编了一个广东散文小辑，在公众号"小众"推出。我在那里读到了陈善壎的散文。大约有十余年了，我的状态相当低迷，感觉相当迟钝，生活是封闭式的，很少翻读当下作家的作品。这几篇散文让我吃了一惊。我向黄金明询问，得知陈善壎有一个集子新近出版，于是上网搜寻，购得陈善壎的书《痛饮流年》。阅读的过程我发觉自己多年的麻木似乎褪去，重又有了痛感，重又体验到震撼和惊喜，仿佛遭遇一个罕见的丰富且明澈的灵魂。我深为愧怍，许多年来，我竟然错过了这般卓异的文字，错过了独立于文坛之外的这般高人。

回想起来，20世纪80年代我就拜见过陈善壎的夫人郑玲老师，彼此亦有诗集互赠。诗人郑玲是个奇迹，她在诗坛小荷初放便遭遇了二十余年狂风骤雨，重现诗坛时已五十开外。诗歌是年轻人的领地，而郑玲是超越年龄的，她始终保有少女的纯净和敏感、青年的热忱和激情。她是不老的。身为晚辈的我却很快就老了，离开了诗，在郑玲老师面前自惭形秽。三十年来，郑玲在诗坛如星辰生光，我远远仰望那星光，却没有看见另一个质量巨大的星体，陈善壎隐在她的光芒后面。

《痛饮流年》出版时郑玲老师已经离世。陈善壎将郑玲的一首诗放在首页为序：《爱情从诞生到死亡》——"我们相互给予的/是半个世纪短暂的相守"。"我们挣扎在巨大的阴影下/通过一连串的失败感到胜利/感到的胜利如海市烟云"。"两个互为生命的敌手/在争吵中获得力量/我把最后的力量使出来/激发你的散淡/散淡的回忆甘美"。陈善壎在诗后以加注写道："两个生命的全面融合才可体会这样恰切。"爱情这种奢侈品世间稀有，一对伴侣互为生命，便生成了双倍的生命能量，这大约是诗人不老的谜底。

陈善壎的文章常有一个主要人物郑玲，最为文友称道的是《你这人兽神杂处的地方》。那一段故事堪称传奇，陈善壎的笔力毫不辜负他们的故事，恢宏，诡谲，似密林般幽深，又似涧水般澄澈。这篇作品的写作过程也是一个传奇，1960年代后期，落入灾难而困居深山的郑玲，曾写过一首长诗，名为《你这人兽神杂处的地方》，因为诗人特别珍视，不忍像其他诗作那样亲手焚毁。危难中她把诗藏在他们住所的砖墙缝里，期盼日后取回，然而命运并没有给她这样的安慰。后来她企图重写，但不管如何努力，再找不回当初的感觉。诗遗失了，那是她最好的作品。三十年后，陈善壎返回江永深山去寻找那首不为人知的诗，所获终是遗憾。他写道：

> 或许是不甘心，我还是去"我家"门前默哀般站立好久。那诗已彻底毁灭。我木然地看着那座房子，看着那诗的墓地。有喜欢郑玲的诗的朋友说她的这首诗那首诗是他们喜欢的；在我的心里，他们可能最喜欢的作品已被埋葬。诗的死，在我心中掀起波澜。灯下创作这首诗的情景在微明中浮动。

这般哀痛和不甘，促使陈善壎动笔写下同一个题目——《你这人兽神杂处的地方》。他不分行，写实寄意诗情饱满。那是他们二人共同的诗、共同的日夜、共同的苦难和财富。他不能任其在风中散失。

郑玲的诗文里也常有一个主要人物陈善壎，有时他没有名字，有时另有其名。譬如《野刺莲》中这一段：

> 和陈萱结识于穷途末路，那时，我刚被释放出来，前路茫茫，一筹莫展，好不容易在职工夜校谋得一个临时教书的工作以维持生计，

陈萱也在夜校任课。我早就听说过他的身世，四岁死了父亲，母亲守寡将他和妹妹养大，三人每餐共吃一片腐乳或一碗白菜。他的童年是在漫长的幻想和严格的自学中度过的，十岁就开始在印刷厂学徒，用妈妈给他买蚕豆的钱去看连环画，从躲在碎纸堆里读辞典入门，自学数学，经过有关方面的考核，达到大学数学本科毕业水平，而且酷爱文学。……我倾听他的谈话，犹如倾听自己的思想，我觉得再没有一个人的气质比他和我更相近的了，年龄上的差别和其他的一切关系也就随之隐没了。

诗人写到自己遭受流放，年轻的知己坚持要求下乡，毅然与其同往，在荒蛮的山野里给她一个家，帮助她建造人的生活。从前我们听过十二月党人的妻子追随蒙难的丈夫去往西伯利亚的故事，然而，男人自毁前程追随妻子共赴苦难，这样的故事委实鲜有听见。

他们相伴半个多世纪。晚年郑玲描摹他们的生活，譬如《诗与丈夫》一文：

我与丈夫的姻缘是诗为媒的，几十年来，他虽然从事其他职业，却渗透了我的文学活动，充当我作品的第一个读者。而我们并非总是"琴瑟和谐""相敬如宾"的，争争吵吵时或有之。每次，我把定稿给他看，他俨然面临经典，逐字逐句地读，但是，只说一声"好"或者"不好"。我要求他说得系统一些，他一脸肃杀："普通读者都是这样说的，只有评论家才系统，难道你是为评论家写诗的？你是个真诗人吗？"如此简单粗暴，使我大为光火，推翻椅子，将枕头被盖扔满一地，他反而哈哈大笑："你没有摔电视机录音机，可见还清醒，醒者能悟！如果你已经培养起你所追求的第一流审美才能，自然就会从'好'与'不好'这简单的评语中悟出得失……"一瓢冷水，教我冷静下来，再三修改之后，求他修改，他当真点笔成金，动了三五个字，诗便焕然生辉了。

我一向以为，对一个写作者的了解，单读他的作品就够了，何况这里还有两位作者的互文。然而这回似乎例外。读了《痛饮流年》，我很想去看望一下这位作者，于是请为此书作跋的黄金明帮忙介绍引路，我得以见到我本该在三十年前拜见的陈善壎老师。

交谈必定首先致意郑玲，陈老师郑重地说道："她有诗集送你。"然后双手端出郑玲老师的诗集《让我背负你的忧郁》。我于惊惶中接过，翻开看见扉页上的题字：

筱敏吾友
　　知你来，我好高兴。嘱善壎代签此集赠你，慰我平生对你的神交。
　　　　　　　　　　　　　　　　　　　　　　　　郑玲
　　　　　　　　　　　　　　　　　　　　　　　　2018年8月7日

我说不出话来，没有语言能够表达我心里的震颤。两个生命的全面融合，原来是这样在一枝一叶的细微中显现。

谈起我们记忆中的那个年代，陈老师有许多故事，由此延伸到我尚未出生的年代，他有更多故事。在天地翻覆波谲云诡的时代，有故事的人很多，但能讲故事的人很少。大多数人并不理解发生在自己身上的故事。人是脆弱的芦苇，但只有少数人是会思想的芦苇，知道自己在宇宙中的位置，在人类文明发展史中的位置。没有历史感这一束光的照射，人们往往看不到自己的故事，意识不到有故事在自己身上发生。讲故事的人需要透视世事的锐利目光，超拔于常人的记忆力，难以麻醉的痛感，还需要建构能力和个人化的语言。这些陈善壎都具备，而且出色。

他的家族史堪称一部中国现代史，一篇《老娘娘和她的后人》可以为证。剽悍的老娘娘从光绪年间走来，"身处有清而天足"，顶门立户，浪迹四方，教训后人志在天下，"有她喜欢的青年来，不拘长幼，豪饮移时"。"经常应邀与谭嗣同、唐才常、沈荩几个人登岳麓山呼啸"。后人中有随蔡锷举义帜的，"她驾一辆马车拖一副棺材，随护国军进退"，收儿孙的尸骨。"她的后人，像一群荒原上的迷途者，有的朝左走，有的朝右走。"或参与组建共产党，或投效国民党位列要员，或阵亡于抗日战争的长沙会战，或沦为地主遭新社会种种斗争……中国近百年历史往还的重大剧目，总有这家族后人的身影。

　　我不禁想起《百年孤独》中的老祖母乌苏拉，老娘娘是不死的。她驾风云而来去，为每一名离世的后人送行。她把自己活成一个传奇，把后人的传奇驱使向世界，她在传奇中出没，让传奇不绝繁衍。

　　陈善壎以区区万余字驾驭了如此浩阔如此纷繁的故事，他穿梭于虚实之间，笔锋峭拔，建构奇绝。结尾时他下了这样一笔："老娘娘或许还在。她的每一个子孙的命运，不过是她的尝试与探索。我们最终会发现，她不是什么。"

　　陈善壎的文章我们所见的篇幅均不大，望去是海面的浮冰，待近前去看，却是一座冰山，细读之下，可知露出水面的仅仅是冰山的一角，巨大的山体连同绵延的山脉，都沉默在海水下面。

　　《我的音乐老师》写的是20世纪五六十年代的故事。曾经留法的音乐家风采耀目，其作品高雅地在维也纳演奏，通俗地在工人合唱团歌咏，他指挥过庞大的乐团，也谱写过曲目痛斥反动派，歌唱农民翻身。命运跌宕。倏忽之间，备受崇敬的音乐家，沦落为一个出没坟山寻捡尸骨制作人类骨骼标本的酒癫子。这其中自然有悲惨世界的故事，来龙去脉需要繁多的注解。陈善壎在这里却只下了一笔："我一眼认出此人就是曾老师。一点没有惊诧。他落到这步田地我马上有一个解释。"

　　如此俭省的一笔倒让我惊诧，但我也马上领会了这个解释，并领会了这样一跃而过留白的道理。我们都经历过那个时代，我们已知许多同类的故事。

　　陈善壎的笔墨能至简如此，浓稠时却又是一番景色。他写到酒癫子酒后在木楼上的动静：

　　　　果然，约莫晚上九点钟的时候，楼板响起踢踏声。我记起他的烂皮鞋是钉了铁后跟的。这声音开始极轻，有如一只被风浪击得千疮百孔的小船躺在沙滩回忆往事，一圈圈波澜从他内心的深处向空中扩展。踢踏声的节奏慢慢激越，楼板缝里有灰尘落下。

　　　　……节奏变得紧而密了，逐渐变得狂热、炽烈，变得多情而贪婪。整座楼房都在抖。我全身紧缩，怕一根牵系他生命的弦突然断裂。

楼板上的节奏越来越疯狂，土地微微颤动。我相信只有入了魔才能这样表现。只有入魔才能把生命倾泻得这样彻底。他是在舞蹈，以一种特别的方式寻求自我的解释。此刻，他是一个舞蹈着的音乐家。一个只有脚功能的舞蹈家在阐释失去旋律的音乐家。他的音乐只留下硬朗的节奏，犹如生命只剩下叩击有声的骨头。驼子说，这是他最快活的时候，并不容易碰上他这样快活。

时代的齿轮，把音乐家从音乐中撕开，抛到了贱民之下。为了果腹，他为医学院及大学的生物系制作人类骨骼标本。他携一只麻袋和一把钉耙，揣一个扁酒瓶，潜入开掘的工地，无主的荒坟。他的劳作是沉闷的，他的存在是无声的。然而，无尽的旋律在他体内回荡，他禁不住自己的回忆和梦想。在荒僻之地的木楼上，他以荒诞的方式组建自己的乐队，创造自己生存的希望。这一段描述令人过目不忘：

没有天花板，瓦缝里不时漏出闪电的白光。一个整齐的阵容摆在我面前，那是一群制作精良的人类骨骼标本。它们按照舞台上乐团那样布置。每具标本的颈椎骨上用绸带系了领结。这些标本有站的有坐的。旧钢琴前也坐着一具标本，摆出弹奏的姿势。他摸着它的指骨要我看。"不够修长，对吗？做粗活的。"

陈善壎的文章时常会出人意料，从天外飞来一笔，骤然将叙述的域限打开。这或许是叙述技巧，但我的感觉是，作者心中有太多故事，汹涌翻沸，随时可能从任何裂隙冲腾而出。还是这篇《我的音乐老师》，篇幅本来不长，作者说着音乐家的故事，忽然荡开写了这样一段：

此后，我去了南门大古道巷的工艺美术厂。谁介绍的记不清楚了，可能是钟叔河。这家街办厂有点意思，是个"藏污纳垢，牛鬼蛇神成堆的地方"。正在天井里做石膏胸像的年轻人，是写《火烧红莲寺》的平江不肖生向恺元先生的孙子。躲在后院墙角煮骨头的是湖南师范学院生物系讲师郑英铸。做几何教具的陈孝弟是某大学数学老师，他一边工作，一边给姓仇的大学没毕业的年轻右派讲傅立叶级数。旁边小房里埋头钉板板鞋的是鲁迅先生在《记念刘和珍君》一文中提到的"一样沉勇而友爱的张静淑君"。她满脸沧桑，沉默，高贵。钢琴家罗世泽不知做的什么业务，跑上跑下。至于钟叔河夫妇，做的字画装裱。他们裱糊手艺精到。与钟叔河莫逆的朱正戴着高度近视眼镜描图，他是新中国成立后第一本《鲁迅传》作者。

与文中的音乐家相关的自然是那位煮骨头做人类骨骼标本的人，而与我们的记忆相关的远不止此。我看到张静淑君的时候心里怦的一跳，因为鲁迅先生的《记念刘和珍君》太熟悉了，先生文中纪念的几位女学生何其壮烈——

> 听说，她，刘和珍君，那时是欣然前往的。自然，请愿而已，稍有人心者，谁也不会料到有这样的罗网。但竟在执政府前中弹了，从背部入，斜穿心肺，已是致命的创伤，只是没有便死。同去的张静淑君想扶起她，中了四弹，其一是手枪，立仆；同去的杨德群君又想去扶起她，也被击，弹从左肩入，穿胸偏右出，也立仆。但她还能坐起来，一个兵在她头部及胸部猛击两棍，于是死掉了。
>
> 始终微笑的和蔼的刘和珍君确是死掉了，这是真的，有她自己的尸骸为证；沉勇而友爱的杨德群君也死掉了，有她自己的尸骸为证；只有一样沉勇而友爱的张静淑君还在医院里呻吟。当三个女子从容地转辗于文明人所发明的枪弹的攒射中的时候，这是怎样的一个惊心动魄的伟大呵！中国军人的屠戮妇婴的伟绩，八国联军的惩创学生的武功，不幸全被这几缕血痕抹杀了。

几乎贯穿我的一生，她们都是我所仰望的英雄。我以为她们只存在于鲁迅的时代，然而不幸的是并非如此。身中四弹的张静淑君幸存下来，许多年后，当鲁迅的读者都淡忘了她，是陈善埙讲述了她后续的故事。

写作是一种独白，也是一种回应。陈善埙不在文坛，他不在乎文坛的回应。但浩瀚的时空总有他在乎的灵魂，更重要的是，穿越时空而过往的，还有需要这般质地的文字的人。

《痛饮流年》有一个前言，这是我所见过的最短的作者前言，全文如下：

> 假如抄袭鲁迅先生的意思，把这集子叫作"坟"是可以的。鲁迅当时造"小小的新坟"的时候，有被"踏成平地"的假设。那是他把"坟"筑在人烟稠密的地方了。我这坟，在深山野岭，人迹罕至。它将被藤萝花草覆盖，在鸟语花香中渐渐隐匿。若有人偶然得到消息来此探幽，那是了无痕迹的了。

面对这样通透的人，许多言辞都是多余的话。但是我依然想要絮叨：人世苍茫，雾霾或暗夜时常降临。怀中或还揣有一点光的人们，无论是星光还是烛光，请举起来，好让友人彼此看见。

选自"纯粹pura"公众号，2023年9月16日

评鉴与感悟

由书及人，文如其人。从某种意义上说，写作即是作证，既为个体作证，也为时代作证。文中引言可窥一斑，诚如北岛所言："这个社会不缺少苦难，缺少的是将苦难转化成艺术。"

我文学上的第一位恩师

/陈建功

初识草明老师,已经是半个世纪以前的事了。

那时我二十三岁,在京西木城涧煤矿当岩石掘进工。我扛过风锤,和过水泥,主要干的是调度装渣的矿车——嘴上叼个哨子,在矸石车之间蹿来蹿去。干活儿是卖力气的,"偷奸耍滑"的念头也偶有发生。比如,当时的党支部书记让我替他写一篇宣传报告,这于我倒不难,文章无趣,可总比下井干活儿强很多。为此我决定不能给领导留下"倚马可待"的印象——文章是花半天时间就写完了:从公开文件中借来的豪气,设问句反问句多多益善,最后再来一句昂扬振奋的唐诗宋词,就是"沉舟侧畔""病树前头"之类。完事以后,把那讲稿塞到床褥底下,剩下的时间做自己的事。直到书记前来询问"讲稿好没",才把褥子底下那稿子奉上。"偷得浮生半日闲",无非也就是看看当时传来传去的"禁书",《红楼梦》《孽海花》,莎士比亚、杰克·伦敦之类。于是,就计划着自己的未来要从事文学创作。固然"平生志气运未通",但"时来风送滕王阁"那梦想,已经怀揣上了。

"风"终于来了。

1973年是"文化大革命"的高潮,遍地开花"赛诗会",田间地头打谷场上,尽显工农兵文艺的豪迈。近日从网上读到一篇文章,作者回忆当年回到乡村,为了"赛诗会",替失明的母亲写顺口溜。才发现,彼时家家诗歌大都文采斐然，原来都出自一个老地主的手笔。那老地主倒是饱读诗书的，只是当时早已被"打翻在地又踏上了一只脚"。村里的干部催诗债比催公粮还急，贫下中农们就骂，说这是逼着瘦驴拉硬屎。诗债交不上，只好找"老地主"代笔。"老地主"受宠若惊，却也灵感爆棚风流尽呈——非但把诗歌写得精神抖擞斗志昂扬，而且还量体裁衣，无论鳏寡孤独、瞽叟聋婆，各个都拿捏有度、身份熨帖，不少佳句甚至被新闻稿所引用。这位倒霉的"老地主"，不敢想命运自此转圜，居然渐渐为乡亲们尊崇，里闾相逢，不再避之唯恐不及，而是远远便怯怯地喊："九爷……"看到这故事便想笑，想我自己当年或也类似。

　　那天，矿上负责宣传的领导找我，问："你会写小说吗？"我说："我爱看，没写过。"领导说："那给你两天公出，去城里北新华街北口那儿，毛主席著作出版办公室开个会。"那时渐渐复苏的出版单位，都以此命名。参会后我才明白，是当时的北京市委指示，要召集重要厂矿的业余作者，让工人阶级出手，创作并出版一本工矿题材的小说集。我就这么混进了"业余作者"的行列。这本小说集要展示"文化大革命"成果的产品，担任本书责任编辑的是李炬，一位永远笑眯眯地讲话，却对每篇稿子永远忧心忡忡的老大姐，多少年之后我们才理解她的恐惧。

　　其实她心里有自己的主意，她和颜悦色、苦口婆心地宣讲着几条样板戏的"经验"——"三突出""三陪衬"等，却在某一天忽然对我们几个说："要不然我找一个写工业题材的老作家给你们看看稿子？草明同志那本《乘风破浪》，应该没问题了吧？"李炬老师像是喃喃自语，又像是要给我们解释什么，她说："《乘风破浪》是写'鞍钢宪法'的，草明算是新中国工业题材文学的开拓者。听说她已经到'一机床'体验生活去了，还开始辅导他们的工人创作组……"我们忙说："那还怕啥呀，您就领我们去。"李炬说："好，我联系一下草明。人家还参加过延安文艺座谈会呢！"我们越发觉得被"壮了胆儿"。

　　算起来，草明应是我文学上的第一位恩师。

　　那时草明的家，在东城史家胡同南侧一个窄窄的巷子里。院门也是窄窄的，看起来像是那种很随意的边门。后来才知道，这里旧称"官学大院5

号院"。院子不大，一栋二层小楼，草明只住一层。客厅很局促，书柜书桌满围着一对单人小沙发，草明和李炬分别坐在小沙发上，刘渊、王尚成、李正、梁向东和我，几个来自工矿基层的作者，有搬椅子的，有坐马扎的，已经把客厅填得满满当当了。

此前大约一周，李炬早已把我们的作品送过来了，原稿潦草的，还嘱咐我们誊抄清楚。

我誊抄后送上的是短篇小说《"铁扁担"上任》。又过了近五十年，我在2022年10月号《人民文学》上发表的散文《落英缤纷忆故人》里，记叙了这篇誊写稿的故事：

> 几天前，有位青年文学研究者来访，说在中国现代文学馆找到我发表的第一篇小说《"铁扁担"上任》的誊写稿。捐赠人叫吴纳嘉。立刻想起，所说的就是1973年我登门求教时，特别认真地誊抄的那篇。

从那时到2002年草明老师逝世，已近三十年。难得的是，老师居然把这稚嫩的文稿保留到辞世，而后才由她的女儿吴纳嘉捐赠到了现代文学馆。

初见草明老师，发现她已经细细读过我们送来的稿子了。她一篇接一篇给我们分析，又告诉我们写小说的基本要求是什么。谈到我那篇小说，她鼓励甚多，特别问我怎么积累了那么有趣的语言。我说："大概因为挖煤的人都爱苦中作乐吧！"草明老师说："对，我到工人中间去，也感受过他们的语言真是新鲜有趣。"告辞出来的路上，同去的朋友啧啧而叹，有点儿羡慕嫉妒恨的劲儿，我嘴上连连说"哪里哪里"，心里还真是挺得意。

作家们有句时髦的话，叫"不悔少作"，许多人之所以"不悔"，大抵因为那"少作"里毕竟能露出以后的神气。而我后来哪儿还有胆量重读这"少作"？尽管它写的不是与"走资派"的斗争，但那种"三突出""三陪衬"模式的肤浅和僵化，回想起来还有什么可得意？草明老师当然不可能就这话题和我们说得过深。在那个年代，刚刚获准到工厂"深入生活"的草明和战战兢兢回来当编辑的李炬，应是同一心态。因此，一篇篇说过我们的习作之后，更多的则是循着我们的好奇，闲话起来。

客厅里挂着一幅窄窄长长的会议合影，黑底白字的通栏写着"毛主席和延安文艺工作者在一九四二年五月延安文艺座谈会开会期间的合影"。我们当然一眼就认出了前排中间位置的毛泽东和朱德，又试图在那密密层层的人群里找草明。草明指着毛泽东右侧隔过的一个人告诉我们，她在这。三十年前的草明，应该是三十岁，虽然现在看她身材瘦小，那时却裹在厚厚的棉服里，加上一头浓密的黑发，不经她自己指点，是认不出来的。我暗暗吃惊她为什么会坐在如此重要的位置，她看穿了我的心思，说："那时候延安的文艺家和首长之间也都随便得很，就是在文艺座谈会上，也不论资历，争来吵去的呢……那时我还年轻，听人家喊'照相啦''照相啦'，也不懂什么规矩，就挤到田方身边坐着去了，他挨着毛主席呢……"我这才知道，在她和毛泽东中间的是田方，就是《风从东方来》里那个王德民、《英雄儿女》里那个王文清政委。那时候我甚至没读过《在延安文艺座谈会上的讲话》全文，顶多只算是读过高中课本里的一段节选。这段由合影引出的故事，似乎更令我觉得有趣。

那天引起话题的，还有"鲁迅和青年木刻家在一起"的照片。大约一拃多长的照片，镶在镜框里，摆在柜橱上。那照片我以前在一本杂志里见过，也略知鲁迅先生和中国新兴木刻运动的关系。照片中的鲁迅背靠藤椅，仰面向上，双臂交叠，右手掐着烟，四围坐着的是四个青年的木刻家。鲁迅先生的面庞，显得格外瘦削，倔强的一字胡，加上那身姿，愈显冷峻和傲岸。草明老师见我们都俯身往照片上看，说："这照片照了才十一天，鲁迅先生就逝世了……"

随后几次去草明老师家拜望，才知道这照片是摄影家沙飞送给她的，其实沙飞还送过她鲁迅先生逝世之后摄下的遗容照和鲁迅殡仪游行的照片。已经记不得是不是因为草明老师的介绍，我才和沙飞的女儿王彦有了1996年的一面之晤。因此，我才更多地了解了沙飞，凭他拍下的鲁迅、古长城和八路军、白求恩、聂荣臻和日本孤女，无疑是中国摄影史上、世界战地摄影家中闪光的名字。

关于草明老师所存沙飞拍摄的三张照片的来历，后来我从王彦的文字中读到了：

> 三张泛黄的照片都是父亲沙飞拍摄、放大、制作，在广州、桂林

展出后，1937年8月带到华北抗战前线，1946年春在张家口赠送来自延安的老朋友草明。草明珍藏至离世，其女吴纳嘉保存至今。

三张照片的背面，都留有草明的笔迹：草明珍藏1936年12月。
关于鲁迅殡仪游行，王彦考据甚详。她写道：

　　鲁迅先生丧仪：1936年10月22日走在队伍最前面的欧阳山（右），蒋牧良（左），"鲁迅先生殡仪"张天翼写，后面紧跟着的是由二十名作家签名的"敬献鲁迅先生"祭联，祭联首位签名的，是草明。

草明老师没有和我提过这件事，只有一次谈话提及鲁迅时，我说看到了巴金、胡风、萧军等作家为鲁迅抬棺的照片，真的好感动。她浅浅地笑着，说："我可不够格，那次我在接待的台子旁，负责签到和花圈挽联的登记。"

初次见面以后，我每月从京西矿区回城，都会到史家胡同拜望草明老师一次。熟稔之后，我曾向她诉说当矿工的艰辛和苦闷，把希望"挪动"的心思向她吐露。她听后沉默片刻，似乎听出了我改变命运的愿望。她坦言相告，做文学不是为了做官，也不是为了谋利，更不要迎合什么以改变命运。她告诉我，年轻的时候她也差点成为一名缫丝女工，尽管最终未能如愿，但她觉得自己的心始终是属于她们的，最初的作品写的就是她们的苦难和呐喊。她说："你当个矿工不容易，当上了，别老想着逃跑。多和工友们打成一片，借文学传递他们的声音吧！"此后没过几个月，我因工伤而入院。出院没多久，老师从城东赶到西郊我的家中看我。我记得她摸了摸我因骨折而凸起的脊椎，对我父母说："现在我在想，那次我是不是说错了？他伤成这样，伤成这样啊！"随即她又对我说："不过你不是逃跑的，你是伤病员，不能不下火线了。你骨子里还是和矿工们连在一起的，好好养伤，找机会好好写他们吧！"

此后到了1977年，恢复高考时我读了文学专业。读了文学史才知道，草明老师是多么重要的一个作家。作为新中国工业题材创作的开创者，她塑造了一系列从旧中国到新中国的工人形象。她青年时代即怀抱着"和工人打成一片，借文学传递他们呼声"的渴望，投入左翼文学运动。为此她曾被羁押判刑，又经鲁迅、茅盾等左翼作家的营救而出狱。而后，她的理想非但没有被挫伤，反而如春草萌生，越发生机勃勃。且看她出狱后写的中篇小说《绝地》，既充满了写实主义的真切，更洋溢着浪漫主义的激情。她借人物之口，毫无顾忌地赞美那支"爱护穷人的奇怪的军队"，一支"神话一般的军队"。她憧憬着"苏区"："……那儿有一大片地方，通福建、江西，那儿有正直的人。呵，将来那儿能通到广州，能通到全中国，唉，那时候我们过的日子才是人过的日子哩……"抗战胜利后，草明老师又沿着缫丝女工时代的情感轨迹，来到了解放区的工人中间。她走进了宣化龙烟炼铁厂，走进了镜泊湖发电厂，走进了皇姑屯铁路工厂，走进了大连十八机床厂，一直走到新中国时代的鞍钢和机床厂……她的代表作从《原动力》《火车头》到《乘风破浪》，成了新中国早期工业生活的缩影。古稀之年，草明老师壮心不已。她的步履，又出现在长江三峡、华北油田、浦东开发区。更为难得的是，直到晚年，她还为读者奉献了长篇小说《神州儿女》。

在我认识的工人作家中，不少人都说自己是草明老师的学生。后来我才发现，在鞍山，在一机床，几乎在其足迹所到之处，她都组织过工人写作组或办过写作训练班，经她培养而成为工人作家的大约有两百人之多。直到她去世以后我才知道，她多次把自己的稿费和工资，送给生活困难的工人家庭以救急。想起她朴素的衣着、简单的饭菜，又想起她当年坐着公交车斜跨整个北京城，看望我这个受了伤的青年矿工、这个普普通通的习作者，那暖意是永恒的。

选自《文艺报》2023年12月18日

评鉴与感悟

人生最难得的是有幸遇到一个好老师。有了一个好老师，未来就有了方向，脚步就有了力量，精神就有了指引，心灵就有了光焰。作者怀念恩师，字字入心，句句入情，字里行间，一位品高文洁的优秀作家形象跃然纸上，令人感佩。

九十沧桑乐黛云

/温儒敏

很久未能去拜望恩师乐黛云教授了，想见，又怕打扰。近日有老同学从香港来，约我一起去见乐老师。老师的保姆说，几天前有人来访，老师大概说话多，就很累了。乐老师还是喜欢热闹，有学生朋友来，自然高兴。但毕竟九十三岁的老人了，愿她安静独处，在朗润园多享受秋日的阳光，我们便遗憾地放弃了这次拜访。今天，特地从书架上找到乐老师的传记来看，是2021年出版的，里头大部分文章是早已读过，现在想念老师，再翻阅一遍。合上书，感慨万端，目光久久停留在封面的书名上——《九十年沧桑》。

乐黛云教授的学术生涯的确用得上"沧桑"二字，她生命每一个环节的变化大起大落，挺传奇的。

1931年乐黛云出生于贵阳一个大户人家，父母开明，给她良好的教育，虽遭逢战乱，亦享有比较富足而快乐的童年；1948年考入北京大学中文系，是当时北大学生中的风云人物，曾作为学生代表赴布拉格参加世界学生代表大会；毕业后留校任教，担任系教师党支部书记；和汤一介先生结婚，嫁入国学大师、北大副校长汤用彤的"豪门"；1957年因策划同人文学刊物《当代英雄》，被打成"右派"，开除党籍，发配山区劳动；"文革"中再受冲击，但随后恢复公职，在江西鲤鱼洲的北大"草棚大学"教工农兵学员；

"文革"结束后，当讲师，重新开始教学研究；1981年赴美国哈佛大学和伯克利大学访学两年，回国后在北大开设比较文学课程；1985年主持成立中国比较文学学会，担任副会长；之后主要精力用于这一领域的研究，出版多种相关的研究论著，长期担任北大比较文学研究所所长，推进该学科的建立与发展。

从这极简"履历"可以看到，乐老师的九十生涯有很"顺"的、令人羡慕的一面，那是充满鲜花、阳光、理想与自信的日子；也曾被诬陷、批判，当过猪倌、伙夫，坠入生命谷底，但她都走过来了。无论顺境逆境，乐老师绝不放弃理想追求，始终在奋斗、学习、开拓。用她一本英文自传的书名"To the Storm"（"面向风暴"）来说，她乐于"向风而行"，勇敢地接受命运的挑战，选择属于自己的学术之路。

乐黛云年轻时读过苏联小说《库页岛的早晨》，其中有一句话，"生命应该燃起火焰，而不只是冒烟"，让乐黛云终生不忘，成为她的座右铭。我上研究生时，上乐老师的课，不止一次听她引用这句格言。"燃烧"，还是"冒烟"？是人生观的选择。在被开除党籍，当猪倌、伙夫时，乐黛云不消极，选择"沉潜"；80年代赶上改革开放的时期，她抓住时机，选择从头开始做学问；她很快取得现代文学研究的成果，发展势头很好，却又选择转向尚未开垦的比较文学；五十多岁了，她选择学英语（原来学的是俄语），背负行囊到美国访学；她的比较文学研究得到国际学界的赞赏，又选择"跨文化研究"这个更开阔的课题，朝新的目标迈进。这一切"选择"，都是为了让生命"燃烧"，迸发光华。

乐老师闲不住，也不愿抱住一块"自留地"皓首穷经耕作做文章。她的学问是立足现实，面向未来的，问题意识强，有使命感，做得活，不全是循规蹈矩，"填补空白"；她习惯从司空见惯的学术生态中把握某些现象，紧紧抓住，深入探究，"生长"出新鲜的题目。我不止一次听她说过一个"故事"，早年她给留学生上课，讨论赵树理的《小二黑结婚》，分析其中的三仙姑，都是中年女人了，还那样爱打扮，认为这是反常落后的行为。赵树理对这个人物显然用了讽刺，而一般读者也把三仙姑看作"反面人物"。然而有些外国学生却大惑不解，认为三仙姑爱美并没有错，是正常的人性，不明白赵树理为何这样讽刺女人。这种分歧让乐老师大受启发：原来中外文化的不同，会直接影响到文学阅读评论的不同立场。这就引起乐老师对比较文学的兴趣了。

乐老师写文章有特别的敏感，她总是顺着自己的感受去探究，形成有价值的话题。比如，鲁迅逝世后，刘半农写过一挽联"托尼学说，魏晋文章"，人们都赞赏其精辟，可是学界又罕见深究。这就引起乐老师的兴趣：鲁迅到底和托尔斯泰、尼采有什么关系？就从这里入手，乐老师"跨界"去研究托尔斯泰和尼采，回头再看这些外国作家对鲁迅的影响，比较他们的异同。进而形成比较研究和影响研究的方法，推展到其他现代作家的研究上。顺着这种思路，乐老师从文化比较中看问题，越来越坚定去开拓比较文学研究的路子，带动了这一学科在中国的建立。她的《比较文学与中国现代文学》《比较文学原理》《跨文化之桥》《中国小说中的知识分子》（英文版）等书在学界产生很大影响，有的还翻译到国外。说乐黛云是中国比较文学学科的奠基者，是没有异议的。

乐老师为人很热情，快人快语，风风火火，做什么事情都有决断。她是杰出的学者，又是颇有亲和力的学术活动组织者。成立比较文学研究所，召开比较文学大会，开展国际学术合作，出版《跨文化研究辑刊》，等等，做那么多实实在在的事情，也都依仗她的担当，以及擅于用人、团结人的本事。乐老师的文章也带有她的个性、风格，凡有论点的提出，除了缜密的论证，总有鲜明泼辣的气势。

我进北大读研究生时，导师是王瑶和严家炎两位先生，乐老师则协助王瑶先生，负责组织与辅导我们学习，等于是副导师。我研究生毕业留校后，也在乐老师鼓励下参加过筹建北大比较文学研究中心的工作，还和张隆溪合作编过《比较文学论文集》等书。乐老师曾建议我从现代文学教研室转去比较文学所。可惜我的外语水平低，终究不敢把比较文学当作自己的主业。但我的许多论作都有比较文学的意识和方法，很大程度上是受到乐老师的影响。

乐老师的夫君汤一介先生，我也是相熟与敬佩的。"文革"中他们被逐出燕南园后，一度住中关园平房，后搬到楼房，我是常去登门请教的。再后来，他们又搬回到校内的朗润园，和季羡林先生的居室是上下楼，我就去得少了。这对夫妻很有意思。汤一介先生是哲学家、《儒藏》主编，以国学研究为己任，为人为学都谦和严肃；乐老师是文学家，以比较文学为使命，思想开放浪漫，总让人感到她的精气神如涌泉般跳着，溅着。他们俩性格一个内敛，一个放达，却珠联璧合，互为映衬，相濡以沫几十年，成了"同行在未名湖畔的两只小鸟"。

九十多年过去了，老人家还能在她的传记中动情地写出她童年时反复听过的"七姊妹"的凄美故事。姊妹七人的命运各不相同，而悲苦的小七妹最终化为一座美丽的山，有一种朦胧神秘的青黛色。九十多岁的老人能那么清晰地记得她幼年的故事，甚至还有色彩感，这大概是返老还童吧。我却在这叙事中，体会到老人对于自身坎坷而又美丽的学术生涯的"归总"。乐老师曾说："生活的道路有千万种可能，转化为现实的，却只是其中之一。转化的关键是选择。"她的学术生涯虽然"沧桑"，却始终坚毅前行，努力"选择"得当，尽管很多坎坷，却也迎来许多幸运。

这位可敬可爱的"沧桑"老人，其实又是挺充实和幸福的。

选自《中华读书报》2023年11月8日

评鉴与感悟

师恩深似海，光焰万丈长。一代学人的生命写照，虽历经沧桑，却意志坚定，依然对生活充满了乐观主义的精神。大凡各行业的翘楚，都是越挫越勇之人，因为他们心中有理想，有信念，这无疑是支撑他们活下去的内驱力。

看黄永玉

/钟叔河

我第一次在故乡开画展，您有空请来看看。

黄永玉的请柬，就这一句话，本色、诚朴，又特具对乡人和友人的温情。

请柬是电视台一位同志代为送来的。他说："黄先生刚到，说有几个朋友是一定要请的。我知道您的地址，就托我送来了。"

画展的事，在头几晚的电视屏幕上就知道了。我很想见到他和他的画，却并没打算开幕时就去。既然是画展，来人一定多。虽然画家本色诚朴的性格我早知道，不喜欢和大人先生们套近乎的脾气也早知道（北京的画展，说要剪彩，他就请了位老花匠来剪），他总是画展活动的中心，作为主人待客的应酬亦不可少，何必急于去凑热闹。

去年夏天他来长沙，约我到蓉园见面，相谈甚欢，以手书五尺长幅为赠，写的是在湖南做过抚台的乾隆进士左辅的一首词：

浔阳江上恰三更，霜月共潮生。断岸高低向我，渔火一星星。何处离声刮起，拨琵琶千载剩空庭。是江湖倦客，飘零商妇，于此荡精灵。

且自移船相近，绕回栏，百折觅愁魂。我是无家张俭，万里走江城。一例苍茫吊古，向荻花枫叶又伤心。只冰弦响断，鱼龙寂寞不曾醒。

我想，在画名如日中天，求画求字者不绝于前的时候，画家的内心恐怕有时还是会和"无家张俭"一样的寂寞吧。此种寂寞不是声名热闹所能排解的，这些东西恐怕只会使寂寞的心情更加寂寞。所以，几个月后，当他被请到岳麓书院登坛讲学时，我仍没有去凑热闹。虽然我承认在魏默深、郭嵩焘等人做过学问的地方，于文艺界中请他比请海派文人来讲更为适合；我也承认作为朋友，对于"万里走江城"还乡的他，不去观场应该说是一种失礼。

正想找一个和他安静晤谈的机会，这机会说来就来了。画展开幕的头天下午，颜家文君忽到，谓黄先生邀往相见，遂欣然前往。

"《山鬼》会展出吗？"略谈几句以后，我便问他。

"画是十三日运到的，我上午去看了，偏偏这一幅没有运来，真气人。"

《山鬼》是他的新作，写《九歌》词意，我是从今年六月《寻根》杂志的封二折页上看到照片的。我不懂画，只凭直觉而喜欢它，以为用前人评李贺歌诗的两个字评论它正好，那便是"古艳"。

他的画法极新，却善写古意，多带装饰风格，色彩也很奇丽，而大笔淋漓，大气磅礴，表现出一种跨越古今的精神，也就是现代的精神。《山鬼》中的人物造型，使我联想起洋文书《爱经》和《渔人和他的魂》的插图，但的确又是我想象中"折芳馨兮遗所思""怨公子兮怅忘归"的形象。画风属于现代，会心者所得到的却仍是两千三百年前感动了屈原，两千三百年后又感动了我的，那种求之不得的深深的寂寞。

这些话并没有说出来，当然也用不着说出来。我又继续问到了《山鬼》："是纸本吧？"

"是的，已经裱好了。"

"我以为，这样的大幅，这样的题材，采用壁画的形式，才最合适。"

他未置可否，只说："我还想画湘君、湘夫人。"

"那更宜于作大幅壁画了。照我的痴想，如果湖南为你建画馆，将湘君、湘夫人用壁画形式，顶天立地地陈列起来，才好。"

他只一笑。我接着说道:"《九歌》是湖南永恒的题材,《山鬼》当然也最好由爱读《楚辞》的湘人来画。徐悲鸿画的《山鬼》,裸女肉感,黑豹狰狞,和我想象中的《九歌》氛围有些距离。"

他说:"'乘赤豹兮从文狸',到底赤豹该是什么样子,文狸又该是什么样子呢?所以把它画成半人半怪了。"

"本来就是想象的、神话的东西嘛!"我说,"闻一多也在他的诗剧中想象过,我看还不如你画成半人半怪,希腊神话中的半人马也要追女人嘛。如果你再画湘君、湘夫人,还可看看古人的注疏,看看古人是如何想象的。《山带阁注楚辞》你有没有看过?"

他说他没有此书。我说我有一本,可以给他,那是"文革"前的印本,定价只几毛钱。

说到这里,他忽然起身入室,拿出个大信封,说道:"这是给你画的一幅画。寄是不行的,只能自己带来,没有用彩色,你看。"一面说一面将它抽出来摊开,乃是一张四尺三开的画,画的是香山与鸟巢禅师问答,纯用白描,墨线细处如须发,画上还有二十多行题记,上款是"叔河一笑",字画浑然一体,各尽其妙。我连忙收下,他却笑嘻嘻地又说了一句:"没有彩色。"

我当然知道,以"铁线描"画人物,楷书作题记,比起彩墨小幅来,其难易为何如,反正无法回报,只好愧领了。

大约因为《山鬼》没有来,彼此都觉得遗憾。他便说,这次有一尊"准提观音",也可以看看。原来他凤凰旧居旁有座准提庵,后来被毁,他便建议重修,并为此塑造了这一尊,翻成了铜像,准备送到凤凰去。造像吸收了北魏风格,他说,有人听不懂"北魏"是什么,于是解释说,北是东南西北的北,又因而被讹成了"北味",引起我笑了。于是我也把"大托铺的笑话"讲给他听,他也哈哈大笑起来。

因而又谈到写旧诗,谈到聂绀弩和郑超麟,谈到"琅玕珍重奉春君",谈到叶恭绰、王世襄、朱家溍,又谈到张伯驹,不知不觉过了近三个小时,谈兴仍未少衰。想起他比我还大七岁,明天又要开展,不能不稍微节劳,这才起身告辞。

临别时,我建议他作自己的画传,提到新中国成立前吴朗西译过北欧某画家所作的一册。他立刻记起了是古尔布兰生的《童年与故乡》:"的确是妙不可言,好得很。李辉将它重印出来了,我要他给你一本。"

选自"人民文学出版社"公众号,2023年8月29日

评鉴与感悟

2023年6月13日,艺术界的老顽童——黄永玉先生与世长辞。这位在中国文化界特立独行的老人,终于以艺术的方式,走完了自己的一生。而钟叔河先生,也是一位文化大家,与黄永玉是同乡。他在此文中,记录了与黄永玉的谈话趣事,轻松自然,足见性情。

念德公

/阎晶明

中秋前的一天，四处都是祝福的话语，微信时代，这样的话语在手机里就更加密集，鲜花绚烂，话语狂欢。正是在这样的氛围中，在夜间，一个令人难过而悲伤的消息从上海传来，程德培兄在傍晚时分不幸离世。记得上个月和黄德海相见，他说德公的病情好转很多，甚至有出现康复奇迹的可能，我为之欣然，并期待很快就能够去上海看望他，再说无边的话题。然而，这一点愿望已成惘然。怎不让人唏嘘。

德公的音容笑貌再次浮现眼前，久难拭去。

20世纪80年代的文学批评异常火热，大有和创作比翼双飞的劲头，所谓批评与创作"鸟之双翼，车之两轮"，彼时真有那么点架势。而批评的重镇，无疑在上海。上海批评界最为活跃的，我能称之为认识并密切关注的，是吴亮和程德培。尤记得《上海文学》的批评文章金贵而备受瞩目。一打开杂志，见到一篇或两篇用楷体字排出的批评文章，就有一种捧读的热切。程德培就是其中最活跃的作者之一。他讨论小说的形式，综论作家的创作，彰显海派批评的才情和气势。他主持《文学角》杂志的编辑工作，编发了大量现场感、可读性很强的文章，大大拓展了批评的视野，激活了批评的话语方式，其努力和所取得的成效，同样令人钦佩。即使他和吴亮在《文汇读书周报》上开设的速评式小专栏，也一样是很多文学中人要追踪的。

总之，在我眼里，程德培就是全方位代表了80年代批评风范的批评家，在一定程度上讲，也体现了一个时代的文学批评特点。

也许正是在文场上的无所不能所致，90年代的程德培，摇身一变而成商人，虽说仍然做的是"读书人"的事吧，究竟也改变了形象。那时的他究竟有多少风光抑或几多失落，我并不了然，只听说他无论是否赚够了资本，已然是江湖上呼朋唤友、出手大方的慷慨之士，热情款待八方来宾，而且多是从前的文坛旧友。程德培成了另一种传说。

待我真正近距离和程德培交往时，他已是重新上岸的批评家。不知道他从商的经历究竟是怎样收场的，我都宁愿相信，他是放不下对文学的热爱，对批评的热衷，从而转身重回队伍中来的。照理说，一个人一旦离开某个场域历经数年甚至十年，再想接续是很难的。然而对程德培来说，这些似乎都不是问题。他很快又成了一位活跃的批评家。密集的批评文字不断出笼，根本看不出久疏战阵的隔膜和老旧。思维依然活跃，话语仍旧从容。这只能说明一个问题，即使在他离开之时，也从来没有放弃过对批评的关注。在我模糊的记忆里，即使是所谓"下海"期间，他似乎也的确时有文章发表。

近十年来的程德培顽强地、执着地重操旧业。此时的他，更让我看到一种内心的不服和青春式的进取之心。他更加专注于作家作品评论，而且一如既往地下苦功夫，全面阅读一个作家的全部作品，了解和掌握其尽可能多的创作信息，从而写出扎实的、热情的、说理的批评文章。他因此又成了很多作家十分依赖的朋友，他也很乐意、很享受这样的批评过程，为得到批评对象的认可，体现自己文章的价值而感欣慰。在我看来，此时的他更多了理解作家创作的愿望，文字里也更多了几分慈善和热情。但他一如既往的成熟度和专业化批评，是我暗自为之感到欣慰并有几分佩服的。

重回批评的程德培很快得到了全方位的认可。2014年，他的评论集《谁也管不住说话这张嘴》获得了鲁迅文学奖理论评论奖。在中国现代文学馆隆重的颁奖盛典上，我有幸作为颁奖嘉宾为他颁奖。颁奖前我就不无玩笑却更多真诚地对他说：德公，对不住了，本来应该有更具资格的人物为你颁奖，但组织上派了我，就委屈你接受了吧。想来也是，程德培这个名字，在80年代是何等闪亮。时至今日，他仍然活跃在批评界中，真是让人感慨。

和其他朋友一样，我愿意亲切地称程德培兄为德公，这既是对他年长一代的尊重，也含着朋友间的亲切。我们之间的见面，多以把酒言欢为重点。酒桌上的德公，话语间时见锋芒，不无苛刻，然而眼神和微笑却暴露了他已成性格底色的和善。每到上海，总要想方设法相聚，并得到多重快乐。

记得我在《文艺报》工作期间，有一次和吴亮兄聊天，谈到风起云涌的80年代批评。我提出一个想法，找个机会，召开一次追忆80年代文学批评的会议，邀请曾经活跃一时的批评家们封闭一处，重聚一堂，共叙友情也共商文事。这个想法很得吴亮兄认可，其后的见面，他还不止一次地说，为什么不把那个会议组织起来。虽说规模较大的会议未能如愿举行，但毕竟还促成了一次类似活动的举办。即在北京召开吴亮程德培文学批评研讨会。那是作家出版社出版他们批评文集的时候，朋友们共同提议召开这样一个特别的研讨会，既是祝贺，更是纪念。我因公事原因无奈不能参加当天的研讨会，自觉遗憾，也很让吴程二兄引为憾事。好在前一天晚上的相聚十分尽兴。深切感受到朋友间的情谊，感受到他们对批评的钟爱。这一切都仿佛发生在昨天，不但场面清晰，连气氛都依然留存着热烈。

斯人已逝，但那文字留给人的温暖却永远不会冷却。

选自"中国作家网"公众号，2023年9月30日

评鉴与感悟

文短意深，类似素描，然而一个文学批评家的面貌却清晰凸显。追怀逝者，彰显情操。大德之人，安息千古。

事迹

我的母亲庹璧先

/刘石

我的母亲庹璧先，四川大邑王泗镇人，生于1929年7月，殁于2022年9月，享寿九十三岁有余。

在母亲日渐衰弱后，我和与父母常年住在一起、无微不至地照顾父母生活的姐姐都以母亲得享高寿互相宽慰，但当母亲辞世的那一刻来临时，我们还是不能接受。直至今天，我们还时常不能相信母亲真的不在人世，甚至站在墓前，献上一捧鲜花时，也总觉得母亲没有离开我们，她只是一个人静静地待在某个地方休息，注视着我们。我们和母亲共同生活超过半个世纪，母亲在我们生活中所占的内容和对我们的影响，都实在太重了。

母亲的娘家庹姓是大邑当地的大姓。王泗镇上有一个庹牌坊，提起来方圆几十里地无人不晓。母亲又出生在大户人家，大到什么程度呢？反正母亲说比我父亲家（安仁刘氏）不差，也不知带没带些吹牛的成分。但1997年秋，父母带着我的姨妈舅舅、表姐表弟、我和我新婚的妻子一起回了趟相隔不远的安仁和王泗，母亲和她的弟弟妹妹们在王泗受到乡亲欢迎的程度不亚于安仁的官方接待，那是事实。

母亲的祖父（我的外曾祖父）是读书人，不但能文，也能武，当时乡间治安不好，常有人"拉肥猪"（绑票），有一次拉到外曾祖父身上，幸亏他力气大，挣脱棒客（土匪、强盗）之手，亮出腰间自制的枪朝天开了两枪，才把棒客吓跑。母亲的父亲（我的外祖父）新中国成立前就上了川大，读的是中文系，可惜较年轻就去世了。母亲最喜欢外祖父的一首诗："寒梅有清骨，岭上自横斜。本来高格调，何用事铅华。"不止一次跟我背诵过。母亲一生喜好文艺，最爱看的电影是日本的《远山的呼唤》，在养老院时还让我姐从手机上找出来再看；最喜欢莫泊桑的短篇小说，常跟我们讲起《我的叔叔于勒》如何精彩；《红楼梦》她读过很多遍，对小说中几十个主要人物的关系了如指掌，对整部小说情节倒背如流，弄得我这个在中文系当教师的自愧不如。她还爱读郭沫若的小说和散文，说《沫若自传》里沫若从外地回家，起先家里的人以为他淹死了，看到他回来，一齐迎接他，争先恐后地喊他——八弟回来了，八哥回来了，八叔回来了，八老表回来了。母亲说，就用几个不同的称呼，就把迎接他的各色人等和心情的急切表现出来了。同事格非送了本新出的小说《山河入梦》，假期我带回去给她看，问怎么样。她回答，还看得下去。

母亲从哪儿看到《沫若自传》的呢？是父亲20世纪50年代初在华东师大教文艺理论时买的。"文革"开始，全家下放农村前，父亲把全部藏书每斤七分钱当废纸卖掉，母亲一眼看见那套十七卷本《沫若文集》，说自己要读，才抢了下来。"文革"结束后百废重兴，父亲重登大学讲台，改行教中国现代文学，尤以郭沫若为主要研究方向，母亲经常不无得意地说，要不是我抢下了这套《沫若文集》，你们的老爹后来去研究啥子呢？母亲日常语言生动传神，表达风趣，常常逗得听众发出笑声，除天生的幽默感外，与她平常爱读名著是不无关系的。

母亲是鼎革以前安仁文彩中学的毕业生，1956年西南农学院毕业的高才生，学的是蚕桑专业，先后在中国农业科学院蚕业研究所（地址在镇江）、安徽农学院蚕桑系（合肥）、安徽师范大学附属中学（芜湖）、安徽省农业科学院蚕桑研究所（合肥）工作过，除做过六年大学、中学教师和作为下放干部下放农村四年多外，从事的都是蚕桑研究工作，曾承担桑蚕品种"华合×东肥"的国内第一代、第二代的品种选育工作，1978年获全国科学大会奖（集体奖），表彰她和同人们在我国科学技术发展中作出的重大贡献。她参与研究的这一品种至今都是全国广大蚕区重点生产品种，又是全国各育种单位重要育种材料，并由曾经的农牧渔业部确定为桑蚕品种国家审定对照品种。

母亲是一个非常聪慧的人，智商、情商和人格都很高。她在20世纪80年代忽然对日语产生了兴趣，开始自学，很快就能够阅读和翻译专业文献，不数年间，就从单位图书室并不算丰富的外国期刊里翻译和发表了四十多篇日本学者桑蚕研究文章，现在从知网甚或在百度中，都能很容易搜索到母亲在《国外农学—蚕业》《广西蚕业通讯》《广东蚕丝通讯》《四川农业科技》《北方蚕业》等刊物上发表的译文。

母亲1986年退休，除继续做日语翻译外，又迷上了国画和书法，在合肥、成都、北京，都报了老年大学去学，每到一处都是班上的佼佼者。在成都，教国画和书法的是蜀中有名的书画家、张大千的学生赵蕴玉老先生，有一次评点绕教室挂了一圈的学生作业，走到一幅作品前停下来，说这字写得不错嘛，他看看是哪个写的。凑近一看，说哦嚯，这下考倒老师了，还不认得这个姓。坐在后排的母亲离得远，看不清老师指的是哪件作品，但晓得大概率是自己了。果然，旁边一位跟母亲熟稔的同学喊了起来：这个字（庹）念"tuǒ"！赵老师问母亲：你之前是跟哪位学过的呢？情急之下，母亲站起来回答：徐永年！赵老师说：怪不得！

徐永年，就是名满天下的徐无闻先生。无闻公和父亲是读四川大学时的同班同学和平生好友，所以母亲和无闻公夫妇也成了一生好友。母亲其实不太多写书法，更没有专门学过，但爱好书法，经常看家中悬挂的无闻公的书法，所以她的回答也不能完全说是拉大旗作虎皮吧。

从书画来说，母亲的主要兴趣还是在画。她在老年大学的课堂上学，在家里勤奋地画，经常晚上一画就画到晨光熹微，还经常说，画起画来，时间怎么过得这么快呢？母亲也常去买画册，很多画家都是听她说起或看了她买的画册我才知其名的，比如王雪涛、萧淑芳、魏紫熙、欧豪年等。她钻研画理和画法，虽没见她多看古画，闲聊时却给我讲过南画北画皴法的不同，还随手就能示范；母亲的孙儿、我的儿子十岁时趴在桌旁看她画画，她随手在巴掌大小的纸上画了一组雄鸡、白鹭、蜻蜓、蜜蜂、鱼虾、螃蟹，有二十来张，无不生动传神，我才知母亲对平时习见题材的画理和画法都很熟悉。她本来就喜欢大自然，只要出门，就喜欢看花草树木，而且不愧是学农的，植物知识丰富，大多数树木和花卉都能随口说出名字。

家里的阳台上更一年四季种满了花花草草，收拾得干干净净。母亲画画很懂得写生的道理，在我清华园家中居住的时候，爱去荷塘观察荷花，离开后还让我去拍照洗出寄给她。因此她的画虽然有临有创，但即使是临，也不是亦步亦趋，而多属半临半创。

母亲的画题材颇广，四尺整张的群山重峦和小不盈尺的花鸟虫鱼都有，尤擅梅花和葡萄。母亲的画最大特点就是不俗，以格调清雅而得观者称赏。我在所在学院办了个中国书法与文化研修中心，中心里挂了一幅母亲的绿梅折枝，不少搞艺术的朋友来看到，说能感受到一股扑面而来的清香之气，画得真雅啊。安徽某机构曾经举办赈灾义展义卖，她的画（常署款"与白"）和在安徽农学院蚕桑系时的同事徐静斐先生的画卖得最好，她半开玩笑地说，徐静斐还有她父亲（徐悲鸿）的一方印章盖在画上，我的就全靠画作本身了！

母亲心灵手巧，这从她留下的80年代中期的几件线绣作品可以看得出来。这些线绣都是绣在普通的枕头套上的，其中几件绣的是无闻公的书法。母亲反复琢磨绣线的起讫，说一定要符合书法的用笔走向，绣出字的书写笔意来。她送过一件给无闻公，无闻公见了大加称赞。其实当年无闻公的字已经很受追捧，今天就更是"无闻"天下"闻"了！

母亲很重感情，对父母的养育之恩念念不忘，对一众弟妹十分关心，她时常讲起土改时一大家子人怎样在她的母亲（把我姐和我带大的外婆）带领下靠做豆豉卖，才度过那段艰难岁月；又常感念她的叔父在外祖父去世后，怎样把她的弟弟妹妹一个个接出农村，接到成都生活、工作，成家立业。她很怀念文彩中学教过她的那些老师们，尤其是后来才知道是地下党的张杏云老师。20世纪90年代父母在北京居住时，还带我去彼时在中央戏剧学院工作的张老师家拜望，我还记得张老师家住东城兵马司胡同。

20世纪60年代末，我们全家下放到离合肥八十来里地的肥东农村，四年的时间，和农民相处得十分融洽，逢年过节农民都要送我们自制的"欢团"（一种爆米花加糖稀揉成的圆团）、炸糕和其他年节食品，那也是我少年时吃过的最可口的食物之一。父母在分得的自留地里种了四株香瓜，每年夏天要结一百多个瓜，鲜甜可口。我后来只要看到"果实累累"一词，眼前就会浮现我们家当年的那些瓜。农民们上工下工路过，都可以随意地摘下，拍拍土就吃，彼此都不在意。

　　母亲是学自然科学的，有一些医学知识，家里便常备一些药物供农民免费取用，也为农民的小伤小痛做些简单治疗。有一次学农，我和同学玩耍，推搡之间，一位同学的头碰到了另一位同学扛着的锹，顿时血流如注，老师背着同学就往我家跑。母亲见流了这么多血，连忙说，这次我可弄不了，赶紧送医院吧。老师说，这次弄不了也得弄，是你家刘石惹的祸！那位同学的父亲是大队支书，淳朴善良，完全没有指责过我一句。幸好那位同学很快好了，母亲还用自家的鸡蛋（我们家最多时养了十一只鸡，同时有九只在下蛋，这也跟母亲发挥了大学学到的专业技能有关系）装了满满一大篮子，带着我去向同学道歉。

　　多年以后，姐姐和我开车带着父母专门去看望这位同学全家，可惜同学在县公路管理局上班，没有见到，所幸见到了他年迈的父亲，那位大队支书。已经进入21世纪了，而且离合肥不过数十里地，可他的家里几乎是一贫如洗，门外下雨，门内泥泞，看得我很心酸。

　　20世纪70年代初我上小学，在那个人人都要当红卫兵的年代，我头一次申请却没有当成，老师说我没有把祖上的事在申请书中讲清楚。我回来跟父母一说，母亲马上说，祖上你人都没有见过，讲什么清楚，不入！这一件事影响我以后的立身行事既深且远。我们从小住在母亲单位分配的住房里，从来没有听母亲跟单位的人争过什么。母亲是"文革"前的大学生，一直是业务骨干，但直到退休还是副研究员，记忆中也从没听她唠叨过一句，不是忍着不说，是根本没把职称什么的当一回事。

　　母亲去世后，父亲提议将她的画作选编成集子，分赠亲朋好友，以作纪念。我们觉得这是一个很好的想法，因此挑出家中所藏的母亲画作以及少量的书法和线绣作品，共近六十件。母亲没有写下过记述家庭生活的文字，我们又将父亲所写的几篇富有生活气息并折射出他们共同生活的时代特征的文章附于其后，也许能够勾起经历过那个特殊年代的人的一些回忆和感慨吧。

选自《随笔》2023年第6期

评鉴与感悟

一位女性的命运史,一个家族的隐秘史,一个时代的观察史。内容扎实,事件翔实,情感真实,厚重而劲道。

爱的尽头是星辰大海
——怀念我的父亲程树榛和母亲郭晓岚

/程黛眉

　　今天，2023年10月30日，是爸爸去世周年的祭日。

　　2022年10月30日，我和先生以及妹妹、妹夫守在爸爸的病床前，我握着爸爸的手，突然听见医生妹夫的耳语："姐，爸走了。"看到屏幕上心电图似是而非的一条线，我竟茫然不知所措。后来抬来一个棺椁，爸爸被放进去，我依然是做梦的感觉。回家告诉妈妈，妈妈竟然也是一副无知无觉的样子，我们好像都掉进了懵懂的旋涡，不哭不喊也不说话，房间里阒寂得可怕。就这样一天又一天，当第二个死亡之日到来——12月15日，新冠病毒感染的我和妈妈下午通了一个视频电话，说好第二天送她去住院，但是妈妈没能熬过那个晚上。我抱着她微温的身体，不相信她已经死了，我甚至粗暴地扒开她的眼皮，一次次呼唤，但是死亡是不会有回应的。

　　前后相隔四十七天，爸爸妈妈突然都没了，这是玩笑吗？我的眼泪好像被这个玩笑埋葬了，堵得流不出来。那段被死亡逼到墙角的日子，刻进了肉里。前后两次走进相同的火葬场，重复一模一样的流程，一次又一次摸到爸爸妈妈热乎乎的骨灰，我不知道这是真还是假。那时我只想抱着他们逃离火葬场，快快回家。

　　第一次是我抱着爸爸的骨灰盒回家，一路上我把脸贴着他，轻轻说："爸，现在已经到了二环上，今天天气很好啊，我们很快就到家了，妈妈等着你呢。"第二次是妹妹抱着妈妈,我不敢回头看妹妹满是泪水的脸,而家里已经没有人在等待了。一进家门,我和妹妹心照不宣同时把两个骨灰盒并排放在爸爸妈妈的卧室,在熟悉而空寂的床前,跪了下去。

不知过了多久,我们拉好窗帘,像以往离开前那样大声说:"爸、妈,走了啊,下礼拜来看你们!"父母听力都不好,需要大声跟他们说话。最后一次送爸爸去住院的那天下午,他坐在沙发上一贯的位置,安静地看着我,说:"我走后,骨灰撒大海,如果妈妈愿意,我等她。"父亲的眼神纯净得像一个少年,他的眼睫毛很长,充满深情和眷恋。

坐在旁边一向听力不好的妈妈,似乎完全听见了,她会意地点点头,用手抚了抚爸爸的手背。我知道他们之间并没有商量过,但是他们之间有几十年的默契,在生死之际,他们必然有跨越日常的沟通天赋。

爸爸还说:"不开追悼会,不搞遗体告别,一切从简。"

那一刻,我绝望地看着爸爸妈妈向死的神情,突然悲从中来,感到自己的虚弱和无能。我说:"爸,别瞎说,咱们很快就出院,妈等你回家呢!"但事实是,爸爸再也没有回来,他翻开的书,还在枕边。而我的妈妈,她终是等不及了,经过四十七天与命运的纠缠,果断地抛下我们去追爸爸了。

什么叫生死相随?这是我在人世间见证的唯一例子。我的妈妈是一个勇敢的女人,年轻时她像"十二月党人"的妻子那样,义无反顾追随爸爸到北大荒,如今耄耋之年,她又决绝洒脱地追他到死了。

爸爸离世当天,《人民文学》主编施战军就赶到家里看望妈妈,第二天,中国作家协会和《人民文学》的领导都来到了家中。他们都安慰妈妈,悼念爸爸。妈妈微笑着感谢大家,没有流泪,我以为她是坚强,实际上她好像一直沉浸在爸爸的生命里,已经不大理会自己的悲伤了。

还记得敬泽关切地问我以后妈妈怎么办。我说我会接她到我家。事实上,妈妈在我家没住多久,就请求我送她回自己的家,这是我最不能原谅自己的地方,我居然就送她回去了?!因为她说她想回去看看,看看她和爸爸的家,过几天就回来,我就信了她的话,很多衣服都没有给她带回去。我以为可以等她回来,但是这个曾经齐齐整整的家,一瞬间就人去楼空了。环顾每一个房间,都有他们走来走去的影子,如今这些影子,是连一角衣服都抓不住的虚妄。所有貌似虚妄的点点滴滴，唯有在回忆中寻找踪迹了——

爸爸程树榛1934年出生于江苏邳州，爸爸不幸，三岁丧父，祖母独自一人将他抚养长大，孤儿寡母，历尽世间艰辛。爸爸从小天资聪颖，兵荒马乱之中断断续续累计读书三四年，竟然以优异成绩考入当时的江苏省立徐州中学，成为家族的骄傲。他热爱文学，十七岁就开始发表文学作品，他的目标本是北大中文系，但是高考时正值新中国成立不久，百废待兴，国家急需发展重工业，于是爸爸满怀激情报考了天津大学机械制造专业。

我的妈妈郭晓岚，原名郭凤梧，取义"梧桐树上落凤凰"。我的外祖父早年是杨虎城部队的一员，1937年1月，外祖父配合中共地下党组织，亲手将一台印刷机秘密运往延安，这是延安历史上第一台印刷机。而恰恰在这个时候，我妈妈出生，外祖父给这个小女儿取名"凤梧"，寄予了他对未来所有美好的期待。

当这个热爱古典诗词的花季少女遇到早慧的青年作家，该是怎样的喜悦——金风玉露一相逢，便胜却人间无数。爸爸妈妈就是这样互相爱慕，鱼传尺素，直到先后奔赴北大荒。

虽然学工，但是爸爸对文学的热情丝毫不减，大学实习时，他克制不住激情，写下了长篇小说《大学时代》。这部手稿命运多舛，在动乱时期被抄走，幸运的是后来辗转重回到爸爸手中，就这样，他二十三岁时创作的长篇小说，二十三年之后才得以出版。爸爸大学毕业后到了北大荒，那里正在建设我国重工业基地的"国宝"第一重型机器厂，爸爸和建设者们一起住窝棚、啃窝窝头，热火朝天地战斗在工地。作为技术人员，他有幸参与到我国第一台万吨水压机的制造中，并在二十五岁写出了之后在省里公演的大型话剧剧本《草原上的钢铁巨人》。后来，他又将其改成长篇小说《钢铁巨人》，并由长春电影制片厂拍成电影公映。改革开放后，爸爸创作了描写改革者的报告文学《励精图治》，获得全国优秀报告文学奖，引起巨大反响。基于爸爸的创作成就，他被调入黑龙江省作家协会任主席，同时任黑龙江省文联副主席，主编大型文学期刊《东北作家》，这期间他还被选为党的十三大代表。再后来，爸爸奉命调到北京，任《人民文学》杂志主编，在任十五年。认真工作的同时，爸爸坚持创作，出版了《程树榛文集》

十卷本，长篇小说《遥远的北方》《生活变奏曲》，中篇小说《假如生活欺骗了你》等，散文集《人间沧桑》以及自传《坎坷人生路》等。

作为我国当代工业文学的重要作家之一，爸爸从事文学事业七十余年，发表小说、散文、诗歌、话剧、电影文学剧本等八百多万字，荣获国家级及各类文学奖项数十次。在爸爸的讣告中说，"程树榛同志是中国共产党优秀党员，我国当代著名作家、编辑家……程树榛同志襟怀坦白，宽人律己，工作勤勉，廉洁奉公，家风严谨，为人正直善良。他为中国文学事业鞠躬尽瘁，做出了突出贡献，赢得了文学界的爱戴和尊敬"。

爸爸一向是谦虚的，看到这样的赞誉，我能想象出爸爸会摇着脑袋说："我做得远远不够。"

爸爸谦逊儒雅，待人和煦，博学内敛，"君子如玉"是我从爸爸身上感受到的。为人一生，我几乎没听过他讲别人的坏话。他喜欢有才华的年轻人，但是对我们要求非常严格。他在任期间不允许我在《人民文学》上发表作品，以至于我对这个杂志又爱又恨。姐姐考入北大时，他写了一首诗《送长女赴北大兼示二女小女》："送女上北大，负笈入京城。临行拳拳意，嘱咐又叮咛。"他要求我们第一品行端："立身要正直，立心应为公""二要学有成，苦练基本功""对师多尊重，对友应谦恭"。这首诗我一直心心念念，我相信姐姐妹妹也以此为家训了。

名叫凤梧的妈妈到了北大荒，爸爸将她的名字改为"郭晓岚"，让我联想到晨雾中的山岚，满是清新和美好。我想那个年代刚刚走入新生活的父母，一定是憧憬着未来的。我的妈妈本是一个有才华的女人，她发表过诗歌、小说和报告文学，但是她被爸爸的光环遮挡了才华，只剩下美丽和贤惠了。大家看见我妈妈的第一印象是："你妈妈真美啊！"但是妈妈给予我们全家的，是她独特的善良与力量。当年的妈妈不知道北大荒有多冷，物质生活多么匮乏，贸然北上，她就像一只快乐的小鸟，跟着爸爸筑巢、孵卵。在天寒地冻的东北，那个看似娇弱的大小姐，变成一个女汉子。那时粮食都是凭票供应，为了让我们吃上大米，她骑车到附近的乡下用粗粮换大米，我们记忆中，大大的男式二八型自行车，她瘦弱的身体骑上去，还要在后面驮一个沉重的粮食袋子。在特殊岁月里，由于爸爸受到不公正待遇，奶奶天天提心吊胆，爸爸也经常忧心忡忡，妈妈却相信光明一定会到来。无数个深夜，她陪伴爸爸畅想未来，我们看到妈妈那张清新明媚的脸，就不再悲伤。她和爸爸一起，带领这个家庭，渡过了一个又一个难关。

她有优雅超俗的美。小时候有一次我看见一个卖鱼的，就喊妈妈下楼买鱼。只见那个卖鱼的男人呆呆地看着一个方向，我一看，正是我妈妈来的方向。她穿着一件黑色高领毛衣，扎了一条白围裙，拿着一个盆来买鱼，她的美丽好像瞬间照亮了整个楼房，让周围的人注目——我想这是我最早的美的启蒙。

妈妈后来在中国作家协会创联部工作。曾经有一个朋友告诉我，他在创联部看见一个美丽的女性在缝补沙发，后来才知道这个人是我妈妈。我知道，妈妈经常把办公室的沙发套不声不响拿回家里洗。妈妈的善良有目共睹，我们给她请的保姆，是来自西北贫困地区的姑娘，因为家里重男轻女没有上学的机会，妈妈就每天一笔一画教她写字、念书。渐渐地，姑娘已经能给家里写信了，妈妈倍感欣慰，识了字的姑娘像凤凰一样飞走了，妈妈也没有后悔，相反还替姑娘高兴。好心的姑娘又把自己不识字的妹妹送来帮忙，妈妈又一次手把手教会了妹妹读书、写字，当这个妹妹也离开时，妈妈高高兴兴地送走了小姑娘，转身颤颤巍巍走进了厨房。

爸爸走后，妈妈愈发沉默。爸爸火化那天，我让妈妈给爸爸写一封信，并让妹妹拍照发我。当我看到妈妈的笔迹时，再一次悲从中来，上面这样写道："程树榛，你在奈何桥上等我——郭晓岚。"

当时我根本没有意识到这其实是一句谶语啊，我单纯地以为妈妈太难过了。因为妈妈没有任何基础病，我以为我会陪她到一百岁，但是此刻她好像冥冥之中已经知道自己的归期了。

奈何桥，是传说中人死后必须经过的界桥。走在奈何桥上，是一个人拥有今世记忆的最后时刻，一旦走过去，就无可奈何地进入了新的轮回，而这个轮回关卡在"七七"的最后一天，意味着人死后经过四十九天，就走过了奈何桥。当我看到妈妈在爸爸离世后的四十七天死去，万分惊诧，按照这个传说，此时的爸爸还在奈何桥上，仅差两天他的灵魂就彻底告别此生了，而妈妈火化这天恰恰是爸爸"七七"的最后一天，一天也不差。我的妈妈终于在我的爸爸即将走过奈何桥的时候追上了，他们在这奈何桥上相会了，配合得那么默契，简直是天衣无缝。

我还能说什么呢？我的脑海蓦然间冒出那首古诗："上邪，我欲与君相知，长命无绝衰。山无棱，江水为竭，冬雷震震，夏雨雪，天地合，乃敢与君绝。"我曾经嘲笑这首诗的简单直白，但是现在我怎么就觉得它大气磅礴惊天动地呢？它分明就是在咏我的妈妈呀。

我们一家人，分别在国内、美国、德国和英国。自从我们给爸爸妈妈庆祝金婚之后，全家就再也没有团聚过，我们一直筹划着他们的钻石婚庆祝活动。所有在国外的孩子都将漂洋过海回来团圆，我们甚至都想好了举办哪些仪式，邀请哪些人来参加。然而三年疫情的阻隔，全家人再想欢聚一堂已是惘然。如今，当远嫁德国的姐姐跨洋归来，风尘仆仆奔赴到家时，她看见的不再是爸爸妈妈笑意盈盈的脸，而是床上父母的两抔骨灰，可谓万里"孤坟"，无处话凄凉。

我们终于约好送爸爸妈妈去大海的时间了。当我们抱着父母的骨灰上路的那天，北京突然下起了瓢泼大雨。爸爸妈妈，这是老天也难舍你们吗？我们的家在北京，你们却要汇入大海了，那种心痛和不舍是语言无法表达的。曾有亲友建议我们留一部分骨灰埋入土地，但是我们三姐妹商量好久，最后达成一致：完全依照父母的心愿。这是父母最好的归宿吧，在国外的孩子们都在大海边，无论是波罗的海，还是太平洋抑或大西洋，海海相连。爸爸妈妈，从此以后，凡是有海的地方，就有你们的存在，当孩子们想念时，就去海边走一走，其中哪一朵浪花是你们？大家一定都心有灵犀。

我的奶奶曾经告诉我，地上每死一个人，天上就多了一颗星星，所以，尽管我不生活在海边，但是我每天晚上都可以仰望星空，我也一样知道，哪两颗星星是你们。因为我们心意相连，所以我们彼此看见。爸爸妈妈，星空浩渺，大海无涯，我们之间这一世的爱，你们对于这个家族无私的奉献，那些精神财富，都将成为子子孙孙最好的遗产，镌刻在这星辰大海之中，早晚有一天，我们会再相聚。

2023年7月23日，永生难忘的一天，我们送爸爸妈妈到了大海上。除了我们三姐妹和我们的丈夫，还有我儿子和妹妹的女儿，陪伴我们的仅有几个至爱亲友。那一天，天空高远，海水碧蓝，我们把妈妈爸爸的骨灰缓缓放进海水深处，这时，突然有两只海鸥并排从海面上飞来，瞬间飞过我们头顶。儿子在我耳边轻轻说："妈妈，你看！"

是的，我看见了——爸爸妈妈，那是你们吗？

我在当天的微信朋友圈中写道："我最爱的父亲和母亲，在蓝天碧海中永眠了。亲爱的爸爸妈妈，陆地上虽然没有你们的墓志铭，但是你们在我们心中，是两座实实在在的丰碑，永远不会消失。"

选自《文艺报》2023年11月10日

评鉴与感悟

两位知识分子携手走过的风雨人生路。无论顺境还是逆境，他们都不离不弃，相互包容、理解和勉励，这既是爱的光照，也是情的诠释。作者以爱写爱，以情传情，令人动容。

杂忆李泽厚

/陈来

第一次买李泽厚的书，是研究生二年级时买了他的《中国近代思想史论》。但因我不是作近代哲学研究的，所以虽然浏览了主要章节，但重点看了此书的《后记》，觉得有启发，时间应该是1979年秋冬时。那时我天天在北大图书馆教员阅览室看书，我座位旁边是西哲史的同学丁冬红，她当时在看李泽厚的《批判哲学的批判》，说齐良冀先生建议他们看此书。我那时在邓艾民先生的要求下看过康德的《未来形而上学导论》，但对康德没有发生很大兴趣。而且当时集中作朱子的理气论研究，大部分时间都在作文献考证工作，所以没有读李泽厚这本康德述评。又由于我们的工作是研究中国哲学史，对马克思主义哲学及其理论发展未加关心，所以当时也就未能理解此书的思想意义。

1981年研究生毕业后留校，因为不用专心学位论文了，思路慢慢打开，这时李泽厚的《美的历程》出版了。其实，在此以前1980年《中国哲学》第二辑也登了李泽厚《魏晋风度》一文，它是《美的历程》的一章，引起大家的关注。1981年夏冯友兰先生还专门为李泽厚此书的出版写信给他，颇为表扬，登在《中国哲学》第九辑上，这更引起了大家对李泽厚此书的关注。我看过《美的历程》后，对李泽厚的思想识见十分赞佩，对其文字亦很欣赏。研究生同学陈小于说他喜欢庞朴的文字，我说我觉得李泽厚的文字好，只是，因为那几年我集中作考证工作，文字也走古朴一路，所以虽然欣赏李泽厚的文字，但也没有机会学习。何况李泽厚的文字和他的领域与美学和艺术有关，这并不是其他学科的人随便就能仿学的。

1982年因报考了张岱年先生的博士生，为了思考如何写博士论文，我主要看了三本书，即张世英的《论黑格尔的逻辑学》、汪子嵩的《亚里士多德关于本体的学说》和李泽厚的《批判哲学的批判》。因为我国此前没有博士论文的样例，所以只能学习类似的著作。这一年李泽厚发表了《宋明理学片论》，此文可能受到了冯友兰先生信中鼓励他为宋明理学平反的推动，但我当时没有特别注意。这主要是因为，作博士论文，需要深入而具体的研究，而不可能是宏观的纲要式的论述。作博士论文期间我的大量精力都花在如何处理朱子大量的材料，如何细致分析朱子庞大的学说体系，工夫全都在微观的层面。直到1985年春论文基本写成，要拟定提要和写引言时，我才埋头从微观分析中抬头。我重新细读了李泽厚《批判哲学的批判》的内容提要，才觉得找到了适宜的提要写作方式，把博士论文的提要写好。正好这时他的《中国古代思想史论》也刚刚出版，故又仔细看了此书的《宋明理学片论》以及补写部分，所以我的博士论文引言部分，也受到李泽厚此文的影响，这主要体现在我对其中"伦理的本体"这一观念的吸取。

我第一次见到李泽厚是1983年，当时汤一介先生办了一个汤用彤先生的会，杜维明先生也从美国来参加了。那时我帮忙会务，在北大临湖轩东房坐着，会中李泽厚过来上洗手间，我看到他过来便很兴奋地上去打招呼，他当时穿了一件咖啡色灯芯绒的便装上衣，完全不是学者的严肃派头。再次见到他是1985年春天。在我作博士论文的后期阶段，李泽厚发表了一系列文章，后来都收在《中国古代思想史论》里面，确立了李泽厚在中国思想史研究中的重要地位。1985年春看到他写的《漫述庄禅》，颇受启发，就写了封信给他，既表示景仰，也谈了自己的感想，内容主要是从《美的历程》论李杜，联想到对"二程"和朱子的对比。

李泽厚论李杜时曾提出，李白所代表的特征是一种还没有确定形式、无可仿效的天才抒发，而杜甫的意义则在于为人提供了可资遵循学习的规范。冯友兰先生因谓道学之于玄学，正犹杜之于李，玄学没有讲清精神境界得来的方法，道学则教人于日用功课中达到这种境界。而我进一步引申，认为其实道学的方法也有不同的特征和意义,无论濂溪的孔颜乐处还是明道的仁学一体境界,个体的直觉领悟正是一种"无确定形式的天才抒发",朱熹提出的主敬穷理的理性主义才给人以遵循学习的普遍规范,朱熹的出现使得理学中理性主义占了主导地位。以上就是我给李泽厚信的主要内容。我是把他对李杜的形式分析具体应用于宋代理学类型的分析。李泽厚收到我的信后让别人带话,约我去他和平里的家谈谈。我去后见有一个英国回来的留学生也在,就一起谈了一下。我记得李泽厚当时关心的是"你们觉得我应该研究什么",说明他比较在意别人对他的看法包括期待。

博士毕业后我重回系里教书,此时不再需要集中精力处理论文写作,可以放开眼界留意学界的其他讨论,故细读了马克思的《1844经济学哲学手稿》,重新阅读了关于异化问题的讨论,对李泽厚的康德书也有了新的了解。1985年冬,冯友兰先生九十大寿,设宴在海淀鸿宾楼,那天我去得较早,见李泽厚已经到了,我们就聊了一下对刚刚出版的冯先生的《中国哲学简史》译本的看法,他认为涂又光的译文近于冯先生的语气,颇加肯定,我当时已经做了冯先生的助手,对他的看法也表示赞同。80年代中后期,李泽厚在文化界的影响达到了空前的地位。

1986年至1988年我在美国哈佛大学访学。1989年7月我去夏威夷参加第六届东西方哲学家会议,这个会议级别较高。据杜维明先生告诉我,会议筹备提名邀请学者时,杜先生推荐了李泽厚,陈荣捷先生不同意,认为其专业研究成就不突出,认为东西方哲学家会议应邀请对各自传统哲学深有研究的代表性学者。陈荣捷先生力主邀请我,因为他了解我的朱子研究与专业贡献。至于我自己,当然觉得李泽厚应比我更有资格参加这样的学术会议,实际受到邀请的还有张岱年先生、冯契先生、汤一介先生,但张、冯两位先生都未能成行。

这里涉及的就是宏观纲领和专业研究的关系。其实李泽厚对此早有清醒的认知。他在《中国古代思想史论》的后记中说过,这本书都是提纲、是宏观框架,既无考证,又非专题;他说也曾想过编阮籍的年谱、爱读功力深厚具有长久价值的专题著作,但始终没有那样做。他在面对时代的时候选择的是"但为风气不为师",多是提纲式的思想阐发,而不是专业研究。然而,1980年代中期以后,不仅我们首届研究生、博士生先期跻身学术界，1977级、1978级的大学生们也陆续走入专业研究，学术性要求对他们越来越突出。此后一代代博士生陆续成长，他们所需要的主要是专业研究的范例，所以进入90年代以后，李泽厚80年代写的书也就自然慢慢地淡出了他们的视野，留在他们心中的更多的是李泽厚在80年代的风光的记忆。

综观李泽厚在80年代的地位与影响，我的看法如下：李泽厚在1980年代初期的两部书，其康德一书，以主体性观念推动思想进步的意义大于带动学术的进步（学术进步是专业研究的深入拓宽）。唯其思想进步的意义大于学术进步，故取得影响甚大。同时李泽厚所提供的思想进步具有很强的哲学性，其所推动的思想进步是在马克思主义哲学内部的思想改革，虽然还不是独立的哲学建构，但对哲学界的推动是重要的。《美的历程》除了美文叙述的影响外，突出以美学理论思维驾驭艺术史流变，以新的视野和观念了解中国文化。后来的《中国古代思想史论》是结合了外国哲学和海外思想史研究，在宏观上扩大了看待理解中国哲学思想的理论视野，带来了全新的分析景观；但其意义主要也是观念的启发，而不是研究的范例。这几部书确立了他作为1980启蒙年代独一无二的青年导师的地位。

1990年11月初，我去友谊医院探望重病住院的冯友兰先生，我去的时候李泽厚和其夫人已经在病房里了，他们也是去探望冯先生的，宗璞先生和蔡仲德先生当然也在。我进去之后，见冯先生张嘴要说话，但不清晰，我就把耳朵凑到他嘴边，他说一句我就大声重复一句，给房间里其他人都听见。冯先生先说："中国哲学将来要大放光彩！"又说一句："要注意周易哲学。"冯先生是1990年11月26日去世，去世后宗璞先生1991年在《读书》发的纪念文章《三松堂断忆》中就述说了冯先生病中说的话："人们常问父亲有什么遗言。他在最后几天有时念及远在异国的儿子钟辽和唯一的孙儿冯岱。他用力气说出的最后的关于哲学的话是'中国哲学将来要大放光彩！'他是这样爱中国、这样爱哲学。当时有李泽厚和陈来在侧。我觉得这句话应该用大字写出来。"冯先生去世后我写了祭文，也曾发表，其中也说到这件事。

此后，应该有两年没见到李泽厚的面，1990年或1991年他去南方走了一趟，听他学生说，他回来有些诧异地讲"陈来的名誉很不错"。这大概是因为那两年我的朱子研究的两本书都出版了，学界反映都还较好的缘故。

再见到他应该是1992年秋在哈佛开会的时候。《有无之境——王阳明哲学的精神》一书我记得就是1992年秋天在哈佛开会时到他的房间当面送给他的。

1996年5月我去韩国汉城大学参加第五届亚非哲学会议，中国大陆的代表是我，台湾是黄俊杰，美国邀来的是李泽厚。会议语言是英文，我们只能会下聊天。李泽厚说他会后回北京，我就说我最近出了本书，回北京寄给你。回到北京我就把新出的《古代宗教与伦理》一书寄给他，过了几日他打电话给我，说"书收到了，这应该是一部有影响的书"。当年冬天他的学生告诉我，说李泽厚对你的学术思想很称赞。我猜想这大概和他对我的新书的印象有关，因为我的书从"巫觋文化"论述开始，论述古史文化演进大开大合，与近人很不相同，李泽厚看人重在看格局大小，所以对我的此书较为肯定。当然这是我基于他的学生的话而做的推测，并没有看到他自己的具体言说。

2005年我写了《有无之境》北京大学出版社新版后记，此文一开始是这样写的：

> 两三年前，有位哲学界的朋友问我，你认为你自己的哪本书或哪几本书写得最好？我当时笑笑说，都不错啊。我这样说，是因为这个问题很难回答。难就难在"写得好"这个提法本身是不太清楚的，它可以指文字写得好，可以指思想体系表达得清晰，也可以指研究的成果达到很高水平。

这件事是这样的，2002年我在香港科技大学任客座教授时，正好遇到老友甘阳结婚，于是应邀携内人去参加其婚礼。在婚宴上，我和李泽厚先生坐在一起。他在席中就问我："你现在出的书有没有十本？"我说："超过十本了。"他说："不算编的。"我回答道："不算编的。"他有点惊讶，因为他当时已经离开中国十年，虽说也常回国，但已不可能充分了解国内学者的著作出版。然后他问道："你认为你自己的哪本书写得最好？"我当时笑笑说："都不错啊。"他又追问一次，我只好说："王阳明那本吧。"他说："我也觉得王阳明这本好。"其实我和他之间对"写得好"有不同理解，后记里面也说了，概括说来，他注重写得好，我注重研究得好。

这次我在香港科技大学客座，正好李泽厚在香港城市大学客座，所以大家在这里碰面。这次在港期间我们还通过电话，一次在电话中谈到当时哲学界状况，他说"中国哲学你第一"，当时我没敢接这话。我心想：不说别的地方，就说北京大学，老先生如张先生、朱先生都在；北京大学之外，年纪长我们一辈的学者也多有人在，谁敢这么说话。文无第一是古人早说过的道理，尽人皆知，无论哪个学科皆然，李泽厚岂有不知之理。所以，他的这个话只是表达了他个人的一种眼光、看法，甚至可能反映他对老先生学术的看法。任何人都可以有自己的看法，其本身并不代表公共评价，所以我也并不当真。何况，李泽厚也并不是中国哲学史研究的权威。不过，李泽厚虽然不是中国哲学史研究的权威，但是他眼界甚高，搞中国哲学史的学者确实少有能入其法眼，他说这个话大概就是觉得我的研究还能入其法眼，不过如此而已。李泽厚其实极少称赞别人，所以我把这次他说的话始终看作是哲学界著名前辈的一种难得的表扬和鼓励。其实，这一类的话在同一时期前后，有位更加德高望重的前辈（李泽厚的一位老师）也讲过，当然都不是公开表达，同样也不能等同公共评价，但这些对我个人来说都是来自学界前辈的难得的肯定，这些表扬和鼓励值得铭记。

我当时没敢接这话的另一个原因是，我当时想，你这么排队，那你如何安置自己的地位呢？大概你认为自己是不属于搞中国哲学的？而我也确实觉得他这样说的时候有自外于中国哲学研究之外的意思。不过当时没有完全反应过来，也就没有马上问他这个问题。这个问题直到几年以后我才在他家里向他问起。2009年秋天，一日董秀玉来电话，说李泽厚从美国回北京来了，希望你去看他。我说好，于是就去他在美术馆附近的新家去看他。见面一开始我就问他，你一直说自己是搞中国思想史的，从来不说是搞中国哲学史的，这是为什么？他回答道："中国有没有哲学本身还是问题。"可见他确实不认为自己是研究中国哲学史的。他又说"我理解的思想史是对宇宙人生大问题的思考，柏拉图重要还是当时的平民重要？这很清楚"。这应当是针对有些思想史学者反对精英思想史而主张作平民思想史而发的。接着谈了他对国内学术和学人的看法，其中说到"国内有几派，一派是陈来派，继承冯友兰"，还说"你不留在香港是高明的，香港太小太局限"，等等。大概谈了两个小时左右。应该说，他对国内学术的看法体现了他自己的观察角度。不过，就我来说，不觉得有什么陈来一派，我当时关系还在北京大学，觉得我就属于北大派而已。另外，我觉得虽然他一直承认他是搞中国思想史的，但在其后期，实质上他更认为自己是超越这些"史"的研究的，是把他自己置于哲学家的位置来指点学术天下的。

2011年至2012年，李泽厚出版了《该中国哲学登场了？》和《中国哲学如何登场？》，但我这一段因为已经转去清华大学国学院，所以关注点在"国学"，未曾注意到这两本书的出版。2012年夏在吉林大学开会，听到有学者发言提到这两本书，于是在2012年底我请学生帮我买来这两部书，并细读一遍。李泽厚在书中写道："后现代到德里达，已经到头了；应该是中国哲学登场的时候了。当然还早了一点，但可以提提吧，我先冒喊一声。愿有志者、后来者闻鸡起舞，竞创新思，卓尔成家，走进世界。"照我的理解，这两部书所说的"中国哲学"应该不是泛指当今中国的所有哲学研究系统，而是专指中国传统哲学直接传承的系统。因此，这一关于"中国哲学"登场的呼吁，无疑主要应该看作是对作中国哲学研究的学者的挑战与促进，而吾人必须响应这一呼吁、回应这一挑战，以促进中国哲学当代的发展。于是我立意以仁本体回应李泽厚的情本体，写了《仁学本体论》一书，期以带动中国哲学界的更多响应。如果没有李泽厚的这一推动，我是不可能写出这本书的。

李泽厚在书中也提到我，在《该中国哲学登场了？》书中，他说："在当今中国哲学史研究领域内，陈来大概是最细致最有水平的。"这个说法和他在香港跟我打电话时说的话意思是一致的。所以与上次一样，我都感谢这位著名哲学家对吾人研究的赞许和肯定。这里必须申明，我在这里引他的话只是因据实叙述而不得不然，绝不是要借他的话来表扬自己。其实，就算李泽厚十几年前说的话（两个最）不是毫无根据的，但学术研究总是不断发展、日新月异，人才辈出、后来居上，今天来说，吾人也早已让位于后来者了。

我的《仁学本体论》中有一节专门讨论李泽厚的情本体，我认为他的情本体论并不是儒家的本体论，儒家的本体论只能是仁体论。此后我又写了《儒学美德论》，其中也有两章涉及他的伦理学思想，我对其两德论有所辨析讨论，而对其人性论的睿见则为之表彰。在研究上，学理所在，不能不辩，这是纯粹学术的研究，并不影响吾人对前辈的尊敬。所以，有关其两德论的一章，在期刊发表时我特地挑了一家不是C刊的刊物，目的就是不想造成较大影响。

在我看来，对一个在世的哲学家最大的尊敬就是对他的思想理论进行严肃的学术研究，从各方面加以分析和反思，在对话和论辩中深入思考他的命题。

谨以此文纪念李泽厚先生。

选自"人文日新陈来"公众号，2023年11月1日

评鉴与感悟

追忆往事，感怀旧情。点面结合，详略分述。见性情，见立场，见态度，见情怀。

亲爱的小丁老师

/郜元宝

小学四年级一结束,我们的学校生活立即发生了很大的变化。

先是本村的两位"鬼头"——"建平你"和"小虎子"不得不离开学校,成为生产队的正式"劳力"。与此同时,两个生产大队合办的"完小"因生源猛增,必须一分为二。严厉的语文老师兼班主任章老师留在原来的"完小",我所在生产大队的同学们则转入另一所新建的"完小",小丁老师荣任校长,同时兼任五年级班主任及语文老师。

小丁老师是我们那条夹江上游"老观嘴公社"的高中毕业生,他以本地知青身份来我们"完小"代课,一直没有轮岗到别处。在严厉的章老师做班主任兼语文老师的两年多时间里,我们很少有机会跟隔壁班教语文的小丁老师打交道,只是经常看到他在操场的单杠上玩"引体向上""双臂大回环"等高难度动作,令我们这群男生羡慕不已。直到换了学校,我们跟小丁老师才渐渐熟悉起来。

小丁老师唇红齿白,身材健美,肌肉发达,相当帅气——当然也很严厉,比如学生们说话行事有甚不妥,他脸色一黑,就蛮怕人的。

自从做了新"完小"的校长兼五年级语文老师和班主任,小丁老师已经完全跟我们打成一片了。这时候我们发现,与其说他严厉,不如说他是在彼此亲近的基础上对学生提出"高标准、严要求",把我们当作成熟的少年看待。他的严厉，乃是关系融洽的师生之间应有的严肃认真，包含着友情的温馨。这就和始终跟我们保持距离的初级小学陈老师、旧"完小"章老师的严厉，大不相同。

学校的风气也很快转变。随着"建平你"和"小虎子"的辍学，也因为小丁老师的深度介入，以往学生内部"鬼头"与"小鬼"间的等级结构几乎荡然无存。我和"学庆你"虽说追随小丁老师来到本大队新建的"完小"，属于年龄最大的元老级学生，却根本没有野心与兴趣补"建平你""小虎子"的空缺，继续当"鬼头"，而是一有空就去小丁老师的单身宿舍。

小丁老师的个人魅力如此之大，我们给他做小跟班，比当"鬼头"有意思多了。

新"完小"很简陋，五间教室一字排开，朝南一个小操场，这就是学校的全部设施。

几位年长的民办教师一放学便巴不得赶紧回家。他们除了教学任务，家里还有做不完的农活。只有小丁老师一人驻校。学校处于草创阶段，生产大队偶尔抽调农民过来，帮助学校在四周挖掘引水沟渠，以防下雨天水漫金山。其他事务，比如购买树苗、给操场四周搞点绿化、布置教室里的黑板桌椅、给小丁老师搬家等，就都交给我们这些"高年级"同学。大家手脚并用，一天到晚忙得不可开交，丝毫不觉得疲劳，反而十分欢畅，很有成就感。

小丁老师担任小学校长，虽能独当一面，也需要培养和依靠几位学生骨干。何况他还是单身，教学之余，也要一群男生做伴，一起散步、游泳、玩单杠。我游泳技术的提高，还有一点单杠上的基本功，全赖小丁老师手把手的耐心指导。

他还经常邀请我和"学庆你"晚上去他宿舍秉烛夜谈。小丁老师的宿舍就在学校东头那间最大的教室隔壁，一床、一桌、一椅、一个脸盆架子，此外别无长物，但因为只是十几平方米的一个小房间，仍然挤挤挨挨，并无"家徒四壁"之感。

小丁老师爱干净，宿舍窗明几净，一切井然有序。床铺尤其讲究，不像乡下人家，衣裳被服胡乱堆在一起，而是衣裳归衣裳，被服归被服，叠得整整齐齐。床上靠墙整整齐齐码着他爱看的书籍，床下是一只装着换洗衣服以及其他日用品的木箱。床沿留出足够的空间，客人们可以看到小丁老师从家里带来的整洁漂亮的床单。

说到小丁老师床上那些书籍，至今仍是一个谜。除了正式的课本，小丁老师并不鼓励我们看"闲书"。我和"学庆你"登堂入室，每天追随其左右，却从来不曾想过要向小丁老师借书看。也许是我们那时玩性太重，尚未养成阅读的习惯，也可能是小丁老师觉得他那些书籍并不适合我们，总之他从未向我们展示床边那一摞码得整整齐齐的藏书。日常放在窗前办公桌上的总是雷打不动的一本《夺印》。这本书小丁老师自己不怎么看，只在炒菜时偶尔用来做垫子，放一下烧热的铁锅，免得烫坏办公桌上的油漆。这也是我们格外喜欢小丁老师的原因。作为教师，他并不喜欢将"学习"二字整天挂在嘴边，也从未拿"头悬梁，锥刺股""凿壁偷光""程门立雪"之类的故事激励我们好好读书。仿佛每天只要放学铃声一响，"学习""读书"这件"正事"就告一段落。剩下的时间，该干啥干啥。

他会给我们讲故事，吹一阵口琴，再教我们唱几首歌。单杠玩累了，就去田间地头到处走走，"呼吸新鲜空气"。

五年级下半学期，全村通电，教室里大放光芒，我们的夜晚活动因此增加了新项目，就是将几张课桌拼成了乒乓球台。小丁老师很快就教会了我和"学庆你"打乒乓球，而一旦打起乒乓球，我们简直就再也停不下来了。

就在我读五年级下半学期的时候，父亲终于回到久违的教学岗位。虽然只是民办教师，但年近花甲的他并不看重名利，全身心投入自1958年起便中断的教学活动。小丁老师过去并没做过父亲的学生，但他和别的年轻老师一样，始终尊称父亲为"邰老"，请他做教导主任，负责一至五年级语文。但父亲很认真，坚持要从一年级开始"跟班"上课。因此，重返教学岗位的父亲和我虽然有半年时间同在一所小学，然而已经读到五年级的我始终无缘听到自己的父亲讲课。

这样也好，我可以继续无拘无束地跟着小丁老师，享受"学习"之外的各种赏心乐事。

大队后来又选拔了两位上海女知青来学校做代课教师。

她们合住一室，就在小丁老师隔壁稍大的一个房间。我们吃了晚饭去学校，或者放学之后直接留在学校跟他们三位老师一起做饭聚餐的机会，从此就更多了。

乡下那时古风犹存，男人从不下厨房。但小丁老师和两位上海女教师完全不管这些。一到周末，他们就在一起做饭，忙得热火朝天，我和"学庆你"则打下手。

他们的伙食自然比一般村民好很多。单是"炒蛋"，就让我们两个乡下男孩大开眼界。我们从来不会炒蛋，顶多做一碗薄如稀粥的清炖鸡蛋，全家人补充一下营养。但他们居然将四五个鸡蛋打在一起，直接用洋葱煎炒！

这样势必就得经常向村民买鸡蛋。有一次我陪其中一位上海女教师去一位农妇家买鸡蛋，整整一篮子才五块钱。当上海女教师拿出一张十块的人民币时，那位农妇惊呆了，"我怎么找得出啊！"结果说好十块钱就先放在她家，下次来时，再拿一篮子鸡蛋！

直至模模糊糊发现小丁老师跟两位上海女教师陷入了"三角恋"，我和"学庆你"仍旧继续当灯泡。所幸两只灯泡亮度有限，基本看不懂他们的关系究竟有何微妙。就这样，替他们跑跑腿去供销社买茶点"开茶话会"，或者夜里陪他们在乡间小路散步，数天上繁星，闻远近犬吠，还是愉快胜任的。

以前我们做梦也想不到，会如此近距离接触老师。现在小丁老师和两位上海女教师凡事都找我们商量，顿时让我们感到长大了不少，再也不是被晾在一边或任谁都可以呼来唤去的小屁孩喽。

然而且慢，乡下少年真要改变小屁孩的形象，谈何容易！至少还需要一条穿在里面的短裤。这就又要说到我告别开裆裤之后的一件羞惭之事了。

那是夏末秋初的一个傍晚，上海女教师中长得比较俏丽的那位在学校旁边的水塘洗衣服，不慎将新买的"香皂"掉落水中。小丁老师命我下去捞，我不假思索，脱个精光，勇敢地潜入水中，很快摸到了香皂。

当我得意扬扬爬上岸来，将香皂交给那位上海女教师时，她满脸春风地对我说："谢谢，谢谢，让你打光腚了！"

我在另一篇散文中讲述了小丁老师和这两位上海女知青之间微妙的三角恋，这里不再重复。这份恋情昙花一现，并未结出任何果实。1977年夏天，我们小学毕业，预备上初中，两位上海女教师赶上知青回城的潮流，也要回上海老家了。只有小丁老师还继续坚守在这座简陋的乡村"完小"。

惜别之际，我和"学庆你"每人获得了两位上海女知青共同赠送的礼物：塑料封面上印着"向科学进军"五个烫金大字的笔记本。尽管我们后来的职业都与"科学"无关，但我们都忘不了那个小小的笔记本所包含的美好的祝福。

小丁老师并没有送我们什么赠品，而是邀请我和"学庆你"去他老家（隔壁的"老观公社"）去"度假"。那也是一个临江的小村庄，还有一个与村庄相对的小小的"江心洲"。我和"学庆你"跟着小丁老师，在那里足足玩了一个夏天。要记叙那年夏天我们所经历的故事，就得另写一篇文章了。

没想到一别之后，我就再也没见过小丁老师。只是回乡探亲时，偶尔听到一些关于他的信息。小丁老师不久也离开了那所"完小"，转到另一个公社的中学。大概在我大学毕业前后，他结了婚，也离开了教学岗位，改行做起乡镇的行政工作。因为能力突出，屡获擢升，最后官至副县级。目前已退居二线，正安享荣休后的生活。

去年12月底，我正"阳"着，躺在床上发呆，忽然接到小丁老师的电话。原来他从"学庆你"那里获知了我的手机号码。我们互道平安，也简单通报了别后数十载各自的生活。他说自己不用微信，因此也就没法视频。电话中他的声音依然很年轻，我眼前仿佛又浮现出当年他跟我们促膝谈心、月下散步、拼起课桌打乒乓球、教我们游泳和玩单杠时亲切的面容和矫健的身影。

在我心目中，他的形象永远定格在1977年那个依依难舍的盛夏。

你好，亲爱的小丁老师！

选自《雨花》2023年第9期

评鉴与感悟

回首来路，心存感念。饮水思源，叶不忘根。文章细节饱满，温润暖怀，作者以赤诚之心，书写赤城之文。

为了告别的聚会
——胡学文印象记

/刘建东

近几年来,学文的笑声越来越响亮,越来越爽朗。

每隔一段时间,我们几个人,会约个时间,写作者的聚会、聊天、小酌,互相善意地调侃对方,好像生活中,这是平常而平淡的事情。直到某一天,他突然南下,告别生活了五十多年的燕赵大地,去了南京。聚会似乎就此消失,我曾经想过,难道仅仅是一个人的远去,便让凝聚我们的某个仪式土崩瓦解了吗?似乎是,似乎也不是。我觉得,是少了我们熟悉的一些元素。能长久地聚在一起的朋友是少而珍贵的,尤其是写作者的朋友。正是有些特殊的元素,把我们吸引住,成为我们日常生活的一部分,消解着我们彼此的界线。比如学文的笑声,便是相聚时的一部分。他的笑声高亢明亮,直穿屋顶。我一度怀疑,生长在坝上地区的他是不是时常吃羊腿和莜麦而底气充沛。

我和学文认识有二十多年,李浩、张楚、学文,基本上都是2000年左右相识。学文在张家口的沽源,李浩在沧州的海兴,而张楚在唐山的滦南,我们几个陆续地开始发表小说,并慢慢地成为河北文学队伍中的主要力量。那时候因为我在《长城》杂志社做编辑,所以和他们仨的交集比较多。我编过李浩和张楚的小说,却没编过学文的。编他小说的是编辑部的副主编关汝松。我记得作家协会还在市庄路文联大楼办公时，关汝松就和我说起过胡学文，说他的《血乳同根》怎么怎么好。而那时候我们还没有见面。最早我和学文没有太多的交流，很少的几次见面都在公共场合，他话很少，并不健谈。最深的一次交流是2002年《长城》在承德举办的笔会。那一年，我已经发表了《全家福》，而学文也发表了《秋风绝唱》。这次笔会是河北文学史上一次重要的活动，铁凝主席、李刚书记都参加了。笔会给我的印象深刻，邀请了一些重量级的作家，莫言、马原、刘庆邦、池莉等，我和学文也是第一次真正意义上面对面地谈到文学。我和学文住在一个屋，夜间，当一天的采风结束，往往是我们聊天的时刻。我们谈论文学，似乎只有文学才是我们生命中的主题。学文谦逊地询问我是如何把生活转化成文学的，实际上，对于生活，他早已了然于心，成竹在胸，我在他大量的小说中，都读到了厚重的生活的底色。这可能是我们谈论文学最多的一次，那之后，听他说起文学，就是在文学院或者小说艺委会的会上。那个时候，我们在各自的地方，做着文学梦，让想象尽可能地能够飞越自己所处的那个空间和地域，飞得更高更远。

文学是一种激励，激励一个思想者不断地迁徙，最重要的是精神的迁徙，而地域的迁徙反而成了附属。迁徙也令作家对世界、对生活、对现实的理解更加成熟。学文的第一站是从被草原覆盖着的沽源到了塞上名城张家口，在他任张家口作家协会主席时，他让我去张家口讲过课。我惊奇地发现，学文对于张家口作家而言，是一个特殊的存在，不是高高在上的传说，而是他们身边一个碰巧也在写作的邻家大哥，可以仰望、可以学习又可以互诉衷肠。张家口的作家们对他不仅仅是尊重，更重要的是信任和心心相印。给我印象深刻的是，张家口的作家们来省会开会，都会自动地和学文报个到，而学文总是不厌其烦请他们吃一顿饭，叙叙旧。一个作家，不管你走到哪里，迁徙到多远的地方，你文学想象的那条线，永远会在故乡找到它的线头。在异乡的聚会，或者令学文内心那份对故土的情感得到了延续。不仅如此，对于张家口的作家们，他力争做得更多更好，但凡是张家口的作者，只要是他们的事情，学文总是有求必应，尽心尽力，不惜动用各种资源。他是一个重感情的人，是一个对故乡念念不忘的人。他调到石家庄之后，我们俩曾经数次一起到张家口去做讲座、交流，在学文与当地作家自然而然的嬉笑与言谈中，我会深切地感觉到，好像学文并不曾离开过张家口，仍然是他们中的一员。有时候，远离并不是割断。

2007年，学文和李浩相继调到了河北省作家协会，我们成了同事。直到此时，人凑齐了，聚会所必须的条件才成熟。聚会不是什么特权，但必须是默契的互相认同。张楚偶尔会来一次石家庄，这给了我们聚会的理由。有了张楚的聚会，才有了烟雾缭绕的记忆。在从张楚的位置快速升腾起来的烟气中，学文总是那个目光炯炯、脑子快速地转动、策划着另一个聚会高潮到来的人，他不断地在自己少喝甚至不喝的情况下，让别人尽可能地多喝。就如同他那么多的中篇小说中，那些吸引人的故事，不管从哪条路出发，总能到达你意想不到的高峰。每次聚会，我都会重点地打击学文，讥讽他只会怂恿别人喝酒，而自己总能找到逃避酒精的办法。这只是聚会的小插曲。有的时候，不需要什么理由，几个人，便聚到一起。聚会，似乎成了我们写作之余的一次精神的远行。我们在闲聊中，在各自提供的信息中，在对某部作品的议论中，感受到了文学的野餐与郊游，感受到了文学之外的天空上的白云、山坡间的溪流。

我和学文，虽然在一个单位上班，但他在家写作，我天天上班工作。到了石家庄后，学文的创作达到了一个新的高度，他是一个不知疲倦的写作者，一个勤奋而努力的人，一个中篇接着一个中篇，我们都很赞叹他惊人的写作速度与精力。每天在家伏案写作，也想着出来透透气，和我们见见面，体察一下民情民意，看看我们工作的辛劳。每隔那么一段时间，他就顺着槐北路，骑车或者坐车，一直来到了单位，在固定的那几间办公室转一转，聊聊天。我的办公室也是他固定的一个落脚点，有时候就站着说几句话，有时会坐下来，也没有什么正经的主题，就是聊一聊，通报一下感兴趣的信息，互相斗几句嘴。有时候，学文会主动地组织大家聚会，再次上演鼓动别人喝酒的好戏。

有很多年，学文担任我们省小说艺委会的主任，金赫楠任秘书长，而各艺委会的工作都在我主管的部门分管。我们打交道更多更密切。学文是一个有担当且责任心极强的人。在对待文学组织工作上，学文表现出了极强的协调能力和领导能力，他尽可能地联络各种资源和人脉，以便让小说艺委会的运作更加有效合理。我记得他是如何与秦皇岛开发区联系，与各地作家协会联系，与作家们联系，为艺委会争取资金与采风开会的机会。小说艺委会的采风活动办得有声有色，让作家们受益匪浅。更加令人称道的是，小说艺委会每年举办的河北小说排行榜活动，至今令人津津乐道。学文尽心尽力，让这个小说家们的聚会尽量地尽善尽美。这个场合中的学文，似乎已经不再是那个躲在烟雾之中，偷偷酝酿让别人喝酒的高手，而是走到了最显眼的位置，在聚光灯的照射下，为河北的小说创作大声地呼喊，大声地吆喝。

聚会，是有缘人的日常，而远离，似乎也不可避免。2021年的初春，学文推开了我的办公室，平静地告诉我说，他要调走了，一直南下，目的地是那个江南古都。他坐在我对面，对话间没有了往日的轻松与愉悦，而多了一丝伤感以及惆怅。那一刻，我突然想起前一年的也是这个时节，张楚风尘仆仆地从滦南赶来，推开我的门，告诉我说，他要去天津了。场景是如此相似，而大脑的反应也几乎一致。学文是一个主意坚定的人，是坝上强劲的风和强悍的民风，铸就了他的性格，在他看似憨厚的外表之下，他坚韧的想法是任何人都无法撼动的。这就像他的笑声。在聊天的过程中，在聚会的间隙，突然迸发出来的学文的笑声绝对是超出想象的。现在回想起来，这嘹亮的笑声是信心的绝对坚守，是内心情绪的完美释放，也是一个内心纯粹的人天性的流露。是的，当他把自己的想法说出来，他就已经决定了，没有人能够改变他。好在，文学并不被距离所左右，那么，聚会就永远不会停歇。写到这里，我想起某一年的夏天，我和学文一起去浙江某地采风。回来的时候是晚上的航班，飞机在石家庄上空盘旋很久，因为雷电交加而被迫改飞天津，到达天津机场后已经是凌晨两点多，我们无法忍受在机场度过剩余的夜晚，等待下一航班，而是匆匆从机场打车去了高铁站，坐头一班高铁回了石家庄。摇曳夜灯装点着的城市，是那么冷清与寂寞，全然没有一个巨大城市的喧嚣。而我们的身影，与急驶的出租车一样，显得匆忙而急促。为什么我们非要连夜赶回而不是与其他人一样接受等待的命运，就如同学文，为什么要离开石家庄赶往南京。也许，迁徙是人类精神世界中的一个召唤，每一个人，不就是在不断的召唤下，匆匆地赶往下一个人生的聚会吗？

当我写下这段文字时，我的记忆在离我最近的时间隧道里徘徊，学文的笑声似乎变少了。但是我知道,他的笑声就隐藏在他熟悉的生活里,他永远不曾远离的坝上,在那些他笔下的个性丰富而复杂的小人物的血液里,一旦,他把他们释放出来,让他们以文学的方式展现在我们面前,学文的笑声就超越了精神的依托,来到我们相聚的那些愉悦的时空里,那笑声就能听到,而聚会,也在不远的地方等候。

选自《扬子江文学评论》2023年第2期

评鉴与感悟　　文学情谊,难舍难分。惺惺相惜,历久弥坚。

感召

侯孝贤：隐入山林

/梅雪风

虽然侯孝贤罹患失智症的消息早有耳闻，但当证实这一点并宣布他退出电影制作的官方声明传来，心里还是感到惋惜和震惊。作为华语影坛最具原创性和东方特性的电影创作者，他构建了一个安静而且苍茫的影像世界，也启发了一大批电影创作者，像中国的贾樟柯和日本的是枝裕和，他们也都先后成了现在东方影坛大师级的人物。但对于我来说，对他的最深的印象并不来自这些显赫的名头，而来源于他电影中的一个细节。这个细节出自《童年往事》，片中已经混淆了现实与幻想、过去与现在边界的年迈祖母带着阿孝咕（阿孝）在凤山的乡间小路试图走回自己远在海峡对岸的故乡，显然他们是不可能到达的，但在路上，他们发现并采撷了一大堆芭乐回来，在这一刻，他们似乎忘记了他们原初的目的。我喜欢这中间所荡漾的人生韵致：我们永远地失去了回到精神故乡的道路，但这并不妨碍我们在那一刻那些琐屑世俗的快乐。我爱这种不太有出息的快乐，我也爱这种种瓜得豆的人生荒谬，我爱这大悲凉与小确幸在一个普通下午的相遇，我爱他因为这微小的快乐而觉得这个虚无底色的人性仍然有着意义。因为这点小爱，我觉得有必要写一篇文章来表达我对他的尊敬，为他让你与人生的苍凉底色不期然相遇，也为他让你知道那一丁儿具象的欢欣足以抵抗那世界即将落幕的寒意。

侯孝贤是个重度的形式主义者。

但由于他坚定的静水深潭式的静气，人们往往会忘了他在形式上的严苛。

在这时候，我不得不提王家卫，因为他们俩处在形式感的两个极端上。相较于王家卫那种极其外显化的风格，侯孝贤的风格看起来更加低调不显眼，以至于像生活一样自然，但这种自然从来不是挥手而就的，这里面，有着侯孝贤的极强纪律性。这是和王家卫一样极端的雕刻时光，只不过王家卫要让每一刻都跳脱出来，而侯孝贤，则是把每一刻的棱角都抹掉。

王家卫热爱特写镜头，而侯孝贤，是一个钟爱广角镜头的人。王家卫喜欢将镜头贴近人的身体，近到似乎能闻到他（她）的体味，能感到他的胸腔的呼吸，他想进入被拍摄者的身体，只是基于物理法则的限制，他无法做到而已。而侯孝贤，则喜欢将镜头拉得更远，他在早期的《风柜来的人》的拍摄现场，就已经开始让摄影师远一点，更远一点。

王家卫喜欢镜头的运动，他似乎是与片中人物的情绪共舞，人物的每一个情感的变幻转折，每一个肢体的动势，他都在用放大镜去捕捉，而侯孝贤，则喜欢镜头的静止，任这个世界上最宏大最戏剧性的事件发生，它仍然如这个世界一样沉默寡言。

对于一个好的创作者而言，从来就不存在内容与形式的分别，这二者早已融为一体难分彼此，它们只是这个创作者看待这个世界方式的两个不同侧面，它们如波粒二象性一样泾渭分明却又本质同一。王家卫如此，侯孝贤也如此。

王家卫如此运用他的镜头，是要把所有的镜头都变成主观镜头，整个的世界，都是"我"的世界，整个世界由"我"定义，意义由"我"产生，没有什么东西比"我"更重要。

侯孝贤选择他的镜头语言，则是要将镜头变得尽量客观，整个世界，从来都不只是"我"，"我"从来都只是这个世界的过客，"我"的悲喜甚至是生死，都不会对这个世界有任何扰动。

侯孝贤的这一世界观，在他的自述里，既来自他少年时就萌动着的生命感悟，当他坐在城隍庙旁边的杧果树上时，他感到了一种与这个世界无关的莫名伤感，也来自他在拍摄《风柜来的人》时，在朱天文的推荐下所看到的沈从文的自传，他感到沈从文似乎是站在极远处俯瞰这个世界。

他在杧果树上所感受到伤感，说到底，就是他第一次感到了"我"和这个世界的缝隙，当这个缝隙产生时，你就会自然而然地开始内耗，因为世界是庞大的，而我却是如此微末，因为世界无休无止无头无尾在时间中向前延伸，而我却在这巨量的时间轴上随时可能停止或者坠落。

而沈从文，给了他一个灵感或者说自信，再也没有比找到同类更幸福的事情了，更幸福的事情在于对方还能将他们共通的感受重述，甚至是命名。

正是这天然感受与后天阅读的相遇，让侯孝贤真正成了一个作者，也证明了他是个天才，经沈从文冥冥之中点拨的《风柜来的人》，让他与之前拍的《就是溜溜的她》等商业电影完全分道扬镳，按吴念真的说法是直接从一楼跃升到八楼。

从一楼跃升到八楼的是什么？

是他的静观视角，他开始坚定地不激动，不一惊一乍。因为，这个世界上发生的一切，都不过是新鲜的旧事。

是他的旁观视角，他与他的人物保持审慎的距离，因为他知道他无法真正理解他的人物，这是他对人性抱持的最高尊敬。

静观视角，是他理性的那面，是对坚定不移的自然规律对于人的影响的清醒认知。而旁观视角，则是他感性的那面，是他对人这一物种的天然喜爱甚至是崇拜，所以他拒绝解析人的内心，他情愿做一个无知者，去感受那些沉默的面孔下那些细微的脉动。

静观视角，赋予他电影的是一种冷静甚至是冷酷，而旁观视角，则让他的电影有着一种柔和甚至是谦卑。

静观视角下，他无所不知，但在旁观视角，他一无所知。

静观视角下，这个世界是宿命的潮汐涌动，旁观视角下，人物在盲目莫名的热情的驱使下浪掷生命或者为理想而献身。

因为这种静观视角，他的电影有着华语电影中最为动人的空镜，比如《恋恋风尘》中最后在山海之间的云卷云舒，比如《悲情城市》那伴随着林家的家庭变故，以及与之相联系的家国巨变时，那绵延不断却缄口不言的大山大海，是《好男好女》中日军扫荡时，漫山的清幽与静蓦的大树。它们既是无情的，也是有情的。无情的地方在于，它们不会对这个世界的苦难说出它们的意见，有情的地方在于，它们的恒定，在昭示着苦难和欢愉的同样短暂，它们是这个世界律动的一部分，它们宽厚地接纳这个世界的一切，对于这个世界的落败者，它们仍然给予静默和微风。

而因为他坚定的旁观视角，让他对时间与空间进行了严格的限制。

于时间而言，就是他的长镜头。侯孝贤在单一场景内，总是慎用剪辑。不剪辑，于是时间也就没有被压缩，人就活在原生态的时间之中，而非通过删减和加速之后的时间幻觉。

于空间而言，则是他的取景框里，则是前面所说的他对特写的警惕，在他的电影中，他的人物总是处在巨大的环境当中，人物永远只是占据一部分，甚至是很小的一部分。

这两个限制被强调，让侯孝贤电影与一般商业电影有了最大的区别。他把人摁在一个与现实无异的时间和空间的感受里，于是也就没有了一般商业电影的放大效应，情感的酝酿爆发和消散，以真实的速度发生，在真实的空间中传播互动。

这种旁观视角，也让侯孝贤的电影极少有跟拍镜头。除了在《南国再见，南国》《最好的时光》的自由梦这个篇章等少数电影之外，他的电影都是镜头静静地等待着人物进入空间。没有跟拍镜头，就是为了尽量避免剧情上的全知视角的出现，我们无法知道一个个体生命的全部，这部电影和我们观众一样，只是偶然路过的行人。

静观视角，必然是宏观的、大尺度的，属于历史的。旁观视角，必然是微观的、小尺度的，属于此刻的。

所以在内容上，这两种视角的对立和对话，就是历史和具体人物之间的共振和冲撞。侯孝贤，是个对于历史抒写有着执念的人，基本上侯孝贤所有的电影都是在讲历史与人的关系。

《戏梦人生》，讲述的是日本占领台湾，到国民党退守台湾的这段历史，《悲情城市》，则是讲国民党退守台湾后本土民众与外来政权发生冲突的悲剧，《好男好女》讲述的是国民党退守台湾前后所发生的故事，而《南国再见，南国》则是20世纪90年代台湾的写照。

当然特别的是，即使是在侯孝贤的史诗性作品《悲情城市》《戏梦人生》《好男好女》中，我们其实看不到真正对于历史发生的大事件的正面描写，关于这一点，这些影片都惜字如金。历史宏大叙事正面面孔缺席，但它们又无处不在。它们以间接又无孔不入的方式影响着芸芸众生。

侯孝贤的大多数电影，都在讲的是人在时代的缝隙中艰难求存，当然这个求存与张艺谋和余华的《活着》似的求存是很不一样的，他讲的不是"活着，不是为别的东西活着，而是为活着而活着"的惨烈，因为侯孝贤特别关注尊严这个东西。

这个尊严，在那些小人物身上显得混沌而又生理性。他们身上都有着一种经不住推敲却又坚定的价值观。在《悲情城市》中，是文雄拿着刀去砍杀那些侮辱他家族的权贵的怒发冲冠。在《戏梦人生》当中，是李天禄和妓女之间适可而止的爱情，是他既无奈地委身于日本政权，却又怒发冲冠痛打其中败类的骨气。在《南国再见，南国》中，是高捷和林强两人最后四处寻枪，准备以卵击石对抗暴力机关的悲壮。

卑微的尊严与巨大的体制之间无望的玉石俱焚，让他的电影有着一种难言的悲怆。

静观视角，必然是清澈的，旁观视角，则必然是混沌的，这种分别变成审美偏好透射到侯孝贤的电影人物上，则是侯孝贤对两类人充满了特别的兴趣。

一个是文化人知识分子，一个是黑社会流氓。

正如侯孝贤在阿萨亚斯给他拍的纪录片中所说，他热爱那些黑社会分子身上的生命热情，那如同狗一样争食的世界，里面有一种雄性的力量。他们身上的盲动的激情，有着一种自毁的美感。

对于流氓的描写，他在最开始的《风柜来的人》到中期的《悲情城市》《好男好女》《南国再见，南国》，再到后期的《千禧曼波》，从未中断过。

而知识分子，则显然给他一种更清朗更坚定的力量感，他们的文弱，与他们的坚定呈反比关系，他们旗帜鲜明地与时代唱着反调，在死亡时都未曾动摇。

这两种视角，也决定了侯孝贤电影的结构。

旁观视角下的无知，必然让侯孝贤对于那种条分缕析的逻辑敬而远之，而静观视角下的抽象全知，则又让所有的事物之间似乎有着一种神秘的联系。这种松散的连接，让侯孝贤的电影，必然都是散文化的。他的电影更像是一个个生命片段的组合，它们更像一叶叶生命体验的孤舟，但当命运长河的波浪涌起，这些个体之间却同时有着迥异却一致的韵律。

　　在这一点上，他与当时与他一时瑜亮的杨德昌，同样处在两个极端上。

　　杨德昌的电影是完全逻辑化的，就像一个个精密齿轮所构成的传动系统，牵一发而动全身。侯孝贤是拍出一个生命中的几个重点瞬间，如同露出海面的礁石，让你想象整个海底的轮廓，那么杨德昌则是深入到海底，将所有隐而不显的线头互相接续在一起，让整个结构如电路图一样繁复而又精准地呈现在你面前。

　　侯孝贤，将所有的传奇变成日常，而杨德昌，则通过显微镜和手术刀，让一个平庸的事件，呈现出如宫殿般的恢宏和阔大。所以侯孝贤电影中的死亡，就像平庸中的一声轻叹，如枯叶离枝般的理所当然。而杨德昌电影的死亡，则如巨塔坍塌般轰然作响。

　　这两种视角的冲突和融和，是侯孝贤电影真正魅力的来源。

　　这两种视角的并置赋予侯孝贤电影一种安静的张力，安静，在于它们同样都不强调，甚至是远离。张力，则来源于这种形式与内在之间的分裂。人类社会的巨大动荡，于这个自然而言，却不过是又一个日常。具体人物的情感与痛苦，也因为侯孝贤严格的距离和时间上的限制，变得可望而不可即。

　　这种宏大和微观形式的静止，与宏大与微观情感的运动，构成了影片第一层的动势，而片中人物关于尊严和体面的执着，则让任何有损这种体面的情感表达被他们自我压抑和篡改，这又构成心理层面的另一层动势。

　　这种形式和内容，情感与行动之间的裂缝，构成了侯孝贤电影中最为迷人的东西，侯孝贤自称为"味道"的东西。

　　它是我们突然似乎窥到天命时懵懂的透彻，是所有价值都归于虚无的释然和怅然，是暗流涌动的含蓄，是并不点破的宽忍。

　　这两种视角的并置，让他的电影有着华语电影中最为坚决的平等观。这一平等是指所有价值的平等，在《悲情城市》中，文雄的葬礼和文清的婚礼刻意地一前一后的出现，在《童年往事》中，阿孝的第一次梦遗，与母亲患癌的悲伤场景并置，这是悲伤与喜悦的平等，是生命的律动与死亡的召唤的平等。

在侯孝贤的电影中，少年和老年是平等的，疯子和正常人是平等的，全知与无知是平等的，意义与无意义是平等的，日常与宏大是平等的，残酷与慈悲是平等的。每个人都是值得被原谅的，他们既是历史的人质，也是自我的人质，他们的动物性，和他们的神性在他们身上显现，却又似乎并不受他们控制。

这种并置，让侯孝贤的电影同时具有举轻若重和举重若轻这两种品质，举重若轻是指所有的宏大，映射到一个个体身上，也许只是一阵微风。举轻若重，是人的一声轻叹，也许通向这个人和这个世界的所有秘密。

也因此，他的电影贯彻着一种他称之为"苍凉"的东西，苍凉的来源，就是悲伤的永恒，和希望的永恒，它们都无法完全盖过对方。

这两种视角在侯孝贤电影中所占的比重，并不是恒定的，总体而言，它们随着侯孝贤年纪的变大，越发更偏重于旁观视角这边。

这种变化，既有着题材的原因，后期他更多的触及的是现代题材，在现代，时代这个宏大的事物不再像过去的某个历史阶段那么具有戏剧性，它更平庸和平常，于是就看起来并不明显。但更多的应该是侯孝贤思想的变化，当一个人过早地领教了虚无的味道，于是意义这个词也就相应地丧失了它的吸引力，而在这时，在传统观念中那看起来最为冗长的日常，人间的那点悲喜是我们唯一的存在证明，这无法归纳出意义的细节，成了全部的意义。

如果说在早中期的侯孝贤，更多地着迷于旁观视角与静观视角转换之时那种近乎通灵般的感受，一种从有限到无限的通透，一种因为窥见无常面孔的动物伤感的话，那么后期的侯孝贤，则更倾向于述说日常中人本身的神秘，他们看起来像一个个无法解读的黑箱，在时间的河里存在或者沉沦。人取代这个世界，成了侯孝贤新的图腾。

《海上花》是最能体现出这一点的，它其实比侯孝贤的《戏梦人生》更适合戏梦人生的这个名字。《戏梦人生》，是个体的生命，在历史这个巨手的掌控下，上演着司空见惯却又悲伤的戏剧。那《海上花》，则是这些主人公们，在那个暗淡无光的世界里，在那烟花柳巷的深处，主动演出着情深义重的情感戏剧。他们以演戏度日，她们以演戏维生，在这双方的长久表演之中，你已难分真假。但你能看出他们演戏时的认真，因为这最终注定露馅也最终要散场的表演是他们所拥有的全部。生命的荒凉，在这里，已不是旧日侯孝贤电影中偶然揭开现实生活帷幕时发现本质的空空荡荡，而是他们生活的日常。所以他们把戏当成现实，沉醉在这幻觉里，这让他们的做戏都变得庄严。

所有的这些特点，让侯孝贤在华语电影历史上显得异常独特。

他似乎天然地接续了中国山水画的美学，但相较于这些作品的文气，他的电影又有着一种属于动物性的野蛮。他的道骨仙风，并不纯然洁净，而是沾染着江湖的匪气的。他钟爱宏大叙事，落脚点却放在完全的日常上。他对日常前所未有地强调，却让他的日常，有了一种仪式感甚至是神性。他的电影看似松散自然，实则充满了各种森严的清规戒律。他的电影看似安静，内里又有着一种排山倒海的张力。他强调人与历史的关系，但他的人物并没有成为某种价值观的传声筒，这些人物有着这种价值观之外的独立意义。他的电影原谅一切人，却又异乎寻常地执着于表现人那微不足道却重要的坚守。

与他电影的特异一样，侯孝贤对现实中也同样与主流保持距离。你在他身上，似乎看不到与时俱进的压力，他和日本的小津安二郎一样，不动声色地一生拍着同一部电影，在他们坚如磐石的价值观指引下，建构和修正着他们的影像世界。他们似乎并不受这个时代风潮的影响。在这个商业电影大一统的时代，在很多同辈导演都纷纷改弦更张，要在中国这个前所未有的票房巨仓里分一杯羹，继续在电影圈这个权力体系中占据中心位置时，他却坚定地喊出了要背对观众的另类宣言。

当侯孝贤最近因为疾病宣布退出创作时，重看《聂隐娘》这部电影，会有新的感受。这似乎是一部真正讲出他的价值观的言志之作。"一个人没有同类"很难说不是侯孝贤的自我心声，而在这部电影中，聂隐娘既没有屈服于权贵（田家），也没有屈服于权威（嘉信公主），既没有被过去绑架，亦没有被现在绑架，她做出自己的选择。她与磨镜少年翩然远去，也很难说不是侯孝贤的隐晦自况。

现在，他真的和他的角色一起隐入了山林。

选自"正面连接"公众号，2023年11月17日

评鉴与感悟

这是一篇深度好文。不仅文笔流畅，且识见超人，真正践行了"随笔"的自由风格。作者鞭辟入里地分析侯孝贤的电影艺术，紧紧抓住"静观视角"和"旁观视角"两个特点，与别的导演作品进行比较分析，深入浅出，饱含深情，既有温度，又有力度。

何多苓：天生是个道家

/洁尘

2022年3月13日晚8点，何多苓个展"个人简史——学画记"在何多苓美术馆开幕。

这个展览持续两个月，展出何多苓1958年至今的珍贵手稿作品近两百幅，另外还展出他的有关创作的笔记本以及作曲的曲谱、建筑手稿等，所有内容均初次面向观众开放。

很多人在这个燠热的夜晚来到何多苓美术馆。何多苓下午依然在画室画画，晚上到展览开幕现场，还是穿着画画时的一身黑色卫衣裤。气温高得不正常，只穿短袖都觉得很热，我问，何多苓你不热啊？何多苓说，在室内还好，跑出来觉得热，管他了哦，只有"wo"（成都方言，跟捂的意思差不多）起嘛。

在现场，仔细地一幅一幅地看。那些从多年前延续至今的线条，那些神情动人的人物，变化中蕴藏着艺术家不变的核心和气质，灵气四溢，聚拢又飘散。参观到美术馆三楼的自画像那一部分时，看到那些年轻的何多苓，瘦削，敏感，眼神孤独又安然。何多也正好站在这些画前，我对他说，看这些自画像，可以确定你确实不是一个自恋的人。何多笑，好像是，要不是那时找不到模特，我都不得画自己。

何多苓有本访谈录，书名是《天生是个审美的人》。有一次聊天，我们说，下一本书可以叫作《天生是个道家》。不管这个世界如何变化，无论处于什么样的境遇，何多苓一直待在他自己觉得舒服的地方，心无旁骛。

这次展览，何多苓写了题为《艺术是幸福的》的自序，在文章的一头一尾，他说：

  我已学画50年。这50年可以概括成两个字：学习。记得很久以前，我曾在一篇文章中写道，人生的幸运不外乎两件事：一、知道什么是最好的。二、知道怎样去达到它。至于达到这一目的的途径，有的人可能通过天才；我的体会则是学习，学习、学习、再学习，活到老，学到老。除此之外，我不知道还有其他途径。

  …………

  学画五十年，有很多心得。有一条是，除了科学和宗教，艺术提供了诠释世界的第三种途径。它也许没有前二者的权力，但更能使人幸福。

很多年前，听何多苓说，他每天都要画画，至少每天都要"duo"（四川话，戳、画、写的意思）几笔，只有这样，"气才是连起的，不会断。"我从来叫他何多，其实心里一直叫老师的。何多苓老师永不停歇的学习态度一直激励着我。我也想知道什么是最好的，而且我也知道，想要知道什么是最好的，必须通过不断的学习才有可能。

我跟何多苓有一个共同的爱好，对日本庭园美学很有兴趣。这些年，我每次到日本旅行，到寺院庭园去逛时，我经常拍一些照片发给他看。2022年，我出版了日本行走系列的第二本书《深过最深之水——日本艺术行走随笔》。这本书的很大一部分内容，是我关于日本庭园的探访笔记。我把电子版先发给了何多苓，我跟他说，二十多万字，太费眼睛了，你翻一两篇就是了，等书出来再看。他说，不哦，我要好生看。

过了一阵子，何多苓为我的这本书写下了一段推荐语：

  洁尘的新作《深过最深之水——日本艺术行走随笔》以她一贯的细腻笔法、长期反复的现场体验和详尽的史料作业，探讨了如日本庭园这样一种人所共知、尽皆欣赏的文化课题。旅游者看到了庭园之美，而她的深究的目光透过表面直达最深处：日本庭园的本质是其重"场"而不重"器"的独特审美方式，这种方式对现代建筑和园林设计的影响是不可估量的。掩卷沉思，开卷再读……

非常开心何多苓对我的鼓励。我这些年在写作内容和写作题材上的扩展和深入，就是持续学习的阶段性效果。高强度的学习会很好地刺激好奇心，也能有效地锻炼脑力，进而维护高强度的学习能力。这是一种相互激励的效果。这一点，何多苓给我们大家做了榜样。

灰

要探究一个艺术家的缘起和生成，地理因素是不能缺席的。在中国当代艺术史文化史上，何多苓这个显赫的名字跟成都这个城市之间，究竟是怎样的一种关系？何多苓，自然是成都的一张名片，但成都对于何多苓来说是什么呢？故乡？是的。定居地？是的。创作和生活的基地？是的。还有什么？

为了写这篇文章，我对何多苓说要采访他。我以为我会问他很多问题，关于他与成都这个城市，应该有很多问题可以问的。我问他，成都对你来说意味着什么？他说，咦，这个嘛，一下子说不清楚呢。我说，打个比方嘛。他想了想，说，避风港吧，就是避风港。

突然，我发现没什么多的问题可以问了。

我太明白避风港这个词对于一个成都人的意义了。可以说这个词本身就包含了一切。

避风港存在的意义就在于庇护这种功能。人生是需要被庇护的，艺术和灵魂是需要被庇护的。在这个朝阳且追求亮锋的时代，有的人，不需要那么多的阳光，不需要那么多的注视，需要的是偏居，甚至需要阴霾，需要一种远离喧嚣和喝彩的自在的呼吸方式。何多苓需要这些东西。这些东西就是庇护，所有灵魂中有着对孤独、清冷的需求的人，都会明白这种庇护的意义。此所谓荫翳之美。

2010年平安夜，在成都的"高地"艺术村落看画展，看到一幅名为

《成都灰》的作品。我觉得这个词特别好。成都灰，一种高级灰，优雅、轻盈、温暖且忧伤；这种灰，往往是头天晚上的曲终人散和意兴阑珊之后，第二天拉开窗帘可以看到的；而头天晚上，聚之尽兴和散之落寞，那种滋味一路从酒杯洒向街头，然后带回家中，伴随着夜风，不冷，微凉，人生的分寸和幽微都在里面。

我一直认为，灰不是黑和白的混合，灰本身就是一种独立的色彩。就是灰，不是黑往后褪一点，也不是白往前进一步。灰，自成一体，自给自足。

很多人都说，何多苓画得越来越灰，越来越薄，越来越透明。灰是成都最常见的天色，也是成都这个城市的味道。在灰的味道中，人是不会胡乱飘起来的，总是伴随着生命本身的重量，也带着日子里细微的点点滴滴的欢愉。在何多苓的画里，那种透明的轻盈的灰本身就是避风港。避的是什么样的风风雨雨？避的是过分的欲望、高强度的打拼，避的是比较、计较、逞强。避的就是胜负心。

我问过何多苓，除了他长时间居住的成都之外，他曾经居住过的纽约，对于他来说有什么意义？他说，纽约？纽约好啊。我问，好在哪里？何多苓说，因为它很像成都，既然它很像成都，所以我就离开它回到成都。

那我们来找找成都的元素。

诗人杨子对我说，他认为成都的文化是全中国唯一没有外省气息的文化，完全自成一体并有聚焦效果。我理解杨子这里所谓的外省气息，是某种欲与首都或中心比肩后产生的某种东西；从这个角度来说，成都文化的确是自成一体的，它是偏居的，同时又是安于偏居并傲于偏居的。成都文化的根本是精致的颓废的个人主义，是享乐和冥想的混合物，是大悲观和日常乐观的结合体；在此基础上，它不可避免地会躲避凌空蹈虚和宏大叙事，回归到日常状态和家常气息中。所以，成都文化让人非常放松，放松到跟本性一致的地步。究其根本，这个城市从两千多年的道教传统中导出了一股活水，引导着滋养着在这个区域居住的人们不自觉地追求着自在和放下的人生境界。

成都人何多苓生于兹长于兹扎根于兹。成都文化最优秀的那一部分在何多苓身上体现得十分充分，那就是源于充分自信地有意识地躲避潮流，有意识地与流行保持距离。按何多苓自己的话说，"本能使我对潮流和时尚有天生的免疫力"。

通观何多苓从20世纪80年代初期到现在，四十多年的作品，虽然在不同的时期有所变化，但画面主体的孤独感和画家本人的专注且深情的凝视感一如既往。何多苓说，"我的作品表现个体而非群体的人"，"我的画上几乎不会出现（或保留住）一人以上的形体"。是的，他的画，很少出现两个人以上，几乎总是独自一人，或在一个建筑空间里，或在某个自然场景里。人物的面部表情或者肢体语言总是忧伤的。在我的印象里，我几乎没有看到过何多苓画过笑容。而且，他画的人物基本上都是女人，孤单一人的女人，从婴儿（中性）到性别特征显著的成年女性，一概的神态寂寞，与这个世界有着相当强烈的疏离感。近年来，在我看到的何多苓的作品中，让我相当感动的是他画他母亲的一幅画。这幅画挂在他在蓝顶艺术村的画室里。画中，一位风烛残年的老妇人忧伤同时也是泰然地坐在椅子上，椅子的前面是一棵桃花。何多苓说，这是他母亲去世前他画的。从这幅画回溯过去，何多苓通过这么多关于女性的作品，完成了对生命由始至终由盛到衰的一种独特的叙事，这中间的滋味，在我看来是安静且泰然自若的，是宿命的，也是自由的、神性的。

哀伤的，凝练的，敏感的，去意识形态化，去时尚，大宇宙观，神性的，浓厚的文学色彩。这一点，何多苓跟安德鲁·怀斯如出一辙。这一点，也跟成都文化最精华的那一部分重叠。2008年，何多苓以其《重返克里斯蒂娜的世界》这幅作品，向怀斯庄重地鞠了一躬。

世界与内心究竟是一种什么样的关系？世界就是内心，内心就是世界。逐渐地，何多苓开始离开以高超技巧作底子的精细笔触，他在依旧写实的基础上逐渐有了自己写意的风格。近年来，何多苓面对着他画室的花园，画了大量的"杂花"系列的写生，笔触灵动流淌，难以模仿也难以复制。但究其根底，他还是写实的，他写内心，写由他自己的视线看出去的这个世界，其他的东西，与他无关。这中间，他作品的神性和文学性从未离开过。

像我这样的艺术爱好者，都知道何多苓画得好，但其实说不出他怎么就画得那么好。内行说，在中国当代，像何多苓这样有着高超技艺的画家很少了。我看过一个采访，记者问何多苓用不用枪手，他说，我怎么会用枪手？画画最愉快的时候就在于那一笔又一笔的过程，我怎么舍得让别人去享受这个过程?!

欧阳江河在他的文章里写道：

> 对何多苓来讲，技艺就是思想。他的创造力，他的自我挑战，他的刺激和快乐，全都来自他精湛的绘画技艺。……当代艺术潮流断然认定，画得好本身就是问题之所在。所以全世界的画家们都忙着将自己的手艺抵押出去，免得它影响作品的当代性、观念性、大众性。所以，现在全世界数十万个在世艺术家中，真正称得上怀有一身技艺的画家已是屈指可数，我能数得出来的不超过二十人。活在这二十人当中，何多苓身怀幽灵般的绝技，像一个传说中的大师那样作画，愉快而镇定，言谈举止中带点老顽童的自嘲和忽悠，带点外星来客的超然，我想，他才不在乎我们是不是把他列入当代艺术的行列呐。

这段出自何多苓老朋友的文字，很到位，很传神。工匠的执着精细，隐士的冷静旁观，道家的高超散淡。这就是何多苓，出自成都的何多苓。

白

2018年大年初一，何多苓和其他一些老朋友在我家团年。酒足饭饱之后大家开始神说，我讲我"拿手"的星座和血型，何多苓照例对我的"伪科学"报以温和的嗤之以鼻。说到他了，他说，"我金牛A型，上升……不，老子就守到金牛，不上升。"

哄堂大笑。

星座玩笑话。金牛座真是固执啊，固执到坚决不上升。跟何多苓是很多年的老朋友了，开心大笑的时候太多了。他是艺术大师，也是朋友们熟悉和喜爱的老顽童。

我跟别人说过，何多苓是中国当代的达·芬奇。这话我没有对他本人说过，因为以他的低调和谦逊，立马会反驳我。就他的本行来说，他是中国技艺最好的油画家之一。而所谓达·芬奇之喻，则是因为在本行的顶尖之外，何多苓在各种领域里广博且深入的涉猎和钻研，按他自己的说法，就是有很多耍法——他是科学爱好者，是兵器知识专家，是不光喜欢听大量听，还喜欢阅读总谱而且还会作曲的古典音乐发烧友，是作品数量不多但语感精妙的写作者，是资深诗歌爱好者，是喜欢高高跃起凌厉劈杀的羽毛球高手……他还有一个很来劲很认真的耍法——建筑设计。位于成都蓝顶艺术村的何多苓美术馆就是他的设计作品代表作，一座通体雪白的建筑。

何多苓在建筑上的耍法会是个什么样的状态呢？我知道他多年来精读各种建筑专著，对世界上诸多建筑大师的作品有过深入的钻研。行迹所到之处，建筑作品是他最喜欢的风景，也是他反复观摩的对象。曾经有一年，他还和家人们一起专门走了一趟"日本建筑之旅"，在日本全境追看安藤忠雄、妹岛和世、西泽立卫、隈研吾等日本建筑大咖们的作品……

金牛座的较真和执着，在耍法里也是一以贯之的。

凡事专注投入，必有恋慕之果跟随其后。何多苓热爱建筑，进而跃跃欲试着手创作，然后，有了以通体白色的何多苓美术馆为标志的一系列建筑设计作品。对于一个油画大师和他的建筑设计作品，我想的是：

一个人在他的创作中会有什么样的积累，其背后有什么样的基底，而这些基底会呈现出一种什么样的肌理和品质？我看到的是何多苓各种耍法的掺与兑，经年累月，一点点地掺，一点点地兑，到了最后，就是何多苓给我讲的他画画时的调色，"完全不用多想，肌肉记忆，瞄一眼，拿笔在几种颜色上触一下，上了画布后肯定没错，就是它。"

紫

跟灰的独立一样，紫也是独立的。在我的城市色谱里，成都灰和成都紫是并存的，前者是白天，后者是夜晚。关于成都紫，我曾经这样抒情：

> 成都是什么颜色的？成都是蜀锦的故乡，所以有"锦城""锦官城"的别称，如果抓住这个"锦"的概念来说，那就是繁复和艳丽的，但这种繁复和艳丽的色度并不高，它不是原色的呈现，而是一种间色，它混合了儒与道、暖与冷、明亮和暗淡、乐观和颓废、入世和出世、感性和智性。而且，它具有明显的阴柔气息。这种颜色，就说它是紫色吧。在光谱中，色相的排序是这样的：红、橙红、黄橙、黄、黄绿、

绿、绿蓝、蓝绿、蓝、蓝紫、紫。从暖色入手，一点点掺，一点点兑，最后有了紫。这很像成都。

在画面上几乎从不呈现笑容的何多苓，总是笑嘻嘻地跟朋友在一起。

跟何多苓认识三十年了。他说，我是看着你长大的。这话真没错。从最初有点怯怯地叫他"何老师"，到后来跟所有的朋友一样叫他"何多"。

关于跟何多第一次见面的情形，我一直有点记不清楚两个场景的前后次序。都是20世纪90年代初的事情。

一个场景是我去他在抚琴小区的家里采访他。那时我是一个在新闻界刚出道不久的文化记者，对新闻抱有强烈的热情，有点小机灵，但总的来说是懵懵懂懂的。在何多的家里，进门坐下之后，身着白色短袖T恤的翟永明给我端来一杯茶，冲我微微一笑，然后她就闪身不见了。现在我完全想不起当时他家的样子了，印象中只有惊鸿一瞥的翟姐给我留下的十分惊艳的印象。我清晰地记得她的白衣和美丽的脸。

第二个场景是我和当时供职四川日报社副刊部的同行朋友、后来成为我先生的李中茂到钟鸣家去玩，何多和翟姐也来了。中午我们五个人去吃了火锅。那天，何多穿着一件黑色的皮夹克，沉默寡言，不苟言笑，席间只听得钟鸣的滔滔不绝。那天，翟姐梳着一条很粗很长的辫子，微笑着，偶尔在钟鸣的长篇大论里插一句。

第一个场景是夏天。第二个场景是冬天。我一直认为我跟他们认识是先夏天而冬天，但翟姐和何多都说，是在钟鸣那里认识我的。

后来我对何多说过，早年我刚认识他的那个时候，有点怕他。他问为什么，我说很严肃傲慢。他说不是严肃傲慢，一是见生人有点不自然，二是那时可能有点刻（成都话，音kei，装范儿的意思）。我说，那时，领子都是竖起来的。他说，啊？真的啊？那就刻翻山了哦。

其实，我从来没觉得何多曾经有刻的时候。所谓领子竖起来的话是我逗他的。这么多年来，在成都文化圈里，何多顶着一头自来卷，永远穿休闲装出入着。2010年底在成都举行的首届新星星艺术节，我作为主办方"艺术场"的朋友，专门提醒他们不要在颁奖晚宴的请柬上印上"请着正装出席"，在成都文化艺术圈，这句话是没有意义的。没有艺术家和诗人作家会专门穿上西服打上领带去参加一个活动。我并不认为这个习惯这个特色有什么值得表扬的，其实它应该在一定程度上被责备一下：实在是有点随意散漫了。但这就是成都文化，没有办法改变的；在成都人看来，日常舒适的着装状态就是最好的。

何多就是这样，他一直保持着日常舒适的状态。他从他的画室出来，火锅、餐厅、茶馆、酒吧，他跟其他的成都人一样，享受着成都的一切。泡吧时，给他点啤酒就行了，他爱喝；请他吃火锅的时候，记得多点黄喉就是了，其他菜都可以省了；周围写作的朋友都知道，出版了作品要送何多一本，他喜欢看，而且一定是很认真地看；和他聊天时，讨论科学问题他最高兴了，因为他是科学爱好者；和他聊音乐一定要小心，不能开黄腔，因为他的音乐素养很高；他不用电脑，手机短信就是他的信箱，但他居然会用复杂的作曲软件；他在三圣乡画室里有一个"小型影院"，有很棒的影音系统，他喜欢和朋友们在那里一起看电影；每每"白夜"酒吧到了夜深人少的时候，何多还可能和老友们一起翩翩起舞……中年以后的何多，随和、好玩，他早年那种带有俄国贵族范儿的酷和清冷的味道已经褪去，他放松、自在，与自己的本性和这个城市彻底地融合在一起。夏天时何多的衣着最有意思。他有不少他的学生们送他的T恤，那些年轻人送他的T恤，上面都有很有趣甚至很卡通的标识（LOGO），他喜滋滋地穿着这些T恤，脚上踏着一双按他的话说是"舒服惨了"的凉鞋，配上他那头越来越卷的头发和哈哈大笑，太招人喜欢了。有一次夏天的画展，何多T恤加中裤来了，我对他说，何多，你的裤脚咋个有两个蝴蝶结呢？女式的哇？何多一惊，不得哦，学生送的，整我的啊？他转过身看后面的裤脚，果然。

我想来想去，找不到更合适的比喻，只能用一个过于烂熟的比喻了——他就像老顽童周伯通，武功盖世，但始终拥有一颗赤子之心。

但很多时候，我们还是能够看到何多背后的那个何多苓。他依然潇洒修长，他始终是清高的，内心有一种固执的骄傲，永远携带着一种忧伤孤独的气息。这种气息，在"白夜"酒吧夜深一点的时候他举起酒杯跟朋友轻碰一下时会渗出来，在瞥见他独自一人出现在街角时可以遇到，也在他的作品里面一直伴随着。有一年夏天的一个晚上，我和先生李中茂，还有另外一些朋友，在何多的画室喝茶聊天之后，晚饭去附近的一个鱼庄吃了一顿美味的鱼餐。回画室的路上，我们一行人绕着三圣乡的荷塘三三两两地走着。我们要回他的画室去看电影。何多说，有一部罗伯特·德尼罗主演的新片，他演一个无奈的老爸爸。这片子挺不错，他已经看过了，还想跟大家一起分享一次。那晚的月亮很大很亮，天光和水光交错着，荷花的香味若隐若现。那个时候，何多沉默地走在我的前面，不时地拂开路边垂下来的柳枝。我看着他的背影。我们大家经常跟何多在一起玩，也时不时到他的画室去玩。但那个晚上，何多的背影看上去特别奇妙。我不是第一次意识到，但那个晚上是特别强烈地意识到：这是一个大师！一个注定留名青史、被以后一代一代的人仰慕的艺术家！而现在，我们和他生活在一个城市里，我们和他共同热爱着这个城市，我们和他在一起度过那么多愉快的时光，我们和他是相亲相爱的朋友。这让我们都觉得非常幸运！

选自"洁尘的私人版本"公众号，2023年12月11日

评鉴与感悟

一个城市有无文化，要看这座城市在艺术界领军人物的多寡。何多苓对于成都，无疑是一个艺术"标识"。他以独特的美术探索，创造了绘画界的"神话"。洁尘写何多苓，既是感性的，也是理性的。她以柔软的笔触，描绘出了一个艺术大家的"生活之趣"和"艺术之魂"。

空弦神韵　着笔牵风
——怀念徐怀中先生

/胡念邦

2023年1月17日，张守仁先生来电话，问我徐怀中先生身体最近怎么样，我说，应该没有问题，不久前，我通过微信问他阳了没有，他回复说，已"羊"了，但是增阴性，让我们放心。我还告诉守仁先生，我上网查了什么是增阴性。按专家的说法，没事。

谁能想到，在我们通电话时，徐怀中先生已经在三天前悄然离世！

1月30日，我突然从微信平台的一篇短文里知道这一噩耗，一时不能相信，完全无法接受：怎么会这样？！

几天前，妻子翠华还说，等今年疫情过去，我们一定去北京看望徐老和他的夫人于老。徐怀中先生曾几次表示，希望我们能见面相聚。哪里会想到，疫情将要结束，他却走了。

遗憾和悲痛塞满了我们的心……

我们和怀中先生之间珍贵的情谊始于三年前的一个电话。

2019年11月9日晚，八点半左右，编辑家、散文家、我们的良师益友张守仁先生来电话说，他看过我写给他的谈徐怀中小说《牵风记》的信，按照我的意愿，前天转给了徐怀中先生。怀中先生看完后，想与我通话，让他问问我是否可以。我说：当然可以，完全可以。

徐怀中的名字，近六十年来，在我心里是一种特殊的文学记忆。不是因为他的作品，而是他一部长篇小说的书名：《我们播种爱情》。小说发表于1956年。我读到这本书时，"爱情"这个词已经很难说出来了。默念这个令人心荡神摇的书名，怯懦的遥不可及的爱情，竟然可以去播种，何况播种者是我们！懵懂的少年想当然地就把自己代入进"我们"之中。书名像一句隽永的诗铭记我心中，这是唯一的一个。因此，那天晚上，听说徐怀中要给我来电话，仿佛立即要回返少年时光一样，慨叹人生之不可思议。

大约三个月以前，张守仁先生来电话，几次提到徐怀中写的《牵风记》，推荐我读。我每次都说好。一直想着去读，可就是没有读。张守仁先生与我们是无话不谈的知己。20世纪80年代，他参与创办了文学刊物《十月》。当时，许多轰动文坛的创新惊世之作、一鸣惊人的新锐作家，都出自这位四大名编之一的慧眼发现和非凡勇气。多年来，我们常通电话，谈论的大都是文学和文学界，不记得他对哪部小说像推崇《牵风记》这么热切。

没过几天，我收到张守仁先生寄来他写的关于《牵风记》通信的打印稿。《牵风记》出单行本之前，首发于《人民文学》2018年第12期。2019年3月23日，已八十六岁高龄的张守仁先生，读完徐怀中赠送给他的《牵风记》，激动不已，夜不能寐，凌晨给《人民文学》的主编写信。信中说："拜读了怀中部长的《牵风记》，觉得它在艺术上更胜一筹，提升到了一个新的高度，在我国军事文学的高原上耸立起了直冲云霄的高峰。……它无疑是我国军事文学开出的一朵奇葩。它完全可和国际上经典军事文学作品媲美。当然，它应是2019年新一届茅盾文学奖评奖的首选之作。"

在张守仁先生的文学编辑生涯里，这恐怕是他评价最高的一部中国当代小说吧。我赶紧到网上买了一本《牵风记》。从早晨开始读，一直读完最后一行字，已是子夜，被小说中三个人、一匹马、一张古琴彼此联结的曲折命运和悲剧结局强烈震撼，久久不能入睡。

我决定给张守仁先生写一封信，谈谈我理解的《牵风记》。一来有颇多感受，如鲠在喉，一吐为快；二来意识到我一开始对张守仁先生的极力推荐有些怠慢，算是一种弥补吧。不为发表，直叙胸臆，无所顾忌，一口气写了五千多字。写到末了，觉得只给张守仁先生看有点可惜，便缀上一句"若能送徐怀中先生一读，即心满意足"。

压根儿没想到徐怀中先生会因为这封信给我来电话,让我大有受宠若惊之感。那天晚上九点多钟,电话铃响起,听筒里传来一个缓慢、宽广、沉稳、浑厚的声音:"这是胡念邦先生家里吗?"

我连忙说:"是的,是的,您好。"

"我是北京的徐怀中。刚才张守仁给了我一个手机电话。我一看是云南的电话,我就没有敢打。"

随意、亲切、谦逊,甚至还有点拘谨。哪里是我预想中大名鼎鼎的老前辈作家徐怀中!分明是当年住在老街上的一个老邻居,一位慈祥和蔼的长辈。开头几句话,便让横亘在我俩之间的他那些显赫头衔,一下子消失不见了。

他诚恳地说:看了你给张守仁的信,我非常感谢你。充满激情,充满友好的感情。我读给我爱人听。她听了,她非常感动。

张守仁先生介绍过,徐怀中先生的夫人于增湘是总政歌舞团著名舞蹈家,曾在大型音乐舞蹈史诗《东方红》里扮演女赤卫队队长,荣获过中国舞蹈家协会授予的"卓越贡献舞蹈家";张守仁先生说,于增湘是我见过的最优雅、端庄、美丽的女人。《牵风记》里的汪可逾身上,就有她的影子。

于增湘女士的感动和感谢,令我尤为感慨。今天,当一切已成往事,重新翻看即时记录下的通话内容,心中充满了难以言说的沉重和惆怅。只因一个素昧平生的普通读者,私下表达了一点对他作品的理解,九十岁高龄的徐怀中先生竟亲自打来电话表示感谢,还特意向我转告他夫人的感动和感谢。我想,只有阅尽世间艰难与繁华之后的高贵生命,才会有如此谦卑的人格品质。

在电话里,我们谈论《牵风记》。徐怀中先生说,我信中的许多段落,只用简单的几句话,就写出了他写作的愿望,比如讲女人的羞耻感。他在小说里写汪可逾说,人类穿衣服,到现在也不过是剥一根大葱的时间。几处想要讲的,让我从人类的羞耻感这个角度,一语道破。

他说:"我和一些评论家的对话,一些评论文章,还没有你这封信的角度,如果讨论这篇小说能从你的这封信为起点的话,会更接近小说本意。"

我说:"徐老,您过奖了。我只是个阅读者。应该感谢的是您,写出了这样一部好小说,读这种小说是一种享受。是您的书感动了我。信里写的有哪些不恰当的地方，请徐老给我讲一下。"

他给我指出两点，一是我对小说的评价过誉了，二是有几处说法，不够恰当，容易引起歧义。他耐心地解释原因，要言不烦，一语中的，让我领悟到了文学大家的风范。后来，我把这封信改成一篇评论，刊登在2022年第8期的《青岛文学》上。

徐怀中先生告诉我他的邮箱地址，要我将家庭住址、邮编写给他，他要赠我《牵风记》。

那天晚上，我们通了有十多分钟的电话。最后，我和他开玩笑说：徐老，听说您的夫人就是汪可逾，我的夫人也像汪可逾。您写的那些细节，我都很熟悉。

他哈哈大笑：太好了，太好了，希望咱们有机会见面、探讨。欢迎你们来北京，我和我夫人向你们夫妻二人表示敬意。

我说：我们应该向您表示敬意。有机会，我们一定去看您。

自此，徐怀中先生与我们开始了远距离交流的文学之旅。

他曾在茅盾文学奖的颁奖会上说，留给他的时间不多了，他还要以短篇的形式续写《牵风记》的不尽之意。2020年他接连写了两个短篇：《万里长城万里长》和《活过一回，死过一回》。每一篇小说在发表之前，他都先发给我，要我们提出意见和建议。我们并非文学评论家，只是普通读者，而且很少读当代小说。徐怀中先生如此看重我们，是把我们视为他知心的读者朋友。如同一位烹饪艺术大师，最想听到的是食客们对这道菜的议论。

他把他写的书陆续赠送给我们。其中有平装、精装两种装帧形式的《我们播种爱情》和《牵风记》；有报告文学《底色》《徐怀中代表作》《茅盾文学奖获奖作家短经典·或许你看到过日出》等。

徐怀中先生在电话里谦虚地说："我也没有写过几个东西，你看了《西线轶事》，再看了这几个东西，就再也没有值得你看的了。如果你还有时间的话，可以看看《底色》。这是写冷战时期三个大国的，三个大三角和小三角这种复杂的国家关系。因为我去了，在B-52翅膀下待了几个月，所以我的体会跟别人不同。"

赠书的扉页上，受赠者写的是我们夫妇二人的名字，赠送者签的是他和增湘老师的名字。我想象徐怀中先生一本本在上面签名盖印的情景，他们是在表达一种怎样的心情呢？我用手摩挲着这些书，原本在我眼里的名人大家，此刻感受到的是两位历经沧桑的老人的殷殷之心。

先拜读短篇小说集《或许你看到过日出》。其中有三部短篇小说，深深地震动了我。它们是《一位没有战功的老军人》《来也匆匆，去也匆匆》和《或许你看到过日出》。小说以轻快、幽默、清新的语言，举重若轻地叙述着现实故事，可是在整个阅读中，总会感觉到，表层叙事之下，还隐藏着另外一种叙事。那是关于灵魂的故事。

三篇小说分别创作于1984年、1999年和2000年。竟然是徐怀中先生二三十年前的作品。我不仅没有读过，连篇目都从未听说过。是否当年文学界的舆论轻忽了这三部小说呢？然而，即使将其置于今日的文学坐标之下衡量，它们照样像钻石一样，熠熠闪光。作为一直关注中国当代文学的读者，怎能不发出慨叹！

读过这三个短篇，再来读九十一岁的徐怀中先生新完成的两部短篇小说《万里长城万里长》和《活过一回，死过一回》，徐怀中先生几十年来小说文本创新艺术探索的轨迹清晰可见。我们认为，他的小说最显著的艺术特征是：神性与蕴藏。

所谓神性，是指小说将残酷战争中人性的真善美，放到一个更高的形而上的美学视域去观照和表现；所谓蕴藏，是指作家采用的隐藏叙事艺术。

表面上看，小说仍然是现实主义叙事，实质上融入了大量浪漫、魔幻、超验等现代主义元素，构成了小说的双重叙事和多义性主题。徐怀中先生创造了一种既非传统现实主义亦非现代派的独特小说文本。他的《牵风记》和这几部短篇小说都在讲两个故事：一个是显明的，读者读到的是充满烟火气的形而下故事；一个是隐藏的，吸引读者去探究去思索另一个领域里的形而上故事，由此构成了徐怀中小说的多元艺术空间。他的小说像一座迷宫，从外面看平淡无奇，一旦进入，如入神奇之境。场景、人物、对话、器具，都蕴含着一种神秘指向。徐怀中先生的小说艺术，与海明威的"冰山"理论相契合，需要读者透过语言表层去寻找隐于水下的八分之七。只有找到它，才能读懂它；只有读懂它，才能感受到它；只有感受到它，才能体验小说文本那弥散着迷宫一般的奥妙之美，为之感动流泪。

我们决定将这种阅读感受写出来，仅以读者的阅读视角，紧贴着小说文本去分析鉴赏，解读小说的隐藏叙事，展示小说艺术的奥妙之美，以此向徐怀中先生致敬。他对小说锲而不舍的艺术探索精神，他付出的艰苦劳动，他创作的小说，给了读者美的享受，完全配得上我们向他表示敬意。

第一篇由我先写相对比较容易评论的《活过一回，死过一回》。小说写战争中的爱情悲剧，视角新颖，突破传统爱情叙事，以男女主人公息息相通的文化心理为意象贯穿全篇，将发生于战争之下的爱情悄然指向战争之上，构成了凄美爱情的双重叙事。评论的题目是《战争之上的爱情》（《解放军文艺》发表时改为《显示生命本质，抵达文学本身》）。

接下来写《万里长城万里长》的评论则遭遇阅读障碍，犹如陷进一座曲折回环的迷宫。

《万里长城万里长》，是徐怀中先生2020年6月份发来的，与之前的小说风格相比，堪称断崖式颠覆。早已成为徐怀中小说标志的人性美、意境美、诗意美，在小说的表层叙事中统统找不到了，完全被蕴藏在深层叙事之中。一时弄不清作家要表达什么，如堕云里雾中。我与妻子交流，对小说主题、人物的一些看法竟然产生分歧。这是从来没有过的事。

当时，我在回复中直言："徐老您好！大作拜读，直感有了新的空前突破！在写法上比《牵风记》走得更远。一读，未读懂；再读，有所悟；三读，细思，似觉其妙。匆匆写了个读后感，很肤浅，只是个随想。肯定言不及义，有解读谬误之处。"

发走之后，又感到一些地方解读有误，修改了一遍，又传去第二稿。现在看，文中大多是一些揣测。

徐怀中先生回复道："这篇小说让你花去太多时间，读后感两易其稿，让我很过意不去。你在文中多处阐释如何如何深邃，多有过誉之说。但就总体而言，你指出这篇小说可谓反传统的实验文本，具有某些现代主义元素。在这一点上，更切合作者探求的本意，其他友人来信未曾提及。《人民文学》7月号刊出，我们听听读者和评论界怎样批评。"

徐怀中先生的话鼓舞了我们。2021年春节前后这段时间，我俩一起投入对这篇小说的剖析中，条分缕析，抽丝剥茧，我们在幽暗的迷宫里，左冲右突，寻找出口。这篇小说不足万字，它的另外一种叙事非常隐蔽，小说中的植物人、81号家属、副教授、军号、"孟姜女哭长城"、古音、乳名、麻将术语、老式留声机、万里长城等皆呈符号化特征。破解意象和符号，是解读这部小说的密钥。

几乎所有的路径都走过了，仍然无法走通。最后发现，原来是误读了小说中副教授这个意象，起初认为他是个穿针引线的小丑形象，其实是一个富有多重性格的正面人物。一回首，豁然开朗。我们循着小说中的草蛇灰线，探寻徐怀中先生的创作意图，内心充满喜悦，度过了一个不一样的春节。并写出了评论《文本深层的另一种叙事——〈万里长城万里长〉迷宫探寻》（刊发于《小说选刊》公众号）。

徐怀中先生来邮件说："多谢你们夫妇俩，为这一篇评论用去了太多心血和宝贵的时间。二位对我的小说写作有共同的偏爱，所以我在《万里长城万里长》中设置的那些密码，被你们顺流而下逐一破解。"对《活过一回，死过一回》的评论，他说："读了《战争之上的爱情》，真的要谢谢你，我的用心一个个全被你识破了。"

只有简单一句话，在我们看来，却是最高评价，最高赞赏。如今想起来，深感欣慰。我们终于将读者的理解传达给了徐怀中先生。

没有料到，当他读了我们写的《一位没有战功的老军人》的评论时，竟然回复了一封长达三千多字的信！

《一位没有战功的老军人》是徐怀中先生创作于1984年的旧作。我们认为，这是一部具有艺术生命力的经典小说。虽经漫长岁月的淘洗，依然散发着强烈的艺术魅力。每一次读，都会被它深深感动，妻子常常读得泪流满面。小说表层叙事是一个解甲归田的老军人，怀念逝去的妻子，回乡发挥余热，重归田园生活的温情故事。而在文本深处涌动的却是波澜起伏的心灵叙事，藏而不露地展现了主人公余清泉意欲忏悔和自赎的心路历程。它是中国文坛第一部，迄今为止也是唯一一部，以中国军人爱情之伤为题材，以忏悔自赎为主题的经典小说。遗憾的是，这篇优秀之作并未引起当时评论界的关注。我们写了以《意欲自赎的爱情之殇——一篇被忽略的徐怀中小说〈一位没有战功的老军人〉》为题的评论，刊发在2022年12月的《中国当代文学研究》上。

读这篇评论时，徐怀中先生刚刚出院，他给我发了个微信："增湘先读了二位的文章，说写得太好了，要我快看。前日出院，今天刚刚读完。你们从废品站捡回一个物件，清洗干净并加以修补，竟说这是一件艺术品，恐怕不会被别人认可。我要再读一遍，然后致信谈谈我写作时的感受，致以深深的谢意。"

　　这三年与徐怀中先生之间的通信往来，经常是他在医院里。他生命的最后三年，几乎小一半时间在住院；有一年，他住了有七个多月的院。我每一次微信问候，他的回复总是很乐观，把检查、治疗和手术说得淡如清风，让人感到他生命的厚重和旺盛。实际上，他一直在与疾病相抗争，坚韧地写着。他的双腿肿得厉害，无法久坐，他就半坐在长沙发椅上，把腿伸进条案，双脚搁在小板凳上，在电脑上打字。在医院里，他便用一个硬壳的大夹子，夹上一叠白纸，躺在床上、沙发上，用笔写下一页页的小说初稿。他曾说，他的写作是两手扣在泥土上，一步一步向前。这不仅是他对自己文学生命的一种形容，也是他实际写作一丝不苟的严谨状态。他常常为小说中的一句话、一个词，半夜爬起来，记到小本子上。

　　我一直想问徐怀中先生，他酝酿之中的短篇有多少。但我始终没有问他。刊载在2021年《解放军文艺》第一期的《活过一回，死过一回》是2020年8月完成的。此后两年多的时间，再未见过他的小说。我总觉得，那两个短篇只是他计划中的一个开始。徐怀中先生十六岁参军，亲历战火洗礼。九十三年的人生路程，属于他独有的文学素材积累该有多么丰厚！战争，在他生命里一直没有离去，铭刻在血与火记忆中的那些场面、人物、情节、细节，是真实存在的，是他亲眼看到亲耳听到亲自用心摸过的，且梦牵魂绕他的一生。耄耋之年放手一搏，《牵风记》让他终获成功。他曾许诺过读者续写短篇。为什么中断了呢？环视文坛，亲历过战争，并能以如此独特、深刻而绮丽的小说艺术表现战争的作家，仅有徐怀中先生一人矣。

　　2021年6月3日，徐怀中先生给我发微信，之前，我俩把几篇散文寄给他，请他指教。他写道："……你们的散文给我真切感受，同时令我感慨不已。数十年里，我有种种经历，如果随时以散文形式将内心感受记录下来，即如二位这样，那就好了。但我一门心思憋小说，以至到老拿不出几篇像样的散文，意欲补救已经来不及了！"

　　看起来，他好像在感叹自己未能写散文，实际上是在表达他在文学上已无法弥补的遗憾：数十年的丰富经历和独特感受，大部分无法与读者分享了。他写作上的这种痛苦又有谁知道呢？

徐怀中先生并未停止小说创作。他去世后，增湘老师给我们看他在医院里写的未完成的小说草稿，夹在蔚蓝色夹子里的白纸上，遒劲的字体、密密麻麻的修改笔迹、文字旁的空白处圈起来准备插入的内容……仿佛小说的作者刚刚放下他手中的笔，一会儿还回来……

徐怀中先生真正是把文学与生命完全融为了一体。

2022年3月10日，收到了徐怀中先生从邮箱发来的长信。在信中，他详细谈了小说《一位没有战功的老军人》的创作背景。

1964年初，他应邀参加大型音乐舞蹈史诗《东方红》朗诵词写作组，同在一起的还有魏巍、贺敬之、郭小川、乔羽等著名诗人。增湘老师是主演之一，扮演女赤卫队长。他们住在西苑旅社，伙食标准很高。夜餐特别丰富，各种小吃糕点应有尽有。大歌舞彩排完成，尚未正式演出，他就奉调参加原总政治部农村"四清"工作团，到达贵州省遵义市虾子区三渡公社，任山顶生产队工作队长。在这个小山村他待了九个月，亲眼看到了农民极端的贫困和艰辛，"观感上落差太大，茫茫然无法理解"。他细致而形象地描述了当时的情景和自己的心情。

1982年，他重访"四清"故地，改革开放的潮头尚未来到贵州边远山区，一切还是当年的老样子。想起当年"四清"工作团撤离的那天，当地群众万人空巷倾心相送，男女老幼与工作队员们依依惜别，老乡们蜂拥追赶而来，一些青年人扒住挡板爬上了车，一路送他们到遵义。徐怀中先生充满感叹："世界三大洋五大洲，哪里还能找得到如此善良、如此淳朴、如此勤劳而又无言无语的一个手握锄头把的八亿人群体呢？"

参加农村"四清"，给他留下的印象深切之极，终生难忘。正是以此段生活体验为背景，完成了短篇小说《一位没有战功的老军人》。

他在信里写道："……这几万字，自己掂量，似乎还是有些斤两的。但是，凭直觉我可以想象得到，读者大半会看作是一篇轻飘飘的东西，不足以引起舆论关注。未出所料，在《收获》刊出后，如同向水井中投下一块石头，总也听不到回声。事实说明了一切，写东西的人，应当习惯于面对毫不留情的社会冷遇。一个战役以全面失利告终，原因在哪里？只能从自身去检讨……现在你们拿出来的，并非有争议的什么作品，而是发表于近四十年前无声无息的一个短篇小说，承蒙给予的高度评价，希望挽回其艺术生命力，在干枯的枝条上，生发出一片翠绿。二位用心良苦，但实话说，这种美好的期望值几乎为零。时下人们来去匆忙，谁会有闲旁顾一下这样无关紧要的话题呢？……"

信未读完，我们的眼睛已经湿润。像是坐在徐怀中先生的身旁，听他缓缓诉说坦诚的心语，真切感受到了一个作家的悲悯情怀和高尚心灵；知道了一个人虚怀若谷的境界是什么样子。我们听懂了他说的话。在徐怀中先生心里，人民，不是笼统的概念，是生活在大地上的一个个鲜活的人；为人民写作，不是空洞的口号和抽象的立场，而是一个作家内在生命的需求。

与人民心心相通的作家，绝对不会被忘记；未来一定会有更多的人提起徐怀中先生的这些经典小说。

2022年12月中旬，疫情管控突然放开。

12月24日，我给怀中先生发微信："……非常牵念您和于老，近期务必别出门，非必要不与外界接触，待观察一段，心中有数再说。相信上天必保护我们胜过一切灾难，多多保重！"

他回复说："谢谢关心！我已阳了三天，还好。体温保持在37.2℃右。所幸的是增阴性，请你们放心，我这里医疗条件很好！增湘问翠华好，望你们多加保重。安然度过这一关。"

这是他发给我的最后一则微信。

思念怀中先生，我会看我们之间往来的微信，从开始一直看到末了。我的目光一次又一次掠过最后的这几行文字。我明白了怀中先生，他是一个不愿让别人为他承受负担的人。

我们与怀中先生相识三年多，从始到终跨过了整整一个疫情防控期。三年里憋闷在家，读他的小说，写他的小说评论，他笔下一个个栩栩如生的人物，已成为我们的亲密朋友。我们牵挂着这些人物的命运，为他们哭，为他们笑，从来没有如此忘我地沉浸在小说艺术的美妙之中。

与怀中先生远距离的对话，时时激励着我们日渐衰弱的生命。他一再说，他只是一个普通的人。我们感觉到了他的普通，体验到了他的普通，受教于他的普通。这种普通已经缺失很久了。

在我们的心目中，怀中先生是一棵苍劲拙朴的大树，是他所喜欢的老银杏树。狂风，刮过树冠，青翠的叶子微微一笑；暴雨，倾盆而下，扶疏的枝条欣然伸展。

他坦然注视大地，默然无语。空弦神韵，着笔牵风。他已回归零公里。

没能写出怀中先生的短篇小说《或许你看到过日出》的评论，真是遗憾啊。这是我们唯一想评论而没有评论的小说。这是他建起的一座最丰富的小说迷宫，里面充满了神奇的奥妙之美。一直想着写它的评论，却总感到"此中有真意，欲辩已忘言"。只在一篇评论中顺便提了一句："妙园里，尚未进入严酷人生的纯真少女婴儿般无意识的天然微笑、发现者苦苦追寻至终的黯然失落，道尽了生命的本源之道和人生的无尽惆怅。"其实，小说应当还有比这更深的意蕴。常常，在探讨中，好像对人物和情节的认识明晰了，读至小说结尾，刚才的解读又被推翻。一直想着，过一段时间，我们再去好好地研读，把计划中的最后一篇评论写出来。可现在，最应该看到这篇评论的徐怀中先生已经走了。

我只能对怀中先生说，在您的全部小说中，我最喜欢这部小说。我认为，这是您最好的小说。无论题旨内涵，还是蕴藏艺术，皆具经典艺术品质。今后，将有一代又一代的读者被吸引着进入这部小说迷宫，尽情领略那迷人的独特风景。

相聚，曾是我和翠华、怀中先生和增湘老师的愿望。2021年3月19日，《小说选刊》公众号刊发了评论《文本深处的另一种叙事》。公众号做得新颖别致。文章前面刊登了三幅照片：怀中先生神情坦然的半身照；下方是妻子和我一左一右各自在野外的照片。我们的样子，怀中先生应该是第一次看到。我发他微信，说："很有纪念意义，咱们三个人终于在一起见面了，遗憾的是没有于老师。"他回微信说："希望我们有机会相聚。"

相识相知三年，却一直没能见面。如今，美好的愿望已成遥远的记忆。我们与怀中先生的隔空文学交流从此永远结束。

去年3月12日，初春时节，我把怀念小说家尤凤伟的文章发给怀中先生看；23日，他回微信说："……又读了一遍你写的长文，感慨颇多。常讲文人相轻，其实由于文字的光辉照耀，文化人可以探视到彼此内心的幽暗之处，他们之间的友谊如醇厚芳香的高粱老酒，不是一般人可以相比的。"

恍惚间，我仿佛觉得，冥冥中怀中先生似乎知道一年后的初春，我会满怀伤痛写思念他的文字，就提前给我写了回复……

选自《作家》2023年第7期

评鉴与感悟

一代名家远去，犹如彗星陨落，从此文学的天空又暗淡了几分。作者此文写得柔情缱绻，思念之情难以尽诉，唯留下这白纸黑字，以示对尊者的哀悼。

孟老师

/程远

沉寂了一个夏天的树基沟中学，9月1日，开学了。

阳光下，空旷的操场上，我们按大小个儿排了两个纵队，男女分开。班主任李春秋从排头走到排尾，又从排尾走到排头，突然说：××你出来！叫你呢。

××指的是我。

"我知道你小子调皮捣蛋。告诉你，到中学你给我放老实点儿。"

说着，给了我一记直拳。

我承认，我是一个学习不太上心的学生，考试成绩一般。上小学时，刚打倒"四人帮"那会儿，我们经常在一块玩儿的有八个同学，班主任借此就给我们起了"八人帮"的绰号，且坚决认定我是头儿。李春秋爱人是小学老师，想来这届学生的"红与黑"他是了如指掌的。但这不是事实。事实上我不是一个坏学生。

当然，这是20世纪80年代的事情了。那时，我们的学校还不叫树基沟小学或中学，而是叫育红二校。

这是一个坐落在大山褶皱里的学校。共有两栋教室，一栋办公室，另有实验室、木工房、烧水房、厕所，都是平房。两栋教室并排在靠南的大道旁，中间是学校唯一的大门，进门右转，最里面挨着木工房的那间就是我们教室：初一（2）班。

李春秋是我们的临时班主任。他教地理。

彼时，学校正在举办全校师生绘画、书法展览，我去看了几回，这是我的兴趣所在。记忆中好像都是高我们几届学生和老师的作品，比如我的同学刘波二姐刘萍班的孟广川、曲家成、杨柏栋、于凤英的钢笔字，程少良老师的水彩、水粉、素描，陈久思老师仿齐白石的国画对虾，侯允良老师的柳体楷书，印象都很深刻。但最让我惊讶的是一位署名孟德义的老师的行草，落拓不羁，超凡脱俗，颇有鹤立鸡群的意思。

刘萍说，孟老师教他们语文板书极好，同学都在暗自模仿，而且老师嗓音醇厚，带有磁性，听他的课简直就是一种美的享受。此外，孟老师还是一位体育健将，篮球、排球、长跑都是强项。歌儿也唱得好，每次学校文艺汇演，一首《在那桃花盛开的地方》一定响彻山谷。对了，孟老师还是一位美男子，身高一米八……

总之，摊上这样一位多才多艺的老师，是多么幸运。

1982年，我们这届学生即将初中毕业。据学校有识之士分析，今年的中考竞争十分激烈，形势严峻，县重点高中、市小中专、有色技校录取分数都高，应试学生也多，建议家长让学生复读一年，学校照发1982届毕业证书。有识之士说：我们不妨玩一个迂回战术，今年避过浪头，来年重拳出击。为此，学校将留下复读的学生组成一个班，并调集了各科优秀教师，如数学老师史长友，物理老师曲家庭，化学老师单学红，语文老师孟德义——我们终于有机会做了后者的学生，尽管时间只有一年。

但我要说的似乎不是这些。

如上所述，我是一个学习成绩一般的学生，考重点高中，上大学，非我所能。我唯一的愿望就是被技校录取，毕业后尽早参加工作，以减轻家庭负担。那时，我正沉迷于绘画和书法篆刻艺术，受三哥的影响，也开始练习写作，用现在的话叫特长生（但那时还没有这个称谓。那时就俩字：偏科！真是一点办法也没有）。但我绝不是一个坏学生。你见过一个从小学三年级开始，就给班级、年部、学校写表扬稿和出墙报的坏学生吗？而且初中二年级，参加抚顺市青少年宫举办的书法展览，为学校争得荣誉。

——我的意思是，从此我得到孟老师的青睐，并结下不解之缘。

2020年春天，当我在写这篇文章的时候，我特意找出了三十多年前我自制的一个笔记本，上面抄写了我的四十首诗词习作，其中四言二首、五绝六首、七绝十首、五律一首、七律三首、排律一首，词七首，汉排五首，新诗五首，题名《东风第一枝》。我在前言中拽道：近日尝学诗词，间有小作，暇辄拾理，积久渐多，整理成则。本中前作，多为师阅，丑陋之处，今已做补，罗列与共。游思信笔，不知所言，谬误之处，悉请正之。落款时间是1983年3月15日。

次日，将这个本子忐忑地交给孟老师。几日后，老师将本子还给我，自然，上面留下了他那潇洒自如的字迹，此照录两条如下：

初习旧体诗，能致于此，可谓长足进步！希望尔不懈努力，持之以恒，必能百尺竿头，更进一步。

但有一点，你要引起注意，即无论叙事、抒情、状物，都要心有所真感，然后再诉诸笔端，这样才能真切、感人，否则便会误入歧途，以至于游离其词，令人难以琢磨。会给人以不知所云之感。这一点，不知你是否领略到了。

此云不一定说得准，谨供你参考。

词不如诗。词讲气魄，讲开合，笔力不足则挥洒不开。如此必然以牵词充之。习作之余，还是看看宋词佳作为好！

如此批语让我深受感动，甚至说心潮澎湃夜不能寐也不为过。这，无须赘言，《东风第一枝》的后缀便有这样的字句：

老师，您批改完了我这四十首歪诗/词，我该是怎样感谢您呢？您是不许我对您说任何客套话的，所以我也不想说什么。我会将这个小本珍藏起来的，把她献给我未来美好的回忆！

最后，请您允许我把我每每受到您的教诲后的心声，化为一首幼稚的小诗从心灵深处飞出：

批语一声声，

我眼泪频频。

缓缓又一首，

脉脉忆德音。

　　1983年秋天，我以多一分没用少一分不行的成绩考入中国有色金属第二技校，校址在一个更大的矿山——抚顺红透山铜矿。1986年毕业参加工作，直至1998年辞职离开那里，先后干过井下工人、工代员、小学教师、政工干事、团支书、办公室主任，其间与大多数同龄人一样，除了娶妻生子，其他似乎乏善可陈，即便这样，孟德义老师仍视我为知己，甚至常以兄弟相称。其实早在复读那会儿，他就经常对我和刘波、霍绍文、谷守红说：在学校，你们是我的学生，出校门咱们就是兄弟！而每每我们几个，谁若在某些方面取得了成绩，比如刘波考上县重点高中直至大学，比如我在报刊上发表了文章，他就会鼓励说：弟子不必不如师，师不必贤于弟子。

　　心胸坦荡，奖掖后学，由此可见一斑。

　　孟老师曾赠给我一本《各种书体源流浅说》，让我受益匪浅。那时，我除了经常向他请教语文课外所谓的文学创作，更有书法上的交流。孟老师喜欢苏东坡、黄庭坚、米芾的行草，唐寅的楷书，我则醉心于"二王"、张迁、欧阳询，兼及篆刻。我们见面，如果情况允许，一定是相互推荐喜欢的字帖，乃至某个字某个笔画的研习体会，春节，更是互送春联与书作。起初，我当然是不敢这样"平起平坐"的，可他一脸深沉：与朋友交而不信乎？只得从命。

　　但他的字，除了在办公室和自己家张贴外，却很少示人，更不主动拿去发表、展览。

　　记得我在矿工会美术组工作时，每年五一国际劳动节、十一国庆节都要搞美术、书法、摄影展览，孟老师的字，就是我再三邀请下才参加的。《矿报》副刊有时也发表这类作品，也都是我帮他拍照，再拿给编辑。时任主编祁亚轩先生很喜欢孟老师的字，不仅及时给予刊发，还嘱我一定要见见作者——祁亚轩也是书法爱好者，且他们年龄相仿，性情相近。于是捎信给孟老师，请他再到矿上办事时告我，大家聚聚。孟老师则欢迎我们来树基沟，他说山乡野趣，足可交游。

要知道，这是20世纪80年代，以文会友正成风尚。

树基沟，满语，意为盛产山野菜的地方。这是我后来才知道的。当时不知。当时一直以为这里是山区，是木材基地，故名。其实，这里更为盛产的是金银铜铁。早在日伪时期，就已经勘探出矿，是著名的红透山铜矿的前身。很多矿山人都是从外地招工来的，我父亲就是其中一个。孟老师也不是本地人，而是北三家下乡知识青年，回城到树基沟中学当老师，后又考取抚顺师专，获得正式教师资格。

那个春天，五一劳动节。我和三哥陪老祁（祁亚轩）、晋忠、大祝及夫人，从红透山回到树基沟（那时，父母和弟弟还住在那里），母亲早已备好酒菜，父亲打发弟弟骑自行车去沟里邀请孟老师，父亲说：家里来且（客人）了，自己嘴笨，就请孟老师全权代表吧！孟老师说：程大爷放心，程远的朋友就是我的朋友。然后，将酒杯一一斟满，双手抱拳：有朋自远方来，不亦乐乎？云云。那顿酒，好像是从下午喝起来的，直至夜黑风高，老祁他们才跟跟跄跄去招待所入住。次日，我们前往铁道南前山进行所谓的春游——穿过松树林，爬上山梁那几块突兀的石头砬子，见一片刺嫩芽正长到二寸多长，老祁欢喜无比，一边把从宣传部带来的海鸥相机交给晋忠保管，一边脱掉外衣当作兜子，大有一网打尽之意。其实，哪有那么多刺嫩芽啊！倒是林中遍布的猴腿、蕨菜、青毛广、大叶芹让人应接不暇。

晋忠小声揶揄：真不容易，主编大人能把相机放手！

天近中午，孟老师责令收兵。于是一干人马下山，沿着铁道往沟里走。不用说，我们是去孟老师家，此时，侯姐（孟老师爱人，我们一直这样称呼，而不是叫师母、师嫂什么的）正在家中杀鸡宰鱼，凉菜热菜摆满桌子，啤酒白酒一应俱全。但我们并没有饿虎扑食，而是欣赏孟老师的墨宝，讨要一二自不必说。

记忆中，老祁来树基沟会孟老师可能仅此一次。至于我，则无计其数了。那时我虽然在矿上上班，但每周六的晚上，一般都要坐火车回老家看望父母，周日帮家里干活儿，周一早晨再返回矿上，顺便也带些白菜、土豆、萝卜、大米之类作为一周的食粮。通常情况下，周日晚饭后，我也会单独或与霍绍文、谷守红一起去孟老师家玩，侯姐非但不恼，就是家中的三个孩子，小明、冰洁、冰心也拍手欢迎，热情地管我们叫叔叔。有时玩得晚了，就在孟老师家的西屋住上一宿，让孟老师给我们讲他和侯姐的故事——当然是秘密故事啦！

孟老师说，哪有什么秘密。不过，年轻时你侯姐漂亮倒是事实。

他说有一次，他和侯姐从树基沟坐小火车（矿山运送矿石和旅客的专线火车）到北三家看望母亲（孟老师也是远近闻名的孝子），出车站，见一群刚喝了酒的朝鲜族男女，正在大街上载歌载舞，惹得路人驻足观看。这时，一位男子说孟老师看上他的媳妇了，且出言不逊。孟老师说：你喝多酒，我就不跟你理论了，不然今天非揍你一顿不可——我自己的媳妇我还没看够呢！这时，侯姐正好走来。

结果，朝鲜族哥们一阵惊艳，遂作鸟兽散。

现在已经记不清是哪一年了，夏天。我和刘波再次回到树基沟，我们和仍在那里工作的霍绍文、谷守红一起去看望孟老师。那时孟老师已经从学校调到派出所当所长了，他的办公室里，除了铁皮柜子、长条椅子、桌子，似乎再没有什么像样的东西，但笔墨纸砚还是一个都没有少。

90年代中期，随着矿产资源的萎缩，红透山铜矿逐渐走向衰落。作为它的前身，树基沟坑口更是早已关闭，厂房拆迁，设备变卖，人员撤走，一个曾经热闹甚至辉煌的矿山小镇，最后沦落成只有几十户人家的村庄。派出所、学校，更是归并到红透山铜矿公安处和完小、完中。孟老师自然也来到了矿上，家也搬了过来。

这让我好生欢喜：我们终于可以天天见面，谈文论艺了。

然而并非如此。那时我在矿劳服公司负责全矿待业青年和刑满释放人员安置工作，经常去县里、市里劳动部门跑手续，陪领导喝酒，时不时地还要打上几场麻将……我忙，孟老师也很忙，我们彼此陷入各自的圈子不能自拔，没有因为距离拉近而交往增多，在一些公共场合，往往只是打一声招呼，或是矿区公路上，远远地望见他骑着那辆绿色的摩托车呼啸而过。

我想，什么时候我们真该好好聚聚，一如丰子恺先生所言：草草杯盘供语笑，昏昏灯火话平生。

　　这样的机会当然也有，但不多。一次，我和公司工会主席去抚顺参观书画展，就强烈要求孟老师和我们一起去。我的另一位恩师、市书画院王文心先生，不仅陪我们参观了展览，还逛了画院、书店，买了陈振濂的《书法学综论》及吉林美术出版社的一套五卷本的《学书必备——字宝》分送我们。末了，还请我们到家里吃饭，看他收藏的名人字画。

　　我对孟老师说，这次不虚此行。

　　孟老师则嘱我一定要珍惜文心先生的厚谊，及一直以来对我的关心，莫再耽于酒局、麻局，远离一些没必要的应酬，"士不可以不弘毅，任重而道远"。

　　我感到十分羞愧！

　　北京作家狗子在他的自传体小说《一个啤酒主义者的独白》中写道：为了躲避接连不断的酒局，他经常去外地小住，如廊坊、金华、北戴河、上海崇明岛。狗子说：我们不能就他妈这么毁了吧？

　　是的，我也该换换地方了，不能这样活。

　　1998年春天，我终于下决心别家离职，只身来到沈阳一家报社打工，做自己喜欢的事情。此后一年中，回矿山的次数少了，与孟老师相聚的机会更是寥寥无几，直到有一天，刘波给我打来电话：

　　孟老师和侯姐来沈阳了，在医大看病。肝癌，晚期。

　　我们晚上请他们吃饭时，千万别走漏风声。

　　……

　　现在我已经记不清那天晚上，我与刘波是怎样和孟老师、侯姐吃的饭了，那将是一种怎样的心境。我们谎称明天还要上班，就没上酒，但孟老师说：你们两个臭小子弄了这么一桌子菜，怎么能不喝酒呢？为了我们久别重逢，也为了我此生能有你们两个让我自豪的学生、兄弟，也得举杯相庆！席间，我和刘波几次借口去走廊抽烟，然后站在那里面面相觑，无声落泪——这，就是命运吗？那一年孟老师才刚刚四十八岁。我们强作欢颜，说饭后，咱不去唱歌，咱请孟老师做足疗吧！侯姐说你们请孟老师干什么我都不管。当然这是一句玩笑。最后，我们去了保龄球馆，刘波悄声对我说：你悠着点，咱假装打不中，一定要让孟老师赢！我说：懂！

现在想来，孟老师当时一定也是知道了自己的病情。我们仿佛在捉迷藏。

此后，我与刘波、孟广川、杨柏栋等又回去看望过两次孟老师，其中一次还在他家吃了午饭。那时，孟老师已经不能下床陪我们了，但他还是忍痛坐了起来。越过他的肩头，我看到床边的一排书架上还放着《书法学综论》和五卷本《字宝》，以及大大小小的书籍。我知道，最后的时刻就要来临——

公元1999年2月，那个雨雪清扬的上午，故乡树基沟通往北三家的公路旁，北山岗上，我和刘波、霍绍文、谷守红双膝跪在一座新茔的坟前，李春秋老师一边往地上倒酒，一边嘴里念叨：德义啊！你安心地走吧，你的学生来送你了。他们都是你的得意门生。

若干年后，我去抚顺办事，毕，电话小明。我们来到了一个小酒馆。

小明现在已是一个辖区的派出所指导员了，除了长得像他父亲一样英俊、潇洒，更多了一些阳光气息（警校毕业，似也承传了父亲最后的职业）。我说，帅哥酒量怎样？小明说一般哈，不过今天一定会陪好程叔。

结果如你所知。

时2020年4月4日，清明节。终于写完这篇有些冗长的文字。

选自《作家》2023年第12期

评鉴与感悟

话师者，既不故意拔高，也不主题先行，而是从日常细节出发，藏温情于平淡之中，别有一番力量。真正的好老师，除了在课堂上传授知识外，更要带领学生在生活中一起修行。

情怀

林斤澜与汪曾祺

/孙郁

北京文学在20世纪80年代后，在大的方向上出现了峻急与平淡的两条路，林斤澜与汪曾祺是各自的代表。有趣的是二者并非彼此对立，而是互渗互换、彼此影响的。

林斤澜是汪曾祺的挚友，相识在20世纪50年代初，都在文联工作，且年龄相仿。汪曾祺那时候文章不多，性格的温厚吸引了林斤澜。自然是一起喝酒、谈天的时候多。林斤澜认识沈从文，也是通过汪曾祺介绍，两人还到历史博物馆去看望这位前辈。据说五六十年代每年大年初一的时候，他们还一起到沈家拜年。

林斤澜喜欢汪曾祺的原因很多，大致说来，都爱写短篇，走的是相近的路子；均带点杂家的趣味，对风俗人情、野史笔记有些兴趣；而且他们皆有点散淡或自由派的风骨。林氏早年参加革命，作为地下党员潜入台湾，曾入狱一年。中华人民共和国成立后，干脆入了文坛。林氏自认在一些地方不及汪氏，比如学问，比如天赋。也由于此，便倍加珍惜他们的友情。老舍当年看重这两个青年，说了些勉励的话，大意是，今后两人都会写出好的作品来，是很有潜力的青年。

后来，林斤澜进入了写作的最佳时期。但那时他最惦记的，是汪曾祺这个朋友。汪在北京京剧团，与文联的圈子远，而林斤澜凡事都要和他通气。邓友梅《漫忆汪曾祺》云：

> 斤澜知道曾祺的心态，跟我说过多次：咱们得拉着他一起干，不能叫他消沉！恰好北京出版社要重印五十年代几个人的旧作，编为一套丛书。王蒙、斤澜、刘绍棠和我都在册，但没有曾祺。林斤澜就建议一定加上汪曾祺。出版社接受了意见，曾祺自己却表示婉拒。理由是解放前的作品有些不愿收，解放后的不够数。斤澜知道后找到他家与其争论，连批评带劝说，要他尽快再赶出一批小说或散文来，凑够一集出版。他被诤友赤诚感动，这才又拿起笔来写小说和散文。由此激发了汪曾祺写作生涯的第三次浪潮！

汪曾祺知道自己被友情包围着，离了这个就真的寂寞了。林斤澜对他太好，几乎尊为师长。他知道汪氏的才气，想沾沾这些仙气，乐了自己，也乐了众人。汪曾祺后来爆得大名，最高兴的自然是林斤澜了。

他们嗜酒如命，每逢聚会，都喝得两眼红红。晚年外出，二人同行时居多，每餐不忘谈酒，举杯同笑，很有点酒仙之态。林斤澜家中摆了各式酒瓶，成了收藏库，汪曾祺看到好的酒瓶，亦不忘送老友保存。刘心武谈汪曾祺的时候，有个片段，写出酒态中的镜头：

> 我们到达重庆时，正是三伏天，那时宾馆里没有空调，只有电扇，我和一位老弟守在电扇前还觉得浑身溽热难耐，汪老和林大哥居然坐在街头的红油火锅旁边，优哉游哉地饮白酒，涮毛肚肺片。我们从宾馆窗户望出去，正好将他们收入眼底，那镜头直到今天依然没有模糊。后来他俩人酒足肉饱回来，进到我们屋，大家"摆龙门阵"，只见酒后的汪老两眼放射出电波般的强光，脸上的表情不仅是年轻化的，而且简直是孩童化的，他妙语连珠，幽默到令你从心眼上往外蹿鲜花。

汪曾祺去世后，林斤澜颇为伤情，有多篇文章行世。《汪曾祺全集》的前言，就出自他的手笔。这篇前言先引汪氏语录，后为林氏自己的补白，似乎是两人的对话录，生动的地方很多。

有一年他与汪家子女一起去郊外为老友安葬骨灰，回来后，写了篇文章《安息》，结尾道：

高楼远近也不见人，只听见大小回声，重叠合成一片天籁。洪荒大化，不知所之。

十几年后，林斤澜也去世。消息传来，不知怎么，竟想起他生前这段话来。汪曾祺之后，他是北京作家圈里最受人尊敬的老人之一。先生一去，琴弦无声，草木暗伤。

想起我和林先生的交往，谈论最多的是鲁迅。林老谈论鲁迅只限于小说与一些散文，及《中国小说史略》，不太涉及思想史的内容。用作家的眼睛打量对象，看到的是一些艺术的玄机。比如在《短篇短篇》一文里，他写道：

鲁迅先生专攻短篇，他的操作过程我们没法清楚。不过学习长篇，特别是名篇，可以说在结构上，篇篇有名。好比说《在酒楼上》，不妨说"回环"，从"无聊"里出发，兜一个圈子，回到"无聊"里来，再兜一个圈子，兜一圈加重一层无聊之痛，一份悲凉。《故乡》运用了"对照"，或是"双峰对峙"这样的套话。少年和中年的闰土，前后都只写一个画面，中间二三十年不带一字。让两个画面发生对比，中间无字使对比分明强烈。《离婚》是"圈套"，一圈套一圈，套牢读者，忽然一抖腕子——小说里是一个喷嚏，全散了。《孔乙己》在素材的取舍上，运用了"反跌"。偷窃、认罪、吊打、断腿，因此致死的大事，只用酒客传闻交代过去，围绕微不足道的茴香豆，却足道了约五分之一的篇幅。

只有小说家才这样谈鲁迅。不过这只是技术层面的话题，林斤澜其实更喜欢鲁迅的气质。这气质是什么呢？那就是直面灰色的生活时无序的内心活动。他不愿意作品直来直去，而是在一个点上开掘下去，进入思想的黑洞里，在潜意识里找自己精神的表达方式。汪曾祺写林斤澜的评论时说，其小说读起来有点费事，故意和读者绕圈子，大概是为了陌生化的缘故。比如"矮凳桥系列"，在小说结构上多出人意料之笔，意蕴也是朦胧不清的。这大概受了鲁迅的《彷徨》《野草》的影响，但更多是夹杂了自己的体味。在一种恍惚不清的变形里，泼墨为文，走的完全与传统不同的路，也是与当代人不同的路。在精神的深处，他确是一个鲁迅党的。

但他绝不是在一个精神参照下的鲁迅党。他的理解，就是不要成为鲁迅小说的奴隶。因为鲁迅精神与审美的过程，就是不断走的过程，一旦停留下脚步，生命就终止了。所以他说：

> 鲁迅先生塑造的典型至今高山仰止，他是从这条路攀登艺术顶峰的。不过这不是唯一的路，过去曾经"唯我独尊"，总是第一还不够，非要弄成唯一，作茧自缚。艺术的山不是华山，是桂林山水。

林氏和汪氏走的是不同的路。汪曾祺弹奏的多是儒家的中和之音，而林先生则是幽思里的颤音，直逼精神暗区里无序的地方。在某种程度上讲，他喜欢迂回婉转、翻滚摇曳的审美之风。如果说汪曾祺和王维略有相近，那么林先生无疑带有李商隐的调子了。林斤澜的审美快感多是从古典意味的作家那里得来的，却没有古典作家的那些儒雅与静谧，倒是和卡夫卡、鲁迅同流了。

这同流的过程，一个突出特点是一直强调自己的困惑。他一生纠缠的就是各种困惑。比如现实主义流行的时候，他就觉出单一性的可怕，总在自己的文字里流露出叛逆的东西来。一般人写"文革"，声泪俱下。他却进入精神变形的思考里，搞的是古怪的断章。他虽然强调艺术创作要靠天籁，却一直对未开启的精神之门有敲扣的意图。鲁迅式的思维给他的益处是，常常从表象看到相反的东西，不愿意被外在的东西所囿。比如谈到李叔同，人们说他完全超尘脱俗，可看到其死前写下的"悲欣交集"四字，他就说："我相信那是真实，我佩服那是真实的高僧。悲欣也还是七情六欲，写下来更是要告诉世人，对世俗还有话说。"一次议论到对知堂的评价，谈到孙犁的观点，他就很是不解。孙犁说知堂这样的附逆之人写不出冲淡之文（大意），林先生却承认在知堂那里确实读出了冲淡。林先生很尊敬孙犁，但此处却各自东西，不一样了。他对世人的各种观点不都盲从，相信的是自己的感觉。他认为真的世界不是语言能涵盖的。与其相信概念，不如认可感觉。对小说家而言，有时候飘忽不定的感觉才是作品之母。

晚年的林斤澜思想活跃，没有一点道学气，和鲁迅的思想越发共鸣起来。我猜想是人生观的因素第一，艺术理念第二。他赞佩鲁迅的小说惜墨如金，从不漫溢思想，自己呢，也恪守这个原则，安于小桥流水，从不宏大叙事；他欣赏鲁迅杂取种种的开阔视野，在笔耕里也不封闭己身，总在找突围的办法；他羡慕鲁迅笔下的谣俗之调，以为未被洋人的韵致所俘，找到了本土的表达方式，多年来也学着从故土语言里生出意象。鲁迅给他最大的影响，大概是睁开眼睛打量世界，不被幻影所扰，强调的是思想的真与艺术的真。那篇回忆老舍之死的文字，含悲苦于斯，和巴金的文字庶几近之。他写过一篇散文《说瘾》，在文本的背后响的就是《狂人日记》的声音，不乏智性的闪光。在记忆的打捞里，他从不回避苦涩，而是直面苦涩，咀嚼苦涩，其间亦不免残酷之色。他知道自己的那些东西不过文坛小草，失败的时候多，可是那是自己园地里的东西，杂花生树，也不是不可能的。

选自《新京报》2023年5月26日

评鉴与感悟

两位文化老人的深情厚谊，以及相似的性情和不同的艺术志趣，皆在孙郁先生简洁、晓畅、雅致的短文中尽显。读这样的文字，如喝陈年普洱，清心润肺。

十有四而志于学

/冯象

也许是命运，让我多年以后寻到了贝奥武甫，那蜜酒大厅里传唱的金环赐主和屠龙英雄，走上了学术之路。

一开始，我是准备当飞行员的。小学里，我一直跟随数学老师叶老师做航模，参加航模比赛，眼睛老望着蓝天。升到初一，春季招滑翔员，心想，机会来啦。赶紧报了名。体检特严，好像视力要求2.0以上，多数人第一轮就淘汰了。第二轮，到空军医院住院检查，头一天又刷掉大半。我和一位初三的老大哥坚持到了第三天，连睡觉姿势、做梦与否都记录了。之后，部队就来学校了解个人表现，家访与父母谈话。最开心的是，让我们录取者去宝山参观了雷锋中学（上海市滑翔学校）和丁家桥机场。伸出手去，摸一摸自己做过的米格机（歼五、歼六）实体模型的真身，近距离接触英姿飒爽的飞行员叔叔，那几天真像是孙悟空一个筋斗翻上了云端。可是不久，"文革"爆发了。

我是1965年考上华东师大二附中的。那时何桂芸老师刚分配来校，任隔壁四班（体育特长生班）的班主任。她圆圆的脸，烫了发，穿一条素雅的连衣裙，以我们小孩的眼光看，仿佛一个漂亮的洋娃娃。有几个住校的调皮鬼（附中是全市招生，家远的同学皆住宿舍），就欺负她年轻没经验，上课老捣乱，以把她气哭了为能事。但是我喜欢何老师，因为她发音特别清楚。比如国际音标[æ]，齿间距离多大？看着我，她说，把食指和中指叠起，这样，放牙齿中间。我们一学就会了。还有，她居然让我当了三班的英语课的课代表。我猜是因为我学过四年俄语。可是我太贪玩了，心思全在画画跟航模比赛上，没好好学。所以部队来家访的时候，问孩子有什么缺点，母亲说，别的还好，就是贪玩。不过，我在杭州的二姨父王承绪先生（中国比较教育的奠基人）见我喜欢翻他的外文书，问各种问题，教过我几句英语，所以入学就报了英语班。

但是"文革"一来，老师纷纷被贴了大字报，尤其是家庭出身不好或者有"历史问题"的，都灰头土脸的。可想而知，复课那天，一帮造过反、玩疯了的革命小将重新坐进课堂，讲台上的人心里有多忐忑不安了。课本自然都归于资产阶级，不能用了。何老师便在黑板上写了几句语录同革命口号的英译，让我们念。她叫一个起来，一个说不会，再叫一个，还是不会；或者就怪腔怪调，嘲弄师道尊严。何老师的脑门沁出了细汗，一遍遍重复着读音，接着又讲解语法。最后，她几乎是带着祈求的声气，叫了我的名字。我起身说：对不起，何老师，我也忘了。

下课铃响了。何老师把我叫到办公室，看四周没人，关了门，小声问道：你说实话，真的都忘了？我说：真的，不骗你。还故意提高了语调，显得满不在乎。她就坐下不说话了。沉默了一会儿，抬头看时，她的美丽的眼睛已经噙着泪水，却没有一点批评和责备的意思。那是我第一次，在真实的生活中，感受到一位尊者的哀痛，而她的眼泪是因我而流的！我赶紧退了出去。

那一天，我惭愧极了。那双含着泪光的哀伤的眼睛，从此就再没有离开过我，无论走到哪里，天涯海角，境遇如何。我从小顽皮。母亲晚年常说，我一闯祸，她就得给老师写检讨书。但是那一天，我做了一个影响了我一生的决定：自学外语。那一年，我十四岁。

去年夏天，开始修订古英语史诗《贝奥武甫》的译注之前，重温先师班生先生的著作。其中论乔叟风格的渊源一文提及，乔叟习诗，与伦敦宫廷诗人交往，当始于1357年。那一年，父亲设法将他送进爱德华三世之子莱昂内尔的妻子，厄尔斯特女伯爵伊丽莎白的府邸，做了一名少年侍从。学界通说，乔叟生于1343年前后；如此，天才的"英诗之父"或许也是

"吾十有四而志于学"了，我突然意识到。

2017年教师节，上海社科院友人张君炼红在微信上发了一张照片，是高中老师写在她的笔记本上的毕业赠言。字体潇洒，有点眼熟；细看，署名徐荣华。便问她：是华东师大二附中的老师吗？答：是呀，我们的语文老师。原来炼红是附中校友，而徐师也是我的语文老师。我们管他叫"老夫子"，因为他不修边幅，胡子拉碴的，举手投足颇显名士风度。课堂上，古今文章，娓娓讲论，还穿插着各种有趣的故事，连最捣蛋的同学也被他吸引了，听得津津有味。徐师经常表扬我的作文，每次都写下长长的评语，故我记得他的字体。

另有一事，说来好笑，却也是徐师留在我心间的温馨的一幕：当年住校同学中间曾有传闻，说老夫子在追求何老师云云，绘声绘色的。我就特别希望徐师成功，因为，如果何老师愿意的话（当然这是前提条件），我最喜欢的两位老师就永远在一起了。回想起来，那传闻实则不太靠谱，更像是顽童的恶作剧，沪语所谓"瞎三话四"。遂问炼红，徐师母是何老师否。她说不是，是某某老师。但何老师也教过她，她们师生最近还聚会了呢。

就这样，在教师节，通过炼红（并托徐师为她题写的赠言之福），我同敬爱的何老师重新联系上了。我算了一下，那一天距1967年恰好"五十个冬夏"或"一百个半年"。

选自"远读"公众号，2023年10月28日

评鉴与感悟

时代的哀叹，个体的遭遇。知识分子也罢，莘莘学子也罢，在特定的社会环境下，都难逃命运的捉弄。所幸，他们都熬过来了，虽然错过了大好年华，但到底还活着。许多时候，人不过都是在为活着本身而活。

他的苦于赞美之诗
——李修文印象记

/张执浩

那日傍晚，或者说，那些天的每一个黄昏，每当我从清江河水里探出头来，游向岸边的时候，就听见站在岸上的那人对我大声喊道："你在水下看见了什么？"在他的喊叫声中，我不由得加快了划水的动作，却时常感觉原本清凌凌的河水，瞬间化成了一件湿重的大氅，黏糊糊，脱不得，直拽着我朝河底沉去："水下有一把太师椅，有一位穿着戏服的老太婆，正在水底唱戏……"明知这是李修文在诓我，但一次又一次，我竟也有了这样的错觉幻念：总感觉真的有人在水底唱戏，声波一浪一浪扩展开来，鼓噪着我的耳膜。

这是发生在二十年前的一幕。绸缎一般清冽的清江水，还有黛山、巉岩、寺庙和猴群。我和李修文结伴去长阳写作，住在一座名为"猴岛"的半岛上，对外宣称"闭关"，其实是在为各自陷入困境的写作寻找出路。

每天晌午，都有几只调皮的猕猴垂挂在我们入住的房檐外面，探头探脑，一脸惊诧地窥视着室内。我们在它们来回晃悠的身影中起床，然后来到岸边，急迫地盼望着负责我俩伙食的艄公，摇着小船，慢悠悠地逆流而上，从堤坝那端送来我们一天所需的食物（通常都是白肉炖萝卜或土豆）；而到了一天行将结束的时候，我们各自检点自己滚烫的笔记本电脑，发现写下的文字并没有增加（通常还会减少许多）。毫无意义的生活就这样日复一日地向前推进着，转眼已经将近一个月了。有一天，李修文来到我趴着写字的床沿边，在我身后来回走动，直到我恼火地转身抬头问他：有事吗？修文欲言又止了好一会儿，才说道，你不觉得我们这样很无聊吗？每天除了面对一群猴子，几乎见不到一个人影。经他这样一讲，或者说，某个显而易见的泡影被他无情地捅破之后，我顿时也感觉到无聊起来。其时，李修文刚刚出版了两部蜚声文坛、席卷书市的长篇小说：《滴泪痣》和《捆绑上天堂》，读者和出版界都在翘首期盼着他的"爱与死亡三部曲"之三的面世，但外界很少有人知道，那时候的他，已经陷入了对自我写作的深度怀疑中。

"活在难度中"，是李修文信任的一条人生法则。从我认识他起，他好像就一直在解决各种各样的生活难题，从没完没了的家庭琐事或朋友们的生活琐事，到写作中反复遭遇的沟壑或陷阱。因此，我们很难见到他闲适、无所事事的情貌，他总是将自己置放在紧张、马不停蹄的状态里。"还好，长路穷尽之处，总归会有一座两座的驿站在等待着我们，这驿站里哪怕只有闲锅冷灶，也绝不是让我们倒头便拜的诸佛之前，但是，因为我们受了苦，我们便不会被它们亏待，单单那些驿壁上的故人与陌生人之诗，就足以令我们像靠近了炉火一般，在瞬时里变得热烈起来。"这是李修文在《犯驿记》里对自我的安慰，当所有的困厄或苦楚最终被兑换成诗的时候，人生的困境便于此间归于释然。也因此，李修文的写作美学始终遵循了化苦为美的气质与原则，他几乎反对一切"岁月静好"的文学体貌，而每当他笔下的文字在不经意间被这种体貌稍稍浸染时，他便会极其警觉地跳将起来，扔掉笔，闪身在一旁自省："世间的语言，何曾只是滔滔言说的工具？它是身世，是情欲，是梁山泊，也是雷音寺……对一个正在开始写作的人来说，你所信赖的语言，即是你所信赖的生活，抛却道德，哪怕它是一个恶棍，你也应该向它宣誓，向它效忠。"（《别长春》）基于这样的认知，李修文通过写作把自己塑造成了一个有语言洁癖的人，绝不允许在自己的文章里出现口若悬河的失控局面，他总是想方设法地在短小的篇什里营造出长情的效果，而这样效果往往对应于他对人生的理解：生命苦短，值得怜惜，而尤其值得珍惜的是，那一缕缕飘拂在旷野里的世间情谊——

就是这些人：病危的孩子每天半夜里偷偷溜出病房看月亮，囊中空空的陪护者们想尽了法子来相互救济，被开除的房产经纪在地铁里咽下了痛哭，郊区工厂的姑娘在机床与搭讪之间不知何从……

　　　　　　　　　　　　　　　——《山河袈裟·自序》

　　时至今日，在李修文连续推出了三本厚重的散文集《山河袈裟》《致江东父老》和《诗来见我》之后，围绕着他的这批作品，我们听到的最多的议论依然是：他写得好，但他写的那些人和事是真的吗？进而还有人疑问：散文能够这么写吗？

　　我见过李修文面对上述疑问所做的各种回答，但我同样清楚，无论他怎样回答，类似的疑虑在很多人心里依然会挥之不去。这是因为人们总是会对自己不曾经受过的生活报以好奇、讶异，继而困惑的态度，他们并非不信任作者，而是不信任作者笔下的那些人物、那种生活，尤其是当那种生活以惨烈又深情的面貌呈现出来时，便会让人感觉猝不及防。

　　一个潦倒的油漆工，真的会写出"每天醒来，你都不在"——这种愁肠千转的文字吗？一位沉疴将死的下岗女工，真的会将一封绝笔信留在病房里，而信中写道："我去死了，你可能会来，也可能不会来，我就只当你会来"——这是真的吗？虽说"深情可以续命"，但如此深情，一旦藏匿于底层生活的褶皱中，被作者小心细致地翻拣出来时，总会让人难以承受。凡此种种，李修文在他近年来的作品里所呈示出来的坚定与决绝，几近触目惊心的地步。一方面，我们看到他像一个田野工作者，疾速奔走在黄沙漫漫的边陲之野，栖息于风雨飘摇的无名客栈和酒肆，那么多的偶遇，催生出了越来越清晰的命理；另一方面，他也在这样的行走中忘却了来时的使命，化身成为这群垢面者中的一员，而且再也难以回到生活的正轨。"羚羊挂角"的美学实践与"羝羊触藩"的现实处境，在李修文的笔下被生动地演绎成了他所信奉的人间正道，即"人民，我一边写作，一边在寻找和赞美这个久违的词。就是这个词，让我重新做人，长出了新的筋骨和关节"（《山河袈裟·自序》）。

　　"每一个难以启齿的问题背后，都有一个难以承受的答案。"几年前，我无意中在网络上看到了这样一句话，于是，依此反躬自省，发现果然如此。但凡那些被我们所忽视过的绝对真实（我指的是，绝对的痛感或喜感，绝对真切的情感体验），当我们不得不去面对它们的时候，都会产生出某种"生命中不能承受之轻"的恍惚。从不屑一顾到屏息凝神，并不存在认知上的进步可言，但至少可以让我们回归常识。是的，仅仅只是常识，却也是遮蔽我们眼目的重重雾霾。那么，对于停笔十年之后又重新拿起笔的李修文来说，他究竟在那段时间里看见了什么呢？

　　让我们把时光重新拉回到早年的清江河畔，两个都在写作中陷入了僵局的男人，各自怀抱着一瓶啤酒，六神不安地坐在"十元火锅店"门前。下班的人潮、健身的老者、放学的孩童，一波一波消逝在即将弥漫开来的暮色里。街角背后的广场已经华灯初上，准备跳"摆手舞"的人群正在集结。而他们还在闷闷地喝酒，却始终找不到生活的热情所在。"这是个问题"，这是李修文时常挂在嘴边的一句话；"可问题在哪儿？"我们都回答不了。从文学到文学，从写到写，除了年龄见长之外，什么都没有改变。"肯定得改变一下。"那一次，李修文决定只身去走长江，从武汉出发，行进到丰都一带时，他突然停下来，给我发来一条短信："你在哪儿？"听说我在长阳时，他便回头转来寻我。现在想来，这或许是李修文决定抛弃先前那个作为"小说家李修文"的开始，因为他已经不再信任自己曾经笃信不疑的"文学生活"，不再相信"强劲的想象能够产生事实"；他厌倦了那些从虚构中产生出来的"文学奇迹"，他需要脚踏实地地去行走，去找寻和见证现实生活里的奇迹。简而言之，他需要再一次"开眼"，将目光从书本里移至尘沙飞扬的生活现场，不再视因迷眼之灰而淌下的泪水为情感之水，而是将热泪兑换成直通心灵的久旱甘霖。

　　莲生就是这样的奇迹之一，小林也是，老布也是，还有那对卖唱的瞎子、病入膏肓的小黎、患了胃癌的他、瘸腿的他，以及更多的他或她……他们都是。"也许，我该为他作证：他不光没有不洁和污秽，相反，他甚至是个洁净的人。"（《旷野上的祭文》）奇迹就是，当李修文真正走向旷野时，旷野也迅疾地云集在了他的周遭。他很快意识到，原本以为陌生的那些人，包括那些素来不曾言语的身边人，其实就是他身体的一部分，他的五脏六腑，他的手足，甚或幻肢，重新感触和抚摸它们就是奇迹，重新将这些曾经散轶在四处的器官归拢和并置就是奇迹。若是放在从前，"见众生"

兴许还是一个沉重而宏大的命题，但对于现在的李修文来讲，不过是"青青翠竹"与"郁郁黄花"罢了。

饱满、热烈、深情，博学而丰沛，用上述这些词语来形容李修文的作品风格都是成立的。作为这些年来互为见证的文学同道，我很少见到比他更为苛求自己的写作者，他从来都是字斟句酌，删了又写，写了又删，他的文章看似一气呵成，其实都是殚精竭虑的结果。"有何胜利可言？自从回到原籍，已经十几年过去了，写出过一些小说，更多的时候则是什么都没写，真相是，什么都写不出""认输吧。唯有先认输，再继续写，继续挺住……没有别的法子。"李修文在《别长春》里的自我供述，并非夸张之言。据我所知，那些年里，他多么热衷于在电脑里事先列出将要写下的小说标题，如果不点开这些建好的文档，你会以为他已经写出那么多的小说，而事实上，标题之下皆为空白。我甚至怀疑，他就是以这种"自欺"的方式，满足了自己对写作的热望，度过了一个又一个艰难的午夜：荧屏在闪烁，烟灰兀自落入键盘，这不着一字的夜晚漫长得令人心惊肉跳。但这就是最基本的真相，无须旁人来见证，因为写作者一旦认定这是命，那么，他必得用耐心去顺应和捍卫这样的命。

在李修文辍笔不再写作的那些年里，我们还是会像先前那样聚聚分分，但每次酒后的话题已经发生了变化，才华不再是我们感兴趣的，我们谈论得最多的是人，也就是后来出现在他作品里的那些形形色色的人物。在医院的陪护经历、在剧组里遭逢到的奇人异事，以及沉淀在记忆里的故土亲人，它们构成了李修文与人类打交道的三条主要通道，事实上，每一条通道都可以径直"见众生"。值得钦佩的是，李修文却从这些杂芜散乱的群落里抽丝剥茧，厘清了一条闪闪发光的人类"金线"，并用这根金线编织出了一个久违的词：人民。而良知、道义、坚执和慈善，则是附着在这个词汇周遭的光晕。但老实讲，在真正指认出这个词汇之前，李修文也曾有过犹豫，毕竟我们已经将它遗忘了太久，以致蒙上太多的尘垢。譬如那个"老路"，我可能是最早从李修文口里听到关于他的故事的人之一，一个生活中的失败者，一个只能在半夜里在围墙上涂涂画画的油漆工，他何以担得起"人民"二字？"每次醒来，你都不在。"当这个故事被李修文以此为题写出来时，我马上意识到，一个全新的写作者重新回到了我们身边。

从看见到指认，到最后精准地说出，对于每一位写作者而言，从来都不是一桩容易的事情，不可能一蹴而就。李修文花了十年多的时间。若是考虑到他当时是在盛名之下主动疏离文坛的，则更能显示出他这样做的意义所在。很多年前，我们曾在一起探讨过雄心和野心之于写作者的重要性，但那时我们都还活在经验的世界里，是文学的经验在左右着我们的笔，我们还不曾思考过，有一种更博大的更广阔的人生经验在前方等待我们，去发掘、开垦和穿越。从被迫的生活到主动地投入生活，当文学经验逐渐淡化的时候，生活的经验才会粗暴地敲断我们原有的筋骨，喝令崭新的筋骨从流着脓血的地方重新生长出来。必须有过这种疼痛的过程，你才能感知到，活着就是这样一个承受其苦的过程，而这些苦，无论是自找的，还是找上门来的，都推诿不得。李修文后来就将自己砸烂了砸碎了，抛于旷野，他一定是在旷野之上有过这般惊讶的发现：原来，这世上居然有这么多和自己一样，拖着残肢或幻肢在绝境里行走着的人，他们风尘仆仆，全然一副逆来顺受的样貌。所谓"心中有美，却苦于赞美"，说的就是他们，只是他们正在丧失了言说和表达苦难的能力。但真实的情况却往往是，说出苦难甚至吐出了苦胆，也不一定能让心中之苦就此消弭。因此，写作在这里就变成了一件稀释生活之苦的行径，至少，对于写作者而言，它可以减缓我们心灵的钝化过程，由此获得与命运和解的机会。

"投荒万死鬓毛斑""仗义每多屠狗辈"，这才是人间真相："你是不知道，听完她的话，我的心里有多疼，我把手按在自己的胸口上，问她：穷有罪吗？她答：穷有罪。"（《我亦逢场作戏人》）从前我们不忍卒视，或者说不敢正视的东西，再也不允许我们顾左右而言他了，当这一刻来临之际，才是生活的真相逼近之日。有时候，我也会想，难道这就是生活的全部么？可是，思来想去，都难以绕过人生里巨大的道场：炼狱。"人这一世，苦啊！举目四望，何处不是遮了我们耳目的业障？"在《墓中回忆录》里，李修文借唐伯虎之口如此抒怀，道在屎溺，造物主何曾放过任何一个执道者？所以，我们大可以视"屎溺"为道场，去坦然经受，并"咏而归"，而不必再去强求所谓"沂水"。从这个意义上看，李修文写下的那些文字，刻画的那些人物，真的无须我们用某种潜在的文体来局限它们，小说也罢，散文也好，都是"杂俎"，都是"怪谈"，都是我们人生的情状。

而对于我来讲，这么多年来，身边始终伴行着这样一位清醒睿智的文学同道，无疑是一件莫大的幸事。"高歌酒市非狂者，大嚼屠门亦偶然。车马同归莫同恨，古人白头尽林泉。"（罗隐《黄鹤驿寓题》）曾在罗隐们身上印证过的命运，也必将再一次在我辈身上得到印证。关于这一点，李修文曾有过深刻的自省："呔！后生小子李修文……此番前来与你相谈，不过是我动了凡心，起了妄念，以为人间仍有知我解我之人，可是，我见你始终瞠目结舌，心中便已数次暗道了不好，说不定，我之轻言细语，偏偏被你当作了当头棒喝，我之电光石火，却又一再被你轻易放过，这也不怪你，这也不怪我，人间天上，终究都是自说自话，就像我，我以为的出神入化，弄不好只是把眼睛蒙上了的画地为牢；就像你，看上去的冥顽不化，弄不好恰恰是看清了一个我自己也没看清楚的我，到头来，人间天上，无非是：你去找你的下榻处，我去回我的桃花坞。"（《墓中回忆录》）这实在是一段精彩至极的内心独白，在我看来，这段话应该视为李修文写作《诗来见我》这本书的核心趣旨，因为无论我们多么自以为是，其实也只是在用自我的见识，甚或偏见，去朝觐那一个个伟大的灵魂，而在这一次次的朝觐过程中，我们自身的灵魂也得到了一遍遍洗礼。

犹记得在武汉疫情的那段日子里，每天子夜时分，我们准时上线"对饮"，各自汇报着这一天是怎样度过的。当浑圆的生活被压缩成了生存的扁平状时，生命意义才现出它神秘的纹理，而且越来越清晰，它不再是以独活的方式，而是以相互守望的方式呈现出来。我知道，就是在那样逼仄的生存境遇之下，李修文开始检索那些一直以来沉睡在他内心深处的一簇簇幽谧之光，它们是诗，也是诗人，合在一处便成了无畏的暗夜行者。"我根本不在今时今日，而是置身在了唐朝的蓝桥驿中，再过一阵子，等雪下得小一点，元稹就会来，白居易也会来。"（《犯驿记》）这样的沉浸感，不仅引导着作者，也引导着我们度过了那些苦不堪言的日子。

"终于理解了美/由苦难造就/却盘旋在苦难之上/大地上并不存在废墟/人世间也没有废物/一种波澜壮阔的美/在沟渠中汹涌。"（《航拍生活》）我在手机上翻出这首写于当时的诗，在心中默念着。呔，修文，清江河底哪里有什么太师椅，唱戏的人不过是那位每天给我们投食的艄公，犹记得，那天黄昏，满面胡茬的他蹲在岸边，使劲拍打着湛蓝的水面，呜咽道："老子吃了一辈子土豆，如今却还要吃官司……"

选自"扬子江文学评论"公众号，2023 年 11 月 10 日

评鉴与感悟　一位诗人对一位散文家的礼赞。这样的赞美不是"友情赞助"，而是两个优秀的、有深度的灵魂的对话。他们都是秉持文学理想的人，都在借助手中的笔，向人间传递爱和温暖。

白雪的幸福

/侯健飞

多年前，一个作家朋友写过一篇关于我的印象记，这篇三五千字的短文在一个半公开的刊物发表了，我看了好多遍，每次都很感动，觉得这个朋友真是知心，他把我自己知道和不知道的优点都写出来了。说真的，如果不是看了这篇印象记，我竟不知道自己还有如此的德行。关于文学，关于恕道，关于侠义，关于善良等。于是我在内心把这个作家当成兄弟，我信任他，全身心地崇敬他。但是两三年后发生了一件事，让我开始审视人与人之间的"了解"和"关系"。

那时我在部队机关当干事，由于性格执拗，又写不好材料，还惹上了点似是而非的绯闻，被弄得灰头土脸，前途一片黯淡。一位老师竭尽全力把我介绍到一家文艺出版社，以便考察我是否可以胜任编辑工作。

为了能调到这个神圣的文学殿堂，我努力学习，积极策划选题。那时的图书市场刚刚起步，"策划"在全国流行，虽然还在"萌芽"状态，但已经有"金点子"之说，一个好的策划甚至能救活一个出版社。我的一个"金点子"终于得到了上司的肯定，领导们很兴奋，认为这个点子如果实现，将抢占未来多年的军事文学制高点。于是领导再三强调：绝对保守秘密——那时候的图书市场已完全放开，选题比军事机密还重要，它意味着金钱和荣誉。但我太兴奋了，几杯二锅头下去，半夜里给这位作家朋友打了电话，把打印在纸上的选题策划一字一句地念给他听——即使不喝酒，我也会如实告诉他，因为他是我们拟定的作者之一，又是我最好的朋友，我想得到他的肯定，并让他分享我的兴奋。

结果呢？可能大家都猜到了，一个月后，就在我们周密准备的组稿会前三天，某家出版单位在北京召开了组稿会，我策划的丛书名字只被改动了两个字，十位作者一个不落地被一网打尽。我的朋友既是作者之一，也是策划人之一。为此，我只得深深低下头，接受领导一次次批评。"选题泄密事件"被单位当作一个警示材料宣讲，并且，推迟我的考察期，工作调动几成泡影。

绕了这么大一圈儿才说到白雪，我是有意这样做的。我的意思是说，对于印象记这样的文字，我已经不太相信了。不都是些溢美之词吗？如果不是以朋友的身份还好，像上面我讲到的那样，还有什么比朋友的背叛更让人悲伤的呢？记得那件事儿发生后，我给作家朋友打了电话，就像某年春晚上蔡明在小品中演的那样，问"为什么呢"。其实，我知道我会得到一个令人满意的答案，不管这答案是真是假，这已经不重要了，重要的是我开始怀疑自己：我真的有朋友写得那么好吗？如果真的那么好，朋友也是这么认为的，那他为什么能这样做？后来我想明白了，出现这种情况，只有一种解释——我根本没有朋友写得那样好，那样完美。他之所以这样写，说明他知道我是一个多么肤浅而虚荣的人，他不过是迎合了一个爱听好话的人一种癖好；对一个哗众取宠、不值得尊重的人实施一点儿伤害有何不可呢？

作家铁凝也说："我对给他人写印象记一直持谨慎态度，我以为真正理解一个人是困难的，通过一篇短文便对一个人下结论则更显得滑稽。"铁凝的话更加坚定了我的看法。所以，我十几年没有给人写过印象记之类的文字。但是，某一天，我却突然想写一写白雪。

白雪不需要我多介绍了，我的战友，歌星。她不但歌儿唱得好，人长得也好看。2007年12月中旬，我接到白雪一条短信，说她几天后将有一个小型演唱会，想请我去听。我把短信看了两次，两次都很感动。

坦白说，我和白雪算不上朋友，出生在不同年代，虽然同是军人，又同在总部直属单位，但我们的工作性质不同，我在幕后，她在台前，她是明星，我是听众——即便从听众角度讲，我也不是一个好听众，对流行音乐我不懂。虽然在银屏上早就认识了白雪，但对她的歌，我只对一首什么"月亮带我回家"印象深一些。我们正式相识的机缘是在北京大学艺术学系专门为部队艺术人才开设的研究生学习班上——说到这儿，真要诚挚地感谢总部直属党委，是领导们的英明决策，让我们这些在文化积淀上先天不足的从艺人员能够坐在北大的课堂上。

  两年，一百多个周末，真是眨眼之间就过去了。我就这样和白雪成了同学。据说，如今北大的校友录上有我们六十人的名字，但我不太好意思说我上过北大，以后履历表上填上北京大学时，心里总有点发虚。上课时间太少了，如果说北大的学问是一艘万吨巨轮的话，我们只是在船头上站了一会儿，看了一下风景而已。

  对知识的渴望和珍视学习的机会，这在白雪这样的"明星"同学来说，似乎是不多见的。不仅如此，在某些细节上，我们更可看到白雪心灵闪光的东西。开学不久，在艺术心理学课上，后面一个女生问老师："中国艺术的最高境界是玄赏，玄赏这个词多别扭呀！您能用形而下的语言告诉我们，什么是玄赏吗？"我禁不住回头看了一眼："哦，是白雪。"我很高兴她在此时向老师提出这个问题，因为，当时在9月，天气炎热，上课又是在下午两点左右，很多同学已经昏昏睡去。听到白雪既俏皮又真诚的发问，很多同学都从困倦中挣脱出来。以后也常常出现这样的情况，每当课堂气氛沉闷，老师和同学们就要相互失去信任的时候，总是白雪突然发言；有时，明显地，为了活跃气氛，调动情绪，白雪甚至在发言中耍一点儿"明星"的小手段，比如对她比较喜欢的老师来一两句没大没小的玩笑，撒一点小女生的娇嗔——课堂上于是响起愉快的笑声……现在回忆起类似的光景，我想，这正是白雪的可爱之处，说是美德也不过分，那就是，她有关爱和理解别人的胸怀。而这种关爱又是建立在尊重知识、有高远理想的基础上的。作为一个工作繁忙的在职军人，白雪知道，每周能来北大上一天课，这是多么难得的求知机会呀！当她看到有些同学要掉队，她就勇敢地站出来，既为台上的老师解围，也为一个团队的整体进步尽力。从这个意义上说，白雪应该是一个最有团队精神的人，她不忍心任何一个兄弟姐妹白白浪费时间。

由衷地赞美别人，没有妒忌心，带着一种学习的诚意，虚心向他人请教是白雪的另一个特点。真心而非虚情假意地赞美别人，如今已经成了最值得珍惜的礼物了。我和白雪既非朋友，因此不敢妄言百分之百正确，以上诸如"美德""没有妒忌心"和"虚心"等褒义词，我更愿意让白雪自己来体认。作家汪曾祺先生说过，评价一个人时，要记住一个情景：一棵树的影子有时比树本身还清楚。评价是一面镜子，而且多少是凸透镜，被评人的面貌是被放大了的。评价应当帮助这个人认识自己，把他还不很明确的东西说明确了。当然，明确也意味着局限，一个人明确了一些东西，就必须在此基础上，去寻找自己还不明确的东西，模糊的东西，这就是开拓。评价的作用就是不断推动这个人去探索，去追求。我认为，对像白雪这样的从事艺术创作的人来说，特别是在她还很年轻的这个时候，客观的评价是不可或缺的。其实，这也是我从"选题泄密事件"中慢慢悟出来的一点道理——我现在一点怨恨那位朋友的意思也没有，反而越来越想达到他"印象记"中的目标，哪怕一生都很难达到，但我却有了目标。

白雪第一次和我说话，是从她赞美我笔记开始的。由此我知道白雪其实是一个用心观察生活的人，这一点对艺术家来说非常重要。上学一年后，白雪已经观察到我这个同学，可能是学习比较较真的一个。事实的确如此，像白雪一样，北大两年，每一堂课我都不想落下，老师的每一句话我都想记下来，而且，相比白雪来说，我年纪已经很大了，于是我有时就带着上中学的儿子一起来——我想让孩子提前感受大学的氛围……也许正是基于此，白雪在一次缺课后，在我后面叫道："小侯同学，能借一下你的笔记吗？"

"小侯同学——"这种称呼又可看出白雪体察人物内心活动的能力，她似乎知道，一个头发已经花白的"同学"，又常常溜边听课，从不主动和人讲话，一定是有些自卑、封闭的人。如果称这样的人为"老侯同学"是不妥的，以此看出，白雪又是个内心纯善的人，纯善就是不忍之心，哪怕无意中伤害了别人，她也不愿意。

我把笔记借给白雪。还我笔记本时，她有些夸张地赞美了我的笔记。尽管知道这是出于礼貌，但我心里还是很舒服的，有了想进一步了解她的愿望。后来我就以儿子的名义向她要几首歌。

第二天，白雪给我带来了她的精装CD，既随意又郑重地赠给我。那是我第一次系统听白雪的歌。于是我家常常有白雪的歌声，家人都喜欢她的《久别的人》《错位》和《千古绝唱》等，但我还是喜欢那首《月亮》。从这首歌里，我隐隐听到一种别样的忧伤，尽管有很多人把《久别的人》《错位》和《千古绝唱》当成白雪忧伤的倾诉。

在北大上学期间，白雪给我的另一印象是喜欢掏钱请人吃饭。我不知道明星是不是都这样，也不知道对白雪这种印象是否准确，但事实上有一天中午，我和一位同学到一个餐馆，发现白雪已经和五六个同学围桌坐在那里。我俩想退出去，她却立即"命令"我们坐过来，那种"今天我买单"的架势，让我们无话可说，就乖乖坐下等着吃了。其实和我一同到餐馆的人，都属于轻易不吃人家饭的"酸腐文人"，但奇怪的是，在白雪这种"气势"下，我俩都服从了命令，再借用蔡明的"为什么呢"自问，我想，原因就一个"真诚"。不管别人怎么想，白雪真想请别人吃饭，她在内心可能想：我比同学们挣得多，就应该我掏钱！这是多么可爱的真诚啊，又是多么纯粹的真诚啊！如果你此时用"显摆"或"招摇"这种想法来对应白雪的"气势"，我不知道别人怎么想，但我会觉得可耻。

很显然，白雪是有几分"侠骨"的女人。作家梅娘先生生前在给我的一封信中，称我也是"有侠文化素质"的人，我认为这是非常高的评价了。梅娘说："中国儒、释、道之外，为民间广为推崇的是侠文化。因为这些人不是学而优则仕的儒，不是刻意追求清静无为的道，更不是六根清净的佛。侠是处于不公平地位中的广大弱者的希望所在，是重承诺、重知己，是中庸性格的对立面，具有强烈的民间精神和草莽气概。"梅娘是真正了解我的长辈，但我更愿意有机会真正了解白雪。正是在不太了解的时候，我更想提前把这种"侠文化"的见解与白雪共勉，因为，梅娘先生在长信的最后，在肯定了我的"侠义"之后，其实也在提醒我"单纯得近于草莽"。在中国文化里，侠义是最容易受到伤害的一种文化，这是有历史教训的。

我一点也不了解白雪的朋友圈，但我却信任自己的眼睛：白雪拥有很珍贵的一种情感，那就是对朋友的关怀和真诚。更为庆幸的是，白雪得到了回报。依我所见，白雪得到同性朋友的回报，可能更胜于异性朋友。两年同学，虽然白雪课余时间总是被前呼后拥着，但我印象最深的，几乎形影不离的几位都是女性，而且年龄都比白雪大，都是有些侠气的女人。如果要我说真话，我认为，人间万事，毫发常重泰山轻。在当今世况下，女人之间的情谊比男人之间可靠得多。

以此为证，在离开北大一年多之后，在白雪新歌专辑发布前的个人演唱会上，她仍然没有忘记北大的老师和同学，这更可说明白雪对知识的渴望和尊重。某年12月12日晚，我们前往北京星光现场，参加白雪同学"每一次幸福"个人演唱会。

演唱会持续了近两个小时。白雪始终被包围在鲜花和掌声中。与刚出道时的白雪相比，那天白雪的风格明显多了几分淡定、从容；亦真亦幻的灯光下，已经是妈妈的白雪一曲接一曲地唱着，迷人极了。那天晚上，白雪得到的鲜花，我想得用几卡车才拉得走，有那么多歌迷喜欢她的新歌，让坐在台下的亲人、首长、老师、同事、战友和同学们像白雪一样幸福。那天，我是带着妻子和朋友柳青夫妇一起去的，原计划柳青的洋丈夫卢堡先生上去献花，结果中途他"退缩"了，只好让我妻子上了台。后来我问卢堡先生为何中途变卦时，柳青悄悄对我们说："他说白雪太漂亮了，怯场了！"我们都笑起来，我想，这卢堡还是洋人吗？

音乐会之后第二天，我才有机会仔细品读白雪在CD上的感言。这些文字写得很美，一看就知道是白雪的文字，而且是下了功夫的。白雪从音乐本身，从人母人妻各方面谈到每一次幸福的感受，像在台上歌唱一样。白雪忘情地抒发着被爱的幸福，然而读着读着，我的心却慢慢沉静下来。也就是从这一刻，我想写写白雪，写什么呢？很显然，我不会写她的歌和流行音乐，这些恰恰是我不懂的东西，写她的经历和情感吗？我几乎一无所知，那我为何萌生了"写写白雪"的念头呢？左思右想，恐怕还是白雪身上某种特质以及她的"幸福感受"引发了我的思考，尽管这种特质和感受是朦朦胧胧的，但我已经捕捉到了蛛丝马迹。于是我想到了自己年轻时在艺术追求和为人处世上走过的弯路，也想到了每次在人生路口，总有一个兄弟般的朋友不顾一切地拉起我，更想到，每每在生活中"顿悟"出一些东西后的巨大欣喜……

行笔至此，首先，我想用几个词来概括白雪的特质：上进、真实、知恩、善良、重情、真爱。这恰恰是白雪每一次幸福的基石。我以为，除了美丽的外表和艺术成就不说，这应该是白雪一生的财富了。其次，作为长白雪几岁的同学，看了她新歌 CD 上的感言，我感到白雪的幸福观还是感性了一些，虽然已经是个漂亮妈妈，但还像一个被情感小说"毒害"过深的文学青年。如果，在以后的漫长人生当中，白雪能从被爱的幸福转变到爱的终极感受，在一旦面对事业挫折和情感困扰的时候，她会变得更坚强、从容和豁达。我的意思是：人生充满险滩，艺术道路异常曲折，能感知别人的爱，感知艺术之美，是一种幸福，但这种幸福并不容易获得，也不牢靠；能感知自己以向善之心爱别人，哪怕爱那些不值得爱的人，并有毅力不断汲取中国传统文化的养分，毕生追求艺术之美，这是一种更大的幸福，而且长久。

不知白雪同学是否认同我的看法。

选自《芙蓉》2023 年第 4 期

评鉴与感悟

艺术都是相通的，从事不同职业的艺术家，倘若气息相投，三观相近，艺术观念趋同，兴许一眼就能喜欢上对方，甚至成为至交好友，在精神上相伴终生。我想，歌唱家白雪与作家侯健飞当属此种情谊，这从侯先生的文章中可窥一斑。

力量

万玛才旦：朴素的善意与自知

/周亦鸣

在我二十七八岁的时候，万玛导演看似随意的一通电话改变了我往后的生活。

2015年11月，他来深圳做电影的展映。《塔洛》入围了威尼斯电影节，电影节需要几张他的正式照片。那时我不知他是何人，王磊拜托我为万玛导演拍几张肖像照片。我们加了微信，他来找我，我接他到工作室喝茶，他话不多，后来我就在工作室旁边经常跑步的燕晗山公园树下帮他拍了照片，拍了十分钟吧。见我停下，他说：可以了吗？我说：有了。后来我们时不时在微信朋友圈互相点赞，就这样认识了。

当时我在深圳经营一个公司，做影视广告和商业摄影，也在做一个小的摄影画廊。当时我面临的问题是，是继续做这个公司，还是去做我自己想做的事情。

导演有一天晚上就问我，你要有时间咱们是不是可以聊聊天，我第二天早上给他回复可以。他就说，牛牛你现在怎么样。我说，你说的怎么样是什么意思。他说你觉得挣钱有意思吗，我说好像也挺有意思的呀。他说我怎么感觉你好像有点疲惫，我说倒是会有。他说，我觉得你很爱电影，为什么不去做电影呢。我说爱电影不一定要做电影吧。他说那你爱它为什么不去行动呢？我说我看电影，享受它，消费它就可以了。他说，我觉得你在逃避，你有对电影的直觉。我说为什么呀，他说那你爱就应该去做嘛，我说我觉得现在是不是有点晚了。他说我决定要做电影的时候，久美已经三岁了，我去电影院读书，你现在这么小，只要你想开始，永远都不晚。后来就聊了挺长时间的。他说你要有时间，可以来趟北京，我们聊一聊。

这是我们第一次通话，我感觉，他和我过去接触的人都不太一样。他特别诚恳，而且说话语言也比较简洁。我就想他为什么忽然问我这种有点哲学的问题，我想这不是在PUA我吗，让我去做电影，我感觉有点像传销。

后来我就抽时间去了北京一趟。在他家住，他作息时间比较固定，每天起得很早，然后做早餐，叫我起来吃。吃完早餐我们就看看片，聊一聊，这样持续了有一两个礼拜。后来他说，那你是不是可以去电影学院读个书，我说那也未尝不可。他说行，我给你约电影学院的老师，那是2016年春天。后来各种机缘巧合，我去电影学院读了文学系的进修班。2016年11月开始就陪着导演做一些上映前的准备，《塔洛》是在12月19日全国上映，我就陪他在一些不同的电影院里，做类似于路演的工作，去参加各种活动。

接着，我就开始跟他去不同的项目勘景。《撞死一只羊》之前还有一个比较大的电影项目，我们去拉萨勘景，就跟他深入地走了很多藏地的地方，我们走了估计有一个多月，还去了他老家青海海南州贵德县拉西瓦镇昨那村，跟他家人见面，去拉萨、西宁、兰州、果洛、海南州、海东、玉树、甘孜、可可西里，还有昆仑山，去他生活、工作和学习过的地方，见了他的朋友和同学。这是我第一次真正进入剧组工作，第一次认真地写完长篇剧本。我们吃牦牛肉，喝酥油茶，途经每个地方，饭后散步。

跟他做《撞死一只羊》的时候，是2017年。他个人的生活非常简单，他要么就在写作，要么就在拍片，要么就在辅佐各路的青年创作者。在拍摄现场改剧本，然后简单吃点饭，早上、中午和晚上吃完饭，只要时间允许都散步，我经常陪他散步。那时我们在昆仑山脚下那个小镇住了很长时间，当时剧组也没什么钱，我和导演住在一个房间。那里有条河叫曲麻河，一个宁夏人在那里开了一家饭店，叫作"安多饭店"，这是我们改善生活的场所。

我们晚上收工比较早，我们在小镇上散步，然后他问我，牛牛你最近有什么变化没有，我说你说的是什么变化。

当时我去北京之前，我面临两个变化，一个是我事业上有一个巨大的转变，做了很多年的公司不做了，也有一些其他方面的问题，我需要重新开始。一个新的选择摆在我面前，要进入一个相对陌生的领域。我想接下来四年时间我不接客挣钱了，我就想靠不多的存款能不能在北京待四年。我不能为了生活和生存疲于奔命，我就做了这个准备，算好每个月花多少钱。

　　在这个前提下，万玛导演问我你有没有什么变化。我说你要这么说还真的有点变化。他说那你什么变化，我说我现在的欲望不多了，他说你说的欲望是什么。我说，我对世俗的事没有太强烈的欲望了。他说那这个就有点严重了，我说怎么了，他说这个你还得有啊，你这么年轻。我说那我没有不挺好嘛，省时间，我把这个时间放在创作上更好嘛。他说不，你还是要有，你拍完这个片子赶紧回去。

　　慢慢地，通过他，我比较认真地对待电影这件事。等做完《撞死一只羊》的工作，他说你是不是要再读个书，我说怎么跟读书干上了。他说你看你是要做导演的人，你觉得有没有可能别人写好剧本、找好钱，请你做导演？我说，你这么一说，感觉可能性不是很大。他说，因为你是新人，对吧，剧本写好了，找上你确实很难，所以你现在读完了文学系，完成了第一步，我建议你再去读个电影摄影。我说为什么，他说你是干摄影出身的，你有很好的基础，这个对你有好处。成为导演不可控也漫长，别人不可能请你做导演，但是可以请你做摄影对吧？那么你参与电影项目，你觉得别人会请你做哪个板块的工作呢？他说我觉得你可以去读电影摄影，你读完我还可以给你找活。他是比较务实的，他说起码你在没有特别大压力的前提下养活自己。后来我就读了电影学院的电影摄影。

　　读完之后，我们又做了一些其他工作，后来因为《撞死一只羊》的机缘，我帮他拍摄电影的宣传物料，诸如剧照、海报、电影纪录片。做完这个之后，因为《撞死一只羊》是王家卫导演监制的，通过这个事也开始在王家卫导演、张一白导演、陈哲艺导演的电影项目上工作，然后就一直这样断断续续地，进进组，拍拍广告，写写剧本。我的电影的生涯是从《塔洛》《撞死一只羊》开始的，一直到万玛导演之后其他的项目。《气球》时因为我时间抽不开，我让我弟弟去了。后来的影片《雪豹》《陌生人》，我都在。

万玛导演的创作是基于他对于电影的理解，对于文学的理解，对于藏地的理解。因为他在藏地生活多年，他有非常朴素的对于人的理解。所以从他每一部电影，你看到的是一个个具体的人。可能我们把电影分成所谓的商业电影或者是作者电影，万玛导演主动创作的都是有个人风格的作者电影，作者电影要拍什么呢？拍的是你个人对于生活的观察和思考，这个观察和思考一定不要带那么多的偏见。你在接受各种信息，有过不同经历，见了各类人之后，你会对生活进行全面的思考和感受，这个东西不是猎奇的，不一定有那么强的戏剧冲突，但他是关于人的日常生活、情感、家庭、信仰和生存的困境，这个困境不是风花雪月，也不是浪漫化的，他是基于现实生活的质感的前提下去写的小说，做的电影，我认为万玛导演是这样的人。

藏语电影的时代是万玛导演开启的，他让藏地的电影人有自信，就是藏族这个民族应该要自信，自信就是基于他对自己的了解，他的了解不是基于别人对他的判断，而是自己对自己的判断。这是我觉得他能给予我的启示。

包括我自己也是这样，他让我觉得，你得认识你自己和你自己的生活，然后你决定怎么样去表达，这个是重要的。尤其是做创作，写小说也好，写剧本也好，你做电影也好，做其他的东西也好，比较难的是你得知道自己是谁。如果这都搞不清楚，可能很多事情你会困扰，我觉得这是他的电影里，他的文学里的一个重要的点。我觉得，创作对于万玛导演来讲某些程度上真的是用爱和身体发电，你爱一个事，会投入精力，不会计较你得到了多少，只想把这个事情做好。

你能看到他在写文字的时候，他非常清晰，在拍摄现场也一样非常清晰，他也会非常坚持他要拍什么东西。万玛导演的拍片速度都很快，基本都是一个月左右，一部电影。工作量也不会特别大，也不会特别疲惫，除了高原缺氧的气候和生活条件艰苦之外，我们所有的拍摄是蛮顺利的，人是愉快的，对剧组三四十个人，他都会给予平等的尊重和理解，会让人很愿意跟他一起工作。

比如有些演员没有演过电影，导演会跟你聊，聊完之后他会给你一个大概的工作节奏，说你应该怎么做。因为他对人很信任，面对一个信任你的人时候，你又很爱这个行业，我相信你会投入精力去研究和了解怎么去做这件事。他对其他人也是，他合作过的一些摄影师、导演、演员或其他职务的成员在他之前是没有重要作品的，但他有慧眼，他对这些人有知遇之恩，影响了他们的职业生涯。

我和他关系还是比较密切的，我们俩认识的时候是基于亦师亦友的关系。在北京我也是住他家里，去他老家和西宁也住他家里，比较亲近。很多电影节我也跟他一起去，2019年是金鸡百花电影节，刚好他监制我的一个项目，进了创投，后来上海电影节，北京电影节，很多事情我们都在一起。王磊经常开玩笑说，你就是他汉地的大秘。确实那几年，我也没有产出太多的社会价值，不挣钱，就待着，每天时间很自由，上上课，看看书，看看电影，写点东西他带着我参加各种各样的活动和社交，也会有很多人跟他去打招呼。藏族电影人对万玛是比较尊重的，万玛在他们眼里像活佛一样。

对于很多电影同行或者是交往的朋友，他比较克制，基本不会说让你难受的话。我们一起看好的电影，比如2017年最后一天我们在中国电影资料馆看《教父》一起跨年，也看烂的电影，只要电影院里有电影，他都会带你去看，不管多烂，不管网络评分几点几。他会先说做电影太不容易了，我们也支持一下他，我说这钱就别浪费了吧，这片子太烂了，你别看了吧，但他的思路就很清晰，他就会说烂电影更要看，我说为什么，他说因为这样你能避免他犯过的错误，甚至比好电影还重要。

他对陌生人也是比较尊重的，比如说参加一些电影节展时有一个陌生的同行过来说，万玛导演，我写了一个剧本，只要跟他多聊几句，他就会说，好啊，你发给我，回头看一看。对于陌生人可能比对于熟人他更加客气。比如说我发一个剧本给他，可能一个礼拜、两个礼拜他才回。那如果不是那么熟的人给他发，他会尽快看完先给他回。对于陌生人有善意，这可能是他的人格魅力吧。

他做了很多优秀的作品，在他自己对电影的理解上，不管是学术，还是他的专业上，他有让你非常信服的一些见解。而且是比较温和的，他从来不会批评一个人，他会给你讲，你觉得这样好不好，我说我觉得这样挺好的呀，他说你真的觉得这样好吗。我说那你觉得好不好，他说我觉得你这样好像不是特别好。他不会跟你说你这个东西太烂了，太糟糕，他会给你一些他的建议。所以有时候看电影，看书，我是挺愿意跟他交流的。我后来总结，万玛对一个事情的态度就是"可以，还可以吧，还不错，要加油哦"，就没有"非常好"这个词。"要加油"就说明你要继续努力，"还不错"就说明你这个可能及格了，"还可以吧"就是这个东西不太行，这事可能你就别弄了，你放弃吧。我和万玛身边的这些工作伙伴都是在一起工作过很长时间，我说我们不要在字面上理解导演说话的含义。你了解他的语言逻辑之后，你发现他是特别怕会伤到你的自尊。

后来我自己也拍片子，也跟不同的人打交道，我觉得这是他的智慧吧。你自己深入想一想，你对自己的作品或者对自己做的事情会有一个大概的判断，但他不会给你下一个非常确定的答案。很多人写对他过往的追忆，这是我们经常提到的，就是对人的善意。

这多少和他的民族身份有关，但也不一定。有一次跟松太加导演聊天，他说，像万玛这样的应该不会有几个人能做到。他从青海藏地腹地的一个小村子走到现在，考学，做公务员，做老师，然后不断地读书，后来到北京，他受到一些人善意的帮助，也肯定经历了很多非常艰难的生活。他会更理解，相信人和人之间还是要尽量释放一些善意。如果你帮不到别人，那你尽量也不要去给别人挖坑。路我能不能帮你修平，我能不能给你一个方向，不一定，但我尽量不去误导你，我觉得这是他的善意，应该跟信仰有关系，但是我觉得他本身的特质还是少见的。

我和他最后一次印象比较深的散步聊天是今年3月份。在四川巴塘的藏区的生奔扎村拍《陌生人》，就在一个山上的小村子里，吃完中午饭，他说咱们去走走，我们就从帐篷里走出来，去村里溜达了一圈。他说牛牛你怎么样最近，我说什么怎么样。他说你最近没什么动静了，我说没有动静就是动静啊。他说什么意思。他说你经常会写写东西跟我聊聊，现在也很久没跟我聊了。我说那我需要一些时间去思考嘛。

2021年、2022年，我选了一个没有什么朋友和熟人相对远的市郊，一个人待着，基本就是看看书，运动，骑行，自己做饭，觉得需要一个比较稳定的生活节奏，能够比较沉浸地看一些东西，想一些事情。一旦事物太多我会很容易受干扰，我说我可能需要两年时间，尝试一个人待着能不能行。他说好的，那你待了两年，现在怎么样呢？我说好像我明白了很多事情。他说倒也不用等都明白了再去行动，你可以在行动中明白，也很好。

然后他就说，你现在是什么样的情况，你之前写的剧本呢？我说我后面做的这个剧本已经改了一稿，我可以发给你看一看。他说那你今年有什么计划，我说我今年可能想要拍一个纪录片，再拍一个短片，长片要看具体情况了。他说那你的目的是什么呢。他说你的目的是要拍电影长片，对不对？我说对啊。他说你的目的是要拍长片，你为什么还要拍短片呢？那你就应该直接拍长片啊，你不要再想短片的事儿，短片你都已经拍过了，现在需要的是面对你最想面对的事。

《陌生人》杀青回深圳，我给他发了剧本。3月28日看完后微信和我说，觉得整体还是不错，情感也有，细节也有，如果你真的想拍这个片子，这个倒是可以拍一拍，用小成本的预算把这个片子拍了。我说：嗯，我再琢磨琢磨，看看如何接着写。他约我等去北京再聊一聊。

后来又过了一阵子，他在杭州把《陌生人》这个项目处理得差不多之后，4月下旬他又去北京电影节参加一些评审活动。他说你什么时间来北京，我们可以再聊一聊。我一直说要去，但始终刚好有其他的事情耽搁。

后来我到北京的时候已经是4月29日夜里了，到了之后，他说你已经到北京了吗，你在北京是有什么安排吗？我说我来北京要进剧组拍摄，他说对，王磊说你到了，不过我明天就去拉萨了。我说你住在什么位置，争取见一面。他说你们在拍摄就下次吧，我下午晚上还有两场映后交流，明天一早就得去机场。我说也行，我看看今天结束时几点，来得及我去找你。他让我发了个定位给他，我在北京房山拍摄，从拍摄地到他那可能有五十公里。他说北京太大了，咱们下次见，微信联系，拍摄期间你就多休息。反正后边有时间咱们再见，你先紧着剧组的事去忙。我说好的，那我就等忙完再见。

这是我们最后的通话。

选自《生活月刊》2023年第199期《何以东方》别册

评鉴与感悟

作家兼导演万玛才旦的遽然离世,令整个文艺界震惊和惋惜,无论是他创作的小说,还是导演的电影,都给读者和观众留下了深刻的印象。他身上体现出来的知识分子的价值取向和人文精神,令人钦佩。本文作者因与逝者生前交往甚密,故写起文来亲切自然,毫不矫揉造作。从文中一桩桩事件可以看出,什么是榜样的力量,什么才是人格的光芒!

刘恒：我心里还藏着许多较劲的东西

/张英

"你是我的一束光"

六十八岁的刘恒，按理来说，这个时候是享受人生的阶段了。但刘恒无法放下他的笔，更无法让自己偷懒，还是在一线坚持写作，写小说、当编剧写剧本，或者当导演、艺术总监，参与影视剧的制作生产。

"我跟邓超合作第一部作品《少年天子》时，父亲病故。写完《你是我的一束光》，母亲病故。父亲走的时候，我几乎半年时间才从阴影里走出来。到了母亲这一次，我虽然痛苦，但比较快就走出来了。因为我突然发现，我也快七十岁了，距离人生终点也非常近了，来不及悲伤。我原来生活里的目标很丰富，想干这个想干那个，现在我的人生就是做减法，活得明白一点，写自己最想写的东西，把最想做的事情去实现。"

电影《你是我的一束光》上映前四天，中国电影评论学会、中共云南省委宣传部等机构在北京举办了电影专家观摩研讨会。作为云南省重点精品力作，影片通过一段跨越三千公里的寻找之旅，抒写了动人的真情故事，展现了新时代云南边疆的新气象，以别样方式致敬脱贫攻坚英雄。

与会专家认为，影片最大的特点在于，既是扶贫题材，又超越特定题材的限制，既反映了时代的变迁，完成了对扶贫工作、扶贫牺牲者的致敬，又将视角对准背后的女性群体，片中的"女性金花们"与乡村振兴事业紧密相连。不同于以往的惯有模式，影片没有正面表现脱贫致富的过程，而是从"金花"们的自我困境中展开叙事，通过悲喜交集的整体基调，配合如诗如画的云南风光、与大自然融为一体的民族音乐，演绎了和谐而美好的亲情、友情、爱情，展示了乐观、积极、阳光的心态与精神。

刘恒表示："《你是我的一束光》这是我最新的电影作品，和我以往的作品有很大不同。它是完全靠密集采访生发灵感，展现我不熟悉的一些人与事，最终形成了能够表达我某些信念的剧本。我不仅作为编剧，还担任影片监制，全程参与了采访、撰写、拍摄、后期制作等各个环节。在创作过程中走访了云南各族村寨，被淳朴的现实和纯净的感情所感动，也被众多牺牲在扶贫前线的干部所震撼。收获之大，超出我此前的所有电影实践。"

为了写好人物，刘恒和团队，从北京前往云南基层扶贫一线采风，一路上在大理、丽江、迪庆等地的乡镇和村庄，听到了很多扶贫故事。"一位牺牲的扶贫干部的妻子，给我们翻出他生前留下的语音和视频，有一个视频记录了他因为连续走山路而红肿的腿脚。还有一个在当地从事旅游业的村民，每天工作都洋溢着幸福的笑容。脱贫攻坚一线干部们的无私奉献，村民们参与到乡村振兴的热情，都深深地感染并打动了我。"

《你是我的一束光》里展现的所有人物都源于真实生活，最突出的就是女主人公彭彭的原型。

刘恒回忆："我们想找几个牺牲的扶贫干部家属进行深入采访，最后找到一名女子，她是医院的护士，丈夫在扶贫前线突发心梗去世。我们去她公公婆婆家，她说，咱们出去聊吧，不要当着老人说这个事。小区的绿地公园里有好多小孩在玩耍，她的孩子——一个六岁的小男孩也在其中。我们就在水泥台子上坐下来听她讲。她打开手机，给我们看她丈夫生前留的语音和视频。有一个视频，她丈夫给她看走山路走肿的腿和脚，还说下次回家要陪她看一场电影，要不然太对不起她了。小男孩看到妈妈，高兴地跑过来。她忙说，千万不要透露，孩子还不知道爸爸去世的消息。孩子跑开之后，她忍不住哭了起来。一起采访的年轻人，还有比我年龄大的制片人，都哭了。"

当时，刘恒还没有想到要以此作为故事的主体，但当他回到北京酝酿作品结构的时候，发觉这个画面是最触动心灵的。于是《你是我的一束光》的人物和故事，结构和人际关系，一切都顺了。

"《你是我的一束光》前期拍摄用了四十多天，主要拍摄地是在深山里边的云龙县，距离怒江自治州很近，在澜沧江边上。那里非常险峻，有很多盘山路。拍摄难度最大的一场戏，就是结尾在不断上涨的河水中拯救一车的小学生。那段戏是在县城附近的一个河谷里拍摄的，因为是实拍，费了很大工夫。现实中的河道，水量没有那么大，我们人工修渠放水，还用到大水箱，什么办法都想了。河水上涨的同时，还要有下雨的设备、遮光的设备。因为下雨的时候不能有阳光，最终费尽千辛万苦才完成了那场惊险的救援戏。"

从他创作《张思德》《铁人》《窝头会馆》《乡村女教师》等作品就可以看出他对待写作的态度。这其中不乏主旋律写作，很多作者在命题式主旋律题材写作中，很难处理好思想性与艺术性的关系。刘恒不仅能恰当把握，而且能突破许多成规，将熟知的内容陌生化，将生活的内容艺术化，给读者、观众以审美感受，甚至审美震撼。

2004年3月，中影集团和中共北京市委宣传部要拍《张思德》。张和平担任总策划，刘恒负责写剧本，尹力担任影片的导演，吴军、唐国强主演，电影要赶在9月8日，张思德同志牺牲六十周年和毛泽东同志的《为人民服务》发表六十周年纪念日上映。

当时，留给刘恒写剧本的时间非常紧，不到两个月。张和平和导演尹力先后给刘恒打电话，希望他帮忙。"我不好意思拒绝他们的信任，也相信老朋友之间更容易产生心灵呼应，对事物的理解更容易达成共识，所以还是答应了。"

刘恒找到的角度，是从小人物的角度进入，向平凡者致敬："张思德既是普通战士，又是英雄，只有将这两者不动声色地有机融合起来，才可能达到'有血有肉'的效果。绝大多数英雄都是普通战士，让英雄有血有肉的最好办法，就是告诉别人他是一个什么样的普通战士，一个怎么样的凡人。"

从《本命年》开始当编剧

回顾改革开放后的中国电影史，刘恒是一个绕不过的名字。

除了跟张艺谋和冯小刚合作写市场商业大片的剧本，在不同时期内，刘恒写下了《金陵十三钗》《集结号》《红玫瑰与白玫瑰》《西楚霸王》《秋菊打官司》《四十不惑》《菊豆》《乱世胭脂》《漂亮妈妈》《没事偷着乐》《画魂》《跟我走一回》《围猎》《杀戒》《本命年》等众多电影剧本。

"我不知道自己当时选择影视创作是什么理由，当然我有合理的理由，我十五岁参军最初创作的作品就是剧本，就是电影，最后回到电影剧本圆我早年的文学梦。在剧本行业里面取得江湖地位后，有一点自恋，有一点自得其乐，不仅带来写作上的愉快、经济上的愉快，也对我在这个社会当中生存，对我亲人的生存也是非常重要，一直走到现在。"

刘恒第一次"触电"是在1987年。他的长篇小说《黑的雪》发表后，电影导演谢飞看中了这篇小说，找到刘恒让他改编成剧本《本命年》。

"小说发表后，谢飞让他的文学编辑来找我，要改电影，非常之兴奋。"原本刘恒小说的名字叫《红涡》，寓意泉子生活在血的漩涡里，但是出版社编辑觉得名字不太好理解，就改为了《黑的雪》。

当时，谢飞刚刚从美国做完一年的访问学者回到国内，正在找电影拍摄题材。这时候有一个叫安景夫的导演系硕士生，找到谢飞，让他看一部自己喜欢的长篇小说《黑的雪》，建议谢飞把它拍成电影。

谢飞找到刘恒，请他当编剧写剧本。刘恒很客气地说"自己只写过小说，从来没写过电影剧本，不懂"。其实，早在刘恒从军队退役当装配工时，就试着写过一些电影文学剧本。"那时候电影少，我看了一个电影之后，会把电影里发生的事情用剧本的形式记一遍，觉得好玩，其实是用非常土的方法训练。"

谢飞说："必须由你来写，因为人物、故事都是你想出来的，他们在你脑子里是活的，必须由你来做这个小说到剧本的'翻译'。"最后，刘恒写了一个近四万字的电影剧本。

电影的片名《本命年》是主演姜文想出来的。原来剧本开头和结尾都是雪景，用小说名字《黑的雪》做片名是比较贴切的。但由于出外景时季节晚了，没拍到雪景，谢飞觉得再用这个片名就比较勉强了，缺乏雪的直观形象，观众难以理解。

姜文对谢飞说："导演，我想了个主意，你看我像不像二十四岁？"谢飞说："你傻笑的时候，显得挺天真、挺稚气的。"姜文说："那影片就叫《本命年》吧，龙年，泉子正好二十四岁。"

最后，《本命年》成为第一部在柏林国际电影节上获奖的中国现实题材电影，一举拿下"杰出成就奖"银熊奖，颁奖词中有这样一句话，"这是一部非常优秀的表现现实的动人影片"。

1989年，王朔发起的海马影视创作室成立，刘恒是其中一员。刘恒参与了《编辑部的故事》和《海马歌舞厅》的剧本创作。

"因为王朔接触电影比较早，大家图新鲜，都进来玩。当时比较活跃的作家有二三十个都在里边，包括王朔、朱晓平、马未都、莫言、刘震云、苏童等。海马影视创作室的第一部作品是《编辑部的故事》，我记得是在友谊宾馆租的房子，一二十个人在那儿攒故事，集思广益。"刘恒回忆说。

"我觉得还是要有对编剧这个职业的尊重，不能拿它只是当个谋生的手段，你甚至不能把它当成一个游戏，你得把它看成你生命的一部分。因为你在世上就活这么几十年的时间，你要分出一大块时间给这个职业，它真是你生命的一个部分。你对这个职业的尊重，就是对你自己生命的尊重，所以要非常虔诚地来做这个事情。你写出来的剧本，那里边有你的心血，这个事情做好了之后，是你的生命在开花，你得到了巨大的慰藉，你的生命有了意义。

"我觉得电影有某种神奇的东西在里面，好像在几秒钟之内，甚至更短的时间之内，唰一下就能感动人。电影的那个力量是文字没有的，但是文字的力量更长久啊。电影似乎像水一样，流过去就流过去了。谁也不会反反复复看一部电影，看两遍看三遍就足够了，但是好的小说反而会反反复复地看，基本上没有什么技术上的折旧，电影会折旧的。再过十年，电影拍摄方法变了，你这个电影就很土，就没法看了。小说好像不大存在这个问题。小说好像只是在叙述方法上，或者是在世界观上会有比较大的变化，但是它的那种持久性，比电影要长得多。"

和张艺谋合作《菊豆》

谢飞的《本命年》获柏林"银熊奖"给刘恒带来了好运气，也让电影界的导演和制片人看到了作家刘恒在剧本创作上的才华。小说《伏羲伏羲》改编电影《菊豆》，刘恒当编剧写剧本，后来这个电影由巩俐、李保田主演。

把《伏羲伏羲》这部小说与《红高粱》对比来看，张艺谋感到《红高粱》所展现的随心所欲的人性张扬实际上充满了理想色彩；而《伏羲伏羲》刻画的才是真正的中国人的现实心态。

在这部影片中，张艺谋第一次从摄影师的角度转换成导演的角度，开始有意识地注重电影的故事叙事和挖掘人物的内心。如果说刘恒的第一次影视改编还只是简单移植，那么在《菊豆》这部影片中则有了提升。《菊豆》剧本注重了影像思维，把富于动势的情节和鲜明性格的人物溶解在了影像里。剧本中"院子里静悄悄的，风吹动坏布，像残破的旗……天青的手悄悄地从房柱上撤下尖刀，放回原处去了"这一段描述简洁明了地点明了场面，还烘托了气氛，使我们不仅看到人物的行动，也明白人物的内心，使得剧本既有可读性又有可拍性。

在处理杨金山死亡这一段，刘恒也运用了"动"的影视效果替代小说的"静"。小说写杨金山的死，是"在山区秋日一个平凡的黄昏之前，悄然地干净利索地死掉了"。而电影以"动"的方式予以展现。这天杨金山和天白在染池旁玩，天白无意之中拉翻了杨金山的坐篓，使他"轰然一声便翻入红色地池"，在池中上下翻滚做垂死挣扎。从外面归来的菊豆亲眼看见了这个惨烈景象，但她却以漠然的神情表现出一种"早该如此"的心态。

我问刘恒："《菊豆》的小说的结尾很棒，但是电影《菊豆》里最后是一把火……这样的处理，当时有过争议吗？"

刘恒回答："当时有。这一把火可能在视觉上更能说明问题吧。我觉得那一年有好几个电影，最后都是一把大火，大家不约而同用了这个视觉画面。这个处理，实际上跟人类的经验有关系。大家不约而同地认为，这个火一旦燃烧起来，就象征着什么。就像拍摄影视剧时，导演一弄什么太阳就哗地出来了，这种画面不停地出现。但是我们仍然百看不厌。比如爱情，男的女的一好，嘴唇儿就碰在一起，我觉得这个是司空见惯、千篇一律的表现，但是没办法，就得有这些画面，生活里就是这样。这没办法。"

《菊豆》拿了很多奖，荣获第九届香港电影金像奖十大华语片，法国第四十三届戛纳国际电影节首届路易斯·布努力埃尔特别奖，西班牙第三十五届巴利亚多利德国际电影节金穗奖、观众最佳影片奖，第六十三届奥斯卡金像奖最佳外语片提名等奖项。

给冯小刚写《集结号》

刘恒和冯小刚合作《集结号》，是张和平牵线介绍的。

作家杨金远在福建莆田家里吃晚饭时，从电视机里看到中央电视台《东方时空·百姓故事》里讲述一个在战争中幸存的老战士，一直在为牺牲的战友找遗骸，以此证明他们不是失踪而是烈士。在解放战争的一场战役中，他的战友全部阵亡，只剩下负伤的他活了下来。因为怀念战友，他住到了军营附近，总是在军号吹响时在军营门口出现。他喜欢听军号的声音，这号声让他想起自己的激情岁月和死去的战友。

时间过了一年，这个故事始终在他的脑海里出现，后来有一天，他把这个老战士的故事变成了小说《官司》。和故事不同的是，小说里的主人公谷子地成为一个性格很执着、"一根筋"到底、要找团长讲理打官司的人。

这个小说先是在2002年4月份的《福建文学》上刊登，6月份《小说月报》转载。

小说被演员张国立看到了，原本想自己当导演拍电影的他想签下这个小说，后来没找到投资，干脆推荐给了正在拍《天下无贼》的冯小刚，两年后准备转型的冯小刚拍完了《夜宴》，又想起了张国立推荐的小说，最后从《小说月报》的编辑刘书琪那里找到了杨金远的联系方式。

冯小刚对我说："当时国立把名字记错了，我到图书馆翻遍了杂志，也没有找着《报告团长》，后来打电话到《小说月报》，讲了故事内容，才知道小说的原名叫《官司》。过去我们看到的战争片多是拍运筹帷幄，拍那些将军、决定战争走向的人。这个小说不是，它写的是战争洪流中的士兵或低级别的指挥员——像谷子地这样一个连长。"

冯小刚换了几个编剧还是不满意，最后几经辗转，托张和平联系上刘恒。刘恒接下这部片子的原因有两个：一是他参过军，战争题材已经诱惑他很久了；二是他觉得跟冯小刚合作有成功的把握，相信已进入艺术成熟期的自己，"能够把这件事做好"。

"冯小刚找我写这个的时候，我正在跟别的人谈另外一部电影。冯小刚在电话里说了半个小时，讲这个故事大概是什么样的。他说我买了一个小说的版权想把它改成剧本，他把小说的故事以及他大概的想法说了一遍，他一边说我脑子一边转，半个小时以后我说做，当时就定下来了。他在说的时候我脑子里往外蹦东西，有的时候灵感是这么出来的，他一边说我脑袋里蹦出自己的一些画面。最后的实践证明，剧本里面一些主要的点就是在那半个小时里蹦出来的，这是非常重要的，完全无法解释。"刘恒回忆道。

刘恒是一个一旦做事就力求完美的人，他为《集结号》写了三万字的主题分析，从战争、生命、人、尊严和牺牲共五个方面，弄透其中的各种复杂关系；为主人公和主要人物写了详尽的个人小传；写出了六万字的剧本，照实排出来的话长达四个小时。后来，人民文学出版社将这些内容结集成图书《集结号》出版。

在电影《集结号》里，刘恒写出了一个鲜活的人物：谷子地。写作过程当中，刘恒情绪不能自控。"我这种写作状态，我爱人看到过，她非常恐惧，说你要再这么写，就要疯掉了！但是不这么写，怎么对得起这个笔？怎么对得起这个职业？其实不论是写小说还是写剧本，没有高低贵贱之分，这些文字都是写给自己的情书。"

看完剧本，参过军的冯小刚就哭了，"我第一次看剧本时，非常激动，有很多地方我知道我要和刘恒谈，但剧本中至少有三处让我非常感动，让我在夜里哭得泪眼模糊，最后只能放下剧本平静一会儿，再接着看。"谷子地到了墓地，其他人劝他说："别找了，大哥，这全是无名烈士，一个人名没有。"谷子地眼睛不好，贴着碑看，看后直起腰来，很平静地说："爹妈都给起了名儿了，怎么都成了没名儿的孩子？"

谷子地的主演张涵予看刘恒剧本的时候，蹲在冯小刚的工作室墙角哭。冯小刚进屋想和张涵予讨论剧本的时候，见他赶紧把身体扭过去了，冯小刚轻轻退出房间赶紧把门关上了。"我觉得一个剧本能做到这样，电影拍出来一定能得到观众支持。"

导演是个考验人的活儿

很多人问刘恒，为什么想当导演。刘恒说："不管多优秀的导演都不能保证百分之百合编剧的心意，如果编剧同时兼任导演，那他心里肯定明白想表达什么。当作家是最幸福、最独立的；当编剧有点屈辱，他只是打工的而不是举足轻重的，提供的只是一张图纸，制片人和导演都可以扭曲他的观点。相对而言，当导演的命运和编剧有些相似，购买方和投资人都可以对他的艺术探索进行限制，但导演工作的魅力在于他对观众的影响非常大，作家辛辛苦苦写的小说可能只有十个人看，而导演清唱一声听众可能就达到万人。"

这是专业版的解释。在另外一个场合，刘恒的解释是："我一直都想过一把'导演瘾'，年轻的时候迷上写作，最先干的事儿是写诗和写电影剧本，最后才是写小说。虽然以写小说成名，对电影的迷恋却始终不减。写小说不过瘾就写剧本，写剧本还是不过瘾，怎么办呢？只好做导演了。一直怕出丑，瞻前顾后，到后来快六十岁了，终于觉得不做不行了，但精力不够了，我后悔动手有点儿晚，早点儿跳下来就好了，赌一把！"

在正式当导演之前，刘恒做了大量的准备工作。他的试验品是自己发表在《北京文学》杂志上的小说《贫嘴张大民的幸福生活》。

刘恒写《贫嘴张大民的幸福生活》，来自自己真实的生活经历。"我生活在北京西单灵境胡同里，在六平方米自己盖的小棚子里结的婚。那个小房子原来位置上种了一棵葡萄，为了盖这个小屋只能把葡萄砍掉，然后在地面上铺一层水泥。没想到过了一段时间，葡萄居然发芽从水泥下面拱出来了。"

当时的小屋，纸糊的顶棚，白灰抹的墙壁，除了一张双人床，还有一个火炉子、一个小桌子。《北京文学》编辑部里的同事朋友们来给他贺婚道喜，除了主编跟一对新婚夫妇坐在屋里的双人床上，就再也没有位子了，其他人都只能站在窗户外面。

"1984年我跟我爱人结婚的时候，存折里只有九十多元钱，而且结完婚之后买的第一件家用电器是一个十元钱的小半导体收音机，还是转了几个商场，挑了一个又便宜又好看的，买完之后就坏了，到商店修了很多次，最后干脆不修了。过了一段时间买了一个白兰洗衣机，就是那个时候，对钱的那种窘迫和困惑紧张是有切身体会的。但我相信这种体会是人人都有的。就是现在一个老板，手里有百万元、千万元，但他要做一件事的时候，手里仍然是很窘迫的，而且一个大老板一旦投资失败或炒股失败时，他的那种痛苦咱们都无法体会。所以钱对人的这种折磨并不在钱多钱少，它是人们生活的一个工具、一个手段，当你不能自如地操纵它掌握它的时候，很麻烦，人有一种被奴役的感觉。实际上，我的小说最初的那种感受是从这儿生发出来的。"

在分析"张大民"这个人物为什么招人喜欢时，刘恒说："'张大民'是我理想中的一个代表人物。我写这个小说，就是要把'张大民'在精神上写成一个很高明的人。他忍耐生活困难，承受生活压力的能力超越了一般的人，至少在我表现他的时候还有某种理想主义的色彩，一个再幽默的人也有爆发、走极端的时候，而我给'张大民'赋予了很高的'段位'，我让他就这么忍耐，寻找机会。自己给自己找乐子，同情自己同时更同情别人，为自己寻找生活出路，同时也照顾到周围的亲人。这个人物是我非常疼爱的，他就像我的兄弟一样。"

刘恒导演的第一个作品是四十集电视剧《少年天子》，根据作家凌力1987年同名小说改编，原著小说曾经获得第三届茅盾文学奖。这个电视剧的编剧和导演都是刘恒，为这个作品，刘恒已经准备了好多年。

凌力是北京文联的专业作家，和刘恒算是老同事。作为《少年天子》的原作者，凌力很痛快地答应了刘恒的要求，"我非常放心地把我的作品交给刘恒来改编，是因为我相信他的艺术感觉和艺术眼光。之前我曾看过他的文学作品也看过他的影视作品，觉得他在这方面还是比较成熟、认真，艺术感觉很好。"

这一次，刘恒花了一年多时间，做了大量的案头工作，把凌力的长篇小说《少年天子》，改写成了四十集同名电视剧的剧本，并担任总导演。

多年的影视剧创作，刘恒觉得没有比导演更接近于小说家的行当了，只不过小说家是用笔讲故事，导演是用镜头讲故事。随着他这些年对影视剧工作流程的了解、对技术设备的了解，投资等各方面的资源也不缺乏，他想自己来掌控自己的项目，直接去表达自己的想法和思考。

"影视剧创作，编剧中间隔着很多层，导演和演员都有自己的理解，他们的理解有可能和编剧的表达相差很远。导演如何能最大限度地和你同步，不产生歧义，这个境界很难。双方能达到默契的时候是最令人高兴的。好多时候，碰到思路不一样的导演，也不免失望。"

刘恒说："我只想传达我的世界观，比如对死亡、暴力的看法。我对清宫戏新路子的说法不感兴趣。我的目的是探讨生命的意义，并为此喜悦或哀伤。《少年天子》能够创作出一些和以往的历史剧不同的地方，说到影视作品的时候，通常强调它的娱乐性，我希望通过这部作品加入一些知识性的东西，在娱乐性的基础上尽可能纳入一些严肃性的思想表达。凡是看片子落泪的地方，都是我写剧本时落泪的地方，无一例外。我和演员彼此感谢的原因就在这里。电视剧中几位主人公的离世最让人哀伤。顺治和静妃分手的戏，还有静妃和谨贵人分手的戏，不光让人难过，还让我震惊。我相信，最直接作用于观众的，是演员表演的魅力。编剧和导演的首要任务是让这种魅力焕发出来。否则一切无从谈起。"

《少年天子》拍完的时候，正好赶上"非典"，剧组都散伙回家了，刘恒的后期工作才刚刚开始。他戴着个大口罩在大楼里忙活，剪了一个多月的片子。

"工作真是高兴啊，特别高兴！就觉得好像一大堆词，形容词、动词、名词在那儿堆着随你挑。编一个句子、一个段落、一个章节，一直往下编，真是乐趣无穷。我觉得那个时候只要精力够的话，就恨不得一直坐在那儿，不编完不走。最后往里加音效的时候，仍然有那种感觉，真是好玩！跟写小说坐在写字台前搜肠刮肚地找词一模一样。有书写的快感、叙述的快感，我觉得这就是导演工作的性质，导演是影视视觉艺术最终的且是直接的书写者。"

回想拍这部电视剧的经历，刘恒也有不少遗憾："比如因为没有经验，分组拍戏，使用了不同的执行导演，从而导致有一些不太协调的地方。如果前期沟通得更充分一些，效果会更好。后期制作的过程里也有不少遗憾：哎呀，这个现场怎么搞的？怎么没有拍下来？想要的东西都没有啊，要拍了该多好。我在所有人眼里是很谦虚的人，但是在剪片子的时候对着那个屏幕骂了无数脏话。当导演非常关键的是对影视语言规律的一种把握，比如人物的安排、性格的刻画等，这一次参与片子的剪辑后期的制作，很受启发，让我懂得了好些道理。剪辑片子和写小说差不多，有时候是对小说、剧本的一种颠覆性的再创作，等我明白这一点回去再写电视剧就更自觉更有经验了。"

通过写作找到了人生出路

在今天这样一个互联网时代，还继续坚持用笔写作的作家，恐怕不太多了。

我20世纪90年代末，在《北京文学》杂志工作，编辑部在前门的文联宿舍地下室办公。刘恒和张洁、赵大年、陈建功等作家就住在楼上。不久，刘恒挂职担任了我们杂志的主编，因为工作关系，我们也有了一些往来。

我当时给刘恒做了一个访谈，整理好稿件想发给他审核，没想到他说自己不用电脑，使用蘸水钢笔，用墨水在稿子上写作，还嫌弃电脑键盘打字的声音"噼里啪啦，扰乱文思"。日积月累，长期使用蘸水钢笔，将他的中指与食指之间磨出了厚厚的茧子。

到这些年，他的钢笔换成了毛笔，墨水瓶换成了研墨。这也罢了，他的剧本就是用毛笔一页页写出来的。每次结束当天的工作，他都会停顿一会儿，毛笔涮好一搁，欣赏码得整整齐齐的稿纸时，心里舒服极了，觉得跟文字更亲近了，有一种满足感。

我问刘恒是怎么变成一个优秀的创作者，能够在作家、编剧、导演三个层面，自由切换，游刃有余。刘恒说，其实没有什么诀窍，无非是用心和认真。

刘恒是惜墨如金的人，能少说一句话，就绝不多说一句话，在写作上能精简的就从不啰唆，他的作品篇幅都不是很长，即使如《苍河白日梦》这样的长篇小说，也只有21.7万字；其他长篇小说如《黑的雪》《逍遥颂》就更短了，都不到20万字，两部合起来也才33.8万字，不如别人一个长篇小说的长度。

刘恒的老家在北京门头沟区的斋堂洪水峪村，一个小乡村，祖祖辈辈都是种地的农民。新中国成立不久，刘恒父亲进北京城内讨生活，后来成为铁路警察，在基层工作了一辈子。用刘恒的话讲，算是进城打工留下来的城市贫民。

刘恒小时候住在西直门火车站的边上。当时，西直门外的动物园那一带，全是农村和庄稼地，一眼望去都是玉米、高粱和蔬菜地。到了20世纪60年代，刘恒一家才搬到二环以内的城区，住在西城区西单附近的灵境胡同，在那儿住了好多年。

这个胡同是帝师灵境公的大宅院。一进门有山，有月亮门，后来就成了大杂院了。当时唯一的娱乐只有爬房玩，就像姜文电影《阳光灿烂的日子》里马小军在大院的屋顶行走跳跃的场景一样，刘恒经常在清晨或者暮色四合的黄昏，爬到别人家的屋顶溜达，眼前一片蓝天白云。

因为铁路警察的工作紧张繁忙，流动性又极大，刘恒的父亲很少回家。后来刘恒因此对警察这个职业一直有好感，还专门以父亲为原型，写了一部中篇小说《夕阳行动》，描写一个基层派出所老所长，兢兢业业干了一辈子，因为文化程度低又不善逢迎，始终得不到提拔，甚至他的下级都当上了局长。待他岁数大了，又要把所长的职位让出来给年轻人。

"我印象最深的就是，那时候我还年轻，派出所要盖房子，经费不足，一万两千块钱，要盖十间房子。他骑着自行车，转北京周边的砖厂，找那最便宜的砖，自己联系车去拉砖，拉完砖自己挖地基，领着派出所警察挖地基，别人下班儿了，他自己跟那儿夯地基，最后盖了十间房子。最后一结算，还剩两百块钱，把这结余的钱给上级送回去了。这完全是公家的活儿，他靠自己的力量做，人品极好，从来不讲报酬。我父亲老了，七十多岁了，他帮人理发，他有一个推子，弄一个小皮包，有一块布、一个梳子、一个剪子，我们家住的那个大杂院儿里，几乎所有大人孩子头发都是他理的。他到了派出所，所有派出所警察的头发是他理的，从来不要钱。谁家房子漏了，大热天的自己顶着大太阳，到房顶上给人刷沥青，在房顶上晒得满脑袋是汗，给人家帮忙刷房子。我相信生活里，确实有这样的人，勤勤恳恳、利他的、愿意帮助别人，而且在帮助别人的时候他感到很高兴。"刘恒对我说。

每到学校放寒暑假，刘恒都要回农村去，到了"文革"时期学校停课，刘恒回到了父母的故乡——北京郊区门头沟清水镇洪水峪。他住在外祖父家里，跟随当地农民一起劳作挣工分。在田间地头休憩之余，他总是听到各种各样的有趣的事，这一切都成为刘恒创作的源泉。当地的农民每年要吃返销粮，这便在以后成就了他的《狗日的粮食》；身体力行地劳作过，晓得力气对庄户人生存的重要作用，因而就有了《力气》。多年以后，这些小时候的记忆，还有回农村的这些生活经历，变成了他写作的宝藏。

1969年，十五岁的刘恒参军入伍，和王朔一样，他们参加的是海军部队。

在部队这段时期，刘恒在图书室里读到了鲁迅的作品。当时没有什么别的读物，鲁迅之外，还有高尔基和《钢铁是怎样炼成的》，看了这些书之后，刘恒就萌生了自己也要写东西的愿望。也是那一阵子，刘恒开始写日记。

部队里的图书太少，刘恒就自己找书读。"那个时候毛主席不是倡导读《红楼梦》吗？我从家里带了一套《红楼梦》到部队里去看，突然就被那个文字给吸进去了。那个时候连书都很少，就和朋友之间相互借着看，遇到好的文章，自己用手要抄下来反复读的。我现在还留着那些买的小孩作文本，把文章和整篇的小说给抄上。除了抄小说之外，我看了一部电影，之后凭记忆把这个电影的故事复述记录下来。这是我十六七岁的时候干的事情。"

1976年，刘恒从部队退役后，被分派到北京汽车制造厂，当了四年的装配钳工。这个工作岗位，其实是他和别的复员军人私下换的。安置办原本给刘恒安排的工作是军事历史博物馆的讲解员，或是农机研究所图书室的管理员。刘恒觉得这些工作单调乏味，他到安置办公室去谈自己的想法，却遇见了另一个对所分配工作不满的复员军人，他分配的单位是北京汽车制造厂的装配工，于是两人私下做了交换，刘恒去了北京汽车制造厂工作。

"我被分到了总装车间，在流水线上工作，每六分钟过一辆吉普车，给每辆吉普车相同的部位装相同的零件，简单枯燥，而且很累，工作最忙最紧张的时候，要连续工作十二个小时才能休息。我真的后悔了，身边的工友们每天想的就是如何能开到病假条休息。"

这时候后悔也没有用，只能咬牙硬扛着。白天上班，晚上回到家里，读书写作。"就是在这种情况下，我也没有放弃对文学梦想的追求。很多时候，母亲半夜起来，看到我的小屋还亮着灯，就劝我睡觉。我清楚地记得，那时候上班骑着自行车都能睡着了，常常是自行车车圈蹭马路牙子的响声把我惊醒。"

1977年7月，刘恒的第一篇处女作短篇小说《小石磨》，被《北京文学》选用了。"《小石磨》是为纪念长征四十周年时写的，完全是自我摸索，把小说寄到《北京文学》杂志，就被采用了，责任编辑是郭德润。（先前）我写的第一篇小说投去之后，编辑就决定用了，我受到鼓舞，马上写了第二篇小说又寄去了。对方说，哎哟，你的第二篇比第一篇好，我用第二篇《小石磨》得了。第一篇就没用。"

那个时候，《北京文学》经常借调一些业余作者到杂志社当实习编辑帮忙，每次三个月。刘恒幸运地被选上了，每天最早到杂志社，打开水、扫地，十分勤奋。杂志社的领导觉得刘恒表现不错，实习期满再让他接着干三个月。花了半年时间，刘恒从北京汽车制造厂调到了《北京文学》杂志社，成了专职编辑。刘恒很珍惜来之不易的工作，工作上非常认真努力。

"80年代初，我经常出差，去西安郊区找贾平凹约稿，去陈忠实当时所在的文化站组稿，我们一起蹲在马路边上吃过泡馍。我去山西韩石山家里约稿，他当时在汾西的一个公社，我们正聊着天，公社广播让他开会。那个时候刚刚改革开放，社会有着纯朴向上的氛围，大家都很友善，官员都很朴实。"

刘恒早期的小说《心灵》《小木头房子》《热夜》《爱情咏叹调》《花与草》《堂堂男子汉》等，都是在《北京文学》工作期间写的，这些小说都在认真地探寻人生的意义，作品充满生命亮色的理想主义，述说着人生理想、抱负和青春的希望、奋斗与挣扎，并且展示爱情迷人的色彩与在爱情的光芒照耀下青年们奋发上进、洋溢着的时代激情。

"我所接触的文学圈子、社交圈子，都是在《北京文学》成熟、培育起来的，所以我要永远感谢它。"刘恒回忆说。

没有读过大学，是刘恒的人生遗憾。在《北京文学》工作期间，只有初二学历的刘恒，获得了一个机会，"上干部专修班，脱产上大学，算有了大专学历。之前，我填学历都写初中二年级，连初中都没毕业就参军了。"

脱产专职读大学，刘恒有了完整的时间读书写作。他的小说代表作《狗日的粮食》就是在那个时候写出来的。

青年时期的刘恒经常会思索："人为什么要来到这个世界上？人生的意义和价值又是什么？"这些人生问题夜以继日地缠绕着他。开始写作以后，刘恒的目光转向了现实，转向了对人类生活基本问题的关注，比如生与死、爱与憎、粮食、性、人与人之间的关系等一系列问题。

《狗日的粮食》之后，《白涡》《伏羲伏羲》《虚证》等佳作接踵而来，也就是从这时起，刘恒被归入"新写实"一派，开始了风格独特的创作。以一种独有的冷静刻写着苍茫大地上的芸芸众生，致力于人性挖掘，展现了人性的阴暗、猥琐，让人喘不过气来。在这个时期的小说里，刘恒侧重于对人的存在进行考察，对人的自然存在与社会存在的关系、人的本质力量、人的各个方面各个层次的意识，以及人的全面发展所面临的各种现实障碍，进行了全面深入的思考。

如今，刘恒已经快七十岁了。闲不住的他，还在艺术创作的路上努力奔跑着。我脑海里有个画面：天边的夕阳西下，映红了云霞，在大地上奔跑的刘恒，张开手臂，远远看上去，就是一个巨大的"人"字。

在日常生活里，刘恒变得越发平和、谦逊、真诚、内敛，但能够让人感受到他身上潜藏的巨大力量。那是来自精神和灵魂的力量，纯粹、澄净而又异常丰富。

"到了我这个年纪，就好比太阳过了午，该往下落了。随着年龄的增长，你能感觉到身心都在走下坡路，创造力越来越低，写作能力越来越低，心有余而力不足，体力不济，不能长时间熬夜了，灵感不如青壮年时期那么丰富，注意力也老不集中。可是我还有满腔壮志，心里还藏着许多东西要去实现，怎么办？我能不能继续努力，发挥出应有的创造力，再创作出惊世之作？这是我的梦想。把自己雕刻成一个完美的雕塑，像罗丹的思想者那样。"

选自《作家》2023年第7期

评鉴与感悟

张英先生是资深媒体人,得天独厚的条件使得他跟中国许多知名作家都有交集。我曾拜读过他出版的访谈集《文学的力量》,印象深刻。他以一个文化记者的卓越眼光、敏锐视角和使命担当,去触探作家们的内心世界和精神迷宫,给读者留下了众多值得回味和深受启发的"文学样本"。此文记写刘恒,从外到内,从生活到文学再到剧本,自始至终,该文都在告诉读者——什么是榜样的力量。

我的两位导师李辉凡和吴元迈

/刘文飞

我有两位导师，一位是我的硕导李辉凡老师，一位是我的博导吴元迈老师。李老师和吴老师是同龄人，李老师生于1933年9月5日，吴老师生于1933年12月12日，李老师比吴老师大三个月。李老师和吴老师在今年几乎同时去世了。2023年4月17日，吴老师在因中风卧床苦熬三年多之后终于解脱；将近两个月后的2023年6月15日，李老师因沐浴时摔伤被送进医院，在病情几度反复后突然离世。我的两位导师前后脚来到这个世界，又像约好了似的手牵手驾鹤西去。他俩讣告的第一段文字结尾相同："享年八十九岁。"

甚至连我最后道别他俩的两家殡仪馆也相距不远：4月21日上午10点，我们在东郊殡仪馆功德苑送别了吴老师；6月19日上午8点，我们在通州殡仪馆紫竹厅送别了李老师。他俩的告别仪式都不像他们生前大多数同事的后事那样在八宝山殡仪馆举行，他俩不约而同地在北京的东郊最终离开这个世界。他俩的告别仪式都很冷清，这当然是他俩家属的意愿，也与持续三年的疫情有关，但道别的场景还是令我们这仅有的几位、十几位到场的人心生伤感，甚或负疚。我们送别他俩的时候，天都阴着，还落了小雨。

一

我和两位导师的"私交",似乎超出了通常的师生关系。

20世纪70年代末我在安徽师范大学读书,一日在生化楼前的棕榈树下阅读刚从图书馆借出的《高尔基中短篇小说选》——这是人民文学出版社绿皮网格本丛书的一种——翻开书,我立即被序言所吸引。这篇序言全面介绍了高尔基中短篇小说的创作史、"流浪汉"形象和艺术特色等问题。作者娓娓道来,举重若轻,让我顿时感觉走近了高尔基及其中短篇小说创作,序言最后的署名"李辉凡"也就此深深烙在我的脑海里。

大学毕业时,我考进中国社会科学院研究生院,研究方向就是"高尔基研究",导师原本是张羽老师,但一年后,我转到李辉凡老师名下,并在李老师的指导下顺利毕业,进入社科院外文所苏联室工作。不久,我在劲松一区114楼分到一间半地下室的集体宿舍,而我们这个单元的顶层恰好就是李老师的家。从此,作为"地下室人"的我与作为"顶层人"的李老师成了邻居。

每逢周二,我俩一同骑自行车前往位于建国门的社科院上班。无论在单位还是在家里,李老师话都不多,唯独在我俩骑车上班途中,他却往往谈兴大发,且声音很大(声音小了可能彼此也听不见),从与俄国文学相关的点滴知识到单位里的人与事,他随口道来,我却感觉比听他给我们讲课更有趣。每逢节假日,曾为印尼华侨、厨艺十分精湛的师母陈老师常邀我上楼吃饭。

记得有一年我与李老师一家一起过年,我把新买的一张红色折叠桌搬到楼上。席间,我与李老师的公子李晓东猜酒,用筷子敲打桌面,嘴里高喊"老虎、棒子、鸡、虫"。李老师起初在一旁冷眼观察,许久之后终于按捺不住,加入了我们。但他只与我对垒,不愿与晓东决战,可能担心有损为父的威严。在与我对垒时,他永远只喊"老虎"和"棒子",永远不出"鸡"和"虫"(他可能觉得老虎和棒子更有杀伤力一些,由此也能感觉出李老师温文尔雅的外貌下隐藏着的那颗好战的心),被我抓住这个特点后,李老师的酒自然喝得比我多,不久就满面通红,被师母赶进了卧室。我的那张小红桌上,从此留下了我们三人用筷子头砸出的一片片小凹槽。

还有一件事也能反映出我与李老师的"私交"之深：李老师的书柜里端端正正地摆放着一套《金瓶梅》（是改革开放初期出版的"洁本"），李公子李晓东当时已考上清华，想看这套书，李老师却不同意，还给《金瓶梅》所在的书柜上了一把锁。李晓东请我替他把这套书"借"出来（这套"洁本"《金瓶梅》我之前已读过），我向李老师开了口，他二话不说，就把书给了我，我交给李晓东带到清华去读，读完后再由我还给李老师。李晓东对此深感不解：为什么同一本书，我能看他就不能看呢？我说因为我是你爸的学生，还因为我和你爸都是学文学的。李晓东无语。

后来，我终于在劲松9区901楼11层分得一套两居室，而李老师一家早在此前数年已迁居此楼12层，我和李老师再度成为邻居，一住又是六七年，直到我搬到团结湖。后来，李老师在师母去世后也搬去东郊的京城雅居，与李晓东一家同住了。

吴老师是我的老乡兼校友，他出生在皖南歙县，曾在安徽师范学院（安徽师范大学的前身）学习。我在研究生考试后不久就听闻了吴元迈的大名，正是他从北京传来了我可能参加复试的"小道"消息。他先是把消息告诉了他在列宁格勒大学的老同学、当时在安徽大学外语系任教的白嗣宏老师，白老师又转告给了安徽师范大学的力冈老师。

来到北京后，我应吴老师之邀去过他家，先在双榆树，后在昌运宫。吴老师的母亲是一位不识字的小脚老太太，满口乡音，听吴老师说我是安徽人，她便立即滔滔不绝地跟我聊起天来，可她的徽州话我几乎连一个字也听不懂，但不能扫了老人家的兴，我只好连连点头，尽量呼应她的面部表情，交流因此竟也十分顺畅。

1991年，吴老师担任社科院外文所所长兼党委书记。也就是在这一年，我开始随吴老师在职攻读博士学位。完成博士论文答辩后，吴老师数次建议我到外文所科研处工作，似有意栽培我，可我每次都找个借口婉言谢绝。最后一次，他轻轻感叹了一句："也好，人各有志嘛。"但在此后很长一段时间，我还是做了他的"科研秘书"，经常为他起草发言稿。在他担任国家社科基金外国文学组的首任组长后，我陪他到全国各地的高校和科研单位做调研，走了很多地方，结识了吴老师的许多朋友，我的一些年轻朋友也趁机熟悉了吴老师，我和吴老师因此有了一个共同的"朋友圈"。他晚年挂在嘴上的一句话就是："我还是有几位年轻朋友的。"

二

李老师和吴老师都是时代的骄子。他俩都出生在20世纪30年代，那是中国近现代最贫弱的时代之一，他俩的童年是在兵荒马乱中度过的。他俩都出身农家，吴老师还是遗腹子，用他自己的话说，他是"吃百家饭长大的"。新中国的成立改变了李老师和吴老师的命运，由于品学兼优，他俩于1953年同时走进大学，李老师考入哈尔滨外国语专科学校俄语系，吴老师考入安徽师范学院中文系。他俩后来都曾不止一次地向我感慨，如果没有1949年后建立的新政权，他俩是没有可能读大学的。

在20世纪50年代，能上大学已是机会难得，能去苏联留学更属凤毛麟角。同样由于品学兼优，或许也因为家庭出身好，李老师和吴老师又被选派出国留学。吴老师于1954年被选派至北京俄语专科学校留苏预备部学习，一年后出国，先后就读于基辅大学和列宁格勒大学，1960年7月回国，在中国科学院文学研究所苏联文学组工作。李老师比吴老师早两年来到这家单位，他1958年研究生班毕业后就被分配到中国科学院文学所苏联组，一年后被选派留苏，在苏联科学院世界文学研究所进修两年，1961年回国。

李老师和吴老师就读的列宁格勒大学和高尔基世界文学研究所都是当时苏联最好的高校和研究机构。李老师的导师赫拉普钦科（1904—1986）和吴老师的导师杰尔卡奇（1906—1987）都是当时苏联的顶级学者。李老师和吴老师在苏联时期主修的高尔基研究和普列汉诺夫研究也是苏联当时的显学。更为重要的是，他俩当时所处的恰是苏联解冻时期之后所形成的活跃开放的学术语境，是包括文艺学在内的苏联学术的黄金时期之一。

李老师和吴老师在20世纪50年代到60年代学的是当时最时髦的俄语和俄苏文学专业，学成回国后又分配到我国最高的学术机构——中国科学院做专业研究工作。俄语还是他俩的月老，李老师的夫人是他在哈尔滨外国语专科学校的同学，吴老师的夫人也是他在列宁格勒大学的校友。他们都组成了真正的"俄语之家"。不难想象，在刻苦修得俄语之后，在系统掌握了苏联的文艺学知识之后，当年的他俩风华正茂，踌躇满志，正准备大展学术宏图。

然而，李老师和吴老师又似乎是生不逢时的。就在他们回国后不久，一场接一场的政治运动便开始裹挟他们。他们在苏联修得一身武艺，回国后却无用武之地。

但是，在1970年代末兴起的改革开放热潮中，李老师和吴老师却迅速成了中国俄苏文学研究界，乃至整个文学研究界的风云人物。

李老师和吴老师都是俄苏文学研究专家，且均以理论研究见长。在李老师和吴老师之前，我国的俄苏文学研究比较偏重文学史研究和作家作品研究，似乎少有专门研究俄苏文学理论的学者。而在改革开放时期，我国的外国文学研究，乃至整个中国学术界，迫切需要的正是作为思想解放之利器的理论创新，于是，李老师和吴老师便得以施展他们的学术特长。

两位老师在1980年代发表的大量文章，如李老师的《我国高尔基文艺思想研究中的几个问题》（1981）、《高尔基的人道主义思想》（1981）、《八十年代的"开放体系"问题》（1986）和《维谢洛夫斯基与现代性》（1986）等，吴老师的《恩格斯致哈克奈斯信与现实主义理论问题》（1982）、《文学本体论的历史命运》（1985）和《关于马克思主义文艺学的基础》（1987）等，都在当时的文学理论界产生了很大影响。

值得注意的是，在20世纪八九十年代，他俩均相继出版了几部关于俄苏文学理论的研究著作，如吴老师的《苏联文学思潮》（1985）、《探索集》（1986）、《现实的发展与现实主义的发展》（1987）等，李老师的《二十世纪初俄苏文艺思潮》（1993）和《文学·人学——高尔基的创作及文艺思想论集》（1993）等，从而把我国俄苏文学的理论研究提升到了一个新的水准。

我记忆中的两件事，可以佐证他俩在当时中国理论界和学术界的影响。1979年，吴老师在《哲学研究》上发表一篇论文，题为《也谈上层建筑与意识形态的关系》，副标题是《与朱光潜先生商榷》。文章发表后引起很大反响，有一次我们到当时的外文所所长冯至先生家做客，听冯先生说，他曾与朱光潜先生谈到吴老师的这篇文章，朱先生说："吴元迈的理论功底还是蛮扎实的。"

1982年，李老师与张羽老师应苏联科学院世界文学研究所之邀访苏。这是中苏交恶之后中国的俄苏文学学者首度访苏，受到苏方高度重视。回国后，张老师和李老师举行一次内部报告会。记得会场设在当时外文所所在的社科院学部四号楼的一层会议室，不大的会议室被挤得水泄不通，除了社科院哲学、历史、文学等研究所的同事外，还有来自作协、文化部、北大、北师大和北外的众多同行。当天的报告会由李老师主讲，身着西服、戴着黑框眼镜的李老师端坐台上，不慌不忙地讲了三个多小时，内容涉及苏联文学界的现状和动态。他介绍的关于社会主义现实主义的"开放体系"等理论问题，更是激起了听者的强烈兴趣。报告完毕，全场起立，长时间地为李老师鼓掌。

我们如今谈起改革开放初期文学研究的思想资源，总以为它们主要源自西方，殊不知当时对苏联同时期的文学和文化理论的借鉴和引进也是一种重要的思想源泉，因为我们思想解放运动的主要解构对象，在很大程度上正是"文革"之前从苏联引入的文学意识形态，解铃还须系铃人，苏联同行在相关方面的理论突破对于当时的中国学者而言无疑更具借鉴意义。正是在这一学术语境中，我们才能更充分地意识到李老师和吴老师当时所做的俄苏文论研究工作所具有的历史意义。

李老师和吴老师既是新社会的幸运儿，也是新时代的弄潮儿，他们受累于20世纪中国的诸多曲折，也以自己的努力做出了不负使命的奉献。他们的一生折射出了新中国培养的第一代知识分子的历史命运，他们的经历，如赫尔岑所言，就是"历史在一个人身上的反映"。

三

李老师和吴老师专业相近，学术历程也大同小异。他俩前后脚来到中国科学院文学所工作，在改革开放之后，他们在新组建的中国社会科学院外国文学研究所脱颖而出。在我于1982年初考入外文所读研究生时，他俩都是外文所苏联文学研究室的副主任，主任是张羽老师。在张羽老师担任外文所所长之后，李老师任苏联室主任，吴老师则任新组建的理论室主任。1980年代中期，时任外文所所长叶水夫先生领衔编纂我国俄苏文学研究界的第一个国家重点项目《苏联文学史》，李老师和吴老师都被任命为副主编。1987年，吴老师晋升研究员，次年，李老师也晋升研究员，他俩在他们那一代学者中始终是走在前列的，是外文所俄苏文学研究的双擘。

在李老师和吴老师之前，我国已涌现出众多杰出的俄国文学译介者和研究者，他们按出生年代大致可划分为两代，即以鲁迅、曹靖华、郑振铎等为代表的第一代，以及以巴金、戈宝权、叶水夫等为代表的第二代，而出生在1930年代的李老师和吴老师则是我国第三代俄国文学研究者的杰出代表。

然而，出身和经历、专业和成就均很相似的李老师和吴老师，在性格上却迥然有异，李老师沉默寡言，做人一丝不苟，吴老师则滔滔不绝，做事风风火火。在学术观点上，两人也不尽相同。

在《苏联文学史》编写组中，李老师和吴老师这两位副主编分别代表着两种不同的关于苏联文学历史的评价立场，相对而言，李老师更多借鉴苏联学者的观点，立场偏保守一些。编写组里的郭家申老师、钱善行老师更支持李老师。吴老师对于苏联文学史更具"反思"意识，编写组里的童道明老师和我更赞同吴老师，而主编叶水夫先生以及编写组的另外两位成员张孟恢老师和王守仁老师则在大多数情况下都是"中间派"。

比如，在论及马雅可夫斯基与未来派的关系时，吴老师认为马雅可夫斯基是"经由"未来派走向成熟的，即在一定程度上得益于未来派，而李老师则认为马雅可夫斯基是在克服未来派的影响之后才变得伟大起来。由李老师和吴老师引起的学术争论，伴随着三卷本《苏联文学史》写作的始终。

我对李老师和吴老师性格碰撞的最真切体验，是在1990年底莫斯科开往北京的国际列车上。那一年夏末秋初，李老师和吴老师应苏联科学院世界文学研究所之邀去做学术访问。当时的苏联处于其解体的前一年，苏联社会已弊端尽显，人心涣散，负责邀请李老师和吴老师前往莫斯科的苏联科学院世界文学研究所，居然无法为两位老师购买到返程车票。两位老师被安排在莫斯科西南郊的一座少先队夏令营，他俩虽吃喝无忧，却度日如年。无奈之下，当时在莫斯科普希金语言学院进修的我，只得与同在普院进修的新疆外办工作人员陆兵先生一起去苏联交通部交涉。我们建议中苏共同创建一个"丝绸之路旅游合作项目"，对方很感兴趣，与我们签订了一份合作意向书。在"谈判"结束时，我们提出要回国落实此事，但听说火车票不太好买，对方立即答应给我们提供一间国际列车包厢。

顺利买到车票后，我陪两位老师回国，我们六天五夜的漫长行程基本上是在李老师和吴老师的争论或争论过后的长时间沉默中度过的。争论的内容包括学术问题，比如对某一位俄苏作家的看法，也包括日常生活问题，比如对俄苏风土人情的理解和认识。吴老师伶牙俐齿，李老师不善言辞，但争论的结果往往是吴老师"败下阵来"，原因就在于李老师要更不屈不挠一些。

比如车过贝加尔湖，吴老师说铁路离湖很近，可能只有几公里，李老师则说铁路离湖最近的距离也有几十公里；比如吴老师说，俄罗斯女士一过四十岁就不好看了，因为体型会发胖，李老师就说也有年过四十岁，甚至年过六十岁的俄罗斯女士依然能保持体型，他还举出他认识的某位俄罗斯女士为例证。一次，在此类争论之后，吴老师愤而走出包厢，坐在车厢过道的折叠椅上。待我过了十几分钟后来到过道，吴老师依然没有消气，他冲我说道："你们李老师啊，就认死理！"当然，不久之后他俩又会和好如初，然后再择机展开下一场争论。

四

我的两位导师都离世了，这意味着我从此成了一位学术孤儿。契诃夫在上中学时就写了一部剧作，题目是《Безотцовщина》，我们之前大多译成《没有父亲的人》，其实，没有任何人会没有父亲，但几乎每个人都会有失去父亲的经历，因此，契诃夫的戏剧处女作或可译成《没有父亲的状态》。李老师、吴老师那一代学人如今纷纷离去，这就意味着我和我的同辈学人正在步入"没有父亲的状态"。

李老师作为硕导只带了我和张晓强两个学生，吴老师作为博导也只带了五六个学生，而我现在的硕士、博士生已有几十位，他们无疑也都能算是李老师和吴老师的学生。家庭的血缘关系是一种传承，学术大家庭也有其血脉延续，就这个意义而言，我的两位导师还会源源不断地拥有他们新的学生。

选自《中华读书报》2023年9月6日

评鉴与感悟

翻译家刘文飞先生追忆他的两位导师,看似怀人忆旧,实则也是在回溯他的过往人生,以及给过他精神光照的恩人。前辈风范,令人敬仰。文脉需要传承,精神亦然。

心灵

我的邻居金波先生

/钱理群

金波先生在《我与童年的对话录》里，有这样的回忆——"那一天，我们都在散步。我又远远地看见你了。我发现你走得很慢。你在树下走，走一走，停一停，看一看，都是在看树。对于喜欢树的人，我很自然地就有好感。于是，我主动向前，这次我们算是真正认识了"。

岂止是认识，不用多谈，我们就很自然地互为知己，用我在养老生活回忆录里的话来说，"情不自禁"地合作写书了。而且接连写了四部"金波著，钱理群点评本"（《我与童年的对话》《昆虫印象》《星星草》《爷爷的树》），尚且意犹未尽，还准备继续合作下去。

这样的两位老人、学者、诗人，在养老院里，因"树"而结缘，在当下中国是罕见的。或许因此具有了某种象征意义，耐人寻味。

这是《想变成一棵树》一书的开章篇："我想种下这样一棵树，请我的好朋友都来住"。"发一张请柬给小百灵""再给松鼠打个电话"，把最高的树梢"留给金丝猴做瞭望哨"。于是，就有了金波式的命题："是我栽的树"："小鸟，你好好唱吧，这是我栽的树"；"蜻蜓，你在这儿睡觉吧，这是我栽的树"。我们"应当共同拥有绿树和鲜花"（《是我栽的树》）。此刻，金波眼里的"树"，是大自然中所有生命（松鼠、金丝猴、小鸟、蜻蜓）的栖息地，"共同拥有"的家园。

金波先生自己与树的关系，他所扮演的角色是"种树人"，树的"拥有"者、观看者、欣赏者。

接着，我们又读到了《老爷爷走进树林中》：老爷子在树林中打太极拳，"把自己变成行云流水，徐徐清风"；"大树看得发呆，小树看得发呆，不知不觉地，也跟着手舞足蹈起来"："这里的大树小树，都获得了另一种生命"。这样的人的生命对树的生命的影响，令人惊叹不已。

翻过一篇，又读到《走进林中世界》："在大树下，老爷爷像个孩子，在小树旁，孩子忽然长大。"突然发现"这里是世界之外的另一个神奇的世界。我走进林中，就和另一个自己告别"。这又是从未想到的：树林的生命是"另一个世界"，并且会对人的生命产生影响。

这样，金波先生就发现了"人"和"树"，都有自己独立的生命并且相互影响。

于是，金波先生和树的关系，就发生了微妙的变化：由种植者、拥有者、观看者、欣赏者变成了两个独立生命的"对话者"。

这就有了金波式的《对一棵树的愿望》：我"会有许多快乐和你分享，会有许多苦难和你一起担当，会有许多记忆刻进年轮，会有许多衰老变成永远的成长"。

于是，金波与树，走得越来越近。"走进去，总想问一声'你好'，然后静静地谛听"（《树林里很宁静》）。"我走进树林，把脚步放轻，放轻"，我想"把我心中的乐曲"，放到"蓝天里飞翔"，"等它落下来，落下来，又会缠绕在每棵树上，和嫩绿的叶子一起成长"（《阳光走进树林》）。

还有《林中梦》："树荫里挂着一个大鸟笼"，"却睡着一个老头儿"；"鸟儿们在围观，看得很开心"。《我仰望树梢》："它天天都在擦拭蓝天，让天空更加明净"——"擦拭"蓝天的，是"树梢"还是"我"？《想念每一棵树》："我们亲手栽下了多少棵小树苗"，"还把一块块写着自己名字的小木牌，像挂项链似的替小树苗戴起来"，"从此那小树苗的根，好像长在我们心里"，一天天长大，我们的心都有些承受不住了。"走进大森林的时候，我忽然怀疑自己：我是不是那个小绿人，是不是大树把我养育？"《我要看望一棵树》：当年我"爱恋着脚下的泥土"把树种下，如今又"多么想变成家乡的一棵树！"

是的，我们最终都要"变成一棵树"，而且还要有《树的感觉》，那真是"十分美好"。"我拥抱着土地，土地也把我拥抱"，"树"要"落叶归根"，"人"最终也要"回归大地"。"人"与"树"，有"一样的经历，一样的苦难，一样的幸运，一样的灵魂"，我们的生命终要交融为一体，"人是走动的树，树是挺立的人"（《喜欢树的人》）。

这样，我读金波童诗自选集《想变成一棵树》，就感悟到了金波与树，人与树关系的"三步曲"：栽树人，树的观看者、欣赏者。人与树两个独立生命的"对话"。最后生命交融为一体，"我变成了树"！金波先生也因此找到了自我生命的最后归宿——真正地"回归大自然"了。

这多神妙：羡煞我也。

我由此开始反思：我和树的关系是怎样的？

我也在观看、欣赏树。说自己"喜欢蓝天、白云、树的组合"：这一点和金波先生大概有些相似。但我也有自己的独特的观察点。比如和金波先生倾心于"树林"不同，更打动我的是"独木"："晨六时即起，去湖边散步，看直立于晨曦中的独木，静卧在波光里的圆石，竟有一种莫名的感动，心也变得分外的柔和"。我更关注"寂静无声"中生命的"流动"："树叶在微风中伸展，花蕊在吸取阳光，草丛间飞虫在舞动，更有人的思想的跳跃、飞翔。这就构成了'寂静之美'"，正是我最欣赏的。

但我和树的关系就止于此，最多在观看、欣赏时也有生命的交流，但我绝不会、也不愿"成为树"。我和整个大自然的关系都是如此，就有了这样的自我描述："有人喜欢海是投入式的，我不是。我基本上是一个旁观者的视角——在海边走，看，感觉。我是观海而不投入海。一投入海，就被海淹没了，海就不是我的了。"

于是，就有了这样的反省："我始终是一个观看者。"我喜欢动植物，"但是不能整天和它们混在一起，不能整天围着它们转，这样又会干扰到我的自由与独立"。"我是个极端的个人主义者。从另一个角度看，这也是我的弱点"。这里说的，一是"我"过分强调与追求"个人"的自由与独立，不愿意和其他生命交融；而我的"个人"又是极端社会化、时代化、政治化的。这样，我与自然（包括树）的关系，始终是有距离的，我也无法"回归大自然"。

但可以看出，到了晚年，我也变了。金波先生在泰康养老院里看见的钱理群，正在努力寻找"我"与"树"（大自然）的交融，但也还是用自己的方式："每天早上散步，都以'重新看一切'的好奇心，观察院里的一草一木一水一石，并且都有新的发现"，"散步回来，就有一种'新生'的感觉"。这样，在养老院里，"我"与"树"（大自然）的生命，每天都处于"新生"状态。

我也和金波先生一样，因为回归大自然，而不断获得养老人生的神妙感：这太好了。

选自《中华读书报》2023 年 10 月 25 日

评鉴与感悟

金波先生是儿童文学作家，葆有一颗童心，其作品如阳光雨露，润泽了无数少年朋友的心田。钱理群先生是著名教授，葆有一颗公心，其作品如电光石火，擦亮了无数读者的心灵。两位先生在生活中为邻，又在纸墨间相遇，互相欣赏，彼此慰藉，安宁自得。钱先生此文亦如童话，充满梦幻色彩和哲思趣味。

幸与诗人同乡

/颜炼军

碧薇与我是同门，都是敬文东老师的学生。我是敬门大师兄，我毕业离京后，她才"入门"，其时她已是颇有名气的青年女诗人。我们还是云南老乡，相较许多省份，在外晃荡不归的云南人似乎少点儿，我很少遇到同乡，跟碧薇也因此分外亲切。敬老师带领有方，敬门弟子关系都很亲密，当然，在写作喜好和知识激情上，老师擅长因材施教，大家于是也有某种自觉的"疏离"，都想在生活、学业和写作中，磨砺出真正的自己。或许由于心理有这借口，在相当一段时间里，我没怎么认真读碧薇的诗。

几年前有一次打开她的朋友圈，被一首名为《成都东站站台》的诗击中了。我觉得这是碧薇最好的诗作之一：

> 一瞬间，我以为前面的老人是祖父
> 仍戴着那顶毛呢贝雷帽
> 仍是整洁的蓝衣，在站台多边形的阴影里
> 衣袂翻飞着持重的深秋不认可的飘逸
>
> 啊，爷爷。我在心里喊
> 为什么多年以后，凭借他人的背影

我才真正地认出了你
　　像认出合唱队中唯一一个闭紧嘴唇的人
　　当镀金的旋律响彻宇宙，你喉咙里的海啸
　　挤成两道狭长的空气游出鼻孔
　　你从后院取下了晾晒的锦缎，梅树上白雪乱跌

　　那个老人没有转身
　　爷爷，他握住行李袋的手和你一样
　　握紧的还有全球升温后，困兽心中
　　不可逆的怀疑

　　我也不愿转身，怕看见自己走过的路
　　都被复制成你熟悉的影像
　　怕回到灿烂冬日，我们是并排坐在
　　枯梅枝上的兄弟

　　我当即给碧薇发信息，表达了对这首诗的喜爱，还把这首诗带到接下来一周的本科课堂上。被此诗打动，首先是它唤醒了我自己的隐秘记忆。我也曾有一位优雅自律的祖父，一位技艺精湛的木匠（我跟碧薇讲，读了她这首诗，也想找机会写写我的祖父）。尤其读到这句时，我非常感动："啊，爷爷。我在心里喊/为什么多年以后，凭借他人的背影/我才真正地认出了你。"诗里包含一种隐秘而普遍的当代旅途经验：在陌生人群里，恍惚遇见熟悉的、亲爱的"故人"。高铁站台是当代中国都市日常生活中典型的旅人集散地；火车碾压轨道摩擦出的"镀金的旋律"，是当代生活技术化、速度化的象征；"全球升温"是神秘而令人绝望的人类宿命。在三者构成的茫茫人海和杳渺世界中，被一个长得像祖父的陌生人吸引，世界刹那间停摆，往昔的"锦缎""白雪""枯梅"再现，似乎消除了站台的"多边形的阴影"。
　　碧薇当时回信说，想听我细说下我喜爱这首诗的原因，以上算是一个迟到的回复。诗里展现的对时空回环交叠的捕捉能力，其实是碧薇写作屡

试不爽的本领。在这本集子中的更多作品里，作者痴心命名浮游于世的明灭感，更兴奋于发现行旅中隐蔽的熟悉和友好。具体到诗歌的编织，她常采取的策略是：虚构甚至变身为抒情主体，寄灵于所遇之物，所思之象，来进行诗行的铺陈建筑。比如《在吉县看壶口瀑布》《开平碉楼里的女人像》《交河来信》等，或凝神刹那的悸动与感怀，或聚焦时光停驻的细微标记。对一个日趋成熟的诗人而言，这种"凝神""聚焦"的练习，也是拓展诗歌表现力的方式："整个大陆，不过是小灵魂的茫茫异乡/此时我体内，太平洋的汐流正在为暮色扩充体量。"（《傍晚乘车从文昌回海口》），岛屿和大陆的关系，堪称诗性与日常关系的隐喻。诗人正是在此类语法变幻里，含纳"异乡"和"汐流"，应对灵魂的茫然与旅途的暮色。

　　如何理解当代诗人行吟的美感？在碧薇诗里，读者能深切地感受到，诗歌天然就是不同经验、不同物象、不同语言的碰撞和融合。无论迷醉或警醒，诗歌所现，都是习焉不察、熟视无睹的反面。由于这种好奇和诧异的本质，诗歌自古多与旅行相关。古希腊伟大的荷马史诗，写的是远征和回家的漫漫长途，史诗传说中的作者荷马就是一位行吟诗人。从中国的屈原、李白、杜甫，到欧洲的奥维德、但丁等大诗人，他们的伟大诗篇多关乎羁旅愁思和陌生世界。去过许多地方，才能体会人世渺茫和情谊珍贵，才会有乡愁。诗歌因此把不确定的命运，未知的世界化为慰藉心灵的语言结晶。古人的旅行是缓慢的，当代人在地球表面的快速移动，对信息世界的依赖，让旅行发生了本质变化。诗歌不但要面对偶然的命运和未知的世界，还要面对液态化和技术化的人世。在这部诗集的大部分作品里，我们既看到天南地北的主题，也看到了它们最后的定稿之地：昭通、西安、海口或北京。相较之下，古典诗的行吟更即兴，充满社交功能和"当地"气质，更饱含"浮生"经验的魅力。而如碧薇式的当代诗人行吟写作，则更多显现为追忆和反思，许多即兴经验与随心目击可能就被过滤了。但在碧薇看似有规划的追忆、反思的诗歌构造里，也有某种个性化的回甜。比如，作为音乐热爱者，碧薇诗里的"回甜"，常常弥漫于一些音乐感特别好的片段："它知道青翠的就要恣肆，雪白的就要无邪/湖有了桥才生顾盼，荷塘还须配点淡香/当然喽，椰子应有椰子的窈窕/榕树亦有榕树的正道"（《大补山村印象》）；这种狂欢感十足的句子，有着迷人的巫气和天真，类似气质的还有《桃花源》这样的诗，令人印象深刻。这样的部分，很可能是当代行吟诗写作的迷人所在，是与当代生活枯燥对立的美好愿景，也应该是碧薇写作中本色的气质。

碧薇诗里不少地方，有独特的文化地理意识。按她自己的话说——"南方本位"。的确，碧薇对南北差异有许多体悟和观察，她关于南洋旅行的许多描写，也为当代汉语诗歌增添了新的"南方"触角。这似乎和她出生在昭通这样一个多民族杂居的西南地区有关，一个在长江上游生长起来的诗人，她的视野不仅是"滚滚长江东逝水"意义上的南方，还是横断山诸多大河流通往的南方，中原文化框定之外的"南方"。在《郑和：刘家港独白》一诗里，可以感到诗人这种特殊而微妙的"南方本位"。航海家郑和是云南的回族人，他的航海出发地，是正统中国南方，而途经的重要地域，却包括中南半岛、南洋等广大区域，是更"南方"的南方。我认为碧薇写这首诗时，是有一些别样心思的；作为同乡，我有幸理解这一点。话说，一个优秀的诗人，本就是在自己"本位"中，泯然众人而别有心思。

选自"爱诗书坊"公众号，2023年11月24日

评鉴与感悟

作者与所写对象是同门，皆是学者敬文东先生的弟子。正是因为彼此的熟悉，双方在对"诗艺"的追求和理解上息息相通。颜炼军先生也是青年学者，丰富的学识、开阔的眼界和深厚的修养，使得他的文章学理与审美兼具，给人诸多启迪。

母亲的酒事

/谢有顺

母亲不识字,却会酿酒。她酿的米酒,透亮,甜美,有米香,其实就是殷实日子的味道。小时候,日子清苦,到了冬天才酿酒,准备过年待客用的,酿好、蒸好的米酒,总有几大缸吧,用笋壳和棉纸封口,在墙角放着,人一走近就能闻到酒香,只是我不太喝酒,也就从未动念要舀一勺出来喝喝。人小嘴馋,偷过家里的各种吃食,印象最深的是刚起锅不久的猪油渣,太香了,就是没有偷过酒喝。我一喝酒就脸红,真喝上半碗,就藏不住了,挨骂是难免的。奶奶在世时,骂人的话都是吉祥语,"你这个长命子""你这个有食禄的",我们小孩并不怕她。母亲是怕的,她不骂,一个眼神过来,感觉一切都被她看穿了,下次就不敢犯错了。

母亲平时滴酒不沾,顶多是酒酿好后,尝一小口,看看和往年的酒有什么不同。

酿酒的糯米是自己种的。母亲每年都选出一块最好的地来种糯米,年糕、粽子、酿酒,都要用到糯米,但酿酒用的量最大。有时给老人做的米饭,加上些糯米,饭就会松软得多。糯米粒细长,呈长椭圆形,硬度较小,黏性强,老人喜欢吃,而且并不影响消化,重要的是要热着吃。糯米饭凉了才伤胃。每次酿酒时,糯米蒸好了,母亲总是会捏个大饭团给我吃,那是我吃过的最美味的米饭了。

把蒸好的糯米饭倒入大的酒缸里，铺平，放凉，然后把捣碎的酒饼粉（酒曲）连同之前烧好的山泉水一起撒在糯米饭上，用手搅匀，让米粒分开，再把糯米饭铺平，中间挖个洞，把酒缸盖上，外面包上棉被，或盖上稻草，用塑料布包好，放在温暖、干燥的地方，等它发酵。发酵三天，打开缸盖，酒香就会扑面而来，吃上一碗酒糟，都能让我想起李颀的诗，"东门沽酒饮我曹，心轻万事如鸿毛"，确实，在美味面前，很多东西都变得不重要了。

母亲的酿酒手艺是奶奶教的，她酿的酒，在村里很有名。我们客家有一句谚语，"蒸酒磨豆腐，无人敢称师傅"，意思是说，酿酒、磨豆腐，家家都会，也是每个客家女人的祖传手艺，大家难分高下。但母亲告诉我，酒好不好，主要看水。水有什么学问呢？一是水要好，二是水要少，三是冬至日放水的酒才不易坏。酿酒前，母亲要先去挑泉水，最好是竹根水，就是竹林里流出的泉水，甘甜、清冽；水多了，出酒率高，但酒就冲而烈，水少，酒才好；另外，冬至日放水的酒，细菌、杂质少，不易变质。母亲照此方法酿酒多年，记忆中，家里的米酒，总是醇厚、香口、甜而不腻。客家人酒量好，有时一桌客人，一顿饭下来，要喝掉一大缸的酒，但即便喝多了，也不上头，临行时还不忘拐到厨房向我母亲说声谢谢。

母亲年龄慢慢大了，酿酒累人，这些年，我们也不让她酿了。她偶尔为之，也不过是给我们尝个鲜而已。乡下待客用的，也从米酒换成白酒了。

白酒门类很多，尤其卖到农村的，价格都较便宜，可谓五花八门。近年风向好像变了，上桌最多的是习酒。金习、银习，价位上适合农村，常能见到。窖藏1988、君品习酒这样的中高端白酒，喝的人也不少。有时也能喝到茅台、五粮液、国窖1573。我自己还挺喜欢汾酒的，但在我们乡下，汾酒喝得不多。这几个酒厂我都去过，对习酒厂印象最深。当时它和茅台还是一家，用料、工艺都看齐茅台，酒质近年有很大的提高。陈宗强其时任职习酒公司的常务副总，还带我们尝了刚刚出的每一道新酒，一比较，特别新奇，好几个同行的作家，一下就喜欢上习酒了。习酒的藏酒库也壮观。我曾经指着其中一个能装一千斤酒的大酒坛对余华说，你应该窖藏一坛，以后和友人同饮。余华不久后果然去茅台窖藏了一大坛酒。

那次从习酒厂回来，我们兄弟几个在老家喝酒，我开了一瓶习酒窖藏

1988。母亲煮完饭到桌前来，她不认字，但认得酒瓶上的数字：1988，突然对我说，这年的酒，我也要喝一杯。她以为是1988年生产的酒。我大吃一惊。母亲从来没有主动喝过酒，今天是怎么啦？我来不及阻止，桌上的一小杯酒她全喝下去了，接着又自己抢过瓶子倒了一杯，一仰头，又喝下去了。

母亲的眼泪一下就流了出来。我以为她是被酒给呛着了，递纸巾给她，她手一挥，说你知道我为什么记得1988年吗？妈妈，为什么？她说，1988年，你哥哥考上大学，那是我们家的第一个大学生呀；她说，1988年，家里的计划生育罚款终于交清了，没有工作组来催了；她说，1988年第一次去县城，第一次吃上苹果，才知道世界上有这么香甜的水果……她还讲了好多1988年的事，有些事我记得，有些事我也第一次听闻。母亲醉了，她停不下来。她说，其实她上过几天夜校，后来班上只她一个女生，不愿再去；她说，少女时代她入选村里的宣传队，是宣传队里最漂亮的，舞跳得也好；她说，你爸爸见我从山上担柴回来，就直接问我嫁给他好不好，我回答说，你说好，我就好；她说，我怀你的时候，整个孕期没吃过一次肉，总共就吃了五个鸡蛋；她说，小时候肚子饿，一个人在山上摘野果吃，吃完在草地上睡着了；她说，她爸爸给她买的第一个礼物是扎头发的花巾，晾晒时被风吹走了，她哭了一下午……

我第一次见到喝醉了酒的母亲。妈妈，酒真是好东西啊，您只认得习酒窖藏1988这个酒瓶上的数字，可两杯酒下去，却说了这么多我从不知道的事。您已满鬓白发，但告诉我了一个你的少女时代，我仿佛看到一个清纯的女孩向我走来……母亲还要说下去，父亲站起来阻止了她，让她进房间睡下了。

那一刻，我忽然更深地理解了酒与文学的关系。"宽心应是酒，遣兴莫过诗""百岁光阴半归酒，一生事业唯有诗""且乐生前一杯酒，何须身后千载名"，这些诗句，说出的正是人生与酒、文学与酒的密切关系。它们的相通之处归结起来，就是不满足于现实，而渴望进入一个现实之上的想象世界。好的文学，创造永恒的想象世界；好的酒，也在微醺中创造一个瞬间的、短暂的"出神"时刻。

有回忆和想象的迷醉就是"出神"，而"出神"是人生的巅峰境界，要企及这一境界，最好的方式就是通过酒与诗。所以，美好的迷醉，不是一种酒精作用，而是在精神快意下遇见一个想象中的自我。好酒喝得适度，可以让人"出神"、迷醉、遇见想象中的自我，这是多么美好的事！

　　我母亲唯一的"出神"时刻，就是喝了两小杯习酒窖藏1988后而有的。她后来整整睡了十个小时才醒，醒来跟没事似的，酒意完全不见了。我问她，知道自己昨晚酒后说了些什么吗？她说不知道，只是梦到了以前村里的木桥，她站在桥上看洪水，风很大。

选自《中华读书报》2023年10月11日

评鉴与感悟

酒是粮食的"精魂"，爱酒之人，必爱生活，尽管生活总是充满了艰辛和苦痛。作者写母亲的酒事，实则也是在写人事，写艺术见解，写心灵秘密，写情感隐痛。酒中乾坤，人间天地。

时间是小说中的河流

/何立伟

蔡测海吸口烟,他吸烟是不吸到肺里去的,口腔里打一转,喷出来,镜片一闪,几乎是不容置疑地说:立伟,我要出小说集了,你给我写篇序!又吸一口烟,喷出来,更不容置疑地说:还有,你要插几幅画!啧啧,说得这么掷地有声,呛着我了。

我说我不是不愿意写,我是觉得某某先生更适合来写,会更权威,更恰当,更高屋建瓴。他一摆手:要不得要不得,他没有你懂我!

又被呛着,只好说:那好吧,我试试。

他说我懂他,一半是抬举,一半也是实情。20世纪80年代初,我们同时出道文坛,算起来,摸爬滚打好歹也有四十年了。这期间,我们争争吵吵,意气相搏,拂袖,甩门,掀桌子,是经常的事,然从不伤感情,过两天,又在一起,吃饭,打牌,打哈哈,聊文学聊女人。聊到女人,他一口他恩师沈从文先生一样的结结巴巴湘西话,竟也喷玑吐珠,妙语横生,惹得大家满堂哄笑,一众人快活。蔡测海平素讷于言辞,但是聊到文学,聊到女人,常常迸出一两句话,有手起刀落、五步杀人的精准锋利与狠辣,同时,又还幽默,幽默且是加冰的。这时候,你会明白,他对世事的洞明,他理解事物的智慧,对人生的透视,远在你之上。在他言辞讷讷貌似笨拙的外表下,其实藏着一颗玲珑剔透的心。我的懂他,就是懂得无论怎样,他都是你一辈子甩也甩不掉的朋友。他根本不给你理由来恨他。

早前,我一直认为他做事无常性,太贪玩。我们一起搓麻将,半夜里他裤兜里手机一阵响,小他二十来岁的太太小聂电话打过来:蔡测海,我都一觉醒来了,还不回,你在哪里?他幽幽地对着免提说:在哪里?我在台北!说完就把手机挂掉,问上首,刚才你出的是什么子牌?幺鸡?幺鸡我和了,七小对!脸涨得通红,仰头大笑,椅子已倾成了四十五度角。

他似乎很忙,又不晓得他忙什么,神龙见首不见尾,夹着个巨大的文件包,里头天晓得装的是什么秘密。通常他电话打来,兀然一句你在哪里哦。我刚把一个完整的句子汇报到三分之一,他那边就挂掉了,剩我在风中凌乱。他性急,不耐烦。我们在作协开会,他从来坐不到十分钟。哎,人呢?我比他略好,要多坐五分钟。我们都是逃会的专业户。

四十年真快,蔡测海同我林林总总做过许多事,回过头一看,又什么事都没有做。时间不会倒流,但会白流。他比我年长,今年七十古来稀了。不承想,忽然,近几年,他老夫聊发了少年狂,拼命写起小说来,一改贪玩不长情,并莫名其妙地忙,竖起意志,坐稳板凳,长篇、中篇、短篇,热气腾腾,接二连三,揭屉出笼,而且好得出人意料,每每令人拍案惊奇,真是顽夫立志,庾信文章老更成。

蔡测海早年的小说就好,再经历四十年的时间沉淀,生活积累,阅人阅世,读书思考,现在,他的好,他的深沉,他的思维的境界,他对土地、人类、世界和历史的关照,还有对自己文学审美标准的要求,已迥异从前。他的小说的品格、文字的质量、作品的意涵,完全是鹤立鸡群,另标一类。你会觉得奇怪,一个人脱胎换骨,是怎样做到的呢?这期间,又经历过怎样的彻悟和疼痛呢?

我们几个要好的文友有个微信小群,蔡测海近年写的新稿,经常先发到群里。都是些上年纪的人,手机看文字,万分吃力,但是群里的文友,必定每一篇都看,看完了,一齐点赞。而我除了点赞,每每要发一段读后感,而且,语多赞美。一来是朋友间的相互鼓励,二来也确是真情实感。他的小说,值得赞美。

他要我写序,并配图,晚上叮叮叮,我手机里接连一阵脆响,他发来了一串 Word 文档的小说文本,计有二十三篇。我的天,我今年驾照审核,视力过不了关，几百大洋配了副眼镜，才勉强应付过去。手机上看完这二十三篇动辄几千几万字的小说，岂不又要换镜片？我于是大声骂了两句话，按鲁迅夫子的说法，一句是国骂，另一句也是国骂。

但我还是慢慢地，饶有兴味地把这些小说一一读完，眼睛难受，心中愉快。这是一批水准一致的小说，远超从前的他，也远超当下髦得合时的好多作家。这些小说，有些已在群里读过，有些是新章，尚未发在群里，当然都是近年的新作。不长的时间，居然创作出了这么一大把高质量的作品，说明他的状态是爆发的状态，他的山花烂漫的文学第二春，也迟迟地扑面而来。陈年的普洱好，陈年的蔡测海和他的新作，比普洱更好。一读之后，清香留颊，韵味深长。

我讶异的是他的近作，虽然多为短篇，却越来越具有明显的史诗性。比方他写《假装是一棵桃树》，是写一座名叫"古树村"的山村，他写《河东街市》，是写一条名叫"河东街"的老街，无论山村，还是老街，都超越了狭小地域，穿透了时间，仿佛让人看到历史长河中人类生存变化的场景和身影，那些活着的人，死去的人，在看得见的时空同看不见的时空中出没，那些承载着过往生活同岁月的传说、故事并歌谣，在小说中穿插，也在读者的记忆或想象中穿插，唤醒着读者浩大的时间感知力，明白着人事有代谢，往来成古今。蔡测海的史诗是湘西的史诗，也是大地上人类的史诗。他在《假装是一棵桃树》中写到了土地上的虫子，这虫子在小说中形成了文学意象，暗喻着人类也是大地上的虫子。我们都向着生活的远方慢慢爬行。蔡测海在《河东街市》里写道："一个人有了自己的历史，就有了时间。"是的，山村也好，街市也好，那里面的每一个人都有自己的历史，而他的小说从头至尾，时间都是一条漫无尽头的河流。把中短篇小说写出一种史诗性来，意味着蔡测海小说观念的蝶变。他不再把作品中的人物看作在具体时空中存在的人，而是看作在一望无边的历史场景中活动的人。人物的时间属性使小说突破了文字篇幅的物理长度，使有限向无限延展。也正因如此，蔡测海的小说有了一种气象。他把小说写大了。

蔡测海的小说，也越来越倾向散文化。作为湘西作家，他延续了乡贤沈从文公的传统。沈公的小说，就是非常散文化的。哪怕是他作品中故事性最强的《边城》，读起来，也像是在读散发着诗意的长篇散文。蔡测海小说的散文化，比起前辈沈先生来说，更天马行空，更如东坡居士所谓，行于所当行，止于不可不止。可以说，蔡测海近年的小说，是一种获得了文体自由的小说。他越写越自由，越写越放松，越写越随性，处处驻足，处处流连，春城无处不飞花。他有一种不怕你读不下去的自信。也由此，他的叙事风格越发具有个人性，越发肆无忌惮，越发彰显着与众不同。自由需要无畏，意味着对传统小说章法堤坝的冲决，也意味着对小说叙事新的可能的探求。"文无定法"，你读了蔡测海的小说，会对这古训有新的理解。

蔡测海的近作，在叙事上有一种独特的仅仅属于他的语气，有一种缓缓的从容的语感，这不只是来自口语，同样也来自书面语，他的语气中隐含了剥落的老树皮一样的粗糙的沧桑，时间的沧桑，世事变幻的沧桑。这是一种老禅师参公案的语气，白云苍狗的语气，从容不迫，自信满满，产生着言说的磁场吸引住你。在《父亲简史》中，他就是用这种语气同语感，讲述了父亲的一生，如同山谷中的长风，吹拂了生命枯荣的林木，引发着寒暑易节同岁月更替的回声。一个湘西人，经历着战乱，兵匪，政权更迭，城头变幻大王旗，遇到迎面而来的好人同坏人，男人与女人，和逃不掉的厄运，当过土匪，也当过志愿军，又娶妻生子，让识字的儿子帮自己写新朝里的检讨书，一生像《假装是一棵桃树》里的虫子一样，朝着岁月同个体生命的尽头艰难爬去。以致最后："酉时，太阳落山。父亲走了。我叫了声爹。我没爹了。"

我读蔡测海的小说，每每不是被情节，而是被他这种叙事的语气迷住。这种语气是呢呢喃喃的，苍老而亲切，深沉而磁性。我仿佛突然发现，小说的迷人处，可以不是故事，不是峰回路转的情节和跌宕起伏的命运，而仅仅可以凭着叙事人的语气，产生阅读牵引力。蔡测海的小说，仿佛不是看完的，是听完的。他的小说也仿佛不是写的，是讲出来的。哦，你明白了，唠叨也可以有至美。

蔡测海的小说，体现了文学是语言的艺术这一特质。他的叙事语言，有时候是生活化的，有时候是笔记小说化的，有节奏，有韵律，长句短句，起伏交织，释放出汉语言本体的魅力。他并没有用什么方言，但是他的语言有着鲜明的地方性，浸透的是湘西的地域文化。

时间是小说中的流水。蔡测海在《红风筝》这篇少年情事的小说中写道:"流水洗出石头的童颜。它们安静地散落各处,听河流的故事。"

我们呢,我们在听蔡测海以石头的青苔般的语言讲述的故事。

每次听完他的故事,总有一脉时间的烟云笼在心头,久久挥之不去。

湘西青少年时期的生活,是蔡测海一口文学素材的深井,井里的水,怎么也取之不尽。于是我们源源不断地读他的新作,也对他不断地深抱期待。

但是这么好的小说,读的人也许并不多,够不上热闹,也根本惊不起文坛一滩鸥鹭。我有点忧伤,不是为自己,也不是为蔡测海,是为中国的读者,为他们的阅读审美选择。我想起一位朋友的诗:满山啼小鸟,抬头看大鹰。

真是这样。

选自"湖南文艺出版社"公众号,2023年11月1日

评鉴与感悟

品评人物,诙谐幽默;论及作品,严肃认真。文章风格简朴、雅正,有汪曾祺作品之韵味。读之,如饮泉水,天然中自带养分。

母亲

/任芙康

每回探家，我醉心于两件事。一是陪伴我妈摆龙门阵，一是聚合亲朋吃转转席。

有一年，下午落屋，晚饭后跟我妈闲聊。话题刚到人来客往，我妈语气迟疑起来："芙康，给你说个事。"然后告诉我，前一阵她已经为自己选好了墓地。"早了吧。"我不假思索，脱口而出。我妈笑笑，轻声说道："这事莫得早迟，总是要去嘛。城外公墓走遍，就那塌敞亮。又是民政局承头，莫人敢搞鬼哩。"

次日上午，侄儿开车，出城往东，翻过雷音铺山顶，又跑了几分钟，便见到我妈选中的墓园。这位侄儿，文学青年，向来对我言听事行。路上一如往日健谈，此地如何世外桃源，风情故事又如何有板有眼；公墓建成数年，行情如何似春笋攀升……进得大门，序牌指路，沿右手甬道，一阶阶登上去，修剪有序的松柏，已呈林荫气象。两侧排排坟茔，虽大小有异（由价码而定），但布局齐整。徜徉其间，顿觉人生落幕，终须讲究一场。不知不觉间，竟被浓浓肃穆包裹。

来到我妈买下的地块，垒砌已告完工。位置居中，规模适度，两侧石屏拱护，栏头石狮娇憨，墓前空地可供五六人同时祭扫。与左邻右舍相比，不显富庶，亦不觉寒碜。侄儿说，"设计师"是幺姑婆自己哟，她看了四周坟墓，舍短补长，再让画出图来交墓园施工。我听过大为惊讶，返身四望，整片坟山，占尽天时、地利，一面阳坡阔大，同众多远峰近岭连接，罩满灿灿春晖。

我告诉侄儿，公墓地势不俗，你幺姑婆能干，相信她自有感应，亮亮堂堂全是风景。雷音铺一带，我其实极熟。说着指给他看，山下波光闪闪一条河，古称明月江。侄儿说他晓得，还特地走过江上石拱老桥。

这一说，眼中小伙好像忘年知音，又添几分可人。此桥规模、造型、年代，项项声名远播。天津家中厅内，悬有古桥雄姿，借以映衬少年岁月，仍离我相隔不久。我曾闲笔的唯一一部中篇小说，便取名《悠悠明月江》，刊于《山花》杂志（贵州省文联主办）1984年第四期头条，后获客居城市文学奖。小说主人公许多细节，皆是我妈言行的还原。再试笔短篇若干，同样川东、川北的人事勾绘，悉数问世，亦有获奖。之后断然瓦盆洗手，不再提笔染指小说。

从城里上山，不远不近。当年十六七岁光景，时常借助达州、万州间这条省道，呼朋唤友，脚踏车追逐。寒来暑往，或是携盐巴、肥皂，入农户换鸡易蛋，或是带锅魁、凉面，野餐后凫水摸鱼。反正，少年的心，总难安分，学校歇课，大街上的热闹固然要凑，亦不愿误掉这方登山临水的野趣。

此刻，立足久违的故地，眼中墓园，要山有山，要水有水，竹木葱茏，鸟鸣啾啾。一个多小时的盘桓，竟无置身坟山的沉郁，直叫人觉得，凡俗之辈，劳碌一生，最终能歇息于如此明山秀水，福分不浅，算是修来十足的终其天年。祥瑞在心，不由得佩服我妈，平常为人处事，让人说不出闲话；后事思量上，不贪恋人世，看开想透。这般货真价实的超脱，是许多老太太做不来的。

我妈小时没进过学堂，成人后扫盲班亦未读过。老人家虽是文盲，仍多少识得几字。比如"四川"，是她终生相依的祖籍；比如"北京"，是我当兵的地方；比如"天津"，是她熟悉的所在（曾两度来津）。此外，我爸我妈加上我，三人姓名的九个字，以及阿拉伯数字，她都认识。退休后，时常光顾大院传达室，有时邮递员刚走，收发尚未分拣，我妈自己动手，只消三五下，便"甄别"出我寄回的家书。

自从装上电话，我便偷懒，不再写信。我爸去世后，我会每天跟我妈通通电话。我妈嘴里，从来愁事少，乃至无；始终趣事多，盈耳也。电话打去，问她在做啥，回答往往是"打毛线"。除去夏天，春、秋、冬三季，我妈似乎都在织毛活。从年轻时起，已成她独有的业余爱好，包揽了全家的毛帽、毛袜、毛衣、毛裤。我妈擅长"盲打"，技艺出众，平针、平反针、螺纹针、元宝针，尽可玩弄于股掌，并无偿指导几代学徒。

　　我妈的毛线，一直打到耳聪目明的八十多岁。有回电话刚通，我开个玩笑："又为谁忙？"我妈笑了："小王。"保姆小王，照顾我妈，已有六年。小王不会打毛线，只会挽线团，她为自己的丈夫（在老家务农）、女儿、女婿（在广东打工）挽了数不清的线团。最后经由我妈，一针一线地，织成小王全家的冬衣。

　　毫无征兆，我跟我妈的电话，会在那一天戛然而止。2010年8月12日，晚十时许，从长春打电话回家。我妈和小王刚从老铁桥回来，句句喜悦，说桥上入夜就像赶场（赶集），都图河风凉快，安逸赛过空调。因第二天要去延边，通完话我便关机睡觉。清晨醒来，见老弟来过五次电话，急忙回复，得知我妈半夜脑出血，已住进市医院重症监护室。我告别好不容易聚拢的朋友，赶去机场，飞至重庆。侄儿驾车接回达州，已是黄昏。

　　医院监护室开恩，破例允我探视片刻。我妈昏迷着（直到离世，再未醒来），我挨近她，叫了几声"妈"，我妈没有应我。端详她的面容，仍如往常，平和，慈祥，好像刚刚入睡。多年以来，每回同我妈聊天，喜欢看着她说话。从年纪轻轻，到上了岁数，我妈脸上，对人总是和颜悦色，遇事总是不卑不亢。寒时看去，有默默的温暖；暑时看去，是静静的清凉。见过她菜市上讨价还价，从无强买，全是商量。我妈从不佩戴任何首饰，但街头巷尾时被拦住，言辞悲切的男女，掏出祖传古董，欲救急贱卖，我妈一律抱歉笑笑，侧身闪过。她始终自觉自愿地远离"便宜"，也就从未品尝过悲喜交加的揉搓。一直觉得，从我妈脸上，能窥见她内心的干净，是那种本色的文明。而恰恰因为我妈并无文化，让我体会到文明与文化之间，虽一字之别，却画不得省事的等号。

　　第二天，见到主治医生，他介绍我妈病情，口气甚是悲观。晓得了预测，仍怀不甘，我将句句期待，语无伦次地表达给对方。交谈结束，医生主动握握我的手，像是给我一丝渺茫的亮光。

监护室回天无力，六天六夜后，我妈悄然而去。刚开始让人恍惚，有些半信半疑。很快振作起来，在兄弟协助下，操办老人的后事。送我妈去殡仪馆的途中，灵车工作人员除了司机，还有一位女生。女生干练，主动称我叔叔。我便请她将老太太当作自己的奶奶，一切事项，帮着无知的叔叔安排合适。优秀姑娘，三五电话打出，车子尚在路上跑着，灵堂、餐食、火化时间，等等，全按我的想法，一一定妥。

达州殡仪馆，一间收费不菲的灵堂里，冰棺考究，我妈安卧其间。高大的立式空调，让宽敞的空间一派凉爽；四周鲜花，给一位退休职工平添尊贵。我妈去世及后续所有环节，没有通知任何领导、同事、朋友，到场者，全是我爸我妈的侄男侄女及其后辈。我家人丁兴旺，开枝散叶五六十人之众。我周知全体亲属，除花圈、挽联外，不接受所有家人随礼。一切体面，不是做来看的，而要让自身合适。亲人们冒着酷热，从四面八方赶回达州，就应该是在舒适的环境里，在恬静的悲痛里，陪伴他们素来惦念的骨肉至亲。我做着这些安排，心无不宜，更无禁忌，知道我妈只会高兴，因为也一定符合她的意愿。

整整两夜一天半的守灵，众人都不回家。即或谁有事外出，也会快去快回。围坐一起，话题全与我妈有关。又时时会有人去灵床探视，回来再报告我妈始终如一的安详，这让我特别心安，表明我妈走得虽是突然，但无牵无挂。我妈六位哥哥，她是老幺，又是唯一的妹子，从小得父母及兄长宠护。我妈成人后，投桃报李，尽其所能帮助娘家老老少少。她的去世，等于宣告，在这个地老天荒的人间，我家上一代人，均已仙逝。

屈指算算，从我当兵离家，至我妈去世，共计四十一载。只是开头三年，无缘探家，之后寻找种种机会，每年至少回去一趟。加上早先的书信，后来的电话，对父母情形，自认了如指掌。而这回阖家相伴我妈，追忆种种过往，好多竟为我闻所未闻。也只有这时才算明白，父母把我养大，我不曾有任何报答，便远走他乡。尽管岁岁回去团聚十天半月，衣来伸手，饭来张口，形同客人，依旧"隔山隔水"。这么多年，没从我妈嘴里，听到过一句报怨，或是说些鞭策，希望我进个步、发个财。我妈对我的勉励，从来都是"要把伙食开好哟"。我妈总能抓住事物的本质，她没有文化，但她有母爱。许多川人不太介意身外之事，巴蜀俗话也是这么说的："人行千里登上天，出息只看吃与穿。"

白昼连着夜晚，如此情境下的值守，是不曾有过的经历。我切肤有痛，此乃人生中非同寻常的忧患，但不觉得光阴漫长，也不会悲哀得无边无际。灵堂里，听不到通常治丧中的哭泣，现场反倒时而也有欢声，时而也有笑语。大人与孩子，都懂得人世恩情，又有各自的表达方式。斯时，我妈也一定在静听这些情景交融的往事。此情此景，让人百感交集：慈爱的妈妈，您将在晚辈心中快活地永生。

第三天，凌晨五时，是日首炉火化如期进行。清晨八时，送葬队伍已上墓园。

走进墓园办公室，为我妈办理"入住"手续时，出了点岔子。负责人审看我为墓碑所写文字，刚看两眼，便摇头："这称呼要不得嘛，既是你母亲，必得'显妣某某大人之墓'，才合规矩。"我一听，知道麻烦了。如果称呼都不合格，碑上的对联、横批，须讲究平仄、对仗、音韵、寓意及老家习惯用语之类，怕更是入不得此君法眼了。忽见我一位弟弟挤到前边："伙计，莫得问题。"负责人认出我弟，一下笑容可掬。我弟继续道："我哥是位作家，他写的，你们放心大胆刻出来，不得出拐。"对方一听，频频点头："哎哟哟，作家手笔，照刻、照刻。"说着向我抱拳，"得罪、得罪"。然后又轻声道："老师如能为令堂留下一篇碑文，就更圆满了，也为我们墓园添彩哩。"

其实，守灵时我已想到碑文不可或缺，内容就写我妈莫得文化，莫得显位，莫得钱财，莫得光宗耀祖的业绩。恰恰正是她的凡俗人生，没有冒犯列祖列宗，不会愧对子孙后代。

撰写碑文，于我而言，肯定吃力。但多年经事庞杂，时而亦会滋生浅薄的自信。话说同盟会早期成员、民国金融家康心如先生，曾是渝州作为"陪都"称谓的倡言者，1969年于大陆谢世。20世纪90年代，康心如幼子康国雄，古稀之年，专程由京来津，邀我为其父亲的移葬撰写碑文。婉拒未遂，敬书三百余言，后经海内外康家亲友、故旧传阅认可。雕刻全文的康氏墓碑，现存京城福田公墓。

康心如先生属高端名流，有碑无文，便是缺憾，而我妈则另当别论。她的碑上，如果刻上一堆说东道西的文字，只会有损老人的素朴。思来想去，不写也罢。

　　上得山去，骨灰盒摆放妥帖，我妈就算迁入"新居"。从此，这片群山皆美的浩荡庭院，也就有了我妈一份。随去的墓园工匠帮助暂闭墓门。雕刻及安装事宜，他们答应加班制作，说好转天便可验收。

　　翌日，一场夜雨，山青天蓝，凉风习习。中午时分，按约定时辰，我们上得雷音铺，俯瞰明月江，颇有天公作美的照拂。陵园办事稳当，果然让人放心。我面朝大理石碑门正面，逐字口诵（实则校对）。右首为我妈生卒年、月、日，左首为立碑年、月、日。正中竖雕一行正楷：母亲赵碧山之墓。偏左一行小字，由我署名敬立。再读两侧花岗岩所镌对联：明月东来福延子孙，雷音西去德随先人。横批：山高水长。待我诵毕，众人叫好。自己念着还算顺嘴，亦就释然，便双膝跪地，在鞭炮声中给我妈焚香磕头，恭请老人安息。

　　之后数日，忙于善后。幸亏我妈未雨绸缪，早有吩咐，不然临渴掘井，真会措手不及。家中三房一厅，赠予一位兄弟，而电器、家具、衣物之类，大多送给保姆小王。小王从老家租来一辆长挂卡车，装车刚完，天上落雨，司机飞快罩上篷布，汽车变作一座"小山"。满载而归的模样，令家常邻里，啧啧慨叹。

　　又一日，出人意料，我从顶板上翻出一个纸箱，内装铜壶一把。民国年间的物品，是我妈结婚之时，娘家嫁妆之一。此壶非砂模铸造，由乡间铜匠一下一下手工敲出。壶身、壶盖、壶把，点点叩痕，精细悦目。我六岁那年，在工厂缝纫社上班的我妈，突然下肢瘫痪。不巧我爸正借调外地，家中饮水，由我提着铜壶，至百米开外龙头接取，每趟最多半壶，且需双手同时用力。哪怕一路偏偏歪歪，对旁人帮忙，一概不要，逞勇自己能行。如是半年，稀里糊涂，不知何医何药管了大用，我妈腿疾倏忽痊愈。

　　北归时，这把铜壶，是我千里迢迢带走的唯一遗物。我将它搁放在起居室壁炉上，几乎天天，都会有意无意地瞄上一眼。又十三年过去，它已深存吾心，但从未带来任何苦楚记忆，亦不会让人动辄伤感，反是常有一股骄傲泛动心头：以六岁孩儿之力，仗壶闯荡，扶助我妈，度过了一段相依为命的时光。

选自《文学自由谈》2023年第5期

评鉴与感悟

舐犊情深。作者以质朴的文风，叙写其母亲的生活点滴，既有锥心之痛，又有温馨甜蜜。至爱之情，溢于言表，真是"古今至文多血泪"。

看花朋友

/文珍

一

在准备开始动笔前一天清晨,我突然梦见了怡微。梦里面她和一大群女生一起出现,是个天气很好的春日,有走廊、园林和看也看不完的花。其他人都装大人装得很好,就她孩子气——这在实际生活里是反过来的,她比好多年长者都显得更像大人——当众告诉我不知道护发素在头上到底要停多久。我明明刚洗漱过了,看到她这样却心软,说好的一会儿去帮你洗头。她就点点头笑着走了。醒来以后我想,这么亲密的梦,简直要让人怀疑取向问题。但其实只是是时候该写怡微这篇文章了,虽然她送我的,加上我编的,再加上我买的,那么多书还没有重新一本本读完。写之前还半开玩笑地想,以后再也不答应写年纪轻轻就出了二十多本书的朋友了……虽然其实我是享受读她的文字的。连她的公号每次更新,我也差不多是第一批最忠实的读者,只要看到就必定立即打开,读完时阅读量经常才只有一两百,但她那个公号的阅读量其实是很高的,最后总能上千。这个习惯最初还是给她当编辑时养成的,给自己的理由是要看看订阅粉丝的打开率,仿佛和新书宣传多少有点关系似的。后来我彻底不当编辑了,那就是另一回事了,虽然我也从来不和她说。

我们俩认识一开始是工作关系。她的好友兼编辑,华东师范大学出版社的一个非常负责的年轻编辑顾晓清把她介绍给我，说她下一本书大概不在我这里出了，也许可以交给你。我和小顾其实也只有几面之缘，一时也不太清楚个中逻辑，却因为以前零星看过怡微的文字觉得很好，就一口答应了。那本就是我们第一次合作的《细民盛宴》。2015年加微信时她还在台湾读博，第一次见面是2016年11月她来北京开作代会，我从单位坐车去国二招，一开始其实是去看新颖老师的，不知怎么说起来怡微成了我的作者，但还没有见过，新颖老师就说，她是王安忆最喜欢的弟子呀，很优秀的，那你在这里等她好了。过一会儿人果然来了，我看她第一眼就不觉陌生，但也不是因为她和照片长得很像的缘故。中午在东四鲍师傅买了一份肉松小贝给她，也给新颖老师买了一份，因为那家总要排队，所以勉强可以算北京的土产。果然两个上海人都很开心，说终于不用早起去餐厅吃早餐了！我心里想，是不是因为上海冬天比较冷的缘故所以上海人民都不习惯早起。可北京的宾馆是有暖气的，只是不知道会不会嫌太干。

那次见面还有一个后续，就是第二天晚上人文社请客，因为细民选题已经过了，因此也专门派车接了她去参加晚宴。受邀的其他作家都是老作家，只有她一人是八五后，因此格外乖巧地跟着我们一起去给别的老师敬酒。有不认识的作家问："这位也是你们人文社的新编辑？"我还没接话，她已笑着说"是"。我觉得她很好玩，又总怕没招待好她，因此席间就悄悄问她，要不要随我去城里转转？她说好，我就带她去了鼓楼东大街，随便找了个酒吧坐下。大概也因为环境变了，渐渐就不太像纯粹的作者和编辑，不知怎么就说起自己出书的波折。她说："很正常，出书总归是不开心的呀。"我差点脱口而出"那你在我们这里开心吗"，终于忍住了，因为就像北京追着全世界问本届奥运如何一样有强迫人夸的嫌疑。还聊到了书卖得不好怎么办。她又说："书要卖那么好干吗？这本十几万册，下本压力多大。"我又被她的脑回路吃一惊，却也瞬间减轻了作为编辑的压力。后来我就送她回了国二招。

初见面时《细民盛宴》还没有出来，刚把三校样发给她，她回上海收到后很快订正完毕又寄还给我。文件往返之中，我渐渐体察到她对文字的郑重。但她在意的从来都不是书卖得如何。她在《樱桃青衣》后记里提到一位前辈写作，"是一种极其友好的邀请，事关经验的邀请，与写作的发生密切相关的礼仪与契约",其实她的作品也是如此。邀请,就有可能被拒绝,但还是要去做,"有时我会想起很多热爱文学,并为此奉献一生的普通人……写作的方式越来越逼近劳动的方式,于浩瀚天地间,依然在发出微弱的邀请,捡起微弱的失望,补救还具有微弱生机的萌芽。"

彼时她还未至而立,竟已通透如此。

同年12月,因为参加作协的活动,我们又在台湾见了一面,那次她还带了一个在那边上学的大陆朋友来见我,而我在三人行中,从来都是更脱线的那个,因此也不记得都聊了什么,就记得怡微请我们的那家馆子是很有腔调的台北老建筑,说很多电影人过来取过景。饭后经过台湾大学附近的旧书店,就一起进去逛了逛,看她们都不买,遂很快出来在旁边的精品店挑了一顶贝雷帽,怡微这次仔细端详了一下,说"蛮好的"。买完就和她们挥手告别,自己坐捷运回到了台北住处。结果刚到北京,又收到了她寄来的糖村。其实在台北她也送了我一筒茶叶,看包装是很贵的高山乌龙茶,就是吃过那家饭馆的牌子。后来读她的散文多了,才知道她在台湾当学生经济并不怎样宽裕。那时为了贴补学费,她还在赵小姐那里开了一个专栏,现在那个公号已经没有了,记得叫73纸烟店还是什么,因为赵小姐主业是卖鞋,所以专栏作者的自我介绍大多和高跟鞋相关,我记得怡微的是"从不穿高跟鞋,对人有点冷但其实很好",看了就不禁莞尔,因为这其实也很符合我对她的印象,有点像猫,若即若离。但我一直有个理论,喜欢猫的人多是狗性格。所以一直以为在和她无论工作还是稍微溢出的朋友关系里,我才是更热情的那一个。

但后来走向就有点不一样了。甚至和两次死亡有关,而且都关于外婆。

我们每次见面差不多都是在冷天。2017年见过两次,第一次是在上海书城做《细民盛宴》的新书活动,我问要请什么嘉宾,她说,就你吧。我就稀里糊涂去上海出了一次差,最深的印象是自己低估了江南的春寒冻得半死,和还穿着厚衣的怡微看上去像两个季节的人。2017年12月7日,小雪,我受邀去思南快闪书店当一天驻店店员。之所以记得这么清,因为那天在上海突然得知了外婆去世的噩耗,因此其实没待够六小时,当天晚上八点多就匆匆去了机场,没想到离开前夕见到了气喘吁吁大老远赶过来的怡微。她那时为什么不在台北而在上海,难道是已毕业回来了吗,我在那样悲欣交集的心境下也无暇多问。但吃惊的是她给我带了好些零食和护手霜，喘息未定还在兀自感叹说"幸好你还没走"，我什么都没有说，只觉得很暖。

2018年3月在南京《钟山》的笔会又见到了。8月，我的散文集《三四越界》受邀参加上海书展，喊了怡微当嘉宾，她答应了，结果到跟前抱歉地告诉我说她外婆正好那天下葬，来不成了。也是外婆——因此完全感同身受。结果比前一年快闪书店更让我意外的事发生了。到了11月，她突然和我说要来北京一趟，看我。这时她已交付《家族试验》书稿，提出的唯一要求就是和同期别的书错开，不要那么快付梓，前一年倒是提过几次让她来北京做《细民盛宴》的活动，还试图给她张罗研讨会，都被她以各种理由婉拒了，旧书宣传期已过，新书又没出，一时间不知她来北京做什么，难道真是来看我？我有什么好看的？因此立刻反手就给她安排了几个事，包括去书店的见面会和去学校的演讲。两场活动都来了很多读者，站得满坑满谷群情激动，还有甚至连续两天都来捧场的，我这才知道她在北京原来有这么多读者，自觉作为编辑功德圆满。但她后来每次和我说起这件事，都会吐槽说："可我真的就是来看你啊！"其实我是相信的。我只是有点害羞。

因此在两天紧锣密鼓的活动间，终于设法带她去了一次香山植物园，一路步行至卧佛寺。那也是我第一次看到她孩子气的一面：在阴天的树林里，穿着灰大衣在已经积得很厚的落叶上深一脚浅一脚："我最喜欢寺庙了！"我偷拍了一张她的背影，没说"我也是啊所以才带你来"。后来她又做了一件让我吃惊的事，就是坚持在卧佛寺里供了一盏长明灯。因为总觉得又贵又不环保（其实大概是我多虑了，就算供了也根本不会点那么久吧，通电也不会），我第一反应是试图劝阻，说"供这个干什么，许了愿回头还愿都很麻烦"。

她毫不犹豫地说："要是愿望成真，那我就专门再来北京看你一次。"

在香山流连到傍晚，下山后驰奔三十公里赶去大学做讲座，紧赶慢赶终于没有迟到，居然还有时间去校门口吃一碗馄饨填肚子。因为刚从户外进到室内，怡微镜片上起了一层雾。我看着她摘下眼镜，忍不住说，你这个角度有点像潘向黎。她说哦潘老师很美啊。有些人听到自己被说像什么人，总归要多说几句的。但她完全没有。中午我们去北京坊吃湘菜，我走在前面去开车，她在后面说，你刚才背影让我想起顾湘。其实我们大概都不像，但不知为什么都很高兴。

那一次怡微的北京行真是高潮迭起。我们厮混了两三日，宾主尽欢，结果到了最后一天，她中午来社里和我告别，我又带她上上下下参观了一回，准备送她去南站坐车，结果当时是下午一点多快两点，她的车是下午五点，我突然临时起意，说"还有点时间那就顺路带你去天坛吧"。她居然也就答应了，进公园后还贡献了一个金句，说"你们北京外头大马路那个样子（我：啥样子啦？），只要花两块钱买公园门票，就立刻来到另一个世界。"很好笑。这时我已完全习惯她精妙绝伦又刻薄讨喜的日常吐槽，这样的人确实应该写好看的小说，写一辈子。

又是让人感官清醒的，洁净明亮的冷天。我们在天坛里愉快地阔步缓行，看肥大的灰喜鹊沉重地落在草坪上，松鼠掠过树梢，还有成群结队的长毛猫。怡微说："你们北京的猫好胖啊。"我嗤之以鼻："是你们南方的猫瘦。"至此一切貌似都很顺利。我还一直假装靠谱地看时间想着该开车送她去南站了，结果等加快脚步走出天坛，才发现到处都找不到车。几近不可置信地四处张望，整整一分钟后才不情愿地意识到车在东门，而我们闲庭信步走出来的，是西门。

这时已经四点三十五了。东西门是对角，即便从园子走直线过去也至少二十分钟。情急之下我们拦了一辆不知从哪冒出来的三轮车，问师傅最快速度赶到东门要多少钱，师傅狮子大开口道："一百块！"我果断对半砍："五十！"拉着怡微飞快上了车。看来五十元师傅也是满意的，因为他蹬得超快。下车时怡微试图给钱，我恐吓说："再这样我以后不带你玩了！"她立刻很乖地缩回手。但师傅蹬得再如风火轮，也用了十分钟。等我们终于成功上车，离五点只有一刻钟了。在历经无问东西、慌乱中迷路到一个小区幼儿园的各种乌龙之后，我们终于成功顺利地……误了高铁。

说时迟，那时快，情形可谓是十万火急，千钧一发，而我们居然还在见缝插针地聊天。怡微总结说："我一般都会提前半小时到车站……所以你就是一个很浪漫的人啊！而我要不是因为原生家庭，就会变成一个实用主义的女工。"这时窗外的天色慢慢黑了，离五点已经只有五分钟了。南站必须提前五分钟进站,所以其实已经无望了。但整个过程中我一直十二万分坚定地对怡微说:"没事肯定有办法的。"于是她依然保持了乐观。我对她的信任十分感动——但也万万没有想到她的乐观居然是盲目乐观。

过了好几年,她才告诉我:"我真的以为你可以有办法让火车停下来啊!"

我说:"你以为我是谁啊?我说的办法就是改签车票啊……五点那班又不是当天的最后一班!"

于是,就是这样巨大的误解和同样庞大的信任中,我于五点一刻停好车,陪她去窗口改签了六点钟的车,又去麦当劳给她买了一个套餐,最后还去稻香村买了一根冰糖葫芦,忙完这一切以后差不多已经五点四十五了,终于看似温馨又从容地,把她送上了回上海的车。

——如果我是一个过于浪漫的(不靠谱的)巨蟹座的话,其实怡微也是一个超幻想体质的双鱼座。她怎么会以为我可以力挽已发出的列车!这真是我的能力最被高估的一次!她告诉我,得知我的"办法"就是改签时差点当场昏倒,又说:"可那根冰糖葫芦真的很好吃啊。"

谢谢侬啊,安慰我。

二

虽然比怡微要年长,但我常常觉得怡微不光比我靠谱,而且比我懂得的实际生活经验要多得多,比如她一个人辛苦办完赴台签证,和房屋中介斗智斗勇,买房子,找装修队,还知道如何给地砖美缝(这个词我真是在她家才第一次学到),完美避开各种大坑。文可查阅海量资料写博士论文教学生创意写作,武会看直播囤东西,打游戏,有效缓解日常生活里情绪壅塞的压力。但她总是说我比她热爱生活,我就试想了一下,到底有没有什么东西是我会而她不会的,发现绝大多数都是如下之类:怎样从昆明斗南花市团购鲜花,北京几月份会开白牡丹,苏州几月份上市鸡头米,哪家湘菜川菜淮扬菜更地道,博物的圆宝玩偶系列已经出到了鸭鹦鹉,外形看起来完全就是一只抹茶肥鸡……这样明确截然的不同特质倒也带来了一些彼此的吸引力,比如我总是被她的冷静理性打动,而她想玩耍的时候,会优先想到我吗?

这次我甚至比当她编辑时更认真地看完了她几本最近的小说集和散文集。看完也没什么写书评的冲动，因为我总觉得对她小说的阐释，谁也没有她自己到位。倒是对《四合如意》里《锦缠道》的一句话印象深刻："这样的友爱几近无利可图，反而令我对麦琪的想念显出一些本真的东西来。她是什么时候知道我们不是一样的人的呢？她是什么时候知道我们那么不一样却还愿意帮助我的呢？"在怡微的生活里，我当然扮演的不是麦琪，她自己也不是，我们的友谊似乎也和我喜欢的一切一样，是完全无用的，但是这样的无用和不同，却也让这感情显出一些本真来。我们平时聊天其实也很少，偶尔聊起来又会说半天，经常我说很多半截话，她半天都在"……正在输入"，然后发一大段有头有尾有情节的话来，要么很实际，比如建议我如果被封控，一定要囤尽可能多的干货；要么充满微妙的反讽，就像她在《一春过》里写到马先生夸刚认识的女生："哈哈哈。骗人的吧……认识你太高兴了，你太逗了。"我私下和人聊天，经常被人说可以去讲脱口秀，但怡微比我更合适。因为她看上去比我更丧，也不像我那么容易笑场，段子还比我完整。这可能就是我和她的另一个区别：我只能在非常亲近，而且也确认非常喜欢我的人面前轻松自如地说笑话。但是怡微真的就是，很会吐槽，几乎怀有一种要揭发世界所有荒谬可笑的使命感。

但奇怪的是，看她的文章，很多时候我都觉得蛮难过的。老想对她说：你来北京，我做好吃的给你吃呀。

——虽然她其实比我拎得清一百倍。她也说了，她自己比小说里那些女主角都过得好，没事的。

我昨天临睡前还在想，一定要鸡蛋里挑骨头，就是怡微书里面那些人物，好像都是我平时生活里不太认识的，就算再委屈再难过，总是在心里头雾数，"如匪浣衣"，再难受也不太显露出来。而我和我的人物都做不到那么隐忍，要更彻底一点，也更任性一点。结果今天才发现几年前她送的《樱桃青衣》竟没有全看完，独独没看《故人》和《你心里有花开》，结果这次一边看一边哭，也不知道为什么突然会这么伤心。原来怡微也是很擅长让人破防的，因为她舍得让人死掉，其实比我狠。《故人》里面那个伤心欲绝的爸爸简直像《包法利夫人》里爱玛的爸爸一样让人心碎，《你心里有花开》和前一篇《哀眠》一样，写得也是女性情谊，只是两个主角大了几十岁，就一起经历过更多生关死劫，还有过命的交情。这样我就很庆幸虽然怡微一直和我说"写写印象记好啦，不用写具体文章"，还是坚持重读完了手头所有的她的书。此时看她，大概也和最早读她的心境不一样了，更容易心沉下去体会到她绵密中见格局、平淡中却有真章的好处。

　　三月份是双鱼月。看了整整一礼拜怡微后，不知为什么突然没那么害怕变老了，即便真老了还可以一起逛逛天坛或随便什么花两块钱就天地为之一新的公园，用怡微的话说，就是"又可以聊好多八卦"。但又有一种不需多说也仍然默契的东西在里面。上海话的不响，其实是一种回答。我喜欢我说很多而她不响的时候，而就像她相信我可以让飞驰的列车为她停下一样，我相信她都有认真在听，不同意也不会轻易说出口，是她独有的沉默温柔珍重。而我就再乱话别的三千。你一句，我一句；东一句，西一句；天一句，地一句；生一句，死一句。不说也是说。抛下随时又可以捡起话头来，永远不会陌生。

　　说永远或许太早了一点，谁知道人生还会经历什么呢——很怕怡微要笑我肉麻。但她其实也蛮肉麻的，说"我也不知道喜欢你什么，就是看到你就很开心"。又像个渣男，老说"等我空了专门来看你"，又老是没空。两个直女互相表白到这样也很可怕了，但我还是很希望她幸福，一切不开心都留在文字里。愿她生活中处处有花开，时时有言笑。小说里的人替她解甲归田，也替我们道尽人生千万难以放下的苦楚。

选自"人民文学出版社"公众号，2023年11月16日

评鉴与感悟

文学人的情谊，赤诚而本真。文章看似散漫，实则温情脉脉。娓娓叙说间，友情跃然纸上。好的文章，就应该像写信一样去着墨，有话则长，无话则短。

持守

我与钱谷融先生交往点滴

/王安诺

2023年9月28日,是钱谷融先生去世六年整。六年来,我经常想起他,但我不记得他具体的忌日,只知道那天也是他的生日。我不愿意在心里留下这个令人忧伤的日子。前几天整理照片,看到那张1989年去浙江五泄,与他和我妈妈(茹志鹃)、周介人的合影,特为上网查了一下,原来先生的忌日近在眼前。钱先生走了整整六年了,日子真的过得好快。

与先生最后一次见面是2017年5月的一天,那天,安忆打电话来,说钱先生住院了,让我去看看他。说先生喜欢西点,她和李章前一天去买的提拉米苏,先生全吃了。下午三点来钟,我买了两块红宝石鲜奶蛋糕,来到华山医院2号楼19楼。钱先生正面朝里睡着,见我去,很高兴,就要坐起来,我忙止住他,就站在床前跟他聊了几句。先生精神不错,告诉我,这次住院,是感觉有点心慌,前列腺有点问题,检查下来也没大事,已经好点了。说话的时候,依然笑眯眯的,淡然一如往常。我也跟他聊了几句家常。这时,护工阿姨搬来椅子要我坐下,才意识到,是不是先生会累?我该走了。我说,钱先生,我过几天再来看你,你好好休息。他笑着满口答应。我没想到,这是我最后一次见到钱先生。后来,护工阿姨告诉安忆,来访者中,我是钱先生交谈时间最长的一个。先生曾出了院,隔了一段时间,才又进医院的。

我是1988年认识钱先生的。那年夏天，《上海文学》组织去无锡旅游，我正好学校放暑假，也作为家属同去，除了妈妈、周介人、开车的小黄，还有钱谷融夫妇。车子先来接我们，在车上，妈妈用钦佩的口吻向我介绍，钱先生是华东师范大学著名教授、博士生导师，他提倡的"文学就是人学"，在文学界很轰动，对文学创作有很重要的指导意义。后来我读了这篇《论'文学是人学'》，以及钱先生的其他有关文章，才知道，这篇文章最早于1957年5月登载在《上海文学》的前身《文艺月报》上，妈妈是1955年从南京部队转业到《文艺月报》任编辑的，也许他们的认识从这时就开始了。

　　我有个毛病，见名人心里发怵，也许自认为不是一个档次，仰望太累的缘故。所以，听了妈妈的介绍，不由内心忐忑。车到华东师范大学门口接钱先生夫妇，我没想到，第一次见到钱先生竟是这幅情景，当时大教授手里正拽着一个活蹦乱跳的小男孩，身子被拖得东倒西歪，满头大汗，头发也有点凌乱，见到我们，他一边笑着打招呼，一边奋力拽住小家伙阻止他跑到马路上去。看到这一幕，我的心一下子释然了，面前分明就是一个慈眉善目、手忙脚乱的老爷爷嘛！这一路，四岁的外孙阳阳一刻不停地出花样，钱先生吃力地与他周旋，一个身轻如燕，一个年近古稀，明显不是对手。吃饭时，阳阳不肯坐定，跑来跑去玩，大教授一手碗一手勺子围着桌子追逐，杨老师则端坐一旁看，最多说一句"这小人实在太皮了"，可小人再皮，钱先生始终满面笑容，软语呼唤，从不呵斥一句。我想，杨老师怎么不帮一把啊，大概平时就这样习惯了。钱先生的脾气真是太好了！

　　次年夏天，作协组织去浙江五泄，我又得以与钱先生同行。那次除了我作为家属和妈妈、钱谷融先生，还有贾植芳夫妇、诗人周民（黄宗英养子，周璇之子）、周介人等。那次旅游很愉快，钱先生儒雅散淡，说话总是笑眯眯的，令人亲近；贾植芳先生则幽默爽朗。钱先生是一个人来的，这年已七十岁，我在他面前一点不拘束，一路一直走在一起，边走边聊天，到山路不平处，我就搀扶他，他也不客气。当时我从安徽合肥省体校调到上海石化中学任教三年有余，就跟钱先生聊了些自己的调动和工作什么的，还合了影。

　　众人到一处亭子内休息，喝了一会儿茶，又要走，我看出，钱先生恋那茶正喝出味儿来，还想再坐一会儿，如果他提议再坐一会儿，大家一定不介意的。他却不说，搁下茶碗只说一句："这茶真好。"

20世纪90年代妈妈离休后，有一段时间学会打麻将，丁锡满、白桦王蓓夫妇、钱谷融先生都来家里玩过，我双休日回家，有时也聊以充数。钱先生来，每次都先到愚园路江苏路的老朋友施蛰存先生家探望，然后步行一站多路到我家。中午妈妈留饭，保姆烧粥，备几样小菜，弟弟则去岳阳路上海京剧院开的南伶酒家买他们的招牌菜烤鸭和卷饼，边吃边聊，很是愉快。我在钱先生面前很放松，没有在名人面前忐忑不安的感觉，碰到他来，我说话也随意多了。

1995年的一天，钱先生拎着一只很重的包来了，取出两本他刚出的精装本自选论文集《艺术·人·真诚》，一本送妈妈，另一本竟然送给我，扉页题字：安诺惠存。谷融1995年7月。令我激动不已。

2001年他出版了散文集《散淡人生》一书，也送我一册签名本。二十多年来，书橱整理多次，这两本书一直和我最喜欢的书一起，占据醒目之处。

90年代初，我从工作繁重的学校调到企业电视台工作，有了空闲加上工作性质，有时在报刊上写一些"豆腐干"，钱先生看到了，好几次见到我就提，并说我写得太少。每次我总把话题岔开，因觉得，这些豆腐干在大教授面前不值一提，另也觉得，钱先生可能也是客气，寒暄之语吧。

2002年11月6日晚下班回家，爸爸说，钱先生刚来电找我，我立刻给钱先生去电话，原来当天《文汇报·笔会》登载了我一篇小文《不要吝啬'可以'》，先生看到了，特意来电称赞。我很高兴，钱先生是真心在关心我。他的为人，就像他的论文集里的那个词"真诚"。那次，他又在电话里鼓励我多动笔。有一次聊天，钱先生说他自己懒，爱读不爱写，这个评价后来他写进他的论文集的自序里，可见是真话，我却奇怪，说，你写了那么多文章，取得那么大的成就，还这么说自己，太谦虚了！他笑着说，你好像也懒……先生去世后，我细读了先生的文章才知道，懒跟懒不同，我的懒其实是遮羞布，因为缺少写作才能，而先生自谦的"懒"，却是有深刻根源的。

我退休后去看过钱先生几次，先生也退休了，窗前摆着棋桌，有时学生会来陪他下棋。我看写字台上书稿堆积，就提出帮他整理归顺一下，先生说不用，否则他找不到。他说香港一家出版社要出版他的书，有些稿子要打出来，我很高兴能为先生做点事，就拿回几篇稿子，打好后再寄给他。

还有一次去他家，聊天到一半，卫生间水管突然漏水，水漫到走廊里才发现，我忙找拖把拖地，钱先生在紧急情况下仍不失文雅，手足无措地轻呼着"哎呀，哎呀……"表示着他的焦急，还好保姆回来了。这时候杨老师已去世。

钱先生的追悼会，我没有去，我怕自己看到先生心里难过。那几天，在看先生送我的两本书《艺术·人·真诚》和《散淡人生》，这是对他最好的纪念。虽然有过接触，但我没有真正地了解先生。这两本书帮我了解了钱谷融先生。

首先是先生的艺术观点。《艺术·人·真诚》是先生自选的论文集，很厚。我总认为看不懂理论文章，想不到先生的论文如此明白如话，深入浅出。他写的当年引起轰动，打破创作思想藩篱的《论"文学是人学"》一文，是针对当时苏联文艺评论家季莫费耶夫的"人的描写是艺术家反映整体现实所使用的工具"的观点，钱先生说："我反对把反映现实当作文学的直接的、首要的任务；尤其反对把描写人仅仅当作是反映现实的一种工具，一种手段。"他认为"文学领域内，一切都决定于怎样描写人，怎样对待人，真正的艺术家决不把他的人物当作工具，当作傀儡，而是把他……当成一个和他自己一样的有着一定的思想感情，有着独立的个性的人来看待的"，"除非作家写不出真正的人来，假如写出了真正的人，就必然也写出了这个人所生活的时代、社会和当时的复杂的社会阶级关系"。我喜欢看先生分析文学作品证明观点的部分，如《红楼梦》《阿Q正传》《安娜·卡列尼娜》《复活》和李后主的诗词，以及托尔斯泰、巴尔扎克、雨果、狄更斯，论述他们的思想与作品的关系。他从这个观点的角度对戏剧《雷雨》中的人物进行了分析。我读过作品看过戏，看了先生文章才知道没有真正看懂，先生的分析帮我更深刻地理解了作品，深深吸引着我。

总之，钱谷融先生认为，塑造有鲜明个性的人物是文学创作的目标和核心，人道主义是衡量文学作品的首要标准。这个观点今天已经被认同，但这篇写于1957年2月的三万五千字的论文，在那个以反映社会主义现实生活为文学第一要义的时代，无疑在文学界扔了一颗炸弹，也让先生在历次运动中吃足了苦头。1980年前年届六十学术成就突出的他只是讲师职称。

其次是先生的性格和人品。论文集的"序"是当时华东师范大学教授、钱先生带过的研究生王晓明（其父王西彦也是著名作家）写的，我看过他写的《无法直面的人生：鲁迅传》，印象深刻，受益匪浅。他写的序显示，他对钱谷融先生，以前的恩师，非常了解和理解。他的文章从先生的"懒"入手："他却遭遇了一个严酷的时代，在这个时代里，越是热烈而谦和的人，往往越容易受到践踏……在钱先生陷入的那种生活氛围里，人要维持自己的良知和人性是多么困难……他很少采取那种宁折不弯的对抗姿态，倒是常常以忍让和退避的方式，来缓解外界的压力。"并引用了钱先生在一本书的后记的话："三十年来，我们的国家在前进道路上不知经历了多少艰难曲折，变化之大是十分惊人的。而我的这些文章，大家可以看到，对艺术问题的看法和态度，却是前后相当一致……"后来读《散淡人生》，先生在前言中有一段话，与其印证："……以上三辑都是写于解放以前，经历的时间只有六年。后四辑则是解放以后所写，时间跨度长达五十年。两者的最大的不同，是在于前者都是自己内心的抒发，即便是课堂上的作文虽由老师命题，但所说的也都是自己要说的话，丝毫没有其他的考虑。后者则都是应外界的要求而作，并非自己的主动……虽然如此，但我所说的，却也都是自己要说的话，而不是听命于人，说别人要我说的话……""艺术，人，真诚"，真诚，就是先生的人生态度、治学态度。

《散淡人生》是钱谷融先生的散文集，收录了他青年时代在大学就开始写的文章，先生在序言里说，自己最看重的是嘉陵江畔这一辑，都是二十岁左右所写，真切地记录了早年的心路历程，印下青年时代所尝味的种种哀愁。看时间，这时候是1940年左右，日本入侵，先生从家乡江苏武进来到四川，在这里读完高中考入中央大学。我重点看了嘉陵江畔一辑，先生的散文文笔优美抒情，感情丰富细腻，感染力很强。如果他不搞文艺评论，完全可以成为一位独特的散文家。"嘉陵江畔""雾""雕楼上的少女""鸭""春雨""平安""死""树荫""灯下"……也许远离家乡，也许青春迷茫，也许生命感悟，也许爱情苦恼，字里行间蒙着一种淡淡的哀愁，忧郁，读着读着心会被感染到。与我印象中的钱先生完全不同，那是先生的青年时代。忍让和退避的钱先生也有过青年时代。

钱先生是一位散淡之人，凡事不计较。但有两件事不同。一件是他六年级时写作文，老师批道："从别处抄来，何得掩人耳目？"他很委屈，要老师指出从何处抄来，老师非常自信说，从《模范日记》上抄来，当时这本书很流行，当即找来《模范日记》，要老师指出抄的是哪一篇，老师找不到，但是还是不肯承认冤枉了他，他很气愤，在老师批语后反批"批评之权在老师掌握之中，学生何敢乱道，然而……"这还不算，又在交给老师的日记上把这件事写出来，称这样的老师太没资格了，老师看后没表达意见，只写一句"字写大一些"，他回写一句"你看不到吗？"虽是孩子，倔强性格可见一斑。

还有一事，是先生所写《关于戴厚英》一文，戴厚英是先生的学生，在"文革"中作为造反派批斗过钱先生，后来曾当面向先生婉转表达过歉意，并把自己写的《人啊，人》一书寄给先生。知道她被害的消息后先生十分震惊，记起她的种种优点，对"文革"被戴厚英批斗也毫不责怪，认为她太年轻，"唯独对于她的声色俱厉地直呼我的名字，不免很不习惯。我觉得她是大可不必如此的。称我一声'先生'不见得就会于她的革命立场有损"。这就是谦谦君子提的意见了。

选自"收获"公众号，2023年9月26日

评鉴与感悟

搜罗记忆，表达真情。文章血肉丰满，将钱先生的人品、节操和性情展露无遗。从中，我们当可感受到前辈风采，以及其光芒四射的人格魅力。

流传百代千龄后　定识人间有此人
——忆许明龙先生

/王曦

　　许明龙先生去世已近百日，我和他的微信对话也永远定格在2023年7月5日，他离世的前一天。

　　这几年，工作中有幸结识的多位老先生先后故去。2016年是《卢梭全集》的译者李平沤先生；2019年是《君主论》的译者潘汉典先生；2023年初是《瑜伽经》《奥义书》的译者黄宝生先生。黄先生我从未谋面，只是因为合同、书稿等杂事信函往来；李平沤先生因为《卢梭全集》的从无到有，从2006年开始，信函、电话是常规方式，但也会不定期当面拜访，偶尔也会聊些家常；潘汉典先生则是我母校的资深教授，也是我读博期间的导师组成员，于我而言，潘先生既是工作上的学界前辈，更是我尊敬的亲授老师，自然又多了一份感情。这些老先生去世时都属高寿。虽然难过，但生老病死，人力难为，也都平静地接受了。

　　但许先生似乎不同。

　　我与许先生于2007年左右相识，那时我刚入职不久，尚属新人。许先生有意重译《论法的精神》，当时我是编辑室里唯一法学专业的编辑，领导便将我介绍给许先生，跟先生说我将会是他新译本的责任编辑。初次见面，许先生是和夫人一起到的商务印书馆，当时许先生大病初愈，师母似乎十分不情愿许先生揽下这个工作，当时我只是以为师母怕先生劳累，后来了解了许先生，才明白师母的担心绝非无的放矢。许先生将他的试译稿交给我，让我给他提提意见。我也向许先生表达了我的担心，因为我虽然是法学专业，但不懂法文，作为法语原文的书稿编辑，实属不那么适格。但许先生说，剑桥有个《论法的精神》的英译本，是学界公认的权威译本，他在翻译的时候，除以《孟德斯鸠全集》伽里玛出版社的法语版为底本，也会重点参考剑桥英译本，我以剑桥本作为编辑底本，应该没有问题。有了许先生的鼓励，我也准备接受这个挑战。

两年之后，2009年，许先生交稿，除了正文主体，许先生还将孟德斯鸠写作发表《论法的精神》前后，与18世纪同时期其他启蒙思想家的论辩文章以及其他相关资料作为附录，添加到正文前后，极大地提高了新译本的文本价值。书稿交到我手里，一百万字的篇幅，编辑加工就花了整整一年时间。这期间和许先生通信或见面无数次。许先生多次表示，《论法的精神》内容庞杂，涉及政治、法律、经济、社会、地理、地貌、历史、风俗等诸多方面，包罗万象，尤其是中世纪有关封臣、封地等概念非常复杂，希望我们能找一些专家，帮他把关，消除硬伤。编辑室领导非常重视许先生的这些意见，分别找了法学专家赵明教授、中世纪史专家张绪山教授、世界古代史专家晏绍祥教授，从各自的专业角度对书稿提出了中肯的意见。许先生对此一直感怀在心，并在译者前言里面专门致谢。一年后，我的编辑加工工作初步完成，我将工作中发现的百余个问题提交给许先生，许先生逐条回复。我的修改意见，有的他非常赞同，在问题下面批注"改得好"或"同意，请改"，有的是我理解有误，他会指出来，如果我心悦诚服，就遵嘱不改，如果我仍有不同意见，还会继续与先生讨论辩驳，或者各自请教专家，再汇总专家意见进行斟酌，直到我们二人达成一致。待到发稿时，我撰写了一万余字的编辑加工审读报告，被当时馆里的《编辑通讯》作为优秀审读报告进行刊载，给了我极大的职业荣誉感。可以说，《论法的精神》新译本是我编辑生涯的里程碑，我从中获益良多，尤其是许先生的敬业、认真给我留下了极深的印象。

《论法的精神》新译本出版后，商务印书馆与北京航天航空大学法学院联合举办了隆重的新书发布会，请了几十名专家与会。许老师在会上首先向张雁深先生的译本表达了敬意，真诚地说，他是站在张雁深先生译本的基础上进行重译的，希望通过他的努力，能使这部名著呈现新的面貌，也恳请大家多提宝贵意见。许先生这么说，绝非泛泛而言或故作谦虚。在发布会上有个年轻学者坦率地提出了他的意见以及许先生译本存在的一些问题，当时我有点紧张，毕竟学者都讲面子，这种发布会说好话的多，说意见和错谬的少。我看向许先生的位置，发现位子上没人，我心想坏了，估计是许先生生气了，出去了。我正要起身去找，突然发现许老师坐在发言的那个年轻学者的后排，正在努力支着耳朵听他说。原来许先生听力不好，他坐在前排听不太清这个年轻老师的意见，专门跑到他身后去仔细听，当时我真是非常感动。

新译本上市后，销量极佳，首印五千册，当年售罄，此后几年都维持着年销万册以上的佳绩。但许先生的精力仍在译本的精进提高上，甚至到网上的贴吧留言区，听取意见。但网上言论，良莠不齐，无端恶意攻击者亦不少，许先生十分认真，逐个回复，对正确的意见真诚道谢，虚心接受，但也因为那些不实攻击颇为灰心。我屡次跟他说不用理会，许先生似仍不能释怀。《论法的精神》新译本此后多次再版，直至收入《孟德斯鸠文集》，每次都有修订改动，最后收入文集时，改动数百处，小纸条密密麻麻，连"的地得"都仔细斟酌，力求完美。

《论法的精神》新译本出版后，受到《卢梭全集》成功出版的启发，我向许先生提议做《孟德斯鸠文集》，许先生考虑后欣然接受。这次师母再次抗议，我终于明白了师母为何不满，实在是许先生一旦进入工作状态，便通宵达旦，寝食难安，对于生过重病的七旬老人，确实是太过于消耗。合作过《论法的精神》，许先生为人的认真、性急我深有体会。我向许先生提出的问题，只要他在睡前看到我的邮件，绝对当天回复。许先生最受不了的是拖沓磨蹭，他及时回复，自然也要求别人同等对待，即使我已经"看人下菜碟"，格外注意，尽量及时反馈，但还是经常会受到毫不留情的批评。所以我也劝师母，工作是许先生的生命，如果没有工作，他会非常萎靡，许先生一生都想过有意义的生活，不愿意无所事事。师母抗议无效，也只能作罢。

这之后，借鉴《卢梭全集》的出版思路，商务印书馆建议许先生将孟氏主要著作重新翻译，以统一风格体例，也可以从不同角度为读者提供更丰富的译本参考。这个原则定下来，《罗马盛衰原因论》《波斯人信札》的重译便提上议事日程，好在这两本书相较《论法的精神》篇幅小了很多，再加上重译经典已有经验，因此比较顺利。记得《罗马盛衰原因论》单行本出版后，许先生来馆里商量《孟德斯鸠文集》的具体选目，主要是要确定孟氏众多的笔记、杂选、诗歌等庞杂内容，是否都需要翻译。最后确定除《论法的精神》《罗马盛衰原因论》《波斯人信札》这三部主要著作，再加上他的一些杂文、诗歌，以及对中国的相关论述，辑成五卷出版。会议最后，许先生当着我的面，对我的领导说，"小王最近给我做责编，比起当年《论法的精神》，那差得不是一星半点"。领导笑着替我开脱，说她现在担任编辑室主任，除了自己做责编，还要二审稿件，平时行政事务也多，确实精力受限。我虽然难堪，但毫不意外，所以也只能笑笑，无法争辩。但许老师的批评让我很受震动，作为编辑，案头工作肯定是第一位的。此后编辑《波斯人信札》，我重新上路，完稿时再次受到许老师的表扬，即使那时我已经是一位入职十五年的老编辑了，但还是非常开心。因为我知道，许老师的批评和表扬，绝无虚言。

人到暮年，许先生唯一的女儿身在国外，当时许先生住在天通苑，房子很大，就他们老两口，但那时两位老人身体尚好，虽然有一些老年病，但两人互相扶持，生活也还算安逸。天通苑的家我去过多次，有时赶上中午饭点，他留我吃饭，我也不推辞。我记得大多数是许老师掌勺，厨艺一般。许先生说师母跟着他，一生受了很多苦，现在他来照顾师母。我看到家里挂了很多老照片，许先生出身大家，小的时候家境优渥，年少受二哥影响，参加革命，与师母在军队少年相识，算是青梅竹马。此后一生，辗转奔波，尤其是许先生从军队转业后，以极大的努力和聪慧，一举考上北京大学西语系，但第一年就被打成学生"右派"，此后人生颠沛流离，可想而知。师母在漫长的岁月里，不离不弃，对许先生的耿直、刚正以及由此带来的所有不利后果泰然处之，没有一句怨言。每次我去，陪师母聊家常，师母总要跟许先生说一句，"哎呀，要是我有个小王这样的女儿在身边就好了"。两位暮年老人，即使相互搀扶，思念远在大洋彼岸的女儿，肯定也是孤单寂寞。我劝他们找个保姆，他们说女儿为他们买了养老公寓，到时候可以自己做饭，也可以去食堂，丰俭由己，也有基本的医疗照护，我想相比于家里有个外人，这样更好。

  2017年10月，我知道师母生病住院，检查结果不好，我只能安慰许先生师母年纪大了，老人病情进展缓慢，不用特别担心。一天傍晚，许先生微信联系我，问我有空的时候能不能去看看师母，我本来就打算近期去探望，闻听许先生召唤，说第二天就去。我家住南边，师母医院在北五环外，第二天我买了一束花，跨越北京十环，去探望师母。师母精神尚好，没有被病魔摧残得形销骨立，也没有一句灰心丧气的抱怨，一切平静如常。许先生打趣师母说，这辈子也没有一官半职，实在对不起她，师母依旧回答，"你要是喜欢当官，我就不要你了"。我怕师母疲劳，坐了一会儿就告辞了。许先生送我出来，上电梯前，许先生突然张开双臂拥抱了我，说："小王，谢谢你来看她，我以前脾气不好，对你发火生气，你别在意。"我用力回抱了许先生，说，"您别那么说，我来看师母都是应该的"。许先生眼里泛泪，我知道他的恐惧和慌张。一周后，我再次联系许先生，问师母情况如何，许先生没接我的电话，只是微信回复，我去看师母三天以后，师母就走了。我震惊不已，问后事安排，许先生只说已经办完，一切从简。等女儿回来，一起送师母回舟山老家安葬。

  此后，许先生有将近一年的时间断断续续住在舟山老家，我们基本通过电子邮件和微信往来。2018年夏天，许先生在单位附近约我吃饭，同行的还有一位社科院的同事，我问他身体如何，心境怎样，养老公寓是否可以入住，时隔一年，提到师母，许先生突然老泪纵横，我和他的同事没有什么安慰的话可以说，只能默默地陪在一旁。后来许先生回到北京，住进养老公寓，原来卧室里的双床布局，拆掉一张床，床头挂着师母的大照片。我怕许先生看着照片，日夜触景伤情，劝他不要挂，他很坚决地说，看着她，就像她一直还在。

  后来许先生照旧为了《孟德斯鸠文集》早日出版努力，依旧会对我的疏漏大发脾气，常常说他肯定活不到文集出版，让我感到压力山大。这期间，许先生还牵涉到一桩学术不端的公案。本来许先生只是评鉴人，受官方委托指出不端之处，但当事人拒不认错，态度恶劣。这激起了许先生的斗志，穷追不舍，虽然最后仍没有达到许先生想要的结果，但也的确似一声惊雷，扯下了不少人的遮羞布。当时我想，许先生一生因为耿直受挫无数，八十多岁的人了，仍像初入北大之时，为一个"真"字不计后果，宁为玉碎。

师母去世后，远在美国的女儿多次劝说他去团圆，我也劝他，语言没有问题，国外查找资料更方便，和女儿一家在一起互相照应多好。许先生说他待不惯，而且去了美国就要蹭当地的福利，他无功不受禄。他说我在我做过贡献的地方养老，心安理得。

疫情三年，许先生独居于北京昌平的养老公寓，女儿无法回国探望。三年中，普通人的日常出行尚常常因为突发状况无法自由，更何况身体状况异常脆弱的老人聚居场所。2021年，我和许先生终于见了一面，许先生说要请我在公寓附近吃自助餐，当时我想，北京的自助餐二三百一位，两个人就四五百，老先生肯定心疼，到时候我来买单。见面后在养老公寓的房间聊了一会儿，许先生带我去吃饭，原来他说的自助餐就是好伦哥，我哑然失笑，坦然让许先生买单，心安理得地宰了他一顿。那天我们在餐厅聊了很久，疫情、时局，当然还有他心心念念的《孟德斯鸠文集》。我在许老师面前，无须任何伪装，不用任何掩饰，我们交换彼此对这个时代和社会的看法，总是不谋而合。

这之后，疫情多次反复，我也在各种居家、隔离、返岗中折腾，和许先生基本是通过微信联系。我们只是互相发自己感兴趣的文章，不评论，心照不宣。2022年10月，五卷本《孟德斯鸠文集》终于出版，我选择了银白色的精装封面，配上孟德斯鸠那张著名的椭圆形版画肖像，我戏称"银装素裹"。今日想来，这份高洁素淡，何尝不是许先生品性的见证。

那会儿正好疫情缓和，养老公寓开放，我一拿到样书，来不及等大批书印装完成，就立刻约许先生去给他送书。知道许先生爱吃甜食，我到单位旁边新开的点心店买了一大袋点心，大包小包打车前往，一上车手机就跳出昌平出现聚集性疫情的消息，许先生的养老公寓就在昌平，我心想要坏事，正在这时许先生的电话打来，说因为疫情，养老公寓再次一级管控，我进不去，他也出不来，让我别去了。我说我已经打上车了，况且我知道他是多么希望看到样书。我说没关系，我在公寓门口跟您交接就行。一个小时后，我到了养老公寓门口，大门已经死死关上，我隔门踮脚向里张望，找老先生在哪呢，结果看见一个熟悉的身影，正气鼓鼓地坐在葡萄藤下的石凳上，他看见我之后就向我走过来，门卫还不住向他道歉说确实不能出来，我赶紧劝许先生不要和门卫生气，这不是他们能做主的事情，把书和点心从门缝递进去，就这样隔着门聊了一会儿，我只能离开了。那是我最后一次看见许先生。

之后疫情管控骤然放开，我自己、家人、同事先后中招，症状不轻，这期间我帮许先生买过一次药，快递到养老公寓，除此联系不多。许老师自然也不能幸免，康复后说是似乎有些后遗症，总是乏力，因为身边这样的情况不少，再加上许老师八十大几的年纪，恢复慢些也是正常的。

2023年7月5日，许老师突然联系我，说他身体不太好，女儿6月份已经回到北京陪他看病，我说我去看他，那时正值北京酷暑，他说天太热了，等稍微凉快一点儿再说，同时把他女儿的账户信息和联系方式告诉我，让我以后有稿费打到他女儿的账户，我一一允诺。7月9日，一个异常酷热的周末早上，突然接到他女儿的信息，告知许先生已于6日离世。看到这个消息，我连难过好像都没有，不知道在想些什么，如果说许老师将近九十的高龄，我对他的离开没有思想准备，那是不可能的，可是到了这一天，我感觉如此不真实，往日历历在目，更何况，就在前一天，我们还说了很多的话啊。

此后许先生的女儿约我见面，她长我十二岁，正好一轮，她一见我，就含泪拥抱我，像那次许先生在师母的病房外。7月20日，八宝山竹厅，我带了一束白玫瑰，向许先生做最后的告别。

选自《中华读书报》2023年9月27日

评鉴与感悟

翻译家都是精神"点灯人"。作者缅怀曾翻译过孟德斯鸠著作的许明龙先生，感佩其敬业、持守和严谨的治学风范，兼及对许先生日常生活的叙写，一个铮铮铁骨，单纯、温润的学者形象，被定格在了读者的心间。

大先生：壮心填海，赤胆忧天
——深情缅怀恩师陆贵山先生

/李舫

天空，晴朗得令人心碎。

北京的春天，乍暖还寒，格外肃穆。初春的风驾驭着云海，在蔚蓝的高空里翻滚起伏，恣意飘荡。

清晨的八宝山，拥满深情的思念。

刚刚过去的这个冬天，每个人都有特别的欢喜和忧伤。无数个这样的清晨，人们在这里寄托哀思。

兰厅的门楣上，悬挂着肃穆的横幅——沉痛悼念陆贵山教授。门廊两侧，是巨幅挽联：

著雄文明义理学界楷模初心永驻
守信念育英华杏坛表率正气长存

陆贵山先生的巨幅照片，悬挂在灵堂中。他微笑着，静静地注视着前方。他脸庞瘦削，目光中似有无穷深意。这张照片，是他生前最喜爱的一张。

我无法注视这张平素看惯了的照片，以及照片上那深邃的眼眸。我一直不敢相信他辞世的噩耗，不敢相信他竟然真的跟我们永别了。

就在告别仪式前一天晚上，我梦见了老师。他在中国人民大学的操场上散步，如往常一样高谈阔论，健步如飞。我们一干弟子数十人追随在他的身后，浩浩荡荡，随他前行。他的旁边，还有曾经每日同他一道出入的中国人民大学文艺理论专业的三位导师：陈传才、王振民、周忠厚。旁边的赛道上，还有常常同他漫步和切磋的诸多师友：徐中玉、陈涌、蔡钟翔、钱中文、胡经之、张炯、吴元迈、张秉真、刘忠恕、童庆炳、吴小林、何西来、杜书瀛、黄保真、王先霈、章安祺、曾繁仁、董学文、黄克剑……这是当年我们在校读书时最普通的场景。

而今，这些旧日时光出现在梦里，是那么清晰，那么真切。

一

肃穆的兰厅堂外，是排成了长队前来悼念的人们。铺满白花的签到案台上，摆放着中国人民大学陆贵山教授治丧委员会的讣告：

> 陆贵山教授，辽宁省辽阳市人，1935年11月11日生，中共党员，我国当代著名马克思主义文艺理论家、评论家，中共中央宣传部"马克思主义理论研究和建设工程"文学理论组主要成员，教育部"马克思主义理论研究和建设工程"《马克思主义文艺理论》第一首席专家，中国人民大学荣誉一级教授、博士研究生导师，全国马列文论研究会顾问、中国中外文艺理论学会顾问、中国文艺评论家协会顾问。曾任国家社科基金项目中国文学组召集人、教育部第三届社会科学优秀成果评审会议中国文学学科组组长、"马克思主义理论研究和建设工程"第二批哲学社会科学重点研究和编写教材评审会议中国文学学科组组长、全国马列文论研究会副会长、中国中外文艺理论学会副会长、山东大学文艺美学研究中心学术委员会主任、《文学评论》等学术期刊编委。陆贵山教授因病于2023年2月12日20时20分在北京逝世，享年88岁。
>
> ……
>
> 陆贵山教授诲人不倦，桃李满天下。其众多弟子勤勉砥砺，奋发有为，在我国文学艺术、哲学美学、文化研究、社会科学、新闻出版、

国际传播、文化外交等各个领域都取得了不凡的业绩，并正在发挥着重要作用。

陆贵山教授的一生，是满腔热忱致力于马克思主义文艺理论建设与发展的一生，是全心全意致力于中国语言文学教育事业的一生，是殚精竭虑致力于文化强国建设的一生。陆贵山教授的逝世，是中国人民大学的重大损失，是我国马克思主义文艺理论研究界的重大损失，也是中文学界的重大损失。我们要坚持和发扬陆贵山教授的学术思想，将他始终作为我们立德树人方面的典范，继承他的遗志，为新时代马克思主义文艺理论研究、中国语言文学教育和文化强国建设而团结奋斗！

陆贵山教授永垂不朽！

兰厅里，回荡着小提琴曲《深深的河流》（Deep River），这也是陆贵山先生曾经最喜欢的旋律。秘鲁作家何塞·玛利亚·阿尔格达斯的《深深的河流》，也是他喜爱的文学作品。六十余年前，阿尔格达斯创作了小说《深深的河流》，对其所处时代的拉丁美洲社会进行了深刻阐释。阿尔格达斯是"新土著主义"文学的代表人物，也是杰出的人类学家，他的作品对拉丁美洲文学乃至世界文学都具有深远的影响。乌拉圭文学评论家马里奥·贝内特帝高度评价这部小说：作家从文学创作角度，对一个由相对封闭空间创造的"微缩社会"进行分析，并试图剖析发生在"微缩社会"却具有更深远含义的宏观现实问题。

古人说："静水流深，智者无言。"陆贵山先生喜爱静水流深般"深深的河流"，却不愿做"无言"的所谓"智者"。他追求的，是中国共产主义运动的先驱李大钊先生手书"铁肩担道义，妙手著文章"的担当。他将这句诗写作座右铭，作为恪守终生的信仰，从无半分懈怠。

2022年5月底的一天，老师一个人在家里，不小心摔了一跤，在地上躺了二十多个小时。第二天儿子晓松发现，紧急送他去999急救中心医院。还好，医生说，只是轻微骨裂。我和师兄弟们得知此情，急急忙忙都跑到他家里探望他。他却笑呵呵地说，还好还好，有惊无险，我这把老骨头还经得住摔。就是，有些累了。

这是我第一次听到他说累。

老师一生好强，从不言败，从未说累。曾经好多个夜半时分，他发信息说，想到很多人和很多事，很是惦念，心慌意乱，夜不能寐。我懂得他在记挂什么人、忧心什么事，于是编了很多故事，一一为他分解。他听了，信以为真，说，真的吗？放心了。

然而，这一次，他说累了。

或许，他真的累了。

——明年是老师八十八岁米寿。何至于米？相期以茶。我们都在期待为老师贺米、恭茶！

我们七嘴八舌地说。

我多想听到他说，真的吗？放心了。就像从前很多次我听到的。可是，这一次，他静静地对着我们微笑，什么都没说。

2022年岁尾，他给我发来信息，说，我现在视力不佳，一只眼睛近乎失明。你寄送的《人民日报》《人民日报·海外版》，我用不着了，还请将这份报纸送给有用的人吧！

2023年年初，他又发来信息，说，我有点事求你，请你帮我做一份完整的学术生平，我要放在百度上。

两个信息，让我心惊肉跳。

第一次，我打电话过去跟他说，老师，报纸照常寄给您，您就留着吧，一定会有用。

他听罢，不置可否。

最近这些年，老师听力下降得很快。每次同他面对面交谈，凭借动作和眼神，他尚能知晓对方的心意。可是，电话线路凭空就会阻断很多信息，我猜，他或许没有听懂我在说什么。我又啰里啰唆发了信息，嘱咐他疫情严峻，不要多想，一定做好防护，出门千万小心。他发来一个防治新冠病毒的小偏方，说，你在岗位上，更要多保重。

第二次，我努力压制着心中的惊惧和不安，打电话给他，说，老师老师，您想做什么？您要它做什么！我放慢速度，一个字一个字告诉他，您要做的不是学术生平，那个东西叫作百度百科，不是生平，不是生平！老师，您不要做这个吧，您现在还用不着啊！

他沉吟了许久，缓缓地说道：

我有用。

我放下电话，泪流满面，肝肠寸断。

是的，老师，他什么都了然于胸。

二

不知生，焉知死？

不知死，又何以生？

我们是共产党员，是唯物主义者，对于生与死，要格外看得分明。

很多很多次，老师这样跟我说。

其实，他对自己的生死早已看得淡泊。然而，我却从来不敢直面他的淡泊。

陆贵山先生离世之后，他的儿子晓松第一次打开他的电脑，试图查找资料。他惊愕地发现，老师早就为他的远行做好了准备。电脑里所有的文章和档案，分门别类，整理得清清楚楚，其中，就有《陆贵山简介》《陆贵山学术简介》《陆贵山自述》《陆贵山学术生平》《陆贵山学术著作年表》《陆贵山论文集》……这些，他在一个多月前曾经全部发给我，告诉我，他有用。

老师喜欢安静，他的书房很少有人踏入。各种各样的物品他整理得一清二楚：落地的书架上摆满了他的图书，其中有一个架子，是他的著作和他的各种获奖证书，还有一个架子，摆放着他喜欢的音乐光盘，其中就有小提琴曲《深深的河流》。

著作等身——这四个字，远远不能概括他的一生。

老师的简介、自述，都简单得不能再简单：

> 我写过一些书，有专著，有主编，有合著。著述三百多万字，主编七百多万字。个人专著八部，合著和主编二十多部。专著主要有：《艺术真实论》《审美主客体》《宏观文艺学论纲》《文艺理论与文艺思潮》《文艺理论与文艺批评》《文艺人学论纲》等，汇辑出版《陆贵山论集》（两卷本）和《陆贵山文集》（八卷本）……

我出版的一些著作都有书评，从老一辈学者到青年文艺理论家都在报刊上发表文章，给予充分肯定和良好评价……

　　我做过一些事。我同王振民、陈传才、周忠厚几位教授共同努力，经过近半个世纪的艰苦创业，使马克思主义文艺学的学科建设取得了重要进展，成为中国人民大学的优势学科，一直在全国高校和学术界处于领先地位……

　　我承担了一些重要的学术职务：任全国社科规划（社科基金）中国文学组召集人；全国马列文论研究会名誉副会长；中国中外文艺理论学会顾问；中国文艺评论家协会顾问……

低调中有骄傲，谦虚里有高贵，这就是他的风格和风骨。
1935年11月11日，陆贵山先生出生于辽宁省辽阳市。

很多次我从北京回老家长春休假。飞机从山海关掠过，我便开始在空中找寻这个叫作辽阳的地方。飞机穿过云端，发出巨大的轰鸣。从高空俯视地面，山东半岛、辽东半岛，像大陆探向海洋的巨大触角。曾经，巨大的触手筋骨相连，喜马拉雅造山运动让这里发生了翻天覆地的变化，下辽河、渤海地层断陷，陆地开始了壮烈的拗曲、断块、隆升、岩浆喷发，渤海海峡断裂陷落，辽东半岛与山东半岛遂分割成为两个半岛。

弹弓一样的渤海湾和黄海湾，如巨人用两个巨大的手臂，坚定地挽起了山东半岛、辽东半岛。碧蓝的海水在阳光下翻着晶莹而细碎的浪花，海潮如同听到了冲锋号角的队伍，掀起了一个又一个的浪头，喧嚣着，鼓噪着，呐喊着，飞舞着，跌跌撞撞，层层叠叠，拼命地冲上海滩，扑向海岸，远远望去，像千万只展翅飞翔的白鹭，如千万匹脱缰狂奔的烈马，似无数条怒吼狂叫的蛟龙，撞击在岩石上，绽开万朵洁白晶莹的浪花。

辽阔的北方，肃穆的北国。

千百年、千万年甚至亿万年以来，古老的黑土地以母亲养育儿女的方式，以土地滋生万物的方式，以江河承载舟船的方式，以大海涵养生命的方式，孕育、收纳、包容、埋葬着无数生命，见证着岁月的兴衰成败。

这是陆贵山先生的故乡。北方的粗犷，缔造了他的不拘一格；北国的辽阔，成就了他的纵横捭阖。

三

陆贵山先生是中国人民大学哲学系首届毕业生。1961年，他毕业后留校任教于哲学系美学教研室，1963年转入语文系文艺理论教研室。

老师多年来从事马列文论，兼顾美学、文艺理论、文艺批评和文艺思潮的教学和研究工作。文学理论思辨性强，老师试图总结中西结合的观点和方法，不断拓展和推进对基础文艺理论的探索，最终走向宏观文艺学研究。

20世纪80年代初期，为了适应并推动恢复、弘扬现实主义的文学潮流，老师在一些重要报刊上发表了一系列阐发文艺真实性的论文。1984年，他将这些文章结集出版，这便是他的第一部学术专著《艺术真实论》。那时，他还不到五十岁，从"文革"中走出，迅速找到治学方向和方法，从此便坚定不移地大踏步前进。

90年代初期，文艺理论界开展了"文学主体性"的论争。老师一方面觉得应当肯定倡导文学主体性的意义和价值，同时又感到"文学主体性"理论倡导者存在着比较明显的理论缺陷。他提出，要强调文学的客体性，理应吸纳主体性的理论资源加以丰富和深化。1989年，他将这些思考纳入新作《审美主客体》，在其中对文学主客体的辩证关系加以更加系统的论述，这是他的第二部著作。著名文艺理论家、文艺美学家蒋孔阳先生读到《艺术真实论》《审美主客体》两部作品，欣喜异常，撰文《坚持辩证法　发展文艺学》在《光明日报》刊发，对陆贵山先生予以肯定和鼓励。

如果说《艺术真实论》是突显文学与现实和历史的关系研究，《审美主客体》是突出文学与审美的关系研究，那么陆贵山先生稍后出版的《人论与文学》则强调文学与人文的关系研究。《人论与文学》这本书是开始从人学视域探讨文学基础理论的重要尝试。2000年，陆贵山先生将他对文学与历史、文学与人文、文学与审美的研究进行了辩证综合的创新研究，出版了《宏观文艺学论纲》。他在《宏观文艺学论纲》中，提炼出三个观点：史学观点、人学观点、美学观点；概括出三大精神：历史精神、人文精神、美学精神；总结出三大理念：为历史发展和社会进步而艺术、为人生而艺术、为艺术而艺术。

这些作品，尽管还仅仅是陆贵山先生问鼎学术的第一步。但是，它们的应时而生，对于中国文艺理论建设起到了积极的作用。

从新时期到新世纪，当代中国的文论界相继掀起了注重"内部规律"的形式语言符号研究热、文化研究热、生态研究热。这些社会文化文论思潮，让陆贵山先生大受启发，同时他深切地感到《宏观文艺学论纲》中所论述的"文与史的关系""文与人的关系"和"文与美的关系"的覆盖面显得狭小，应当进行更加宏观、辩证、综合的理论创新。他着手吸纳了研究人、文学与自然的关系的生态美学，研究文学与文化的关系的文化学，研究文学与心理学关系的文艺心理学，研究内部规律层面上的形式语言符号学的成果，并最终在其收官之作《宏观文艺学研究》中提出由七大文论学理系统构成的一个更加宏大的文艺理论的框架体系。

这七大文论学理系统是：研究文学与自然的关系，可以生发出各式各样的生态主义的文论学理系统；研究文学与社会历史的关系，可以总结出各式各样的历史主义的文论学理系统；研究文学与人的关系，可以提炼出各式各样的人本主义的文论学理系统；研究文学与审美的关系，可以概括出各式各样的审美主义的文论学理系统；研究文学与文化的关系，可以扬弃出各式各样的文化主义的文论学理系统；研究文学与心理的关系，可以引申出各式各样的心理主义的文论学理系统；研究文学自身的内部关系，可以抽象出各式各样的文本主义的文论学理系统。

在进行文论学理系统的梳理中，陆贵山先生开始认识到，文学的本质是系统本质，文学的观念模式和研究文学的思维方式同样应当是系统的、多维度的。把握和驾驭系统的文学的本质、价值、功能和作用，必须采取多向度的研究方法。于是，他提出从四个向度来探寻文学的系统本质，即从横向和广度上，拓展文学的本质面；从纵向和深度上，开掘文学的本质层；从流向和矢度上，捕捉文学的本质踪；从环向和圆度上，把握文学的本质链。可以相应地概括出：真理是全面；真理是深刻；真理是过程；真理是关系。

陆贵山先生坚定地认为，当代中国文艺理论的结构，应当是有主旋律的多声部合奏。无多元的主元或无主元的多元，都是不可取的。

在他的积极参与下，新世纪文学艺术和文艺研究开始进入了多元对话和综合创新的时代。凡是具有合理性的文艺观念都拥有自身的疆域、人口和主权，都拥有自己生存和发展的空间。不同文艺观念之间的差异可以形成一种张力结构和竞争机制，有利于促进学术思想的发展。

陆贵山先生的学术道路，以马克思主义文艺理论研究为基础，从对文学与现实生活和社会历史的关系研究，经对文学与人文的关系研究、文学与审美的关系研究，走向了对文学的多维度、多向度和更加开放的宏观文艺学研究。

这条布满荆棘的学术道路，何其艰难？何其坎坷！然而，陆贵山先生就这样一步一步走了过来。

20世纪50年代末期，中国人民大学接受中宣部的委托（以下简称文研班），与中国科学院哲学社会科学学部联合创办中国人民大学文艺理论研究班。文研班是在时任中宣部副部长周扬的倡导和直接指导下，由中宣部和教育部组织举办的，目的在于探索正规的文学教育体制、培养文艺理论人才、创建文艺理论学科，建设本土化的马克思主义文艺理论。

1959年9月21日，开学典礼在北京东城区铁一号的中国人民大学旧址（段祺瑞执政府）举办，吴玉章、何其芳参加开学典礼。文研班学术资源得天独厚，调动了当时全国文艺学和相关学科一批顶尖的学者授课，其中有何其芳、何洛、蔡仪、冯至、朱光潜、宗白华、冯其庸、游国恩、杨周翰、吴组缃、缪朗山、钱锺书、唐弢、王朝闻、李健吾、罗念生、叶水夫、卞之琳、戈宝权、林默涵、陈荒煤、周立波、赵树理、柳青、李季、梁斌等，教师阵容之强大，可以说数十年来无出其右。这个研究班是吴玉章校长亲自推动，从而打下了深厚扎实的治学基础，为全国高教界、新闻界、文艺界和研究机构培养了一大批优秀的领导骨干和著名学者，其中有郭拓、王春元、陆贵山、何西来、缪俊杰、陆一帆、陈宝云、刘建军、谭霈生、滕云、李思孝、陈传才、阎焕东、李行桂、蒋荫安、邢照寰、王先霈等。

在中国人民大学语文系创立时，周扬曾指示，中国人民大学语文系要坚持以马克思主义文艺理论和当代文学评论作为基本的、主导的办学方向。为此，何洛、马奇老一辈学者作出了开创性的贡献，此后经历纪怀民、丁浦等学者的不懈努力，到陆贵山先生这一代人的艰苦奋斗，取得了可谓辉煌的成绩。20世纪八九十年代，中国人民大学的文艺学学术团队阵容非常整齐，学术实力相当强大：马列文论有陆贵山教授、周忠厚教授，文学概论有陈传才教授、郑国铨教授、王振民教授、周文柏教授，中国古代文论有蔡钟翔教授、黄保真教授、成复旺教授，西方文论有张秉真教授、章安祺教授、黄晋凯教授，形成了以马列文论为龙头的四大理论的综合优势，达到了人大文艺学历史上的巅峰状态，几乎每个学科方向都打开了新局面，取得了新进展。

从新中国成立之初起，到20世纪90年代的辉煌，经历半个世纪的砥砺奋斗，中国人民大学经过几代人的辛勤劳动，成功接续并弘扬了文艺学的学科特色、学术传统和学术优势。陆贵山先生作为其中的代表性学者，笔耕不辍，学术成就卓著，为中国人民大学文艺学学科建设与事业发展作出了突出贡献。在他牵头带领下，1993年文艺学二级学科获得博士学位授予权，实现中文系博士点零的突破。1994年推动中国语言文学入选"国家基础学科人才培养和科学研究基地"。2001年，中国人民大学文艺学被评为国家重点学科。

陆贵山先生是新中国培养的第一批马克思主义文艺理论家、评论家。他从事马克思主义文艺理论、中国当代文艺思潮等领域的教学与研究六十余载，始终坚持用马克思主义的立场、观点、方法，不断拓展和推进马克思主义基础文艺理论的研究，造诣精深，其"宏观、辩证、综合、创新"的学术研究思维影响深远，为当代中国马克思主义文艺理论建设和发展作出了重要贡献，成为马克思主义文艺理论中国化最有影响力的专家之一。

四

北京，朝阳。

东三环与东四环之间，有一个很大的院子——金台西路2号。

从金台西路2号大院西门出来，向北、向西，由京广桥向北，再沿北三环一路向西，过长虹桥、农展桥、亮马桥、太阳宫桥、三元桥、和平东桥、和平西桥、安贞桥、安华桥、马甸桥、北太平桥、联想桥、四通桥，再向北，便是中关村大街59号。

金台西路2号、中关村大街59号，连接了两个著名的"人民"——人民日报社和中国人民大学。

中国人民大学，是中国共产党创办的第一所新型正规大学，它的前身是陕北公学，以及华北联合大学和北方大学、华北大学。1937年，"七七事变"后，为造就成千上万的革命干部，满足中华民族抗日战争与解放战争的需要，中共中央在延安创办陕北公学，任命成仿吾为陕北公学校长兼党组书记。

十一年后的1948年6月15日，《人民日报》在河北里庄创刊，这张由《晋察冀日报》和晋冀鲁豫《人民日报》合并而成的中共中央机关报，记录了现代以来中国的多少风风雨雨。

1995年，我由中国人民大学毕业分配至人民日报社。此后，金台西路2号、中关村大街59号之间的这条路，便成为我往来最多也最熟悉的一条路。从中国人民大学到人民日报社，再从人民日报社回到中国人民大学，这条路我走了近三十年，路边的每一棵树、每块石头，几乎已经熟悉得如同老朋友。

中国人民大学日渐喧嚣的校园腹地，深藏着一排排静雅幽深的红砖楼。冬天，满目萧瑟，这里的红色别有一丝暖意。夏日，葳蕤的爬藤将一座座小楼围裹起来，柳丝轻拂，翠鸟高鸣，古旧的红墙灰瓦更显得清幽。

东北角的几座红砖楼，叫静园。

静园4号楼101室，是陆贵山先生的家。

一间逼仄的书房，老师坐在宽大的电脑椅里，目光扫视着每一个学生。窗子外，古木参天，荫翳蔽日；窗棂间，藤枝蔓绕，不论春夏秋冬，这个窗口都会是一道别致的风景。

多年来，老师一直在思考中国人民大学文艺学的发展问题。全国的一些名牌大学的文艺学博士点，都是靠文艺学或文艺美学的前辈解决的。他说，非常羡慕这些兄弟院校的同仁们所分享的福荫，可谓"大树底下好乘凉"。然而，中国人民大学的文艺学博士点，却要我们这代人自己来争取。这是一项艰巨而光荣的使命，任何开创性的事业都不会是一帆风顺的。

1991年，中国人民大学文艺学第一次申报博士点，没有成功。

1993年，老师牵头申报。由于上一次申报失利，学校和老师都做了扎实的准备工作，加之学术梯队比较整齐，特别是着力突出了中国人民大学文艺理论学科的传统特色和优势，申报得到了大多数评委专家的认同。这一年12月，经国务院学科组专家评审通过，中国人民大学中文系被国务院学位办批准为文艺学博士学位授权点，从而实现了中国人民大学中文系博士点零的突破。

与此同时，陆贵山先生被国务院学科组评定为文艺学博士生导师，由此加速了老师科研和教学的开枝散叶、桃李天下。

自进入中国人民大学，三十多年来，我已经习惯每逢大事、每临节日，就与师兄弟们相聚在老师家里，老师和师母数十年不改东北口味，他们烹饪的酸菜炖排骨、小鸡炖蘑菇、土豆炖大鹅……是我们百吃不厌的美食，这种温暖与踏实的感觉让我安心。老师很少说话。谈话涉及学术，他每一次开口都很严厉，而话题一旦转移到生活和事业，他立刻就变得慈祥，像一个细致的婆婆，叮嘱这叮嘱那，吩咐这吩咐那，千般挂记万般惦念。

他的博士、硕士遍布全国各地，有些还走出了国门，从事国际传播和文化交流。老师的家，是我们大家的家。11月11日——每年的这一天，他的学生们都会不约而同集聚在这间书房，"回到知识的原点"，为先生祝寿。

每次回来，都是回家。离"家"距离最近的学生，来自他曾投注六十余年挚爱和深情的校园；距离最远的学生，跋涉重洋不远万里昼夜兼程。这个家里，常常有一二十人，甚至是三四十人，大家将房间挤得水泄不通。他间或微笑，偶尔点头，表明他在倾听。这些年，他的听力日渐衰退，即使如此，弟子们仍然喁喁细语，不敢放声。

书房三壁皆书，从地面缓升至屋顶，由书案漫卷到脚下。书桌前的地板，已经被磨出两道白白的沟痕，数十年来，在这些书卷佶屈细琐的字句中，陆贵山先生带领莘莘学子，栉风沐雨，砥砺前行，见证着文艺理论的艰涩与丰润、神采与奇幻。

皇皇八卷本的《陆贵山文集》，静静地摆放在落地书柜里。绛红的封面沉稳庄重，"陆贵山"，泥金的三个大字硬硬地楔入纸面，宛如耕夫深深的犁痕。不鸣则已，鸣则力透纸背——这是老师勉励治学、勤谨执教的一个侧影。

电脑旁，一株报岁兰傲然桀立，含苞欲放。兰花，是老师最喜爱的花。高洁、高雅、高贵的兰，是老师心目中的君子形象。花苞像一朵又一朵柔软的云朵，孤独明亮的金紫缓释了一屋子的凝重。

老师喜欢侍养花草，凡是经他手侍弄的草木，都茁壮挺拔，郁郁葱葱。老师家的后院里，葡萄、紫藤、薄荷……蔓延开来，严重地"侵犯"了邻居，以至于老师招呼学生们常来家里吃葡萄、"挖"薄荷。这个小小的园子里为何"春天"常在？老师有个园艺秘诀——剪枝。我曾经眼见着老师给一棵茶树剪枝。他手起刀落，苍翠的枝叶纷纷落地。我惋惜不已。老师却说，剪掉这些树枝是为了让树生长得更好，剪掉的这些树枝都是折断、枯死或是患病的树枝，剪掉它们才能保持树木的健康和外形的美观。

陆门子弟，都懂得一个有深意的词——剪枝，也就是老师的严厉批评、严肃训导。读书时，师兄弟们相见，每每私下互问："今天，老师给你剪枝了吗？"老师一向温和文雅，对所有的学生都一视同仁，爱护有加。然而，如果哪个人偷了懒、犯了错，老师却绝不原谅，暴风骤雨的批评是不可避免的，当然风雨过后每每是彩虹。

陆贵山先生不是我的硕士导师，却是我的毕业论文答辩委员会主任。那时，我做了一件在老师们看来大逆不道的事情，也就是跳了一级提前一年毕业。要知道，文艺理论不同其他，三年能接触到专业皮毛已是不易，而我居然一年修完学分、一年做完论文，试图提前离开。我至今还记得老师在我的答辩会上凶巴巴的样子："你要是回答不出来我的问题，今天，不！今年就休想过关。"还好，我那次顺利通过，但是，老师对我第一次"剪枝"让我刻骨铭心。

我的博士读了五年才毕业，一个最根本的原因就是毕业论文在老师那里过不了关。我到现在还记得拿着修改后的论文战战兢兢走进老师家的每一个场景，猜测接下来的是春和景明还是暴风骤雨。然而，回想起那青灯黄卷、孜孜矻矻的五年，我对老师充满了感激，正是因为他的严厉，才让我有了治学的收获，这些收获让我终身受益。

20世纪80年代、90年代，中国思想界展开了几次规模较大、影响深远的关于文学和人学的大讨论，这场论战最后演变为人文精神大讨论。陆贵山先生是其中的主将。90年代中后期，陆贵山先生撰文《铁肩担道义——文艺工作者的精神价值取向》中，坚定地提出，选择和承担精神价值取向主要有三个要点：政治良知、文化操守和社会理性。倡导社会理性时，论证与人文精神的深层关系。他认为，政治良知为人文精神提供正确的方向，文化操守保证人文精神具有独立高尚的品位，遵奉社会理性、服从历史规律，才能使人文精神发挥推动时代前进的积极作用。这篇文章刊发后，童庆炳教授对老师进行反驳。两位先生的争鸣，引发了全国第三次关于"社会理性"和"人文精神"的大讨论。

在这些讨论中，两位老师的弟子们都不自觉地参加了论战。陆贵山先生却批评自己的学生说，你们不要盲目发言，要从自己的内心来决定自己的观点，切切不可因为是我的学生而支持我。记住，吾爱吾师，吾更爱真理。老师说，我和童庆炳教授的论争，尽管观点不尽相同，却揭示了社会理性和人文关爱关系的完整性，达到了辩证理性的思想高度。这就叫作，君子和而不同。

老师的襟怀坦荡，可见一斑。

老师退休以后，将"家"转移到北五环外的回龙观，这样他的书房可以更大一些，日照也更充分，他的研究和写作也可以更安静一些。尽管如此，他还是习惯每个周末回到静园，享受与朋友和弟子们团聚的时光。

传道，授业，解惑——正是在这里，我们懂得了怎样去追求真理，明白了如何去期冀真正的人生。正是在这里，我们懂得了，光明每前进一分，黑暗便一定后退一分。

——人生何其漫长，又何其短暂。

人的所有的智慧其实就在这两个词中——失望与希望。如果我们能够飞翔，那就要感谢我们曾经拥有过一双翅膀；如果我们只能被埋葬，那就要安心做一个随时准备破土而出的种子，为未来的枝繁叶茂、刺破苍穹积蓄力量。

——人生何其短暂，又何其漫长。

五

从北三环中路的马甸桥出发，沿着京藏高速一路向北，北五环东北角，便是北京红十字会999急救中心。陆贵山先生生命里的最后一个多月，便是在这里度过。

老师躲过了最严重的疫情海啸，却在疫情接近尾声时被感染。

晓松将老师在999急救中心住院时的视频传给我们，说，老师在视频里高声说，我还有很多工作没完成，病房的大灯晃得我睡不着，快让我出院吧！让我出院吧！晓松说，希望我们都劝导老师安心住院。可是，我们给老师发去的信息，他都没有回复。晓松说，不用担心，老师第一时间吃了阿兹夫定，很快便转阴了，一切都在往好的方向发展。

大年初一，晓松又发来信息，说，老师十二指肠感染穿孔，必须手术。我们的心都提了起来。老师常年患糖尿病，手术对他来说是个巨大的挑战。师兄弟们都说，这个春节过得太揪心了，老师的身体令我们放心不下。日子一天天过去，我们焦虑不已。过了正月春节长假，晓松又传来一个好消息，老师已经安然度过了第二关，手术做得很好，术后身体恢复得不错。我们都松了口气。

年后开工的日子过得很快。去年年尾和今年年初积攒了太多的事要做，每个人都陷入自己的忙碌里。就在我们以为万事大吉时，老师开始胃出血。我知道，老师多年罹患糖尿病，手术对他来说，无异于鬼门关。我们都暗暗祈祷，希望老师像前两次一样，安然过关。

立春过后，便是正月十五，老师的各种症状都有所缓解。2月的第二个周末，2月11日，晓松高兴地通知大家，老师已经闯过第三关，就要出院了。我们欢欣不已，为老师度过第三关庆幸。

然而，第二天——2月12日傍晚时分，听闻晓松传来的信息，老师胃部大出血，正在抢救。晚上九点多，我正在夜班平台，接到晓松电话，老师已经走了……这是怎样的五雷轰顶！泪水模糊了我的双眼，悲伤如同奔涌的河流，瞬间淹没了我。

就在昨天，我还将保存在手机里的视频发给师兄师弟，请大家劝劝老师少安毋躁。就在昨天，我还跟晓松说，等我出了这个夜班，去老师家找老师好好聊聊。就在昨天，我还给老师发信息，说，老师啊，您好好休息，春天就要来了！

可是，老师的生命里，已经没有春天。

鲁迅曾写过一首诗："……此别成终古，从兹绝绪言。故人云散尽，我亦等轻尘。"如今读来，痛彻心扉。人生，就是一列开往坟墓的列车。路途上会有很多车站、很多风景，很多人上上下下，握手言欢，挥手道别。年纪渐长，越来越多的握手言欢变成了挥手道别。

"从审美主客体的辩证统一与倾斜的关系中把握美的本质。"20世纪80年代，陆贵山先生在《审美主客体》中提出这一富有创造性的命题。他认为，在审美主客体统一的总趋势下，审美主客体呈现不统一的"倾斜"。侧重于再现客体性因素的，产生现实主义、写实主义，倾斜失度、推向极端，可能滑向自然主义、机械反映论和庸俗社会学；侧重于表现主体因素的，产生表现主义、浪漫主义和带有泛表现主义特色的现代主义，推向极端，可能陷入心理主义、意志主义和主观唯心主义。此书出版不久，蒋孔阳即在《光明日报》撰文，对这一观点给予积极肯定。

致君尧舜上，再使风俗淳。

这是老师的学术理念，也是他的人生理想。然而，治学经世之路岂能一帆风顺？此意竟萧条，行歌非隐沦。20世纪90年代末期，随着社会转型不断深入，社会道德滑坡加剧，各种反马克思主义伦理观的世纪末情绪开始泛滥。有鉴于此，陆贵山的研究由审美主客体研究向文艺主体转移，马克思主义关于人的道德伦理思想成为他研究的重要内容。"历史非道德化和历史道德化倾向都是错误的，文艺的历史内容与道德内容应该是统一的。"此后他将思考倾注于《铁肩担道义——文艺工作者的精神价值取向》。文章刊发后，一度引发关于社会理性和人文关怀的论争。

这样的例子，不胜枚举，他诘问大师何在，质疑经典难存，叹息世态凉薄，呼唤良知永续，每一发问便引发一场争鸣。然而，翻开厚厚的文集，人们却诧异地发现，字里行间并无硝烟之意，只有冷静的思考、平和的求索、峻切的提问、反复的拿捏。文字背后的故事，早已缓缓沉积在岁月的深处。"治学之道，首先当有开拓的学科背景、开阔的学理思路、开放的文化视野和开豁的理想和襟怀。"在这种前提下，他提出："在科学发展观的指导下，从广度和深度的结合上，从基础理论和应用理论的结合上，从国学文论和西学文论的结合上，从现实主义文论和浪漫主义、表现主义和现代主义文论的结合上，运用宏观辩证综合的思维方式，推进马克思主义文艺学科建设和理论创新，是马克思主义文艺理论工作者责无旁贷的学术使命。"

老师曾经多次说道，俄国体验派戏剧大师斯坦尼斯拉夫斯基说过一句饶有趣味的话——一台戏要有主角，同时每个演员在自己所处的位置上又都是主角。老师说，各种学术观点，在自己的位置上都是主角，都是重要的、不可或缺的。因此，文化上的单边主义是不利于学术事业的发展的。学者们都应当努力发挥自己的优化的知识结构和独特的学术专长，做学术园地的拓荒者和创业者。真理是朴素的，学者们也应当像真理那样朴素，谦虚谨慎，尊重他者，发展自己，切忌顾盼自雄、唯我独尊。

他认为，对文学的微观研究和宏观研究都是需要的。文学研究好比绘画，既要有宏伟的构图，又要有精美的细部。"我坚信，文艺领域同经济领域一样，都同样存在着一个综合治理和宏观调控的问题。解决经济领域中的重大问题，设有宏观经济学；探讨文艺领域中的全局性问题，也应当创构宏观文艺学。宏观文艺学即大文艺学或战略文艺学。"

如果说20世纪是以微观研究和分析思维见长的时代，那么在陆贵山先生看来，新世纪可能是以宏观研究和综合思维取胜的大综合、大创新的时代。学者们应当尊重、珍惜和吸纳分析思维取得的一些"深刻的片面的真理"，但只有把这些"深刻的片面的真理"整合到宏观的学理系统中，才能创立文论的合理有序的生态结构。为了适应创构宏观文艺学的需要，学者们应当自觉地树立宏观、辩证、综合、创新的思维方式。

2011年10月29日，由中国人民大学主办的马克思主义文艺理论研讨暨陆贵山学术生涯五十周年并文集出版座谈会在逸夫楼举行。学界群贤毕至，少长咸集。文艺理论这一学科在中国20世纪后半叶的人文精神发展过程的许多领域，都留下深度介入的痕迹。时任教育部党组成员顾海良感慨："进入新世纪，文艺学进入新的活跃期，学术界对马克思主义文艺理论的批判精神有了新的认识，也对其进行了更深入的挖掘。在这方面，陆贵山堪称新时期以来马克思主义文艺理论研究的代表人物。"时任中国人民大学党委书记程天权特送来亲拟的条幅："教授授教五十年教育青年无数，文集集文百余篇影响后学久远。"

真诚、勤勉、朴素、淡泊、坚韧、顽强……这是学界和朋友对陆贵山先生的共同评价。回首数十年的披荆斩棘、呕心沥血，陆贵山先生感慨"唯有坚持、坚持、再坚持"。个中滋味，又有谁懂？

问余何意栖碧山，笑而不答心自闲。

老师到底在想些什么、追求什么？有人悟得准，有人猜不透。师母却抱怨这个快要八十八岁的老头子愈发像个顽童。他常常调皮地将助听器摘下来，甩在一边道："糟糕，没电了！"随即朗声大笑。笑声背后，是栉风沐雨后的波澜不惊，是苦苦守候时的拈花一笑，更是众声喧嚣中的凝神静听。

六

  朝着彩云走，
  向着高山登，
  不迷山间雾，
  须避空穴风，
  惊惧崖下渊，
  慎履足下冰，
  勿恋陌上草，
  遥望岭上松。

  峰峦亲吻着流云，
  天公抚摸着山顶。
  高山的慧眼环视着浩渺的天空，
  峻岭的巨擘收揽着灿烂的繁星。
  听日月之弦歌，
  闻宇宙之钟声。

  土地呀，您本是高山的母根，
  高山呀，您本是土地的精灵。
  土地塑铸着高山的雄姿，
  高山跪拜着土地的恩宠。
  我敬仰高山，奉上一抔土的质朴，
  我膜拜土地，献上露水珠的晶莹。

这是陆贵山先生的自励诗《山高路远》。

六十余年来，老师以此诗勉励自己，奋发向上，砥砺图强，这是他的信念，也是他的行动。

在中国人民大学东门，有一块巨大的山石，上面镌刻着毛泽东同志手书"实事求是"四个大字。这四个大字凝结了中华优秀传统文化的哲学智慧和马克思主义的思想精华，是中国共产党思想路线的核心所在。山高路远坑深，大军纵横驰奔——诞生于陕北、从延安走来的中国人民大学，承袭的恰是马克思主义实事求是、一切从实际出发、理论联系实际的思想作风。这种作风是中国人民大学之魂，彰显着这所人民的大学与生俱来的精神气质和初心使命；这种作风是陆贵山先生矢志不渝的追求，承载着他们整整一代人的价值信仰和理想情怀；这种作风不仅凝固在中国人民大学东门那块巨石上，而且理应凝固在每一个人大人的灵魂中。

九百多年前，民族英雄文天祥任右丞相。他在《指南录·赴阙》中写道："壮心欲填海，苦胆为忧天。"像精卫一样填海不止，同勾践一般卧薪尝胆，不计成败利钝，壮心填海，赤胆忧天，鞠躬尽瘁，死而后已——这何尝不是老师的写照？

在古老的北京城，除了以宫城为中心的向心式格局之外，还有一条神奇的脉络——自永定门到钟楼长近乎八公里的北京中轴线，这是世界城市建设历史上最杰出的城市设计范例之一。文学评论家李敬泽在一篇文章的开头写道："在北京的中轴线上，从永定门走向正阳门，一直走下去，直到钟鼓楼，一代一代的北京人都曾抬头看见天上那些鸟。很多很多年里，那些城楼都是北京最高的建筑，也是欧亚大陆东部这辽阔大地上最高的建筑，你仰望那飞檐翘角、金碧辉煌，阳光倾泻在琉璃瓦上，那屋脊就是世界屋脊，是一条确切的金线和界限，线之下是大地，是人间和帝国，线之上是天空，是昊天罔极。线之下是有，线之上是无。无中生有，还有那些鸟。那些玄鸟或者青鸟，它们在有和无的那条界限上盘旋，一年一度，去而复返，它们栖息在最高处，在那些城楼错综复杂的斗拱中筑巢，它们如箭镞破开蓝天，挣脱沉重的有，向空无而去。"他写道，这些鸟，直到1870年才获得来自人类的命名，它们叫北京雨燕。

这段话，空灵至极，我很是喜欢。今天，特地录下。

当我们仰望蓝天、仰望阳光之时，让我们致敬那翱翔在万里长空的北京雨燕，以及如北京雨燕般庄重而骄傲的人们。

评鉴与感悟

师者，传道、授业、解惑也。得其恩惠者，自当感佩和铭记，这是一种传承，也是一种礼仪，更是一种尊敬。作者追念恩师，情动于衷而形于言，点滴皆是泪珠。文风硬朗、飘逸，诗意弥漫中深藏哀痛。

激扬与苍凉
——漫忆冯润璋先生

/冯日乾

陌生的邻家人

"润璋"这名字,早在孩提时代我就知道了。怎么能不知道呢?我家跟他家是距离不到五十米的斜对门,他家的锅台在哪儿,砸面的砸房(磨坊)在哪儿,我都清楚,他家墙外的水井更是我的"走马熟地",每隔两天我就会去那槐树下的井台上扳着辘轳绞水。所谓"鸡犬之声相闻",正可借以传神写照。

在我儿时,他家门口似乎终年坐着一位白须白发的老人,我知道那是纪昌他爷,门里出出进进的是纪昌和他奶(母亲),而纪昌的父亲就是我没见过的润璋先生。母亲告诉我:润璋是个念书人,在外头干事,不愿意父亲为他包办的婚姻,多年不回家。人家在外边成了家,也有儿女。外边那女人也是文化人,回过咱冯家沟,有时还把孩子送回来住。

我有点明白了:事情很严重。难怪,每年伏天的晚上,邻近几家的女人常带着孩子在纪昌家门外的石台上闲聊乘凉,家长里短,漫无边际,有时连邻家亲戚的事都拿来议论,但从来没人提过润璋。

冯家沟是个偏僻贫穷的小村,没有在外边干事的人,润璋又多年很少回来,所以村里人对他了解很少。作家是什么人?留学回来后干过什么?没有谁能说清楚。

中华人民共和国成立之初，农村开展扫盲运动，当时用的课本就是润璋先生编的。白色的封皮上鲜红的"冯润璋"三个字格外显眼，叫我兴奋，这就是纪昌他伯（父亲）啊。至今还记得书中几句："七月枣，八月梨，九月柿子红了皮。""一个驴粪蛋，一碗小米饭。"好像书里有一幅插图，就是我们村裴筱翠在纺线。

不久，纪昌他爷去世，润璋肯定是回来了。但因为"过事"，乱哄哄的，更因为我和他有三十七岁的年龄差距，不可能搭话，所以对他我没有任何记忆。不过，有两个细节倒是让我对润璋先生稍稍有了些真实的了解。一是门里小过厅挂着一帧吊慰的条幅，大字是隶体的"含笑九泉"，落款是"西北军政委员会编审室"，这使我知道了润璋先生是个一般的文化干部，并不是什么"官"，更何谈其"大"。一是大门上的对联："响应号召增产节约简事父丧；谨遵遗训勤俭劳动以慰亲灵。"这肯定是润璋自己拟的，时代气氛，家传精神，简洁明白得小学生也能有所体味。它与扫盲识字课本一起，让我感受到先生确实是一个文化人。

几年后，润璋和他的原配夫人杨氏办了离婚手续。当一纸判决送到冯家沟，杨氏老人在家里的门道子痛哭了一场。我跟母亲一样，把同情给予纪昌他奶。

当初，他一定是下了决心，父亲已经过世，无挂无碍，办过离婚手续，他就再也不回冯家沟了。然而，命运故意与他作对，你不愿再进老家的门，它偏偏逼你去见老屋的人。像多年在外的游子归来一样，润璋先生被故乡接纳了。纪昌一家在村里人缘好，乡亲们只说是"纪昌他伯回来了，还带着一个女儿"。

到那时，润璋之于我，依然是一个熟悉的陌生人。

被遗忘的左翼作家

1969年，我回到家乡工作后见到了润璋先生。平正微黑的脸上写满了认真严肃，中等身材，稍显单薄却不孱弱。他说话直来直去，没有虚与委蛇的应酬，不过三句，你就会断定这是一个绝对不会说谎的人。

一次，他来我家转悠。窑洞墙上挂着一位朋友送的宣纸画的梅花——是那种当时崇尚的风格，粗干虬枝，繁花满树，热烈怒放。我问他画得怎样。他微微一笑说：梅花画成茶花了……

某日，我从地里干完活回家路遇先生。他说他在城固儿子家看到我在《陕西日报》发表的杂文，那一瞬间，我觉得他会由此延伸谈点写作的事，可是接下来的话却只有两句、五个字：不错，继续写。

有回去他家，老人正在翻看一本薄薄的黄褐色的什么书，作者张默生。后来知道，润璋先生1930年曾去济南高中教书，校长即张默生。他说，消磨时间，没别的书可看。我于是从学校拿回一本新出版的《鲁迅杂文书信选》给他送去。去时，他在对门他弟家聊天。先生随意翻看，忽然说：唉，这不对啊，这次开会我怎么不知道？——他指的是书里一条与左联活动有关的注释。这让我意外惊喜，便试探着问：你跟鲁迅见过面吗？他脸上掠过不易觉察的微笑：咋能没见过，要联系工作嘛。我于是知道了他读的是上海大学，受学校党组织指派参与了左联早期的筹备。他跟我谈这些，在座的人都不说话，一脸茫然地忍耐着，我们的交谈也只能草草收场。

冯老居无定所，在城固、西安、青海、新疆和老家五处的儿女家轮换居住，我跟他交谈的机会不是很多。但我一直关注着有关他的信息，翻拣鲁迅日记，在1933年三次见到"冯润璋"的名字，感到欣慰，像是落实了什么心事。在《陕西教育》上读到曹冷泉的文章《沙滩上悲惨的记忆》，里边提到"旅沪青年冯润璋"，就想及时转告先生。

1980年3月，看到某报刊登的《新文学史料》目录中有先生写的《我记忆中的左联》，我兴奋之至，便欣然提笔给先生写信，表达多年来的敬慕之情，求教之愿。先生见信，连夜回复。千字篇幅里，有乡情，期盼"多来往、多见面、多交谈"，很亲切；有感叹，自己已老，故旧凋零；有回忆，儿时老人说："仲山无峰，出不了人"，正应在他身上。这又叫我感到了老人的孤寂。

或许，正是这孤寂催生了先生的生平回忆录。初见"残骸"的命名我曾心头一震，但读完内容却并不全是伤感。这是一个人颠沛漂泊的历史影像，也是丰富多彩的人生记录，行走其中的是一位命运的抗争者、时代的呐喊者、良知的坚守者。有苍凉之感，更有风云之气。

历史并不遥远，但冯润璋——这位1925年五卅惨案中冒着敌人枪弹冲在游行队伍前边的上海大学学生，曾被国民党政府密令逮捕的"左联"发起人之一，1933年在鲁迅先生指导下办刊暴露西北社会黑暗民生凋敝的作家，编写过西北农民识字课本的教育家，却被遗忘得太久。我写了一篇介绍冯先生的短文，在1982年9月5日的《西安晚报》发表。喜出望外的是，这篇署名"仲鹿"、只有六百字的《左联时期的一位陕西作家——冯润璋》引起了陕西省现代文学研究会的注意，秘书长宋建元立即来信联系采访冯先生的事。尔后，研究会委托宝鸡师范学院的吕世民等搜集冯老旧作，准备出版。

我借来书稿，静下心来拜读。身在西安糖坊街明新巷先生的家里，心却随着纸上文字飞往20世纪二三十年代。

冯润璋旗帜鲜明地主张文学家"走向社会的最下层去""表现革命群众的意识和热情"。他以创作实践兑现了自己的宣言，为左翼文艺做出了应有的贡献。

经各方努力，《冯润璋文存》终于出版。为表庆贺，1993年9月3日，陕西省作家协会召开了"冯润璋先生从艺六十五周年座谈会"。胡采在讲话中说，原来不知道，搞革命文学这位老大哥走在我们前头了。一些搞现代文学研究的同志也兴致勃勃，认为冯润璋复现，填补了20世纪30年代陕西左翼作家的空白。

一个倔强的灵魂

从少儿时的好奇、青年时的疑惑到中年以后的长期交往，我用了五十年的时光读《冯润璋文存》的作者，从躯体到灵魂。

也许是祖母一人抚养四个子女的刚毅有遗传，也许是父亲的严厉倒逼反促，也许是"北仲山下背柴娃"的生命背景无形中的滋养化育，冯润璋单薄的躯体里凝聚着一种能负重、不屈从、讲理讲到底的倔强。

在他十三岁时，小学突然停办，父亲要他跟一个亲戚去四川学做生意。但小润璋坚不从命，他要继续念书，走向远方。僵持多日，老子输给了儿子。

学校关门，他以三人小组形式在一个同学家补课，半年后以优异成绩考上全县唯一的高级小学。在高小，因为上灶交的是"黑面"，被一些同学嘲讽谩骂，他便下灶自己做饭吃；有时黑面也拿不起了，就到街上背巷子买便宜的红芋吃，忽忽一饱，匆匆返校，但成绩总是名列前茅。

小学毕业，父亲和关心他的老师、领导都劝他考师范，他却考了校风严谨的西安圣公会中学。他参加了学校勤工俭学洗衣组，在别人鄙夷不屑的眼光里默默劳作。有人患了脓疱疥疮，也把换下的脏衣叫他洗，脓块血斑发出的腥臭令人恶心，他也忍了。

考大学前，原中学校长董健吾替他谈妥了一份做助教的工作，他不满意，考了上海大学。当时的上海大学条件不好，食宿要学生自己解决。他囊中羞涩，只能住简陋的亭子间，用石油打气炉自己做饭……

求学的路障碍重重，步步艰难，冯润璋写的是一部发愤图强史，悲欣交集。

十五岁时，由父母做主，一顶花轿把一个比他大两岁的素不相识的小脚女子抬到家——润璋结了婚。开始，因为陌生而感茫然，无所谓喜忧。但很快发现，两人相见，感觉像是走错了房间，要抽身，却被一条叫作"婚约"的绳子捆绑在一起。后来，他几次提出要离婚都遭到严厉训斥，从此跌进"一个无底的痛苦深渊里"。他无法迁就，于是以"逃"为"抗"。追寻他在《残骸》里的足迹：暑假，先避到朋友家去住，开学前三天才回家取粮钱；寒假，回家住了一夜，便翻山越岭到几十里外的淳化县润镇去访师，半夜动身，天凝地闭，风厉霜飞，第二天傍晚抵达时，鞋冻在脚上脱不下来了。1926年冬，由上海回陕探望"二虎守长安"战后余生的亲友，包括妹妹润珊和恋人刘雪霞，返沪前回泾阳见了资助他的刘仲山和张少堂，却找不到他回家的足迹。显然，家，虽记犹忘；婚姻，已名存实亡。

回过头看，他在父亲故去后断然办理离婚手续，是要让那包办婚姻名实两亡，彻底死去。1966年回老家不与前妻搭话，并非是因为已办离婚手续，而是离婚前好久已成路人。彼时彼地，他也许更反感别人的怜悯，其决绝态度不必苛责。

1992年，九十岁高龄的冯老应外孙女之邀去上海颐养，其实也是想旧地重游。我把他介绍给《文汇报》编辑朱大路，朱大路编过我的杂文《吴宓已逝，冯润璋年届耄耋》，很愉快地采访了冯老，并于1993年4月20日发表了他回忆左联的短文。过后，朱大路在来信中感叹："冯润璋太老实！"

"太老实"，是否也可读作"太正直""太认真"或"太倔强"？

1994年8月获悉先生逝世，我并没有太大的惊讶。九十多年的岁月如逝水跌跌宕宕从脚下淌过，也清清楚楚从心头流过，"生不愿封万户侯，亦不愿识韩荆州。但愿身如冰峰洁，此生只作天池游"的润璋先生该是无怨无悔无牵无挂御风驾鹤去作他的"天池游"了。

选自《文学报》2023年9月7日

评鉴与感悟

个人与时代，操守与抗争。不屈服，不认输，不妥协，终获重生。血泪之史，民间档案。

悲悯

天才隐形

/李皖

一

我跟薛彭生高中开始同班。刚认识那会儿,我问他:"你妈妈姓彭?"忘了他怎么答了,只记得他妈妈不姓彭。

高一下学期,学校以"纪念五四"为题,向全校征文。我写了首"长诗",得了第一名,诗贴在学校橱窗里。这次征文,让青春期的孩子们得以显山露水了。之后我得知,许多同学开始写诗,以诗参赛,而不像以往那样写作文。彭生也是其一,彭生那回写的诗叫《青春》,不长,估计二十行吧,但特别有力,满是不寻常的句子和迸裂的激情,但跟"五四"没什么关系。我还能记得他的字迹的样子,那片纸的样子。那不是当时的高中生能理解的,我看了之后,只有不说话,因为说不清。

仲海读了他的诗,也读了其他几个人的,说:"我只服薛彭生。只有他是诗人。"彭生自己也这样认为。某日,下午自习课上,他随手写了四行诗,掷过来给我看:

　　酒杯里盛的永远是酒,
　　水杯里盛的永远是水。
　　如果我的杯子里不是溢满了琼浆,

我怎敢拿它与你干杯！

　　老薛让人不得不服，这四行诗我至今记得。

二

　　班主任李连军老师和我住在同一条街上。上学放学，我俩经常会同路，一路上聊起各种各样的话题，有时说到薛彭生。李老师谈到了拜伦，谈到了戈培尔，说他们像，才华都异于常人，腿脚又都有点儿小毛病，思想上，也都有那么点愤世嫉俗。"愤怒出诗人。"李老师说。

　　还是高一，歌咏会。那是"五四"之后了，在6月份。有一天，李老师把我叫到一边说，班上准备上一个独唱，只上一个独唱，让薛彭生唱。李老师心细如发，知人、察人、怜爱人。我那时喜欢唱，平时表现多，唱得还行。他怕我有什么想法，对我的"才能"大加赞赏，说了不少好话。"但是，薛彭生的歌唱天赋，是超乎常人的，最能代表咱们班级。"

　　我对彭生在歌唱上的天赋，一无所感。倒是李老师提醒我了，帮我发了蒙。他听过彭生在班级元旦晚会上唱《太行山上》，一曲难忘。此后，每天放学后，李老师除了排我们的小合唱、二重唱，还专心辅导彭生唱《满江红》。

　　歌咏会安排在傍晚。彭生上场时，天已经全黑了。音响很差，当天的演唱类节目基本上是"车祸现场"，但彭生的声音确实浑厚有力，是那次歌咏会最响的，全场都能听到。

　　那之后我注意到，很长一段时间，彭生最爱的歌唱家是帕瓦罗蒂。他唱歌偏紧，有点用力过猛，不为同学所喜。不过，他是我认识的唯一对意大利唱法无师自通的人，腹式呼吸、胸腔共鸣，非常自然。我后来结识了不少歌唱界的人，发现即便对于专业的歌手，这都还是个坎。在20世纪七八十年代，我们唱歌都是自然发声，带一点自然的修饰。尚无流行歌曲进来时，那就是我们每个人的唱法。但彭生不同，他已经"帕瓦罗蒂"，并且还蛮正宗。有时遇上帕瓦罗蒂的歌曲，比如《我的太阳》《重归苏莲托》，我也会哼两句。彭生时常示范："不对不对，这样……""还是不对，从这儿，自然……""不是憋着……"嗯，我到现在懂了点儿，但还是没学会。

高二，分了文理科班。我和彭生仍在一起，有一阵子是同桌。他发现我的一个弱点——会被自己的想象惊吓。上自习课时，他悄声跟我讲故事，让我产生幻觉。有时也不是故事，就是一些场景，比如云龙山、一条无人的小路、医院走廊、楼梯、月光、钟声……这家伙有绘声绘色的能力，经常让我感觉毛骨悚然，哪怕是大白天，哪怕阳光灿烂。

那一年暑假，假期语文作业是办小报。彭生的小报叫《小草》，报头有漂亮的行书，旁边以潇洒的笔墨寥寥几笔勾出一块山石、几片草叶。假期归来，教室的后墙挂满了小报，我对彭生的《小草》注目良久，心里只有吃惊。

接下来的一段时间，大家都迷上了书法。某日密谋后，几个男生趁着夕阳将落，潜至云龙山碑廊拓碑。彭生是拓碑主力，自学弄会了拓片的全程手艺。我给他打下手，递墨、递纸、递湿抹布，一番手忙脚乱，做贼心虚……最后拓的一个字，是路边山石上巨大的"忍"字。天黑得快看不见了，不便再作业，我们收了手，几步攀至山顶，站在山头俯瞰万家灯火。

至今我还记得那个情景。那几乎是徐州城入夜唯一的情景。想到徐州，想到古彭城之夜，我就会想起那个情景：一大片黑蓝，远处几抹更黑蓝的是远山，万千灯火皆依伏在脚下，几个少年站在山顶。我们喊了几声，按古人说法，该叫"长啸"吧。我那时刚读了巴尔扎克的《高老头》，觉得这像极了结尾时的那一幕：拉斯蒂涅站在山头，俯瞰着巴黎塞纳河两岸的灯火，气概非凡地喊了一句："现在咱们俩来拼一拼吧！"

又有一段时间，大家迷上美学。几个老迂磨，尤其是彭生、志文，开口闭口，都是"美是什么""老虎美不美""老虎什么时候不美"……翻来滚去，每每争得面红耳赤。我从那一段时间开始，知道了"美是生活""美是劳动""美在主观""美在客观""美在主客观"等各派意见。许多年后得知，这时中国美学界正进行着一场比彭生、志文更激烈的争论。这场争论，在尚未成年的我们身上，也留下了痕迹。

彭生有个窝。他在家中独占一个房间，他家就在邮政局后面那座小院的尽头。这也成了大家的窝。几个玩得来的伙伴，都喜欢到那儿蹭，多数时候是吹牛，偶尔也干些别的。我在那儿第一次读到艾略特的《荒原》，在一本《世界文学》上，译者是裘小龙，始知诗歌有此种写法。第一次通过红灯牌收音机、中华牌电唱机，听到了合成器——由晶体管发出的，偶尔在紫禁城演奏的，只觉得此声发自天外，散发至宇宙洪荒。这样的一个印象，那么辽阔、无限的寂寥空无，只这一次，觉得世间有一种声音，超出了人世、生命、星球、太阳系，没着没落地在宇宙间激荡……

又有一阵子，大家迷上了画画，彭生是师父，彭生的窝是画室。一天傍晚，我在淮海路新华书店买了书，拐进了邮政局后的小院。夕阳斜进窗子，几个伙计正在写生，面对着墙上的一张葡萄静物照。郝佳、红卫、王利、彭生……郝佳好像在画自己的手，右手画着左手。我从那以后，再没碰过绘画。小学时，我是班里画画最好的三个学生之一。初中班上，我的绘画成绩最优，多次习作都在九十分以上。矫苏平老师曾提起，某某比赛，你可以画张画，参加参加。认识彭生，尤其是这一次之后，我意识到，在绘画上我全无才情，也没天赋。彭生的写生、造型能力，即便是刚向他讨教的初学者如郝佳，其显露出来的水平，都让我明白了这一点。那时彭生常提到的绘画至交是王竞。我见过他们贴在学校橱窗中的画，此前还不觉得怎么样，以为自己再努力努力，或许能达了那样的水平。等同一班共聚多时，见识日多，我才看清楚他们的水平，也明白了自己能力有限。

三

少年初心，一切都在萌发中，天地万物骤然开阔，像打开了一扇扇秘密之门。我们常走在校园里谈刚念的诗、刚读的小说、刚看的电影。电影这种艺术让我们感到，小说和绘画或许都正在面临巨大的挑战，电影才是未来的艺术。彭生的见解，也每每让我有忽开新境之感。

《人生》——先是路遥的小说，然后是吴天明的电影——轰动了。那几天，在操场上来来回回，我们长谈的话题，便围绕着这部电影。彭生说《人生》并非什么佳作，并举出许多的例子，分析这部电影的不足之处。如镜头之间光影的跳，如绿扑扑田野场景的闹。他以一部外国电影为例，说其光线、色彩、剪辑如何之精妙；说导演为了色调和谐，为了表现主人公的心理世界，把房屋、土地、河流，统统都染上了颜色。蒙太奇、长镜头、淡入、淡出……我最早是从这里知道了这些电影术语，在一个铺展开来的新世界里，一步步走向更深。差不多二十年后，我通过影碟观看了塔科夫斯基的《乡愁》，意识到彭生当年所讲，将房屋、土地、河流都染上颜色的正是这一部电影。

读到世界史，其中提到匈牙利诗人裴多菲的名作"生命诚可贵，爱情价更高。若为自由故，二者皆可抛"，但引用的译本是孙用的白话诗译法：

> 自由，爱情！
> 我要的就是这两样。
> 为了爱情，我牺牲我的生命；
> 为了自由，我又将爱情牺牲。

我们都觉得不习惯，说还是用旧体诗翻译的好。彭生很激动，对裴多菲的自由诗体赞不绝口，指出其中的节奏要素，并大声朗诵，毫不拘于成见。他的见识、他的激情，真真诗人也！

1985年元旦，中学最后一次新年晚会。大家都已年届十八，少年心气越发激荡、蓬勃、桀骜不驯，而彭生尤甚。我试图说服他给晚会的舞台画个画；另外作一首诗给同学们，代表班级作为晚会主题词。他一直都没答应。对群体的认同，他不像是从前了。彭生好像尤其有自由的意识，对不认同的，就是不认同，绝不屑为乌合之事。

我只有拿兄弟情义说事，却并不很奏效。1984年最后一天的中午，晚会眼看着要开始，彭生走到黑板前，信手拿起一根红粉笔，开始画。牛年生肖邮票刚刚发行，他就以这个为摹本，画一头牛。大约一堂课的工夫，一头昂首挺胸、眼望南天、似在嘶吼的壮牛，已横立在面前，满满登登铺了一黑板。当时我刚有点近视，新配了眼镜，时戴时不戴。我站在教室后头看这头牛，戴上眼镜，那些筋肉、骨骼仿佛鼓凸活现，似乎成了立体的，全有了质感。我把这发现给彭生说，他也刚有点近视。把我那两百度的眼镜借给他，他左看右看，走到这边又走到那边，一边看一边嘴里哼哼："嗯，嗯，不错。肌肉……筋骨……下面隐含的骨架结构……嗯嗯，看咱，真不错！解剖学的质感啊！半似！半似！"（半似，徐州方言，意为"好到极处"）彭生心情大悦。也许受此激发，几十分钟后，也就是晚会开始前一刻，他的诗作也出来了。我还记得这首诗的最后几句：

向前走啊，走下去
　　头顶是同一个太阳
　　脚下是同一片土地

　　这是当年我们的毕业歌——就要告别，就要四散去，似没有一分留恋，只渴望着要出去，要走出去。但是它有一种达观，也是一种命定：不管四散到哪里去，头顶还是这太阳，脚下也还是这土地。

四

　　高考后，我去了复旦大学，彭生去了南京大学。信纸纷飞，一时把我们埋在书桌上。比起其他大多数同学，彭生的信不多，也不长，多谈及诗社和他所在的中文系，用那种我极为熟悉的"圣人蛋"语气。诗人小海是他的同学，彼时是南京大学的名人，诗名传到了校园外，彭生谈起他，语多批评。又有一回，著名诗人韩东到南京大学开讲座，人潮涌动，连窗口处都挤满了人，演讲一结束，许多学生蜂拥去索签名。彭生说，他从地上捡了一张纸，上面有一个鞋印，递上去⋯⋯

　　寒假暑期归来，同届的、同班的同学相聚，每次都像新武林大会——好友多日不见，再见面大家都长了新本事，刮目相看，不服来战⋯⋯一时间翻翻滚滚。缠斗得最激烈的、盛事中的盛事，当属围棋争霸和吉他比试。

　　围棋下到了最后，只剩下彭生和郝佳。两人从夜晚战到清晨，彭生从平手棋，到授一子、授二子、授三子，竟一直授到六子，这郝佳仍是战他不过。

　　我以为郝佳是负了急，自乱了阵脚。要说这郝佳可是人精，《少林寺》看罢便会鲤鱼打挺，学个杜丘冬人几可乱真，文、理、外兼优，1985届高考摘得了江苏省外语科第三名，再不济也不至于让彭生授六子。

　　棋罢斗琴，郝佳、仲海⋯⋯再次败下阵来，固然他们在北京见了世面，组了乐队，乃至成了校园风云人物。彭生有一双铁钩般抓得人手疼的大手，用这双手，他从琴盲起步，两个月，居然硬生生将一首《爱的罗曼史》收拾得玉润珠圆。又过一学期，琴手们奉为至高段位的《阿尔罕布拉宫的回忆》，彭生说他练成了！"《阿尔罕布拉宫的回忆》？练成了？连滚带爬可不能算！"这完全不可能嘛！见我们没一个信。这厮拿过琴来，琶音、大轮指、把位切换……密集的音粒吹卷了阿拉伯的夜与昼，如风、如光、如时光般的繁复手法，彭生竟似信手拈来，毫不费力。

这之后，我们便很少见面。大学毕业后我去了武汉，进报社做了一名记者。彭生兜兜转转、曲曲折折，似乎总没个固定的去处，也没个固定的工作。他先在徐州一家国有广告公司，没过几年又离职，去广州、北京、上海……在美国康明斯公司任过职，又跳槽至日本电通广告公司。他终于在上海稳定下来，还是做广告，似乎很成功——办了一家自己的广告公司，还开了一家印刷厂。新千年后，我到上海"考察"报业，结识代理晨报广告的某广告商，他居然认得彭生，提起彭生他两眼放光，连呼"大神"，说在广告思想和创意上，那可是"上海滩教父级的人物"。据他说，有多家著名客户的诸多品牌，其幕后的传奇推手都是彭生。

那一年，我携妻挈子，回乡探亲。大年初三晚上，彭生微醺着来看我。他还单身着，还是那个模样，白净且英姿勃勃。在院子里见到我儿子和外甥，弄清他们和我的关系，非要给压岁钱，拿出一沓百元钞，追得两个小学生满院跑。

延引至屋内，我问他为什么还不娶妻。彭生说："尚未立业啊，怎娶妻？"然后他感慨世道艰难，直说得咬牙切齿，仍是当年那个愤怒青年。说到某一日，他心头只觉一片昏黑如同困兽，冥冥中走进徐家汇的天主教堂，但觉得世间污秽如斯，穹顶如万吨巨轮碾下，上帝立在天顶凝望。

愤怒青年结婚，是2009年轰动我们班的大事。眼见着同学们有的已在奔向"空巢"，彭生终于大婚，新娘是"80后"上海姑娘丽娜。他们婚后不久，诞下一子；又三年，再诞下一子。居家便有了居家的安定，彭生在德国定做了一把琴，说要将吉他再捡起。北方佳木，祖传手艺，德国工匠，手工打造——某一天，班级群里的话题是"彭生弹吉他"。视频中，彭生一边不时伸出手去抚弄幼儿，一边还用这把名琴随意弹奏那高难度曲目，那英俊倜傥、白净青春的模样，竟似岁月把他漏了网。我和郝佳，此时算是见了些音乐界的世面，但看了彭生的技艺，叹为观止，仍只有拜服。

此后，彭生一边继续经营着他的广告公司和印刷厂，一边又建起了酒窖，专营法国葡萄酒，尤推崇波尔多和勃艮第。一旦聊起酒来，他总不忘给我们念真经，直把那些伪传言、贴牌酒、制酒售假的旁门左道一一揭露。有时，同学们在外地小聚，也不忘将花费数百的葡萄酒拍了照发过去，请他鉴别。彭生会说："这个你们也敢喝？""这个只能用来漱口！""这个只能洗酒杯！"

同学们的聚会，主要是在班级群里了。虽然很少见面，我们却像天天在一起。班级群无彭生不欢，无彭生不闹，无彭生不吵，无彭生不杠。这家伙海阔天空，没有他不精通的。他是永远的辩士、斗士、战士、毒舌、杠精，好勇善斗，所见皆污秽，皆丑陋，皆烂疮流脓，皆黑暗无光、红肿溃烂。他危言耸听，仿佛天之将倾，又仿佛我们都已成为黑暗的零件和帮凶。大伙在一起常踹他，拳脚相加群殴碾压他。他愤怒失望地退群，被拉进来；再退，再被拉进来；再退……

五

2018年，彭生有一年多没有再回到我们的班群里来。但朋友圈中，我时见他的身影，继续在转发着那些意见激烈、愤怒的文章，他激昂慷慨，忧时愤世，一惊一乍。

这一年岁末，武汉大雪。雪中来去，我为了送岳母就医，出这个院门进那个院门。适逢市里开"两会"，报社不敢懈怠，新旧交替的年轮，便在进退失据中转过去。

1月5日，我接到严徐文的电话，说彭生肺癌晚期，已经五年，这次不在上海就医，在徐州住院，可能是不行了。7日上午，我再收到郝佳的微信消息，说正赶往徐州去。我说过两天去。晚八时，郝佳发来微信消息："彭生已经走了。"

彭生五年前即知自己患了肺癌，两年前病情恶化，但他自始至终未让同学们看出一点异样。从头至尾，其所谈所感，言行、态度、姿势，一直不变。而且，他好像依然年轻着，翩翩美少年，仍似当年模样。我们私下里常感慨，这个班上最帅的男生，似乎懂得青春永驻之术。所以，当彭生的病情的消息传来，无一人不感到难以置信。那几天，天南海北，高中和大学的同学乘动车、赶飞机，纷纷奔往徐州，以见他最后一面。

这是我后来知道的。彭生当时的心愿是除了家人什么人都不告诉。拒绝探望，不受慰问，甚至不行徐州规矩，不设灵棚，不收纸钱，不作告别，只等待火化、入了土，再通告他的同学和朋友们，方便时或到他的墓前一别。只因最后一刻，他的妻子抱了最后的幻想，最后一刻，以为同学、朋友的相见和激励，或许会让他活下去，因而告诉了来往最密切的三五好友。消息因此散了出去。

　　据彭生的妹妹讲，虽已病重，彭生仍坚持与家人一起进餐。"那是一家人相聚的时刻，他会讲很多话，甚至会故意激起争论。这时的我已能读懂他了，其实他需要的不是辩论而是倾听，不是争个对错，而是得到认同。"

　　"他之于尘世，因为走进而了解，因为了解而热爱，因为热爱而痛苦。思想的丰富，这于禀性执拗的他则是不幸的，他常对不平之事，如困兽般愤慨、呐喊和挣扎。"此时，这个一贯坚持己见，分歧时绝不留余地，"必是一剑杀死"的哥哥，在妹妹的眼睛里现出了他"那孩子般率真"的面容。

　　弥留之际，彭生呼吸愈短，精力渐无，身上的力气，只够轮流半睁开一只眼。他不让他的老母亲离开，生怕老母亲一离开，同学们就把钱礼留下。

　　没一个人不感到突然。九天前，郝佳与彭生新开了一个棋局，还挂在网络上。白授七子棋，双方共下了四手。彭生离去第三日，十一时十二分，棋局落秤，判白方超时告负。

　　　　郝佳："我终于赢了一盘。"
　　　　我："这么多年下来，你接近他的水平没有？"
　　　　郝佳："接近了。"
　　　　我："厉害！"
　　　　郝佳："可以达到中国队和巴西队的水平了。"
　　　　我："哦，这种接近啊。"
　　　　郝佳："他是个好巴西队，最近经常和我踢友谊赛。"
　　　　我："直到如此病情，棋力似乎未减，厉害！"
　　　　郝佳："此刻中国队只能在高铁站痛哭！"

　　此刻，郝佳在返程回上海的路上，他刚在病房看了彭生，告别了彭生。

他说:"让我七子仍下不过他。他是棋神。"

六

彭生的小学在大马路,我在民主路。两个同是故黄河边上的学校,相距不过几百米,一个在民主路东,另一个在民主路西。

小学毕业,进初中,我们同上了徐州一中,一个在一班,一个在八班。徐州一中那座古老的青灰色教学楼,我在一楼东头,他的二楼西头。

后来,我们聚在一起了,相处岁岁年年,交流越来越多。我们的记忆,渐渐叠加、重合。这时我才发现,童年、少年、青春时期,我和彭生完完全全是在同一片街区,在同一个天地里长大。

我们在同一个理发店理发,大马路拐角的工人理发店;在同一间澡堂洗澡,大马路桥对面的同春池;有同一个活动中心,工人文化宫;去同一家电影院,文化宫电影院;学校北面有同一条河,河上有同一座石桥。

大马路桥连接着徐州东站,是我们年少时走得最多的桥。多少次,我十几岁的哥哥就是在这个桥头痛哭!那时,母亲带着两儿一女在徐州,父亲一个人在宿县。我亲爱的哥哥,每次送探亲的父亲回宿县,走到这里目送着父亲提行李包走过桥去。不解这奇怪的社会,为什么不能让父母相聚,调到一起工作。多少次,梦中有时醒来,我和彭生听见的是来自东站的同一声火车汽笛,它远远地传过了故黄河,消散在午夜清冷的月光和夜气里。

相处岁岁年年,交流越来越多,这些年,有时我会在脑中幻化出当年我们在一模一样的场景中,迎着朝阳,分别走进不同的小学——在故黄河畔,一个走这条街,另一个走那条街,其他的一切都一模一样。是啊,本来我们就生活在同一个地方,很早我们就相互遇见,时有交集。其实我上小学时就知道他的家,看过他家的小院。每每走过民主路,经过洋槐树掩映下的那两堵白墙豁出的院门,小伙伴们会指指点点,议论他的母亲是邮政局的员工,父亲是民政局的干部,妹妹因小儿麻痹症下肢瘫痪,是延安区号召大家向她学习的身残志坚的少年。小学生们都知道她,都知道她在邮政局院子里的家。

只是在我们都阔别了故乡以后,这些东西才叠印、复合起来,告诉我们,它们原来是同一个原形。相处岁岁年年,交流越来越多,我有时候会想：我们的脑海中，很可能有同一座一模一样的徐州城，很久很久以前那个徐州城，久得如同前世的从前。

我和彭生都喜欢打乒乓球。他会发那种又急又转的球，从球台一只角，一路上拐着弯，奔向球台对面另一只角。因此，他有个绰号叫"大砍"。第一次和"大砍"对阵的人，往往会招架不住，直接吃球。1984年夏，彭生突发奇想，带着几个乒乓球打得最好的同学，到工人文化宫去挑战，那里聚集着全徐州城球技最高的一帮人。结果出乎意料，我们的得分没一个能过十，被高人们一顿砍瓜切菜，铩羽而归。

大家一个个灰头土脸，都很沮丧。彭生问了一个问题："同样的时间内，打了三局和打了五局，哪一个更快乐？"

七

"壮年驾鹤西去，天才从此隐形。"听闻彭生去世的噩耗，这句话涌上我的脑海，脱口而出。

我的意思是说，说着彭生的这些事，知道的自知其真，不知道的只当是传说，再也无从去找他对证。天才之不可思议的形迹，已在这个世界上彻底消失。

彭生是天才。他是我见过的天才中最像是天才的。年少早慧，横空出世，琴棋书画，诗词文章，做什么都好，索性什么都不做。

和他妹妹一样，彭生幼时也得了小儿麻痹症。只是留下的残疾不严重：左腿比右腿短3.5厘米。若非深知多年，若非见他奔跑，谁也不会知道他有这个隐疾。

一抬头间，彭生故去已近一月。年关如过关，诸事纷纷扬扬，每日忙忙碌碌。年二十八九，值最后两个夜班。报社办公楼已成空楼，一件又一件紧迫而烦琐的事，终于落定、清空。在偶尔飞来一两张大样的办公桌上，我将这纪念文字渐渐收尾。

午夜过去，晨曦复来。拜年的短信和微信消息在手机中一阵比一阵更密集地响起。大年三十啊，辞旧迎新。

别了，彭生，我们的故事，再无从相聚忆念。

选自"天涯"公众号，2023年1月28日

评鉴与感悟

命运多舛,天不假年。才俊隐形,痛彻心扉。李皖的文字,总是充满力量感,如刀,如枪,亦如剑……刺中时代肌理,切中命运咽喉,令人喊疼,教人反思。

念故人史浩盛（外两章）

/玄 武

　　浩盛死了。酒桌上得知，我吃惊地喊出了声，然而仍有点迷瞪。今晨醒来，再想，他的确死了。没有了。
　　微信中存着他的名片，叫皮克，久无动静。和他最后一次联系是1月26日。他说一对夫妻辞职在内蒙古搞养殖业的事，又说聚聚去敦化坊吃饭。我年前特别忙，知道他不会介意，推脱了。
　　若是去，大概就遇到他出事。酒毕，他站起来，倒下去。再不会像我们，在每个陈旧的清晨醒来。
　　我用了一个不恭的说法："他死了。"一般都不会这么讲，我也不这么讲。于他，我脱口而出"浩盛死了"。觉得亲近，这样喊出来，似乎能减轻一点猝不及防的刺痛。
　　二十年前他就是后来的样子，没怎么变化。笑笑的，很温和，慢吞吞地说话。他有慧心，人的质地好，属于始终保持本真的一个人，知世态凉薄，而仍然温和对待。就文字水准而言，我认为他胜过我在报纸时的许多同事，也胜过我在当下文学界的一些同仁——太多人玩弄文字，或曰被玩弄。他们已经认为那样的模式便是文学。他们也拥有蒙昧状态下的善良，和善良之后的冷漠。
　　浩盛不然。他是早早开悟的人。他就像荒蛮的原野里裂开的巨石缝里忽然长出的花，虽然微弱，却是自由地飘摇着。他的天赋使他一眼就看淡了许多事物。他认为那与价值无关，与喂养自己的心灵无关。他是一个有自由之心的人。这样的人，我这一世，并未多见。我有时叹息，这样好的悟性的人，这样看事明白的人，可惜底子稍薄。但他这样已够了。

他的文学审美能力也是极好的。我委实时常觉得可惜。年龄愈长，愈觉得人最终是看原本质地，后天只能加强原本具有的质地，厚者愈厚，奸者愈奸，混沌者愈混沌，有悟性的人愈是清醒。

浩盛是清醒的人。

他清醒而混世。

他体壮，力大。在城市我少见力大于我的人，他是；少见饭量大于我的人，他是。以前某次吹牛，他说十几岁时割了五斤猪肉，做红烧肉，他一个人慢慢吃完。我认为是真的。

他下象棋。特殊人才不计，一般人对弈，我认为可以显示其智力水平。他的棋厉害。以前常和他下，他人无可置喙，但是他赢得多。我十七八年不和他下棋了。后来我也下一点，而于今，有至少五年不碰棋。

再不能和他下了。

我最早觉察到他说话语速比以前更慢，也有点啰唆，是五年以前。大概是酒的原因。某次有外地朋友来太原想去五台山，浩盛是五台人，于是约了他同去。夜间，酒后，他带我入南山寺。无月，但可见暗黑中台阶。四下静寂无人，有夜鸟呱呱叫着群飞而起。我们坐在石头上，像陷进石头里，成了石头的部分。他叨叨地说着什么，我漫无边际想着什么。忽然他说，我看到一张女人的脸，她在咱们旁边坐着。

我一惊，扭头，仿佛来得及捕捉那张人脸的消失。

我从不惧怕这些，但认为他是真的看到了。幽冥之事，不可度测。如昨日之事，人的寿数。如明日之事，世事前景。谁知道呢。

五台景区，人多芜杂，令人巨烦。他带我们绕山，去不在景区的佛光寺。山间遇数次微雨。庙门口大片的青草地，阳光细斜，将挑着雨滴的青草尖照得通彻。几头牛在那里，或卧或站吃草。

我记得心头涌动的感动。这样的场景，和寺中或站或卧了一千两百多年的雕塑，有着相同的性质。它像极了人能够具有的最安然最平和的梦境。

我相信当年林徽因和梁思成来时，也感触到这样的祥和宁静。

我认为浩盛心中，常有这样的澄明境界。那是他的造化。

返回时长虹跨天，我们数次驻车，下来站在微雨中仰望。绮丽的虹桥下面，站着微小如芥的几个人。

我以后再望虹，浩盛已在虹上望我，或他已成虹的部分。他死了。四十五岁壮年。据说酗酒所致。古人豁达，常有不置产业者。浩盛是这样的人。无婚配，无子息。昨夜有老者引某艺人的话，说："去就去了吧。这人间，人活个几十年，又有什么意思？"

想想也是。我们毫无意义地活着，毫无意义地死去，已经好几代人了。行止仓皇，内心沮丧，努力装得体面，时时有屈辱感并忍气吞声。然而活着的人仍要悼念先去的人，写下没有意义的话语，如我今日所为。

清明至时，浩盛我为你烧一副象棋吧，酒醇其上。

我仍要行走一些年头。日后在山野遇到兀立的树、突起的鸟兽，想必时常念你，想是你魂魄所寄。于我，你是人世间很不同的一个人。

范老师

每说起老师，我都本能地想起一人：范老师。我不是有意讳其名，而是的确一直这么叫她，从没想过她叫什么名字。直到这一年，才觉得应该问问母亲。

我在乡村旧关庙改成的学校念完小学，范老师带我课到三年级。我上学早一年，个子又小。母亲送我去学校，范老师叫她到一边去，不知嘀咕什么。后来我知道范老师问我母亲的话。她疑惑地说：你娃尿裤子吗，会不会给尿到课堂上？

升二年级，同学们排队领新课本，最后才轮到我。范老师手里拿着课本，像是递给我，又像要缩回去。她说，你先回去问问你妈吧，看让不让你升二年级。你记住我原话说给你妈：按学习成绩你可以升级，可是你太小。让你妈拿主意。

我一字一字记下。我记得放学路上，我心里一字一字地念范老师的话，飞跑着回家告诉母亲。我太想要新课本了。母亲说：没事，那就升二年级！

范老师瘦弱，大约一米五的样子，今天想来她顶多体重八十多斤，而今天我知道当年她如何宠我。每期末考试，须到五里地之外的大村会考。范老师骑二八梁的自行车，脚够不着脚蹬，须用脚尖来勾。她让其他同学步行抄小路，唯我坐在她自行车前梁上。她就那样用脚尖钩着自行车脚蹬，吃力地驮我五里地去参加考试。我记得有次母亲看见了，大呼小叫说范老师你让他走上啊，驮他那么远的路那么累。范老师笑笑说，路远，走去太乏就考不好了。我还就指望他给学校拿个好成绩呢。

我想我愿意学习和后来愿意学习，部分是因为范老师。在少年幻想中，在干坏事挨了母亲打时，我曾没出息地遗憾，范老师为何不是我妈妈呢。我记得魏巍写老师的文章，那真切的情感，真正是我于范老师。

大约三年级时，有一段我没来由地逆反。忘记做了什么坏事，范老师气极了，在教室一边批评一边举手打在我肩膀上。我不躲，犟着脖子直勾勾盯着她看，她又打不疼我。教室高大阴暗，她那么小，从破开的纸窗斜射进来的阳光照在她脸上。她梳剪头发，有几缕头发不时滑过脸庞，别处仍然是暗和凉。这一幕留在记忆中，今日我犹清晰地想起。我直勾勾盯着她看，范老师突然停下手，我看见泪从她眼里涌出来，她哽咽着说，我还以为你能有点出息，你怎么能这样……

有什么东西猝不及防地击中我，我哇地哭了。

很长时间里我为羞愧折磨，觉得对不起范老师。但我不会说，不知如何表达；每晚睡前，我都想到范老师在阳光里涌溅的满脸泪。我想起她的教鞭总是被同学们折断，她总发愁，好吧，这事难不倒我，爬树对我来说易如反掌。

我折来很多树枝，做了十几个教鞭。剥去树皮，刮得光溜溜，晾在屋后园里。小我四岁的弟弟偷一根玩，我打了他一顿。当然我又挨了家人一顿揍。挨揍时我也在想，范老师会喜欢哪一根教鞭呢。

我想做出最好的一根教鞭，终于出事。冬天笨拙手滑，又用力过猛，一刀砍在左手虎口，血喷出来。抓把土掩住，血很快洇湿又冲开土。惊慌甚于疼痛，我一路小跑回家去。天空晃动，坡路灰白。多少年后我记得那一幕：天空晃动着，高高低低的路灰白，我吃力地往家的方向跑，吹在脖颈的风又干又冷。

整个冬天这伤口折腾着我。化脓，然后冻肿。我需要经常在炉火上烤我的手。快好的时候,伤口那么痒,痒得人想尖叫。我就剥那死皮扔进火里,借火光出神地看长起的粉嫩的肉。几十年后的今日写下此文,写到这里,我低头看左手,虎口上还留着一个月牙形的约五厘米长的伤疤。

而我不知,我根本没有机会把教鞭送给范老师。我很快就要失去我的范老师。听母亲说,范老师丈夫患癌,脾气不好,老欺负范老师。有一天他就为了什么事来到我们学校。他高大、阴沉,不知厉声说什么,一下子就把范老师拽倒了。我矮小,挤在学生群里,我看到时范老师已一身土坐在地上哭。我记得我骂脏话往那男人身上冲,那些高大的男生,他们死死拽住我。

范老师再没来给我们上课。她就是我们村的,我家村最西,她最东。好多次我攥了薄铁片磨成的刀子,夜晚去她家院外偷听,听有没范老师声音。我知道我矮小,打不过她丈夫,但我有刀。刀把多少次在我手心汗透。

我没有听到什么,没有看到什么。有人说她去城里陪丈夫看病。再后来她丈夫死了。从那以后,我再没见到范老师。听说她改嫁到别村。

而于写下此文的三四十年间,我再没见到我的范老师。

两手捧着花苗的老人

一个刚搬来不久的老太太,小区偶然遇见,远远就打招呼,有事没事搭话——其实一直没事。她开口就是夸你儿子机灵之类。我走路魂不守舍,我不在场,我只是在游走。总被她打断,免不了回问几句。我以为她六十多,七十,却原来八十多了。

她抽烟。递一根过去,我说您好身体啊。

她说,不行啦,浑身疼。几年前我还在地里种菜呢。

她耳朵好,只是方言重,听不太懂。她眼睛真好!她说,你院里那蓝花可真好看啊。我不敢靠近,你家狗好大。我站院门口外面,远远地看,看了好几次。

我不吭气。

她说,你那个花,剪个枝能插活吗?

我笑道,我插的,春天全死光光了。

她泄气。开始说她搬来地方的事。她说北××拆迁,院子不算面积,不给补偿，人们气不过，也没办法。一个六十多岁的女人，从楼上跳下来，当场死了。

我吃惊。人们活得杂草一般听天由命。

老太太不甘心还在说：你那蓝花花真好看啊……她眯着眼睛说方言，侧着身子望向我院门，我看不到她的脸了。听声音，是几乎要流口水的感觉。

这么老的老人了，迷恋一枝花。

我说，你等着，花下面有长出的苗，我带根挖一棵给你。

老太太眼睛放光，整张脸皱起来，皱纹深处仿佛都有光。她连说好好，我不敢进去，怕狗，我等着，我等着。

我觅来一只小钢铲，开挖，蹦一脸土。老太太心疼花，在外面喊，你浇点水，带点细根根……

挖出来了。捏了原土团在根部，递给外面老太太。老太太是早早伸长了手，两只手来捧。她的手好干硬啊，像田野里被刨出来露在外面晒蔫了的树根。

她捧着小苗快快地回去，之所以快，是怕手烫着苗，苗要尽快种下。我想不到她跑得那么轻盈。她捧着的动作小心翼翼，我熟悉。我想起小时候在野外挖起一棵小杏苗捧着回家的感觉。杏苗从杏核里长出，核裂开两瓣，杏仁里伸出白白的人腿一样的细根，随着人碎步行走的颤悠，根部的细土从指缝里滑落，暴露出嫩的根须，颤颤悠悠。有时候就折断了，沮丧地扔下，挎篮子回家去。我只种活过一棵，但没有吃到杏，少年时那个房子卖掉了。我看到过那棵树长得高大，满枝的青杏微风里晃悠，呆呆望了很久。

老太太要种蓝雪花的地方，是她家用拆迁款买的我一个朋友的房子。她说，拆迁没办法，欺负人，憋屈啊，受气啊，死了也是白死，没人管。她郁闷，难过，但至少这个下午，这一刻，她得到一点快乐，可以追溯到我自己童年的一点快乐。我们的童年，都是从土里生出。我们都是放在这地上的物。又被时间拘拿，而她，很快就要回去了。

天黑前，我又移栽了三棵。如果她那棵不活，我再送她。

（有天告诉小臭，那个老奶奶好多次在门外看这个蓝雪花，为了搭话就总是夸你机灵。说当时她移了一棵，当时我说如果不活我再给她一棵。结果有次老人说，挪的那棵没活。

让小臭捧着一盆分出并开过花的蓝雪花，送去老人家里。

小臭回来说，老奶奶不在家，家里人说老人病了，住医院了。他放下花，回来了。）

选自《山西文学》2023年第8期

评鉴与感悟

作者关注小人物的命运，充满悲悯情怀和人文精神。书写视角是向下的，不像时下流行的某类散文，惺惺作态，内容虚假，丧失了散文的文体特征。而且，玄武十分讲究语言，这大大拓展了文本的审美空间。

想念之河

/习习

一

小时候，梦见母亲死了，我抱着母亲哭得喘不过气来。第二天，眼睛一刻不离追着母亲，眼泪终于蓄不住了，号啕大哭，母亲问我怎么了，我给她讲梦里的事。母亲说，梦是反的，你的梦是在给梦里的人添寿。

现在我很想做这样的梦，但很难做到。不过有一天我确实梦见她了，梦里，母亲要我在一本印满字的书上写下身高、体重、喜欢吃的东西……她要做什么？我诧异地回忆起写下的是我孩提时的身高、体重，我孩提时最想吃的油条。我顺着逼仄的空白写了一溜儿，像在书本里挤进了一条歪歪扭扭的长队。母亲拿过去，像老师检查作业一样，拿起一支笔要批阅。但她握不住笔，只是不受控制地在我的字迹上画了个符号，一个很奇怪的符号，我最终没能在梦里记住它。

二

我现在的年龄是母亲离开家时的年龄。现在，母亲病了，他们还回一个生了重病的母亲。

母亲一生有两个阶段、两个家。对我来说，母亲一直是我小时候的母亲。母亲自己记得最清楚的是她的第二个家，她和他们说、笑、哭。我倒像个老人，想到的、能说的全是过去的事情。我藏匿在往昔不能自拔，像个隐形人，心里默念的都是渊源。我想告诉他们一切都有来路，哪怕再弯弯曲曲，但没人关心来路。我看到的是母亲的根，他们看到的包括母亲现在看到的都是新生的枝叶，以及新生的衰朽的枝叶。根在地里沉默，我黯然不语。

对我来说，母亲也是两个阶段的母亲，一个是我年少时的母亲，另一个是现在被病魔缠住的母亲。我总是力图在二者之间画出来龙去脉，但画到中间常常虚茫到没有着落，于是又赶忙回到现在。现在，母亲甚至记不清我的名字，她呆呆地看着我，很努力很辛苦地寻找记忆。现在，她马上把自己也要忘了。我还深记离开家几十年后母亲第一次看到我们时一脸狐疑说的一句话，我的娃们怎么都这么老了啊！这是和我们每个人命运相关的事件，板结得十分厉害，渗透着各种悲苦，母亲无力看穿它。她让我们流浪了那么久，她记得的当然是我们年轻时的样子。

三

母亲的红高跟皮鞋藏在我家放杂物的柴房子里。那是个象征，象征母亲蛰伏起来的理想。杂乱的柴房子是藩篱，红高跟皮鞋和柴房子是反义词、是对抗，它们在我家小院暗暗绞杀了那么多年。那是母亲少女时跳交谊舞穿的鞋。母亲偶尔拿出来，擦干净再小心翼翼地放进柴房子里。母亲拿出那双红高跟皮鞋的样子我深深记得，我甚至还能描摹出她脸上的神情。那是我少女一样的母亲，是生过三个孩子后藏起来的另一个母亲。高跟鞋流光溢彩，高跟鞋跟着节奏旋转、起舞，三步、四步，快三步、慢三步。母亲最爱跳快节奏的三步舞，嘣嚓嚓，嘣嚓嚓，鸟儿一样飞啊飞，忘了地面。"蓝色的天空像大海一样，宽阔的大路上尘土飞扬……"后来，那个藏起来的母亲义无反顾穿着她的红高跟皮鞋离开我们了。

四

甚至都来不及把时间延伸过来，把这根硌人的粗麻绳捋直，看看它在哪里打结，在哪里藏进了时间，何时开始明修栈道、暗度陈仓。比如，母亲都未曾问到我的弟弟后来怎么样了，作为家的屋子怎么样了，屋里那个装满她衣服的大衣柜怎么样了，窗户上她设计的窗帘怎么样了，厨房里的大水缸怎么样了，我父亲亲手做的高低床怎么样了，镶了一圈亮闪闪的泡泡钉子的格子沙发怎么样了，那根长长的擀面杖怎么样了，那个可以烧得通红的铁疙瘩烙铁怎么样了……

他们吵吵嚷嚷，讲现在的母亲，我突然对着一脸茫然的母亲插进一句莫名其妙的话，妈，那个铁皮的小针线盒我还存着。

那是个用马口铁做成的小盒子，盘花铁扣，外表的漆快磨光了，里面还放着很多母亲用过的针线、零零散散的各色扣子。那个时候的缝衣针很刚硬，再细都不弯折。那个时候流行子母扣，子母扣扣起来很亲，名字也很甜蜜。

五

母亲现在是我的孩子了。

背母亲去厕所，背母亲到床边，背母亲到椅子上。母亲说不出话了，她的眼睛也空洞得说不出话了。起初她听别人说话时，总是不断点头，不管别人是不是对她说的。后来我看出她点头时有些懊恼，因为她实在不知道别人说的啥。现在她不懊恼，格外安静。我说，听话哦。我把母亲脸颊上的头发捋到耳朵后面。我不停地看她的脸，我想把多年没看到的母亲都看回来。我坐在她的腿旁，摸她的手，搓她手指上弯曲的骨节。这手受了多少苦啊，但她后来的苦我已经无法知道。我不注意时，母亲歪在凳子上睡着了。

从此以后，我将是我自己的母亲。

六

我有个名字，这个世界上只合适母亲呼唤。"蛋娃""蛋娃""我的蛋娃"，母亲用我们的方言这样呼唤。母亲上午班、下午班的时候，我懒在炕上不去幼儿园。快到中午了，母亲围着围裙要和面时，才喊："蛋娃，蛋娃，我的蛋娃起床了。"母亲把我抱到窗台的小凳子上晒太阳。

母亲上午班、下午班的时候，我家小院的天总是晴的，太阳特别好。

我的小名叫"尕蛋"，"尕蛋"是男娃娃的名字，父亲做梦都想让母亲给我们生个弟弟。父亲叫我"尕蛋"时,像在叫男娃,叫得很硬很响,叫得急的时候,就叫成了"gǎn"。父亲叫我"gǎn"时,说明不知啥事儿又叫他生气了,紧接着,他又会朝我喊,我看你的皮又痒了。

七

母亲那时黑瘦黑瘦的,总是很困倦。工厂三班倒,上完早班回家的路上,她得在半途坐坐才有气力走回家。做晚饭前母亲总要先和衣睡一觉,我们谁都不能吵,连翻书的声音都不能有。有一次,我和姐在炕沿下抓杏核,吵醒了母亲。母亲一伸手,扔下扫炕的笤帚,芒刺扎到我脚面上。我哭了,哭得上气不接下气。哭一定不是脚疼,是觉得母亲心狠。晚饭后,母亲冲了两碗白糖水,悄悄给我一碗糖多的,我和母亲会心一笑。父亲打我,我的反抗是饮泣,忍着不哭出声。母亲不小心打着了我,我哭得惊天动地,就是要母亲听见,她打了她的蛋娃,她把她的蛋娃打哭了。

那天,我看见母亲哭了,是身体条件反射出来的哭。她起身那一刹那,弯腰那一刹那,身体折住的时候,像婴儿一样皱眉、哭,眼角渗出泪来。是疼吗?她现在疼也说不出来。她现在的哭和她的心也没多大关系。一棵老树,病了,疼了,流出了汁液。

八

母亲的工作是织袜子。那正是尼龙袜子流行的时代,尼龙多么好啊,它几乎成就了母亲所在的袜子工厂。尼龙袜子有弹性,花色丰富,颜色不掉还不容易破。抹了香喷喷的雪花膏和头油的女工们进出工厂,她们在我心里就和母亲一样,真的像花儿。女工们站在一排机车前面,围着白围裙,戴着白帽子,一针一针把袜筒戳进镟子上细密的牙齿里,头顶各色尼龙线飞舞,机器下面,吐出一截一截渐渐成形的袜子,袜子下面坠着一个大铁疙瘩。假如谁要站着打瞌睡,铁疙瘩就会跟着织出的袜子刚好重重砸到脚面。母亲说起那个秤砣一样的铁疙瘩时,常常如释重负,因为她的脚始终没被铁疙瘩砸中。白围裙上,"为人民服务"四个字弯成一个红色的半弧,刚好在胸前。女工们的白帽子边上露出的刘海落着一层毛絮,那层轻轻的毛絮我觉得也很好看。尼龙袜子结实,但最怕火,冬天,即使第二天着急穿，也不敢把它放在炉子上烤。每年快过年，女工们会分到一打袜子。一打是十二双的意思，我从小就知道。十二双袜子对应十二个亲人，数量刚刚好。随机抽的一打袜子，男女老幼的都有。运气好的，抽到的都是大人的袜子。我们一家，还有姥姥、舅舅、舅母和姨娘，少一双都不够。袜子大了，把尖儿折过来缝上，等脚长大了再拆开。我最喜欢鲜艳夺目的尼龙袜子，但多半都不能如意。母亲老是说，我的蛋娃其实穿素色最好看。穿衣服也是，即便到了过年，母亲还说，蛋娃还是穿素色吧，穿素色的衣服好看。母亲总说这话，这话就成了一个暗示，暗暗形成一股力量。母亲离开家的这几十年，我很少穿艳丽的衣服，包括对很多事物和事情，都有了这种倾向。素色不喧哗，和大部分时候的我一样。但母亲不是这样啊，爱穿红高跟皮鞋的母亲，一直穿各色鲜艳的衣服。几十年来没看见的母亲，我们在她的新相册里看到了。五彩缤纷的母亲，欢乐着，笑着，艳丽的母亲依偎着别人，像小鸟一样。

这朵用白尼龙编织的精致的小花和母亲喜欢的鲜艳形成反差。一朵在1976年反复用过的小白花。那一年人们不断悲痛、流泪。只有织袜厂的家属们拥有这样一朵别致的小白花。用别针把小白花别在胸前，在针织厂隔壁的大礼堂里，在耳郭里终日回响的哀乐中，跟着缓缓前进的队伍，缓缓地进入礼堂参加祭奠，再缓缓地走出，缓缓地走在大街上。人们表情凝重。那一年，哀乐不断响起，以至于我们玩耍时，嘴里哼哼的都是这乐曲。这朵尼龙小白花勾起的回忆里，除了反复悲伤的人们，里面最鲜明的还是母亲的影子。母亲所在的织袜厂，机器轰鸣，漂染车间上空，终日蒸腾着白色的云朵。女工们整齐地站在一排机床前，母亲就在她们中间。机器有节奏地轰响，女工们喊着说话。母亲说机器的声响很容易叫人打瞌睡，所以铁疙瘩才不断砸到女工的脚上。夏天酷热时，我们能喝到工厂发给工人们的彩色汽水，满满一大搪瓷缸子，鲜艳的汽水非常甜。

母亲的白围裙和这朵尼龙小花我都存着，白色的尼龙小花还雪白如初。

九

我能忆起的生命里和母亲相关的最早的情景是，躺在母亲的肚子上玩。母亲那么瘦，我那时该多小？我上中学时，和母亲睡一个炕。临睡前，关了灯，和母亲在被子里说话，基本都是我讲母亲听，一整天的事，拉拉杂杂，一口气讲不完，讲学校、讲老师、讲班上的男同学，我可能害羞了，在被子里扭捏，母亲总说："你的样子，怎么跟个蛇虫子一样？"

母亲有海绵般温柔的天性，她可以一直耐心地听我说呀说，从不批评我。她总是很困倦，我知道有时候她只是做出听的样子，其实已经睡着了，但这有什么关系呢？

十

大白天，在炕上做梦，梦里的东西在长，越长越大，大到天上，这样的梦一来，母亲就说我又发高烧了。小东西们长啊长，长啊长，大得吓人，被它们挤着，迷迷糊糊总睡不醒。我成家之后，有一回，又被梦里长大的小东西们挤住了，醒不来，但清晰地听见母亲坐在床边拿篦子篦头发，唰——唰——唰，一下又一下，我都能想到母亲蓖头发的样子，然后又听见地里的小虫子在叫。最先，在大院的土坯房里，我能听见屋里泥地下的虫子叫，母亲不信。我家楼房的水泥地里，也有小虫子叫。这是很难形容的叫声，又遥远又清晰，又微妙又明确，但确乎是小虫子的叫声。挣扎着醒来，就我一人病在床上，环堵萧然，母亲早几年就离开家了。

我还想起小时候，半夜总听到碗柜子里碗碟的声响，母亲说先人们来找吃的了。那时候先人们也总挨饿吗？母亲说娃娃里就我眼睛亮，所以身体最弱。我的尕爹，一见我，就说，这个娃能长大吗？他抓着我的胳膊比画着说，和柴棍棍一样细，一撅就折了。我高烧不止时，母亲倒碗清水拿把筷子到屋门口，嘴里念念叨叨，那把筷子就端端地站到了碗里，这时，母亲很生气地拿刀背把筷子一下砍出去，大声说："哪里来的到哪里去！再不要靠近我的蛋娃了！"

十一

母亲的单位三班倒，母亲下夜班回家，天还没亮。我在被子里偷偷听她是否掏出了铝饭盒，是否把饭盒放在了桌子上。母亲去睡觉了，我们起床的第一件事是打开饭盒，看里面是否有好吃得要命的油条。油条太香了，可以和肉媲美。一根油条切成三截，我们姐弟一人一截。油条真是与众不同，每一截脸对脸还可以分成两块。我舍不得一下子吃掉好吃的东西，两块油条可以吃许久，像吃水果糖，把它放在玻璃糖纸里咬成很多碎块儿，这样就能在嘴里断断续续含一天。

母亲上早班后，我能继续睡个长觉，起床后，时常看到母亲给我的零花钱压在透明玻璃杯下面。

母亲的温暖是持久的，线形的柔缓的温暖，从来没有中断过，即便她离开了我们的家。那温暖一直长进了我的时间，延伸到了现在。那温暖里不仅有单纯的母爱，还有来自四面八方的内容，如同切面的宝石，每个棱面都折射光亮。

十二

一条老旧的不长的街道，就在我们一直生活的城市里。它像一个破折号，连着两个时空，一头是过去，另一头是现在，一边是多少年未见的母亲，另一边是我们。我们曾在大街小巷，嗅着蛛丝马迹无望地找寻她。很难想象，几十年里，就在同一个城市，我们如同近邻。我们被同一天的雨打湿过，同一天的太阳和月亮照过我们。我们或许还有过小小的失之交臂或者摩肩接踵。但无论如何，几十年后，我们才看出这个破折号的存在。几乎和成千上万条破旧的老街一模一样，我第一次去母亲现在这个家的时候，竭力用眼睛默记着街上的一切，唯恐把这个地方再弄丢。母亲第一次出医院时，还有模糊的意识，在靠近这个破折号的时候，看着车窗外一掠而过的街景说，这家的面好吃，那家的点心好吃。

多么残酷，这家的面我们吃过，那家的点心我们也吃过。

十三

我和母亲住在郊区的表姐家。花花表姐，大舅的女儿。表姐家靠近黄河，地里种茄子、辣椒、西红柿、黄瓜。我跟着母亲，在蔬菜快长起来的时候，帮表姐在架子上扎西红柿和黄瓜的藤蔓，用的就是母亲所在的织袜厂废弃的线团。那个晚上，睡在表姐家的大炕上，关了灯，我第一次感知到伸手不见五指的黑暗。在我们生活的大院，晚上关了灯，也有工厂的灯光映入窗帘。像被巨大的黑色翅膀罩住了，我无法呼吸。幸好又断断续续响起母亲和表姐拉家常的声音，然后，又听到远处地里的青蛙在叫，心绪立刻平缓了。傍晚下了阵急雨，青蛙的叫声一下子把雨淋过的黑夜拉到很远。黑暗和寂静有着类似的品质，它们一旦结盟，叫人孤单到不知所措，幸好有母亲在身边。

花花表姐活着时，总说我不好好吃饭。我抗拒那时的汤面，很不喜欢碗里漂着的油炝过的葱花。表姐见我不好好吃饭，会和母亲说，你看尕蛋，又用舌头数着面条子呢。

母亲已无法知道，她疼爱过的那个侄女很多年前就去了另一个世界，她也不知道，我在这个世上点点滴滴认知的长河，很生动的一部分源自她那里。

十四

上小学时，我个子小，排队总在第一排。课间操结束后，班主任给同学们训话，习惯把交叠的双手放在我头上，我几乎紧贴着她微微隆起的腹部，我喜欢这样，一动不动，用头认真地支撑着她的手。她问，你头发上抹的啥？我说，发蜡。她接着问，谁给你抹的？我说，我妈。母亲那时很喜欢在头发上抹香香的东西，先是玻璃小瓶里的头油，后来是发蜡，软软的发蜡装在铁皮圆盒里。母亲那时很瘦小，开家长会时，班主任总以为她是我姐。我告诉母亲，老师说她是我姐，母亲很高兴。我的短发是母亲剪的，一直到上中学。我的头发又硬又燥，稍微长一些，脖子后面就撅起一条尾巴，大家都叫我公鸡头。母亲给我抹发蜡，多半是为了制服那条燥乱的公鸡尾巴。我告诉她，人家叫我公鸡头，不知为何。母亲听后，总要笑啊笑，前仰后合，笑出眼泪。

十五

大雨如注，冲刷着窗玻璃。我说，妈，下大雨了啊。母亲定定地看着窗户，仿佛世界的变化和她无关了。

这样大的雨几十年前的一个夏天也下过一次，晚饭后，我去同学家玩，一直等到突如其来的大雨停歇。回到家，我看见穿着短裤和背心的父亲满脸怒气坐在楼道台阶上。他倒垃圾时，风把门锁上了。我也没带钥匙，我们在台阶上坐到很晚，一直没等到下班的母亲。我跟着父亲在大街上漫无目的地游走，父亲一刻不歇地在斥骂我。后半夜真冷，我们躲进医院急诊室，像病人一样，我虚弱不堪地在长条椅上半躺着，继续听父亲的斥骂。天快亮时，我去母亲单位门口等她，远远看见母亲和几个女工走来，我顾不得害羞，跑过去放声痛哭，攒了整整一夜的眼泪啊。雨水淹坏了马路，没有公交车，母亲没办法托人带话，她当时住到了一位女同事家。我拿到钥匙回家，父亲还那样坐在楼道台阶上，一夜没合眼的他，目光依旧咄咄逼人。我身心俱疲，躲进小屋里饮泣。父亲所有的斥骂，都不像在骂自己的女儿。整个夜晚，我跟着他孤苦游荡，几乎听完了他搜刮尽的人世上所有可以骂人的话。

现在我知道了，一切都有渊源，那个大雨之夜，是个迹象。父亲不是在骂他的女儿，他把所有对母亲对女人的怨恨全都像暴雨一样泼到了我身上。

其实那天夜里，孤苦无依的不单是我，还有狮子一样强悍的父亲。

十六

"一天，娟娟正在吃西红柿，西红柿的汁不小心掉在了白衬衣上……"这是我小学时站在讲台上给同学们讲的一个小故事，老师布置的作业。母亲从报纸上找到这段文字，抄到笔记本上叫我背熟。我还记得母亲教我的动作，伸出食指，歪着头，开始讲："一天，娟娟正在吃西红柿，西红柿的汁不小心掉在了白衬衣上……"这个故事其实是普及一个小常识，怎么洗掉掉在衣服上的西红柿汁。那时水果少，西红柿既可以当菜又可以当水果，我想，这个小故事对当时的同学们很有用。母亲的字迹，纤巧又倔强，里面夹杂着好几个繁体字。在红色塑料封皮笔记本的最后几页，母亲把这篇题为《醋能去掉果汁的污染吗?》的短文抄了三遍，后面打了个括号，括号里是我的名字。是的，藏在本子里的我的名字，和母亲在笔记本的那一角的字迹相会。

十七

还是这个红色塑料封皮笔记本，扉页上，母亲写了这样几行：日记我来记/里面有秘密/谁要看日记/必须我同意/我要不同意/那你别生气。

　　塑料封皮已经破损，无须打开，远远看着它，往昔就从那里扑面而来。

　　本子里夹着很多发黄的零散纸片，有一张发票，我反复看过多次。

　　一副茶晶眼镜，四十元整，开票时间是1983年6月21日。这是我们全家熟知的一小截历史的开头——父亲在一家眼镜店买回这副茶色镜片的茶晶眼镜，结局是这个眼镜在不多年后以谁也预料不到的方式遗失了。那时，父亲常说，茶晶眼镜的镜片是水晶磨成的，水晶里有活水，女人们万万摸不得。他对这副昂贵的眼镜倍加爱惜。那天，酷爱看电影的父亲戴着这副心爱的茶晶眼镜去看一部外国电影，不知是哪部片子，父亲说电影故事情节很紧张，所有人从头到尾眼睛都顾不上眨巴。回到家，父亲才想起看电影时把茶晶眼镜放在了腿上，父亲一直在电影情节里没回过神来，等他发现眼镜丢失再跑回电影院时，下一场电影已经开演。丢了心爱的茶晶眼镜，父亲多年不能释怀，他总说那副茶色的水晶眼镜，好到世上无双，即便攒足了钱，也再遇不到那样的好镜片。父亲就是这样啊，一辈子喜欢反反复复说那些叫他愁闷又无法更改的事实，而且，他愁闷的时候，也要别人跟着他一起愁闷。

　　笔记本里还有保健站给母亲开具的一张请假条。母亲生弟弟时难产，失血过多，身体虚弱，保健站建议母亲多休息三周。弟弟生于那天的上午八点，母亲那年二十七岁。

　　旧物藏在本子里连点成线，叫人遐想，又叫人心碎。我再次拿出那张黑白照片的底片。

　　那天的情景历历在目，父亲背着好几个白兰瓜，我们一家人过了黄河铁桥，到北山上的公园游玩。那是记忆中唯一一次我们的全家游，我借了同学的相机，那天我们拍完了一卷胶卷。

　　时间停在胶片上，带着没有被它改变的宁静和单纯。

　　没有人能预知后来的生活。那天我们畅快游玩后，半夜下起大雨。我们干燥的城市，在盛夏过于燠热的一天，总会酝酿暴雨，那天半夜，屋顶漏起了雨，父亲和母亲拿来盆盆罐罐放在炕上，雨水滴滴答答响成一片，我们全家只能横七竖八地躺在炕上干燥的地方。

　　那是一张合影，父亲和弟弟。那时的白兰瓜能甜到蜇疼舌头。父亲和弟弟，都端着一牙瓜，望着镜头，笑得那么开心。我拿着这张底片在灯光下反反复复看呀看，父亲和弟弟的眼睛笑成了一模一样的白月牙。底片里的世界，白的是黑的，黑的是白的，那真的就是另一个世界呀，他们在里面那么真实地望着我，他们吃着能甜疼舌头的白兰瓜，笑得好生欢快啊。

十八

他们说，你妈爱吃虾。这些我不知道。那时候我们没吃过虾，我们最常吃的是汤面。

我第一次见别人吃虾，是跟着母亲在买带鱼的长长的队伍里。有一刻，透过人缝，我看见那个穿黑胶皮围裙的售货员，从泥灰色的带鱼堆里抓出一只虾，是一只和泥灰色带鱼颜色一样的虾，他迅速脱下手套，剥了虾壳，把雪白的生虾一口塞进嘴里。这个迅雷不及掩耳的动作叫我很吃惊，我悄悄对母亲说，那人把一只生虾剥壳吃了，都来不及嚼。母亲说，他大概饿了。我坚持说，不像饿，像馋死了的样子。

母亲总说我说话像大人，我不明白。我奶奶也这样说。有一回，奶奶让我唱《红灯记》里的"我家的表叔……"，我学着铁梅的样子，用手摸着胸前毛线编的假辫子，转过身，一边唱一边做出眺望的样子，奶奶乐不可支地用她的状似粽子的小裹脚在我屁股上踢了一脚，说："你们看这个尕大人！"屋里的人哄堂大笑，我跑出屋，难过了许久，我觉得奶奶和屋里的人，包括母亲，都伤了我的心。

他们说，你妈爱吃辣。是的，那时候母亲就爱吃辣味的食物。我们小时候吃的最辣的是酿皮。母亲在低矮的厨房里蒸酿皮，我们在厨房外的灯影下眼巴巴守着。做酿皮比平时的汤面工序复杂得多。辣子、蒜、醋、芥末都已备好，酿皮好不容易凉了，丁零零，自行车铃声响了，又是小舅来了。小舅吃了一大碗酿皮，我们不敢当着他的面说我们才吃了那么一点儿。母亲说，你们小舅有口福，做了好吃的，他能闻到。小舅吃完酿皮还惬意地咿咿呀呀拉了一阵子我的小提琴。我那时好不容易恳求老师让我进了学校的乐队，每天可以神气地背着小提琴回家。其实到最后我都没学会拉小提琴。小舅也没拉出哆来咪发唆拉西，母亲说，来，蛋娃，你给我们拉个《我爱北京天安门》，我转身跑出去玩了，直到天很黑，小舅的自行车铃声远到听不见才回家。其实，母亲早看出我不会拉琴，但她还是给我买了一张画贴在炕边的墙上，画中是个拉小提琴的女孩。

母亲能看穿很多事情，甚至能看到事物的背面。她用天性里的柔韧对尖锐的事物温柔以待，她的安静流淌着的涓涓小溪般的小欢乐，让我们的家常常东边日出西边雨。后来，乐队老师坚决收回了我的小提琴，母亲问我缘由，我打开成语词典，翻出"滥竽充数"给她看，她又差点笑出眼泪。

十九

母亲说，生我的前一夜，她梦见了一只青蛙，一只绿身子红嘴唇的小青蛙。母亲说，生我弟弟的前一夜，梦见的是一条蛇。

我还没到这个人世上的和我相关的事情，我不厌其烦地叫母亲讲给我听。但我想起母亲梦里的那条蛇，心就生生地疼。

二十

小学运动会，我跳远第一名，奖品是一个铁皮铅笔盒，到主席台领奖，校长很惊讶。母亲想不明白又瘦又小的我怎么能跳得最远，我说，我是青蛙呀。晚上睡了，母亲在蜡烛下给我缝裤子，缝完裤子，我听见她说，给我蛋娃的裤子兜兜里装颗糖，母亲一定知道我没睡着，如果她知道我真睡了，就会一声不响地把糖装进我的口袋。

我想到烛花，蜡烛的捻子突然迸出的小花，奇异地悬在火焰边，一朵明亮的摇曳的小花，让屋里奇异得熠熠生辉。我想到一些类似的细小的事情，母亲说，蜡烛结出花朵，家里会有好事。母亲说，做了不好的梦，早晨一睁眼，别说话，先把坏梦变成唾沫吐三下。过年炸油果子，母亲一再叮嘱我们不能把锅里的清油叫油，一定要叫水，叫它水，锅里的油用起来才不费。眼角长了小疙瘩，母亲让我们在门框上蹭。脖子落了枕，要叫院里怀了娃的婆娘拿擀毡擀。

母亲的左脚费袜子费鞋，我也是。母亲腿上有块胎记，我也有。我现在炸油果子，把锅里的油也叫水。我缝衣服也像母亲那样不知所以地把针先在头发缝里刮一下。我身上流淌着母亲的习性。

他们说我和母亲很像，样子还有性情。我想起母亲离开家后，有一次去多年未去的舅舅家，走进小巷，远远见舅舅一家面露惊讶，他们说，仿佛看见了我的母亲。

二十一

那一年，我第一次知道地震。电影院正片放映前的假演里宣传各种地震知识：地震前的预兆、如何自救，等等（那时，我们把电影院放映的故事片叫真演，把真演前播映的纪录片、宣传片叫假演）。从此，我对周围的一切仔细望闻问切，似乎到处都有异兆。深夜里如果有疯狗吠叫，会叫我心惊胆战，大鸡小鸡们追逐乱窜也叫人瞎想，更别说刺眼的电闪和刺耳的雷鸣。母亲炒了炒面，包在包袱里，放在最顺手拿到的地方。我问母亲，家里什么最贵重？母亲说，就闹钟吧。我无数次在脑海里想象地震时的场景：飞快抱起闹钟，穿过大院，奔跑到马路边，抱紧一棵道旁树。

那个闹钟的玻璃罩下面是蔚蓝色的底子，金色的夜光针一长一短，钟里有两只小黄鸡长年累月一刻不停地低头啄米。父亲给闹钟做了一个木屋子，前面刚好露出闹钟的脸盘，后面有个小门，门上有个金属小门闩。对于一辈子分秒不歇地赶路，又一辈子不会走远一步的闹钟来说，这个上了门闩的小木屋再合适不过了。

二十二

绿色的绸缎窗帘，崭新时，翠色欲滴。对开的两条窗帘，白天挽在窗户两边，夜晚把它放下。其实，窗户已被父亲用塑料封死，再炎热的夏天也打不开。翠绿色的窗帘挂在窗户上，叫人觉得窗户不再是个布景。很多年后，那个老旧的家已空无一人，路过时，我仰头看着窗户，仿佛还能看见翠绿色的窗帘。我和母亲临睡时把窗帘放下，第二天再挽起。我们好像在日复一日地为我们家徒有其表的窗户完成一个仪式。

那时很甜的葡萄酒，过节时，母亲喜欢用透明玻璃杯给每人倒一点儿。

母亲用海娜花给我和姐姐染红指甲。晚上临睡前，把海娜花放在蒜钵里捣成泥，加点儿明矾，把花泥裹到指甲上，再用向日葵叶子把手包严扎紧。一夜不敢乱动，第二天一早拆向日葵叶子时，我非常紧张，因为有时候染出的指甲是红的，有时候是发黄的。母亲说，指甲染黄是夜里给屁熏的。

只染八个指甲，两根小拇指的指甲不染，母亲说，染红了会遇到狼。

多亏母亲给我们染的指甲都是红红的，红艳艳的指甲一直不掉色，除非它长啊长啊，不能再长的时候，只好把红指甲剪掉。

母亲教我们用钩针钩织一片片太阳花苫帘，苫被子、枕头、茶盘和箱子，还有花瓶里常年不败的鲜艳的塑料花、炕边墙上围的一圈母亲精心挑选的花布墙围子。

那些看上去仿佛无用、多余的事物和事情，多么可爱。

二十三

后来，我们搬进了楼房。母亲爱跳交谊舞，街坊近邻都知道。我家买了唱机，有些陌生人到我们家局促的客厅里跳舞。

我深爱那个奶油色的唱机，一曲完了，赶快提起唱针，轻轻地把针脚放入另一张唱片的滑槽。那是我长久不能解释的原理，声音如何藏进那些滑槽，唱针怎样唤醒它们？唱针有时会崴了脚，唱机的声音歪歪扭扭像要被风吹走。"天涯呀海角，觅呀觅知音，小妹妹唱歌郎奏琴，郎呀咱们俩是一条心……"周璇的歌声最适合唱机，声音抖抖的像是要飘远。有各样颜色的塑料唱片，贵一些的是厚硬的黑胶唱片。那时，看大人们跳交谊舞，我知道了不少世界名曲，如《蓝色多瑙河》《春之声》《溜冰圆舞曲》《培尔·金特》……还有不少外国电影的主题歌，如《孤独的牧羊人》《雪绒花》《友谊地久天长》……我满脑子旋律，有时心里想着某个曲子，用手指敲着节奏给母亲看，让她猜我心里想的是啥曲子，母亲笑我，心里的事，别人怎么知道？是的，母亲藏在心里的事，我们没人知道。

我跟着母亲去过几次街面上的舞厅，新曲子一响，人们纷纷搜猎舞伴，母亲一曲不落。奇怪的荧光灯跟着新曲子亮起，牙齿和白衬衣像被X光探照一样，变得莹白，女人们白衬衣下面胸罩的轮廓一清二楚。

父亲那时最厌烦母亲和别人跳《莫斯科郊外的晚上》，慢四步，动作缓慢，缓慢里似乎会生出很多不一样的东西来，那些东西又不属于他。那时，我也恨这个曲子，我恶狠狠地唱到半音阶的那句"我想对他讲……"就觉得声音失重得像要从高空跌落下来一样。放学后看到跳舞的男人和母亲在屋里聊天，那人给我掏出一把亮晶晶的水果糖，我像厌烦那个半音阶一样厌烦那些糖。

二十四

母亲用普通话和我们说话,她后来到了一个说普通话的家里。她和他们不一样的是,她的普通话里夹杂着方言。

后来,她用普通话说出的话是反的。她不想在床上躺,想坐起来,一个劲儿扶着床边用普通话说要躺要躺。在医院,姐姐要送饭过来,她一直把姐姐的名字叫成我的名字。那天出院,外面下着雨,我用轮椅把她推到露台上,她说,天怎么又晒了啊?母亲用普通话说的那个"晒"字,特别叫我心疼。

出院前一天,她在病床上躺着,一天都不说话,他们来了,她突然痛哭起来,我退到门外,看着他们哭,母亲突然清醒了似的,说,我们的家以后怎么办啊?

是啊,他们的家。

他们说,几十年了,第一次见你母亲哭。

二十五

河边,雪白的月季长得都高过我了,这条母亲也曾熟悉的大河,流得多像时间呀,它又快又慢,分秒不歇,老天也留它不住。

二十六

那么,我们有过多少个家呢?

我们一直在流徙。

我们第一个家在大雨里破了,电闪雷鸣中,我们家的后墙坍塌。那天晚上,家里只有我们三个孩子,我们逃出屋子,一院子的邻居在大雨中排队传递我们的家什。那晚,我住在大院里的兰兰家,第二天,我看见我们家变成了油毛毡苫着的一小堆家具。

很多年,我反复梦见工厂大院角落里那个被雨水泡塌的家。一棵臭椿,显示着我们家可爱的独立,如果立一面墙,我们的小院便可自成一体。但院里的众人不允许我们独立,父亲做了一道木栅栏,因为拦住了隔壁家随意走动的小鸡，便有了唯一一次邻里之间的吵架，众人围观，木栅栏被拆了。就在那个小院，母亲把偷懒不上幼儿园的我抱到窗台上晒太阳。母亲在低矮的厨房里蒸酿皮，母亲叫我蛋娃。母亲在小院里踢毽子，能连着踢十几个。母亲双腿腾空，辫子扬得好高，我和姐姐谁都踢不过母亲。我和姐姐跳皮筋，缺一个人，臭椿在一边替我们撑皮筋。木匠父亲给弟弟做了一个木头推车，推车外面挂着父亲给弟弟做的木头刀。

后来我们借住在一个亲戚家，一个四合小院里的一间小屋。四合院里，北屋人家喇叭花盛开。菊花夜夜尿床，她家早晨开门第一件事是到花架下晒洗过的尿褥子，菊花能在她家屋墙上倒立很久，还能腾出一只手挖鼻孔。对面一家的三个儿子做贼，警察到他家搜出很多赃物摆在院里，我缩在姥姥身边，从姥姥小心翼翼拉开的细细的窗帘缝往外张望，很长一段时间，我像做了贼一样，见到警察就会瑟瑟发抖。那个小院离学校很近，小院所在的巷道对面是长途汽车站，楼顶是城市里唯一一个会报时响音乐的大钟。中午十二点，《东方红》的音乐和钟声还没响完，我已经从学校飞跑进了家门。有一天，久久不回家的四五岁的弟弟被父亲在长途汽车站找到，不善言谈的父亲那几天逢人就说，找到弟弟时，弟弟手里捏着几块奶油糖。现在，我宁愿我的弟弟那时被骗走，这样的话，他或许还活在这个世上。茅厕在四合小院的院角，每次上厕所，北屋菊花家的小公狗就尾随而来，我便早早解下皮带，上厕所时，把对折的皮带抽得啪啪响。

后来，我们搬进织袜厂的会议室，大约七八家挤在一起。用装袜子的大纸箱板子隔开的家，十分奇特。家家难藏秘密，主席台上住的是一家上海人，趁他家没人，我们偷偷进去研究人们常说的上海人用的马桶。家家用军绿色的煤油炉子做饭，谁家的好吃的都躲不过每个人的鼻子。我的床由两条长椅对拼而成，床头放一个两头拆开的大箱子，睡觉时，把上半身钻进去，那里成了我的私人领地。

后来我们和几家人从会议室搬进一片废墟上孤立的几间旧屋。屋子对面，机器轰鸣，工人们夜以继日地破旧立新；屋子这边，是被我们利用的一大片废墟。我时常到废墟里搜寻，曾经找到一个写了几页字的日记本。扉页上抄有一段文字："真的猛士，敢于直面惨淡的人生，敢于正视淋漓的鲜血……"我在那个本子上做作业，班主任问我，这段话是谁抄的？我言之凿凿地说:"我。"老师没有戳穿我。后来我才知道陌生人在本子上抄的是鲁迅先生的文章,我也常常想到这个人何以爱上鲁迅的这段文字,而且那笔触,像是用锋利的蘸笔刻到纸上的。

晚上,我和姥姥早早睡了,没有窗帘,可以看到废墟对面崭新的楼上无数个灯光明亮的窗户,像一块在夜色里打开的巨大的屏幕,里面人影幢幢,辉煌怪魅。弟弟非常漂亮,人见人爱,姐姐和他追着玩,他的额头撞在工地的轧机上,流了很多血,额头上从此留下一个永久性疤痕。姥姥养的下蛋鸡不见了,我们寻遍工地,在一幢新楼的楼道前发现了一堆鸡毛。后来,巨大的废墟场中间渐渐拱起一个巨大的废墟堆,像在我家门前耸立了一个巨大的坟茔,里面埋着很多人林林总总的时间和记忆,也有我的。

后来呢,我们搬进楼房,有了光滑的水泥地面。阳台上的花盆里,母亲种了牵牛花、喇叭花、吊金钟、金钱树、臭绣球,它们都是些穷人家的花儿。父亲种了满刺的仙人掌、仙人球、剑兰,它们都是些能忍饥挨饿的花儿。一年四季,如果没有父亲沤的肥料作怪,我们的阳台可以说花香四溢。屋里有了唱机,陌生人到我家跳交谊舞,我家也可谓歌舞升平。我和母亲的小屋,徒有其表的窗户挂上了翠绿色的绸缎窗帘。我上中学时,一溜烟跑下小山坡,和同学像鸭子一样,张开手臂,一人一根铁轨,比赛谁走的时间长。再后来,家里没母亲了,也没父亲了,只留下我们陪着重病孤苦的弟弟,我们做他的姐姐,也做他的妈妈和爸爸。

流徙一再加重着生命的无力感,也显现着一个家叫人难以置信的生命力,只是有些过往怎么都难以掌控,我们只能坚韧地跟着时间前行。

这就是我们史诗一样的家。只是,母亲同史诗一样的人生,有一半流徙到了我们的家外面。

二十七

现在,母亲已走完这个世上的路。我们的生命交叠了半个多世纪。深夜,我眼前总是出现她最后一刻的样子,时间在那一刻滞留、徘徊。那一刻,记忆和想念循环往复,时间如大海般幽暗深邃。

选自《天涯》2023年第4期

评鉴与感悟

一个女人的命运交响曲。作者书写亲情，不落窠臼，别具一格。散文文体意识强，有探索精神。

旧人

/魏振强

菊英

四十多年前的那个黄昏,当我跟着父亲翻过一道山冈,红彤彤的太阳正在朝西边的山脚下坠去。父亲指着那座披着红光的村庄说,外婆家就在那里。

我有些激动,但又对父亲的话心存疑惑。离开家的时候,天才麻麻亮,晨露打着我的脚背,我走过一条又一条田埂,路过一个又一个池塘,脚底已经起了很多泡,父亲总是说快到了快到了,可太阳要落山了,还没到。我赖着不走,甚至还转过身,嚷着要回家去。

那一年我五岁。那一天我走了四五十里的路,还翻了一座叫"西塔"的山。

那座村庄确实是外婆家的村庄——大司村。我和父亲的身影刚出现在山冈上时,就有一群孩子跑过来,其中就有菊英。她扎着两根小辫子,跑起来时,像两只小手在空中划拉着。

菊英对我父亲叫了一声"姐夫"(她其实比我父亲还高一个辈分),然后指着我,说她要带我玩,让我父亲先去我外婆家。

菊英牵来了她的那头牛,按下牛角,托着我的屁股,让我爬上了牛背。她牵着牛,领着我往村庄走。我的腿好像不在我的身上了,坐在牛背上,简直就像躺在床上,太舒服了。

到了水库边,菊英把牛绳交给我,转身朝山地那边跑去,回来时手里拿着两只黄澄澄的甜瓜(那里的人把它们叫作"香瓜"),然后伏在水边,把瓜洗了一遍。她怎么那么聪明呢?我当时确实是又渴又饿的。

第二天,父亲走了,我像一件物品那样被留在了大司村。我知道不能回家了,心里充满了恐惧。有好几次,我和外婆赌气,往屋后的一个巷口跑,说是要回家去。可是,我又不敢跑远,就躲在竹林里。不一会儿,菊英来了,探头探脑的。我知道她在找我,气慢慢消了,但我不好意思自己走出来,就假装咳嗽,好让菊英发现。

菊英的家在巷口,外婆的家在巷尾,二三十米长的小巷。起先,外婆怕我玩水,就把我带到田间去,在树下立把伞,让我坐在伞下。后来菊英的妈妈看到了,就让菊英带着我,她走到哪,我跟到哪。好几年都是这样。我跟着她学会了淘米、烧饭,还跟着她送饭、送水到田间,给外婆吃,给外婆喝。夏天,她帮着我把竹床抬到田埂上,往上面浇水,再用抹布擦干,这样就更凉快些。我躺在竹床上,天上满是繁星,萤火虫在禾苗间飞来飞去,风从田野那边吹过来,有禾苗的清香气往鼻子里钻,不一会儿,我就睡着了。有好几次,醒来时,发现菊英没睡,她坐在另一只凉床上打着蒲扇,正在为我驱赶蚊虫呢。

最高兴的莫过于看电影。我早早地吃好晚饭,扔下碗,跟在菊英后面一路小跑着,往邻村赶。虽然周围差不多都是不熟悉的人,但我不害怕,因为有菊英在。我随着她在人群里钻来钻去,她到哪,我就到哪。电影放完了,她又拉着我的手,从人堆里挤出来,追上同村的人,一起往回赶。每一次,她都把我送到家门口,等我外婆开了门才离开。

外婆家屋后的小巷通往一座山坡,我老是担心那黑魆魆的巷道里会窜出一条绿眼睛的狼。进了门之后,我立马闩上门,然后听着菊英的脚步声啪嗒啪嗒地打在石板上,慢慢地轻了,没了。我就想,她为什么不怕狼呢?

有一次,我在山上放牛时,和几个人跑到一个池塘里洗澡,突然下起了大雨。其他几个人骑上牛背,狠抽牛的屁股,朝村庄奔去,可是我的牛却不见了。大雨滂沱,山坳像被一只锅盖着,黑压压的,我吓坏了,流着泪,往村子里跑。我首先想到的是菊英,跑到她家的时候,她正在烧晚饭,听我一说，赶紧闭了火，领着我在山里四处找，终于在天黑前把牛找了回来。

那时我老是想，菊英要是不比我大好几岁该多好，她要不比我高两个辈分，多好。我初中毕业的那年，听说她和她姐姐村里的一个小伙子好上了，虽然我没见过那小伙子，但我坚信他长得很丑，配不上菊英；后来她的父母始终不松口，菊英和他没好成，我在心里很是高兴了一阵子。

我十八岁的时候，离开了大司村，再也没有回去过，因为后来外婆被我的父母接到了我的老家——大庄村，几年后她在那里去世了。我听说菊英嫁给了同村的一个小伙子，那人我很熟悉，是个高中毕业生，他虽然弟兄多，家里穷，但他人好，勤劳，比其他人有文化。我在心里说，嗯，这还不错。

小皮实

小皮实比我大十来岁，但比我外婆还高一辈分，应该算是我的曾祖辈，但我从来都是跟着大人们叫他"小皮实"。

小皮实的父亲是何时死的我不知道，反正我到外婆家之后就没见过他的父亲。他兄弟四人，按照村里人的说法是"四个光头"。那个年代，一家有四个身强力壮的"光头"，对于一个守寡的母亲来说，无疑是个灾难，因为娶媳妇是个天大的难题，最起码要有四套房子，这一点就是拆了他们母亲的骨头卖，也无济于事。他的哥哥结婚后占据了两间房子，他们弟兄三人和他母亲就窝在剩下的那间房子里了。

小皮实开始和我接触的时候，大约十六七岁的样子。他当时负责给生产队养猪，猪场在一个山坡上，离村子大约有三华里。养猪是件很脏的活，十几头猪，光是清理猪圈就够人受的。一些年纪大的人都不愿意做这事，但毛头小伙小皮实愿意做，原因只有一个：住在猪场里，可给两个哥哥和母亲腾出一个人的空间来。

我在村里的小孩子当中成绩最好，小皮实很喜欢我。村里和他一般年纪的人都没念过什么书，而他是有些文化的，似乎也特别喜欢看书，即使是弄到几张旧报纸（主要是《安徽日报》），也会翻来覆去地看。有一年夏天，不知他从哪弄来一个手抄本，是个外国侦探小说，便借给我看，我也用信纸抄了一遍，反复看，后来借给别人，就再也没回来了。说起来，那应该是我看到的第一本"文学著作"。他还弄来了《红楼梦》，也送给了我，好玩的是，那本名著只剩下三十几页，我看了很多遍，还把上面的一些诗词抄了下来，在同学们面前卖弄，感觉好极了。

相比于插秧、割稻之类的农活，养猪相对要轻巧一些，一日三餐，把猪食烧好之后，往猪食槽里一倒，基本上就没什么事了。下午或晚上，小皮实常常会到我家来玩，他看着我贴在墙上的奖状，指指点点，说某张奖状上面的字写得好，某张不好，说完还会用毛笔在报纸上示范应该怎么写才漂亮。我当时最佩服他写"安徽日报"几个字，和报纸上的几乎一样。我看着眼馋，也跟着学，就是学不像，心中便对他越发佩服了。他当然能看出我的崇拜，心中也有些得意，用毛笔到处写，在门口的青石板上写，在我外婆家的墙上写，后来还在我外婆家刚刚砌好的灶台上留下墨宝："进厨洗净手，上灶莫多言。"那字黑黑的，颇有劲道。我后来热衷于练字，想来与他的熏陶、启蒙肯定是有关系的。

外婆有时要到我小姨娘家去，晚上我很害怕，便让小皮实陪我睡。我在煤油灯下做作业时，小皮实就在边上练字。他舍不得墨水，从瓶里倒出一点放在碗里，再加点水。睡觉时，小皮实会和我东扯西拉，要么讲一些神话、传说，要么就跟我议论村里的人，说谁劲大，一次能打倒几个人，我当时听着很来劲，好像听着神话中的英雄。我还记得他跟我说，别跟某某某玩，他念书笨，要是跟他玩多了，自己也会笨的。我果然听他的话，不再跟那人玩了。

第一次跟着小皮实去养猪场，是个夏天的晚上，很圆很亮堂的月亮挂在空中，照在山坡上，草丛、树林间有各种虫儿唱和，风从远处吹过来，很凉爽。我使劲地低着头，但越是害怕，眼睛却越是要不时地瞟一下远处。山坡上鼓出来连绵的坟茔，一坨一坨的，我总感觉会有披头散发的鬼跳出来，所以走在前面也怕，走在后面也怕（这一点我没说，他根本不会料到）。好不容易到了猪场，却是一个非常开阔的院子，回望，照样是无数的坟，照样可以想象到无数的鬼。我拽着他的衣服，跟跟跄跄地进了屋，感觉鬼们又跟到了屋边上……天本来很热，但那一晚，风自始至终拍打着那扇吱吱呀呀的门，我埋着头，几乎哆嗦了一夜。

第二天早上才发现，那屋子只有一间，里面挤了一张床、一个灶台（用来煮猪食的）和一口大水缸，床底下是一摞写了毛笔字的旧报纸。再看看那扇窗子，其实就是一个洞，正对着那些坟茔，没有任何遮挡。也只有小皮实吧，换成别人，谁会在这一片荒山上陪着一个个死人和一只只脏兮兮的猪呢。

我后来再去猪场，都是在白天，晚上再也没去过了。小皮实有时晚上从我家走，外面黑咕隆咚的，他捏着一支昏黄的手电筒出门，听着他的脚步声在青石板上越来越轻，我就想，他要是在山坡上碰到鬼，怎么打得过呢？

我上小学四年级的时候，猪场拆了，小皮实开始看仓库。仓库就在村口，我每天上下学都要从他的门口经过。他白天要下地干活，晚上才到仓库来，我放学时看到他的门关着，就会在他门口的石磙子上写作业，等他回来开了门，就进他的"家"，接着写。那时我常常跟他睡觉，夏天的晚上，我们就把凉床抬到外面，萤火虫在稻田间明明灭灭，青蛙呱呱呱地叫着，我在身上涂一些驱蚊药，很快就睡着了。

四年级下学期的某一天，他在一张纸上写了一个繁体字"衛"，说你可以这样写你的姓，我很兴奋，心想，这样写，别人肯定不认识，便说"好"。但我写了好几遍，也没写出来，便问他有没有别的比较难的同音字，他想了想，在纸上写了个"魏"，这个字我感觉不错，采用了。他又说你可以用"振"来代替"正"，我感觉这个字也很复杂，有意思，说"好"。再想想，我说，用"强"代替"祥"（我老家的人一直把"祥"读成"强"，父母都是叫我"小qiáng子"），他也说好。说干就干，我把作业本上的名字立马擦掉，换成了"魏振强"。奇怪的是，老师们好像一点反应也没有，我轻而易举就改名成功了。

外婆不认得字，她当然不知道我把名字改了。父母与我隔了几十公里，他们也不知道我把名字改了。我考上巢湖师专时，父亲看到通知书上的名字，很吃惊，但他并没意识到我已"数典忘祖"，或者他是高兴得昏了头，并没表现出什么不快。其实，在此之前，我的弟弟也跟着我烧包，把"卫"字改成了"魏"，但中间一字仍用"正"字。再后来，我意识到这种大不敬之后，想改回原名，已经十分麻烦了，索性用鲁迅也改了姓来安慰自己

——只是我比他过分,既没有用我母亲的姓氏,也没让我的后代续用祖姓,我的女儿,我的几个侄儿们后来都"不得不"姓魏了。

我读初中以后,和小皮实的接触越来越少。这期间,我的外婆很热心,到处给小皮实做媒,但别人到他家一看,发现只有一间房子,就摇摇头走了。村子里像他这样的大龄青年当然也有,我估计那时的他心中也一定很压抑。有时放学时路过仓库门口,看到他用树枝作笔,在谷场上龙飞凤舞写毛主席诗词,也会跑过去陪他写一会儿。我有时还会写别的诗词,而他不会,就会听到他的夸奖。

1980年我考取了高中。在那座山村里,读高中的人屈指可数,而我就要到几十里路外的镇上去念书了,当然很激动。我跑到他的仓库里玩,他从枕头底下摸出了一个笔记本,比巴掌大不了多少,说是送给我的,我翻开后,看到他写的几个字:"世上无难事,只要肯登攀。赠魏振强同学。"但并无落款。这个本子我后来用来抄英语单词,一直用了好几年。

1984年,我考上师专时,小皮实已成家了。外婆那时已离开大司村,我再也没到过那里了。后来我听母亲说,小皮实的老婆不顶龙(不很聪明),心中有些黯然。我晓得他和村里其他年轻人很不一样,不抽烟,不赌博,却喜欢看书,喜欢写毛笔字,他和一个那样的女人过日子,会不会顺畅呢?

外婆去世后,母亲还到过大司村好几次,每次回来,她总会跟我说到村子里的一些人,她知道小皮实对我好,就会特地说一些他的情况。十多年前的一个晚上,我给母亲打电话,闲扯了一会儿之后,她忽然说:"强子,小皮实死了。"我一惊:"怎么搞的?"母亲说他炸石子的时候被滚下来的石头砸中了,别人把他送回家时,他的老婆没意识到严重性,等到第二天送到医院,已经来不及了。我又问是什么时候的事,母亲说有好几年了。

我后来常常想,我考取师专的时候,要是能亲口把消息告诉他,他一定会非常高兴,像长辈一样高兴,说不定还会再送我一个笔记本呢。

但我没有。

小铁头

小铁头比我小三四岁,他的家就在我外婆家的前面。论辈分,小铁头和我母亲同辈，我应该称他舅舅，但事实上他基本上沦为了我的跟班。

小铁头个子不高，瘦瘦的，黑不溜秋，虽机灵，但对念书很少上心，没少挨他父亲的责骂。他父亲是老师，教过我们音乐（其实就是教唱歌），也教过我们生理卫生，是个自尊心极强的人，每骂起儿子，就像骂仇人的儿子。

小铁头对他父亲的话可以不听，但我说的话就是他的最高指令。平时我只要在家，小铁头基本上就会跟在我后面，形影不离，有时晚上还跟我睡觉。

为了训练小铁头，我没少花心思，用的基本上是从电影里看到的那一套，每天让他练习立正、稍息、向我敬礼。我还给他做了支木头手枪，让他插在裤带上，我出门的时候，他就跟在我的后面，像个勤务兵。我要是去水塘里淘米，他就在我的身后提着筲箕。我的身上痒了，便会命他挠，一般让他挠一千次。他边挠边叽里咕噜地数着数。我有时故意问他问题，分散他的注意力，他被我问得云里雾里，突然发现忘了记数，又会嘟囔着牢骚话。当挠满一千，我会说，叫你挠一千就一千，怎么一点都不加？他便说再加一百次。待满了一百，我又说只加一百？他只好说，再加五十……

小铁头是个嘴巴很馋的小孩。五六岁的时候他还没有锅台高，就学会在锅里炒东西吃了。有一天，我正好去他家，看他脚底下垫了只板凳，摇摇晃晃地在灶台前炒蚕豆，锅里噼里啪啦，蚕豆不停地往上蹦，他用锅铲麻利地铲出蚕豆，又往锅里倒了一些生蚕豆，继续炒。但蚕豆总有炒完的时候，没有东西吃，小铁头当然受不了，他思来想去，发现可以把米放在锅里炒着吃，还知道放点香油，炒熟了以后，揣在口袋里，不时掏出几粒，弄得嘴唇和口袋净是油，很容易就被他的父亲发现了，结果又落得一顿打。但小铁头的头似乎真是铁打的，他的父亲下手再重，他也不掉一滴泪，过几天故态复萌，又接着炒米吃。

小铁头虽然好吃，但并不小气，家里有了咸肉，他就将咸肉搁在碗底，上面用饭覆盖，饭头上只放一两块肉，到了我家之后，从碗底将肉扒拉出来，分给我一两块。

有年春天，小铁头在裤袋里别着木手枪，跟在我后面，去田间的沟渠里捉鱼。我们把一块刚灌满水的田放了水，队长司有早巡田看见了，气得直哆嗦，一锹将我用来舀水的葫芦瓢剁碎了。我骂了他一句，他扬手要打我，小铁头眼疾手快，从田沟里捞起一把烂泥，朝他的脸上砸去，弄得司有早的眼睛、嘴巴上全是泥。

1985年的寒假，小铁头已经十五六岁了，因为成绩不行，他的父亲把他送到我的老家，让我给他辅导功课。这时候的小铁头已经长成了大小伙，但还有些怕我，我让他读书，他便读，我一转身，他就不出声了。晚上他还要跟我睡觉，问：二哥，要不要我给你抓痒？我说要。他就问要抓多少次，我说一千。到了一千，他马上就会说再加一百行不行……

有一天我发现他盯着我家屋前的马路发呆，问他想什么。他回答说要是能坐车回家讨点米糖来吃就好了。我说我家房角的坛子里不有米糖吗，你自己拿就是了。他羞羞答答地说，唉，不好意思嘛。

小铁头后来上了高中，没考上大学，去当兵，几年后就退伍了。我听母亲说，她有一次去大司村，在路上走的时候，小铁头从一辆车子里伸出头喊她"大姐"，然后坚持要开车送她。路上，小铁头问我母亲："二哥怎么不去大司村了？"母亲说："二哥的外婆不在了，到大司村也没地方住了。"小铁头让我母亲带话给我："怎么没地方住呢？我的家不就是二哥的家吗？"

——说这话的时候，小铁头应该有近四十岁了吧。三十多年后，小铁头对我还那么亲热，让我真的感动。

六三子

六三子是1963年生的。我那时老是觉得他比我不止大三岁，而是大若干岁，因为他长得黑，看上去有些"老"。

六三子家很穷。虽然家家户户都穷，但他家弟兄三人，特别能吃，家里的粮食总是吃了上顿没下顿。他妈妈跟我外婆愁眉苦脸地嘀咕了好几次：这三个光头要是都长大了，到哪讨媳妇啊。

六三子和我母亲同辈分，"先"字辈。我母亲让我叫他"舅舅"，我从来不叫，而是直呼其名。

六三子家门口有个池塘，从他家跨几步，就到了池塘跟前。我要是去那口池塘淘米，可以到他家那边，也可以在他家对面的塘沿上。有一次，我在对面淘米，看到他，喊他过来，他过来后，我说："记好了，晚上八点半！"他马上明白了，因为那天早上我碰到他的时候，已经约好了晚上要干的事，但没确定"行动"的时间。边上一位正在洗衣服的妇女看我们鬼头鬼脑的样子，露出慌张的神色："你们八点半做什么事？"我们嘿嘿笑，没回她。

晚上八点半，大人们都睡了。外面很黑。我摸到了六三子家门口，敲了一下门，他就出来了。他在前面带路，我跟在后面。我们走到了他家屋子边上的一棵杏子树下。树并不高，但枝干浓密、茂盛。白天我和他在下面逡巡了很多次，看到那上面缀满了黄澄澄的杏子。杏子树是他家和他二叔家共有的，有他家的一半，六三子只能算半个家贼。

按照我们的计划，六三子负责爬树。我刚抬起头，他就上了树，接着便有杏子被扔到篮子里的咚咚声。过了一会儿，他开始用手和脚摇晃树枝，杏子咚咚咚地往地上掉。天太黑，没法看得清，我只能跟着声音在地上摸，还没摸到几个，忽然看到他二叔家亮起了灯光，门吱呀一声开了。我赶紧往坡下跑，身后的狗汪汪地叫着。我顺着黑黑的巷子，一口气跑回家，发现裤袋里装的几颗杏子全漏掉了，只有手上还抓着几个。

第二天，六三子一大早就到了我家门口，朝我招招手，我出去后，他从裤兜里掏出了十几颗杏子。我问他有没有被他二叔发现，他说没有，他二叔出来时，他就伏在那树上一动也不动，二叔站了一会儿，就回家睡觉去了。他临走前，又鬼兮兮地说："我们昨天说八点半的时候，××害怕死了！"我问他为什么，他说："她以为我们晚上要跟踪她。"××就是头天白天问我们话的那个女人，那时村子的不少人都在议论她和村子的一个男人好上了，我和六三子也确实看到过他们晚上一道走路。六三子的意思是，那女人可能和那男人约好了晚上八点半见面，和我们约定的时间正好吻合，所以她有点紧张。他的猜测是不是正确，我们也没证实，因为八点半的时候，我们正好在忙乎。

六三子还带我偷过柿子，也是他二叔家的。柿子树就在他二叔家门口，偷起来更危险，好在他二叔家的狗认识他，不叫唤，他负责偷，我负责站在他家门口，防止他父母走出来发现他在做"贼"。他轻手轻脚地走过去，摘十几颗，就悄无声息地撤退，然后塞几颗给我，又悄悄地打开他家的门，轻轻地关上。

那些柿子都是青的，六三子教我把它们放在锅灶上用来烧水的炉子里，烧饭时，灶火不仅可以煮饭，还顺带着烧水，等水有六七成开的时候，把柿子放在里面煮，可以去涩气，吃起来又硬又甜。他还告诉我可以放在米桶里焐，我性子急，没焐几天，就拿出来吃，很涩，还不如放在大半开的水里煮好吃。

六三子起先比我长一个年级，但念了一年就不念了。我读五年级的时候，他，还有和他同龄的菊英等几个辍学好几年的人又开始念书，老师说，他们的年龄太大了，不能按部就班从二年级开始念，而是直接跳到三年级。但他们几个还是跟不上，放学的时候，就让我帮他们做作业。我趴在生产队仓库门口的青石板上，先把一个人的作业做好，再让他们抄。过了不到一年的时间，他们又失去了读书的兴趣，陆续辍学了。

我去外地读高中时，六三子碰到我外婆，常常跟她说，有什么重事，就跟他说一声。六三子并不是假客气，我外婆说，他帮她挑过很多次水，有好几次遇到她从外村碾米回来，二话不说，就接过担子，送到家。

六三子的弟弟二平子和我同龄，后来和我接触更多。他也没读几年书。我二十多年前在老家县城教书，二平子在南京打工，回家时特地绕到我的学校，在我那住了一晚上。我母亲后来去大司村，二平子总会说："大姐，小强子怎么老是不来？叫他来玩嘛。"母亲对我说，二平子和六三子真是想你。

六三子的小弟弟叫三宝，矮矮墩墩的，很壮实。他看到他的两个哥哥跟我玩，也想跟我玩，但他太小了，我很少单独跟他玩。我上高中时，到过他家，他像是突然懂事了，叫我"二哥"，其实按辈分，他还是我的长辈呢。

六三子的母亲高高瘦瘦的，是个很可亲的人，她看到儿子们和我要好，对我格外客气。六三子的父亲我起先并不大喜欢，原因是他经常冷言冷语地挖苦人，但慢慢地，他对我也客气起来了。

今晚，我把六三子、二平子、三宝这三个弟兄的名字默念了很多遍，我在想象，他们应该过得还不错吧——他们本分、勤劳、善良，要是生活得不好，老天也是不公道了。当然，我同样希望他们的父母过得好——他们是我可亲可爱的长辈。

选自《山花》2023年第12期

评鉴与感悟

此组文章，宛如几个特写镜头，或几个"微型电影脚本"，活灵活现地揭示出了几个底层人物的命运轨迹和心灵创伤。每一个个体遭遇，都可视为社会和时代的一面镜子。

最后的晚餐：悼王芗远

/大头鸭鸭

10月5日下午5点53分，芗远的爸爸打来语音电话，悲痛地对我说：芗远出事了，他走了。我还没反应过来，以为是芗远离家出走、电话联系不上他了。我问：他现在在哪呢？人还在荆门吗。芗远的爸爸哽咽道：他去世了，已经火化了，现在只一盒骨灰放在家里。我大惊，不敢相信。10月4日中午芗远就一跃而离开了我们。

听闻噩耗，人一时缓不过神来，直到21点20分，我跟阿川打电话说了，并叫他明天上午一起出发去荆门。他也无法接受，他和芗远感情很好，芗远是1998年的，阿川是1999年的，平时芗远都喊他阿川弟。直到23点，我才出门去吃晚饭，在大排档，人恍恍惚惚的，还是不敢相信它是真的。而就在8月初，芗远来玩的时候，阿花还在这排档，请芗远、阿川和我，一起吃烧烤。

10月6日早晨7点多，阿川就开车来了，当我们将进入沙洋县的时候，我给芗远的爸爸发微信说在来荆门的路上，他说他们在潜江了，在芗远的小舅舅家。我们掉头回来，去找他们。巨大的悲痛，一下子把他俩变得形容枯槁、憔悴沧桑。他妈妈流泪说，哪怕他再活五年，三十岁了再走，也比现在好受些。他爸爸也在叹气，说我的人生只剩下一个使命了，就是帮他把作品收集整理完整。巨大的悲伤令人难以面对，芗远辞世的消息，我们就暂没发布。

芀远的弃世，我觉得，主要是形而上的原因，他对生命、对生死有一些终究的思考与追问，在他最近几年的诗作中，既有文字上的吐露，也有色调上的表现。他要写"深刻的诗"、要当一位"真诗人"、要探究"人居于何处？"（王芀远语），从2017年起，他诗中就频繁出现"死亡、远去、神、已完成、时间、幽深的命运、火焰、灵魂、寂静、安魂曲、苦痛、黑暗骑士"等词语，带来决绝的幻灭感和虚无感，他又情绪敏感，交织在一起则会导致精神方面的问题甚至成疾，这样的头脑风暴，像黑色漩涡，能让人失控，无法握住自己。我电脑上有一首他的遗作，是他8月26日写的，第二段如下：

> 所有人都死了。这才能有一个
> 光明的未来。当太阳大踏步走在
> 街上，我的灵魂算得了什么？
> 我曾是灵魂中的灵魂，现在我是水中之水
> 我是一种至今无法被命名的酒浆。

他曾在《论诗歌》的创作谈中，提出"在观看的同时，他必须能把爱从事物的存在中辨认出来，他必须怀着无限的温柔与广大的爱去亲近万物，以此来品尝神的果实。"他要"追求永恒性和深刻的艺术价值"。

《时间的果实》是他十九岁时、六年前写的一首小诗：

时间的果实

> 我采摘时间的果实
> 我是时间的果实
> 我培育时间的果实。

> 于是，神停留在我的身前
> 对我说

你尽力了

你去死吧。

2017年9月23日

——现在读来，竟是一语成谶。我们眼前的这个阳光少年，谁能知悉他经历着怎样的心灵磨难、思想磨砺和艺术求索！我们看见他的笑容，却看不见他把十字架背在自己的身上。

10月4日早上他就想看心理医生，以前曾看过，医生答复等6日来，并说要结合药物一起治疗。当时他脑海里的糟糕情绪估计很严重了。那几天他单曲循环的是小野洋子的一首歌《Revelations》。另外，他在网易云音乐的个人账号上，发布的作品里唱了很多海子的诗，一种形而上的决绝与幻灭情绪，可能早已经淤积在他的心底，伺机爆发。

从现实的角度看，压力人人都有但没有什么令他焦虑的压力。他北大毕业后，醉心于艺术，醉心于创作，不想立即工作，他爸妈也完全认可，只要他开心就好；最近他说想去考雅思，他爸妈也完全支持。从小到大给予了他无上的爱，和无微不至的关怀。像一个赤子，对朋友他满怀爱意，充满赤忱和友善。每个见过他的人，都喜欢他。近期见过他的亲人，都在痛惜和悔恨：阿川说要是我每天都陪他在一起就好了，就能避开这横祸；王威洋说上次我一直把他留在恩施，不让他回来就好了；秋子说我把和他约见的日子提前几天就好了；张执浩说"你应该活着，等我教你"，去如何面对生死与生活、如何面对写诗与内心。更不要说他的爸妈了，恨不能得老天开眼，让时间倒流到他出事前的那一秒，去抱住他。而他的离去，我觉得，还有一种宿命的成分。感觉他是来渡劫的，背后有种宿命的力量，裹挟着他，带走了他。犹如贾政说贾宝玉一样"岂知宝玉是下凡历劫的，竟哄了老太太十九年"！而艺术就是王芗远的"大观园"，他的天慧远超常人，最是人间留不住他这样的天才。

他一直都是，可以随时随地随手写诗，如泉涌。有时一天能写十几首，吃饭时会突然停下来写一首诗、聊天时会暂停片刻写一首诗、坐车时也会埋头写一首诗。像春蚕吐丝，我们在慢悠悠地吐，他在井喷着吐丝，仿佛时间紧迫，不够他用。他的作品，无法收全，他扔掉的诗，都难计其数。

少儿时代的作品，主要在诗集《布袋里的信仰》里；高中时期的作品，主要汇于诗集《她们这样叫你》，对这部诗集的作品，我一直赞不绝口，非常推崇。他大学后及现在的作品，亦数量惊人，散于各处。他的微信公众号"乌有诗社"只偶尔发布了极少的作品。去年他对音乐产生了浓厚兴趣，于是闭关创作，把所有人的微信都删了、拉黑了，和大家失去了联络，他完全沉浸在自我的创作中。一年多时间，在网易云音乐以"苏佉"注册的个人账号上，发布了他谱曲和弹唱的作品五百八十七首。他是一个天才诗人、灵魂歌者和献祭的赤子。

　　9月30日他从荆门去武汉参加了一个北大学长的婚礼，10月1日黄昏坐动车回到潜江，他爸妈去接站，带着家里的两只泰迪，这是他特喜爱的两只小狗狗。他爸爸说他当天心情很不好，出站后都不怎么说话，只摸了摸两只泰迪。他本打算在潜江玩几天的，因为心情不好，10月2日就回荆门了。我估计是婚礼那种世俗的欢乐场面，让他感到孤独无朋。他只醉心于艺术、只醉心于创作，在谈论心灵与艺术时，他就神采飞扬；在写诗与歌唱时，他就光芒四射。

　　而整个8月，他大部分时间都在潜江。8月初，他和阿川在一起住，玩了几天后，和北大的几个同学结伴去游了一趟青海湖。16日飞回，落地恩施。在王威洋那里玩了一礼拜。当时威洋准备带芎远到利川等地逛逛，我担心安全问题就建议说，不必了，你们就在城区玩，你陪他多聊聊天、聊聊诗。23日芎远回到潜江，24日起到9月2日，这十天他住在我家里玩。一直都很愉快，相看两不厌。平时他还蛮幽默风趣的。每天我们的话题很多，散漫、随意、广泛，只是没有谈论生死问题。9月2日下午他爸妈开车来接他回荆门。9月28日晚他还参加了荆门举办的中秋诗会，上台弹唱了一首海子的诗《四姐妹》，晚上他发视频给我看，唱得挺好，他也很开心。他发来的笑脸，竟成了最后一条信息。

　　威洋跟我说"我们要让芎远永远活着"。是的，芎远的作品就是他永远活着的凭证。他给予我们每个人的爱，就是他永远活着的凭证。哪怕，我们心怀永远的痛。

　　芎远出生于1998年（戊寅年）农历九月初二辰时。是的，今天正是他的生日，我好想拥抱他：祝他生日快乐呀。

选自"诗98"公众号，2023年10月16日

评鉴与感悟

早慧之人的离世，总是令人扼腕叹息。作为一个北大毕业的高才生，那么才华横溢，却在艺术追求走向成熟之际遽然远逝，怎不让人惆怅。作者写文悼念，既是对逝者的告慰，也是对他者的启示。

忆老瞒
—— 有关神池县段笏咀村的一些往事

/李高山

老瞒，官名叫高建国，和我一个村的，比我大十岁。1947年出生，2021年因病去世，享年七十四岁。念兹在兹，我常常想起那些和他相处的往事，总觉得他不该这么早就走了。

从我记事的时候，老瞒就已是村里的会计，也是村子里对我最好的乡亲。他中等身材，衣着得体，紫棠色国字脸上和蔼中透着一股英气，算得上俊朗而稳重。那时，我们村大概有六十多户人家，两百多口人，编成了一个生产大队，统一核算。大队会计的工作量很大，每家每户都是财务往来账上的一个户头。一年三百六十五天，谁家出了多少工，评定为几等，一个工分值多少钱，按工分的比例应该分多少粮，按人头比例分多少粮，谁家欠了口粮款，谁家借了队里的粮，过年过节分了几斤羊肉或牛肉，扣除口粮款后谁家能分多少钱，等等，都在老瞒那里记得一清二楚。每年的年中和年底，村子中央的一面大墙上就贴出了公示榜，密密麻麻，整整齐齐，工整隽秀的字迹，清晰漂亮的阿拉伯数字，有序排列，就像一幅美轮美奂的图画，吸引着社员们凑上前去，围成一团，仔细地审看着自家的账目，也捎带着看看别人家的情况。我看着墙上的图画和围观的人群，心里充满了对老瞒的崇拜。

在村子里，我们家是小户人家，父亲去世得早，我们孤儿寡母显得势单力弱，一家人处处需要小心翼翼，隐忍求安。但在老瞒面前，却无须这样忐忑和卑微。他好像心底里天生就拥有爱幼助弱的正义，也好像忘记了我们之间的年龄差距，总是平等、友善甚至有些偏爱地对待我这个"小朋友"。老瞒喜欢看书，也不知从哪里弄到很多的书，即便在擂粪等许多劳动的场合，他都要带着一本书，每每到了休息时间，就聚精会神捧起书看几页。我总是很好奇他在看什么，就凑过去看，看着看着就被书里精彩的内容迷住了。他从来也不嫌我小，不嫌我烦，总是一次次友善地调整姿势，方便我和他一起看，甚至和我讨论书里的内容，还答应等他看完了借给我看。浩然写的长篇小说《艳阳天》《金光大道》，还有短篇小说集《喜鹊登枝》等，都是上高中前在村里与老瞒一起看的。在和老瞒的接触中，我平添了一些知识，也增加了许多自信。

早在上小学时，我就开始了干农活。放了学，除了给家里担水、拔猪草外，还给队里放牛、拾粪。上了初中、高中以后，每个周末和寒暑假期，我都要回村里参加劳动，想多挣一些工分，以缓解家里的困难。那时老瞒好像已经担任了大队党支部副书记，还兼着会计。我回村里参加的很多农活，或是老瞒帮着安排，或是干脆跟着老瞒干。除了随同众人干大宗农活外，还有些临时小活儿老瞒也会惠顾于我，比如下雨天别人休息，我在大队院子里从小平车上往队部办公室卸煤，卸一车记二分工；晌午时分，社员们回家吃饭午休，我在挑选山药蛋准备入窖的场地上照看，一中午二分工；下雨冲毁了哪个地段的田间道路，我去整修，半天记五分工；晚上社员们用脱粒机加工莜麦等秸秆作物收工后，留下大队干部和少数几个人往仓库里运粮食，我也参加；按照上级要求，往街上显眼处的墙壁上刷写标语，等等。这些零星小活给我提供了多挣工分的机会，虽然又忙又累，但是很充实、很乐意。有一年大队在村子的河槽西边新建了几孔窑洞，准备做粮库，需要把窑洞的地面用水泥料铺出来。正好我放暑假回村了，老瞒就带着我一起给窑洞的地面打水泥。这在当时的农村是一项技术活儿，也可能是我们村里第一次使用水泥，我一点儿也不知道怎么做。老瞒不知是从哪里学来的技术还是无师自通，很自信很从容。他当大工匠我做小工子，我们两人推着个小平车，从河槽东边大队部的院子里，一袋一袋把水泥搬运到河槽西边的窑洞里，从几百米外的井口挑水过来，按比例将水泥和水倒进一口大铁锅里，搅拌成稠糊状，我用铁锹铲着堆到地面，老瞒拉绳吊线，舞动着一把泥瓦工用的铲子刮压抹平。我看着老瞒娴熟的动作，心想他什么都会，真能干！由于是要做仓库存放粮食，水泥需要抹得稍厚一些，工作量比较大，我俩好像干了半个多月才完成。在和老瞒一起干活的过程中，他就像个兄长一样待我，没有嫌我笨，没有嫌我弱，更没有颐指气使、埋怨指责，他对我充满了信任、关心和尊重，总让我感到很愉快，干活也很有劲。

高中毕业后，我就回到村里，心想着积极参加生产劳动，争取被推荐上大学。所以，我在方方面面都很上进很努力，得到村里干部和社员们的好评。而老瞒，也一直不动声色地继续关心我帮助我。先是推荐我接替他担任大队会计。一天晚上，社员大会后支书留下我谈了这个问题，让我考虑。当时大队会计在村里的地位很重要，人们普遍高看一眼，我心里很想当，就回家征求母亲的意见。由于母亲担心我记错了账承担不起，又担心一旦有个机会能出去工作时被拴住了走不开，就没有同意。后来支书说不想当会计当个保管吧，我就当了保管员。当时大队设有三个保管员，一个掌秤，负责粮油等各种实物入库出库的数量确认；一个掌印板，粮食堆放在场面或入库之后要盖上印记，印记动了就说明粮食被动过；一个记账，把粮油等实物出库入库的情况记到账本上。三个保管员都到场的情况下才能动用仓库的实物。我是负责记账的。当时保管员是兼职的，没有一个工分的补助，完全尽义务，但由于能显示出一定的地位和价值，大家都乐意干。

这一年春耕开始后，有个犁把式生病了，队干部让我试着去顶工。我从来没有犁过地，但小时候跟着犁把式在后面溜化肥、捡山药蛋，地头休息的时候也扶着犁走几步玩耍过。就大胆地承揽下来。我向老农讨教知道了犁地有两个要点，一是墒口壕要直，二是翻过去的土要匀。做到这两点，眼要向前看，手要执稳犁。我按照老农教给的要领，赶着一副牛犋，三天犁了十几亩地，社员们在上地和收工的路上驻足观看，纷纷夸赞说："双喜耕得好地！"大队就决定让我正式执掌一犋牛，成了村里最年轻的"犁把式"。到了秋收的季节，大片大片的莜麦熟了，田野里铺满了金色，收割莜麦成为工作量最大的任务。社员们在干部的带领下一字排开，一个跟着一个弓腰舞镰挥汗大干。我弯腰时间长了，腰疼得厉害跟不上趟，就笨鸟先飞，以时间换进度，午饭后大家都歇晌睡会儿觉，我不歇晌提前到地里割起来，社员们出工到地头时，我已豁着垅子（在连片的莜麦地里割出通道）割到半地或另一头。我不怕苦不怕累干啥像啥的表现，获得了大家的认可，评工分时给我评的"顶子工"（最高等级），县上和公社的下乡干部还经常表扬我。老瞒顺势而为，积极联系大队支书、主任推荐我入党。在他的努力和下乡干部的帮助下，1974年冬天我光荣地加入了中国共产党。再过一年，我就是"光荣在党五十年"的老党员了！

也是在1974年冬天，在各方面的帮助下，我进城当了县委机关的通信员。老瞒进城办事，就顺便看看我。有时碰上大礼堂里放映电影，我就买了票留下他看电影。不知什么原因，有段时间我失眠得很厉害，经常晚上睡不着觉。老瞒知道后，打听到宁武县一个村里有位民间医生医术不错，就带着我坐火车到宁武找到这位医生开了几服草药。后来慢慢失眠症缓解了。

1979年我调到忻县地区工作后，和老瞒的接触少了。每年过中秋节过春节回家，都要见一见。老瞒提出村里没有电，能否帮点忙？我找地区计委的领导软磨硬缠列入了计划，我们村在周边率先通了电，家家户户安上了电灯，加工米面用上了电磨。农村改革初期村子分成了两个核算单位，老瞒和村主任各领一个队，听说因为划分土地两个人产生了一点误会。他俩原来关系很好，我和他们也关系很好，都是我的入党介绍人。我专门买了点酒菜回到村里，让母亲准备了一桌便饭，请他二人喝酒吃饭恢复旧情。

老瞒是个头脑灵活、行动力很强的人。随着改革开放轰轰烈烈的展开，老瞒率先在当地离土经商，长途贩运过土豆、玉米，小本经营开过饭店，都干得如鱼得水，小有成就。1992年，我在五寨县工作的时候，有一天老瞒跑到办公室找我，说是通过五寨火车站往哪里发运土豆，交谈中流露出资金有点紧张。我理解他的难处，不到万不得已他是不会和我说起这些的。我帮他安排了食宿，翻遍抽屉衣兜找出一千多块钱让他拿上。我知道这太少了不管用，但当时我一个月的工资也就是一二百元，再多了也真拿不出来。那以后我又调到静乐县工作，又调到地区工作，和老瞒的联系渐渐少了些，听说他到朔州市朔城区街上开了饭店，挺火的。我为他高兴！1999年我从忻州调到了朔州工作，很快就找到老瞒的小饭店里，接上了头。他的饭店在火车站附近，门面不大，家常便饭，价廉实惠，回头客多。他和妻子做饭炒菜，端饭上菜，有时孩子们也会过来帮忙，很热闹很景气。我隔段时间想吃土饭了就跑过去解解馋。老瞒有空就过来陪我喝杯啤酒，有客人来了就出去应酬。他自称"高小姐"，意说大饭店里都有女服务员端茶倒水端菜上饭，他这里只有自己了。很多常客也知道他这个自封的雅号，我在他的饭店里常能听到有人高喊："高小姐，上酒！""高小姐，过来喝一杯！"老瞒是成功的，他靠着自己的聪明睿智和辛勤努力，全家从农村走进了城市，几个孩子都成家立业，日子红火。

　　2006年我从朔州调到省直机关工作，和老瞒的联系虽少了许多，但也经常打听着他的情况。听说老瞒又开了一段时间的饭店，就收拾摊子回归家庭陪侍老父亲去了。2021年7月的一天，我接到老瞒弟弟也是我要好的玩伴朋友高富国打来的电话，说老瞒生病了，你来看看他吧。我第二天就和妻子赶到朔州，去了老瞒的家里。只见老瞒坐在一个轮椅上，面容消瘦而眼神明亮，话语缓慢但低沉有力。他拉着我的手久久不愿松开，我俯着身子和他四目相望，互相说着些叙旧轻松的话题。他说也许过几天我还要到太原再看看，到时咱俩好好说说话。我说你来时提前给我打电话，我给联系医院。我爱人也凑过去和老瞒说话，老瞒像往常一样开起了玩笑，指着我爱人说："这是个孙悟空！"逗得大家都笑了。从老瞒家里出来的路上，富国对我说：癌症转移了，医生说不好治了。时过不久，老瞒走了！

　　老瞒作为一个神池县段呦咀村当年稀有的初中生，作为毛泽东时代的一名村干部，作为改革开放时代的一名弄潮儿，作为我童年的崇拜对象和一生的朋友，他是优秀的，成功的，值得怀念的，更是村里那一代人的骄傲！他参与村务公道正派，待人处事友善明理，聪慧睿智行事周全，紧跟时代上进努力，展示了最好的自己，活出了人生的精彩！

选自"山西文学"公号，2023年9月13日

评鉴与感悟

叙写底层人事，形象生动，语言质朴，从老瞒身上，我们看到了人性的光亮和人生的价值选择。

声 明

本套"2023·北岳·中国文学主题年选"收录了本年度众多优秀文学作品。在编选过程中，我们及各选本主编已尽力与大多数作者取得了联系，但仍有个别作者因故未能取得联系。见此声明，烦请来电，以便奉送样书。

联系人：高海霞
电　话：0351—5628691